中国县域特殊教育学校工作纪实

# 和你在一起

陈海燕 著

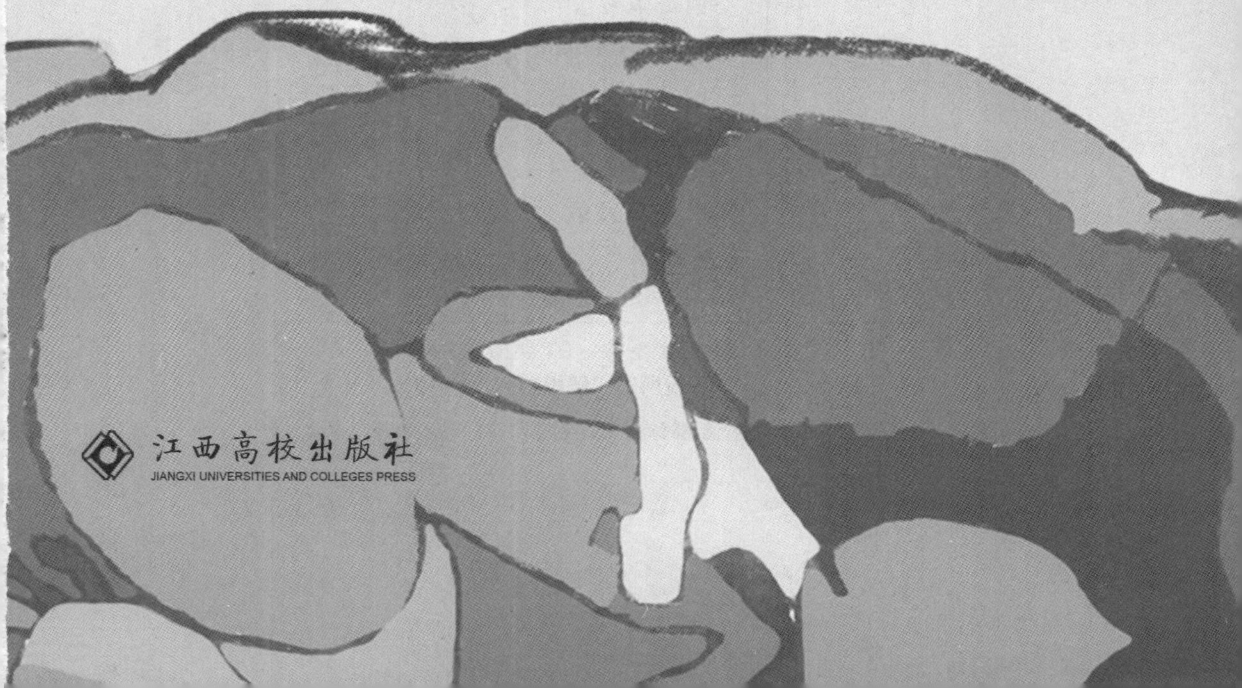

江西高校出版社
JIANGXI UNIVERSITIES AND COLLEGES PRESS

图书在版编目（CIP）数据

和你在一起/陈海燕著. ---南昌：江西高校出版社，2020.5（2022.2 重印）

ISBN 978-7-5493-9968-0

Ⅰ.①和… Ⅱ.①陈… Ⅲ.①日记—作品集—中国—当代 ②儿童教育—特殊教育—研究 Ⅳ.①I267.5 ②G76

中国版本图书馆 CIP 数据核字（2020）第 077721 号

| | |
|---|---|
| 出 版 发 行 | 江西高校出版社 |
| 社　　　址 | 江西省南昌市洪都北大道96号 |
| 总编室电话 | （0791）88504319 |
| 销 售 电 话 | （0791）88522516 |
| 网　　　址 | www.juacp.com |
| 印　　　刷 | 天津画中画印刷有限公司 |
| 经　　　销 | 全国新华书店 |
| 开　　　本 | 700mm×1000mm　1/16 |
| 印　　　张 | 23 |
| 字　　　数 | 280 千字 |
| 版　　　次 | 2020 年 5 月第 1 版<br>2022 年 2 月第 3 次印刷 |
| 书　　　号 | ISBN 978-7-5493-9968-0 |
| 定　　　价 | 99.00 元 |

赣版权登字-07-2020-444

版权所有　侵权必究

图书若有印装问题，请随时向本社印制部（0791-88513257）退换

# 《和你在一起》,也算我一个

十点的阳光正好。我正坐在瀚月轩,约好的一个女子走了进来。

这次约见,是因为她的书稿《和你在一起》——平度市残联党组书记王锡清介绍的一本公益性书稿。她希望我能帮助她出版。

我就这样认识了她,一位颇有爱心并且有了思想立刻行动的女子——陈海燕。作为一名普通的教育工作者,工作二十多年来,她曾三次参加中国西部和本市的支教工作,帮扶资助贫困学生若干名,捐赠图书3000多册,撰写《在西部突围的路上》等多篇文章发表。无论在故乡还是在远方,她都认认真真地教书育人,勤勤恳恳地笔耕不辍,至今已出版图书《我们班的那些事》《我的教育随想》《蓝翎鸟》《跟爱有关的日记》《向西偏北15°》等。

2018年暑假,她萌生了为接受特殊教育的孩子们写点儿东西的念头,主动向平度教体局申请借调到平度市特教中心学校。她白天为孩子们上课,课余观察调研,夜里拼命记录,周末驾车前往小城东南西北或远或近的孩子家里,掌握孩子的第一手资料。一年的时间够不够长?不长。长的是她365天几乎雷打不动地调研、拍照、录像、记录。25万字够不够多?不多。多的是她每每因为心疼这些有智力缺陷的孩子而溢出的泪花,还有她因为长期保

持一个姿势打字而导致的右胳膊"网球肘"针扎似的疼痛。

很多人不理解她如此拼命的动机,说她傻。我却懂得她的执着。

她说,为了这本书的出版,从春天到秋天,她四处奔波、求助,一次又一次地期待"柳暗花明",却一次又一次地身陷"走投无路"。

她说,出版这本书的费用前后需要六七万元,这对她来说不是个小数目。

尤其触动我的是,她告诉我,资金只是一个前提,最重要的是,她希望此书出版后能走进普通学校,走近广大读者,能有人通过阅读来爱这些特殊的孩子。她说,她希望有更多的人能抛开偏见和恐惧,有勇气走近他们、了解他们、热爱他们,因为只有走近才能了解,只有了解才能热爱,只有热爱才能心甘情愿地为他们做自己力所能及的事。

借着阳光,我翻阅这本题为"和你在一起"的书稿:我看到孩子们唤她"燕子老师";我看到只要她一出现,身边就总是围着一群孩子,男的、女的、大的、小的;我看到她的身影出现在教室、操场、餐厅、寝室、偏远乡镇的路上;我看到有孩子的地方,就有她的笑容、她的拥抱、她那无数次盈泪的眼睛。

她说,她到特殊学校来,其实没做什么惊天动地的事,反而是这些特殊的孩子给了她无限的启迪,让她变得更纯粹,更仁爱,也更慈悲。

是的,就像我们这么多年一直在做的公益事业,她何尝不是一个人默默地做慈善、默默地做公益?

余秋雨先生曾说:"只有不完满的人才是健全的人,只有创建中的人生才是响亮的人生,只有探索着的艺术才是壮阔的艺术。只要还有创造的余地,就有无限的可能,无限的前程。"

这个关于孩子们的梦想,如此熠熠闪光。我决定帮助她实现梦想,正如她素朴地靠近这些孩子,素朴地书写《和你在一起》,素朴地走进我的视线,素朴地说:"大爱无言。韩姐,谢谢您!"

别再担心,燕子,让我来做你的"柳暗花明又一村"!

亲爱的孩子们,《和你在一起》,也算我一个!

韩月芹

2019 年 11 月 1 日

(韩月芹,平度市又一村大酒店总经理,中国狮子联会青岛火牛服务队创队队长、平度地区负责人。)

# 静水流深

我并不认识陈海燕,而是通过阅读《和你在一起》样稿认识她的。她温柔而细腻的笔触里,蕴藏着万千丘壑。那博大深沉的爱,如同静水流深,深厚绵长。

我想,很多人忽略了一种教育,这种教育节奏很慢,困难很大,无法出现在万马奔腾的赛场上;这类教师付出很多,收获极少,难有桃李满天下的成就感和自豪感。这种教育就是特殊教育,这类教师就是特教老师。陈海燕老师就在特教学校工作,我衷心敬佩她的勇敢和善良!如今,陈老师每天坚持撰写的教学笔记成了我们了解特教生活的窗口。跟随着她的记录,我们陆陆续续地来到了这些特殊的孩子们面前。

这所学校的孩子,有的语言发育迟缓(无法言语、发音不清、词不成句),有的是单纯的智力障碍者,有的大脑发育迟缓,有的有注意力缺陷,有的有学习障碍,有的有行为情绪障碍,不一而足。这样的孩子是非常难教的,例如,他们需要一节课的时间来认识四种蔬菜:紫色的茄子、白色的萝卜、红色的西红柿、绿色的青菜;需要一节课的时间来认识一个数字;需要一节课的时间来学习一句"食不语,寝不言"……更令人心疼的是,这些我们常人看来最简单不过的知识,老师们往往第二天要重新教一遍,甚至

第三天、第四天、第五天还要重新教……教会他们系红领巾需要半年之久。就这样,陈老师在与孩子们交流的时候,努力让自己的节奏慢下来,让自己的心静下来,让自己的生活变得简单。仰望星空,寻找安详,她开始进入反省和内视的过程,她甚至庆幸自己的生命与这些星星们有交集。她如此诚恳地表达自己的心境:"他们唤醒我的良善,让我更良善;唤醒我的慈悲,让我更慈悲;唤醒我逐渐麻木的部分,让我重整精神去热爱、去播种、去收获幸福。他们用自己微弱的单纯的光启迪着我。"

于是,她带着这份感恩去家访。她经常利用周末时间买好各种零食、彩笔等礼物,自己开车,循着导航的指示到很远的乡镇去看望这些特殊的孩子和孩子的家人;她关心他们的家庭条件和成长环境;她探究这些孩子输在起跑线上的真实原因;她的爱和悲悯一往情深,从出发点开始。在日常的工作中,无论在课堂上还是课间,她都深情地拥抱他们,亲吻他们,跟他们一起玩耍,甚至没大没小地跟他们搞恶作剧。正如她给自己定下的目标一般,"为孩子们做点儿什么",因为她有备而来,所以她不走过场、不搞形式,把自己坚定地融入其中,像一条固执地游动、陪伴在孩子们身边的鱼。她是孩子们挚爱的"燕子老师",她用数不清的时间保证"和你在一起"。她的眼里常含热泪,看到春芽萌发的时候,看到极弱小的花儿盛开的时候,看到孩子们的笑脸的时候,看到孩子们疼的时候,她都会悄然盈泪。她的到来,对这些孩子们来说,无疑是最美好的相遇、最幸福的开始,而她却说:"我是来陪伴他们的吧？他们又**何尝**不是陪伴着我，呼唤着我，注视着我，拥抱着我，邀请着我，**也思念着我**？"

她一边鼓励孩子们的每一点儿小成长，一边担心他们的未来——他们离开学校后怎么办？他们会结婚吗？他们以后是否能够快乐地生活？他们是燕子老师眼里可爱的"阿哲""阿通""阿健""阿德"……他们每一个都那么相似，又那么不同。他们是时代的慢行者，也许他们最终会被熙熙攘攘的洪流无情地淹没，可是陈老师的爱和勤奋、使命与悲悯，让我们看到并看清了他们的模样，了解了他们的想法，更懂得了他们的喜怒哀乐；让我们不由自主地开始爱他们，感谢他们；让比他们拥有更多的我们，更深刻地理解生命，理解爱，理解付出和收获，是他们让世间的扶助更加深沉。

捧读这本沉甸甸的书稿，我的眼睛一次次地湿润。通过陈老师的特教日记，我不仅认识了孩子们，还认识了严肃又慈祥的校长和有着特教情怀的老师。面对残缺的生命，他们的心是柔软的，他们用双手一针一线地给孩子们缝好被撕裂的衣服；他们的口袋里总是装着卫生纸，好时时擦去孩子们的鼻涕；他们会在孩子尿裤子后马上买一条新的给换上；他们会不厌其烦地一个一个音符地教，直到孩子们能够独立哼唱出并不完美的歌谣……因为是特教老师，他们看淡了名利得失；因为是特教老师，他们对成功有着不一样的诠释；因为是特教老师，他们对人生有着与别人不一样的体悟。

静水流深。感谢特殊的孩子们,感谢特教中心的老师们,更感谢你,燕子老师!

孙连英

2019 年 1 月 26 日

(孙连英,平度市文化和旅游局副局长,《和你在一起》募捐参与者。)

# 目录 / CONTENTS

和你在一起　　/001

大声呼唤我的名字　　/181

为你千千万万遍　　/311

**附录**
我眼中的燕子老师　崔桂荣　　/345
永远年轻,永远热泪盈眶
　　——致燕子姐姐　蜗　牛　/348

**后记**　/350

和你在一起

**我想和你在一起**

记得小时候,村东头有一户人家,家里有两个儿子:哥哥高大英俊,娶妻生子;弟弟十七八岁,是个哑巴。

记得那时,自家屋后不远处也有一户人家,家里有三个女儿,个个健康水灵,但她们的母亲是个哑巴。

后来,因父亲调动工作,全家搬进了小城。那所大学的家属院里有一户人家,父母健康,但是他们的一个儿子也是个哑巴。

对于聋哑人,年幼的我总是敬而远之,因为我听不懂他们的语言,无法沟通,故而心生恐惧。

村东头那家的哥哥,算是我家雇用的短工吧。父亲在外地教书,哥哥姐姐也跟着去了,家里只剩我和母亲。我太小,家里的农活难免要请乡亲们帮忙。特别忙的时候,那家的哥哥便会来我家干活,有时候甚至带着年轻貌美的媳妇一起来。我常看到他的哑巴弟弟无所适从地站在我家门口不敢进来,我也不敢出去。那两年,每当家里有活儿,母亲总是让我去村东头请那家的哥哥来帮忙。每次去敲门,我都怕得不行,生怕开门的是他的哑巴弟弟。

当我长到十七八岁的时候,听父亲和母亲聊天说,故乡的哑巴弟弟失踪了。我的眼前顿时浮现出他站在我家门口因为哥哥的呵斥不敢进门的情景。

每当回故乡看望执意留守的奶奶,我总会去那个哑巴母亲的小卖铺里买点儿什么。有一次去打酱油,我战战兢兢地递给她酱油瓶子和钱。等她把瓶子放在柜台上,我拿起瓶子转身就走。她在后面"啊啊"地叫,我吓得干脆跑了起来。可小孩儿终究跑不过大人,我被她逮住了。我惊恐地看着她,却看见她手里拿着零钱摊开来给我。我一把抓过钱,奔逃回家。

去年我再次回故乡寻找童年的踪迹,哑巴母亲家已破败,无人居住。

至于家属院那家老师的哑巴儿子,则是最让我愧疚的了。他应该比我大四五岁,却和我三岁的外甥玩得极好。那年夏天,有一天,外甥跑回家来,嚷着:"三姨三姨,哑巴欺负我!"我赶紧跑出卧室,让外甥躲进屋里,自己则站在门外,果然看到哑巴气冲冲地大步走来。我不知道哪里来的勇气,迎上前,抬手给了他一个耳光。他一手捂着脸,愣在了原地。我却害怕地跑进屋,反手锁了门,手捂着胸口:天哪,我竟然打了他!

事后,小外甥和哑巴仍旧玩得很开心。之后不久,哑巴搬家了。我曾在市内见过他一次,他骑着自行车,骑得飞快。

其实当年,家属院的后面就是一所聋哑学校。我家从平房搬到楼上去住之后,透过窗户便能看到许多特殊的孩子在打篮球,做游戏,排队打饭。他们时常手舞足蹈,伴以"咿咿呀呀"的歌声。那个时候,奶奶年迈,不再坚持在故乡独居。每当我回家,奶奶总唤我过去,指着窗外说:"你看,他们玩得多开心啊。"

而今,奶奶已去世多年,父母也已退休,家属院的房子卖了,后面的聋哑学校也换了新校址。我却时常想起童年、少年生活中出现过的这几个特殊的人。我为自己曾经的恐惧感到惭愧,也为曾经扇的那一耳光而愧疚不已。

我常在想,我见过的这几个人,他们有着怎样的童年,怎样的经历,怎样的梦想?又有着怎样的喜怒哀乐、悲欢离合?他们是不是来自星星的孩子,携带着地球人无法破解的密码?

亲爱的孩子们,请原谅过去的我,并接受我的主动靠近。因为,我想和你在一起。

**2018 年 9 月 1 日　星期六　晴**

今天是普通中小学开学的日子。按照惯例,开学第一天应检测暑假作业。而我却坐在特教中心的会议室里,和其他老师等候公布新学期人事安排。

初来乍到,无论谁安慰,我心里都忐忑不安:开学前,怕自己不懂哑语、盲文,误人子弟;开学后,得知近几年学校已没有聋哑学生,我紧张的心情舒缓了许多。让我更加宽慰的是,我中学时的老师在这里,15 年前认识的阿荣在这里,还有大学同学阿玲也在这里——他们都已经非常专业。我像一个小学生一样向他们咨询我将要面对的未知的孩子们的情况。他们说:"别紧张,一切都会适应的,实在不懂,还有我们呢!"

新同事们忙着搬"新家"、收拾教室,我漫步在教学楼内外,熟悉着环境。玻璃橱窗里,张贴着义工前来捐赠、帮助、看望孩子们的照片;走廊墙壁上,布置着鲜艳的充满活力的图案、警句。想起报到那天,门口的警卫室里也悬挂着孩子们活动的图片;警卫室的警卫向我介绍学校是何时从何处搬迁过来的,校长是如何早到晚归的,上下班时某某老师是如何有礼貌地打招呼的,去年某个时候一个白发苍苍的老人是如何透过学校大门心疼地看着校园里特殊的孩子们,非要捐赠一万元钱的……我开始期待,从这个 9 月开始,什么样的孩子、什么样的同事将和我一起度过未来的日子?

窗外鞭炮齐鸣。想起今天是财神节,心里闪过一个念头:愿我能让星星们的童年更好地绽放,如礼花般绚烂。

亲爱的孩子们,我很快就要见到你们了。为了我们此生的第一面,我在午后沐浴。梳头的时候,我发现了一根白发。它那么纤细,和其他稍微泛着黄的黑发在一起,几乎看不出来。我尝试着把它拽下来,却总不能将它从其他几根头发中分辨出,只好作罢。我断定这根白发是与你们有关的。自从决定要和你们一起生活,我开始紧张,开始忐忑,开始睡不好觉。在我心里,你们是完美的,我怕自己学不会你们的语言,怕自己在你们面前窘迫到不会讲话,怕自己讲的话不能让你们听懂。你们会不会笑我胆小如鼠、杞人忧天？不骗你们，我是真的担心，怕自己无法登陆你们的星球，怕你们不喜欢我，不接受我，因而也不欢迎我的靠近。让我们来做吸铁石好不好？你们做北极，我做南极，这样，我们第一次相遇就会实现异极相吸，像草原上的骏马低头亲吻美丽的金莲花。

　　亲爱的孩子们，为了见你们，我上午特意去花店买了两盆"碧玉"，店家说它的昵称是"计算机宝宝"，我计划把一盆放在家里，一盆放在办公室。我必须保证我的眼睛可以把你们的美看得更清楚，把你们的乖看得更完整，把你们的每一点儿成长看得更细致。

　　我的心里开始滋生感激之情，感激让我前来特教中心的人，感激让我靠近却又提醒我该怎样做才不会伤害你们的人，感激安慰我、鼓励我、说我一定会适应并热爱你们的人。所以，添一根白发又如何？我已经迫不及待地想要见到你们，想要拥抱你们，想要教你们念教你们写"我是中国人，我爱中国"，想要和你们一起散步、唱歌、同大树上的喜鹊互相致意，更想和你们一起度过第一个秋冬，然后春夏。

　　来自星星的你们，如此，可好？

## 9月3日　星期一　阴转晴

　　凌晨下了一场没有预兆的雨。

　　我没睡好，醒来洗漱，然后迫不及待地去上班，希望自己能在门口或者某扇窗子后面，迎接孩子开始新的学期。我发现自己不是到得最早的，门口早就站着三位全副武装的警卫。我泊好车，看到校长正沿着甬道走走停停看看：放倒的蓝色粗桶、下水道、消防栓……我悄悄地跟在后面，不发出半点儿声响。

　　终于绕着校园转完了一圈，我重新站在了校门口，一辆三轮车恰巧停在那里，下来一个十五六岁的男孩和他的父亲，或者是爷爷也说不定。我实在无法准确地判断他的身份，那被日光晒得黝黑的脸庞，那斑白的头发，他是父亲还是爷爷呢？没错，对于我来说，每一个孩子，我都不认识，但我又确切地知道，每一个孩子都是我将面对的一颗星星。为此，我满怀喜悦，脸上绽放出几分春色来。

等你们返校的时候，我去后勤取了插排、计算机，并将其安装好。没等喝口水的工夫，办公室外传来同事的声音："升旗了，升旗了！"紧接着，大喇叭传来了集合号，我赶紧跟着人流往外跑。

升旗仪式在四方形的教学楼中间一个类似"天井"的地方举行。经过了一个夏天，我终于重新见到了鲜艳的五星红旗，它就悬垂在旗杆底下。你们就排队站在升旗台前，纵向十几队。大队辅导员开始讲话了，她说"立正"，你们大部分人立刻站好，少数依然在转动，班主任老师便过去提醒。国歌声嘹亮，然后是国旗下的讲话，简短如一首十四行诗。

今天第一次笑，是对一个搬桌子的男生。我在教学楼一楼西侧找计算机老师的时候，看到一个穿一身黑衣的男孩正搬着一张课桌上楼，桌子腿被楼梯卡住了，他不上不下地停在楼梯中间，着急得不知所措。

我走过去问："要我帮你吗？"

"好啊。"他倒不客气。

我和他一起把课桌抬到了二楼，他立正向我道谢。我继续走迷宫似的在教学楼里转。我转到东侧楼梯时，看到刚才那个男生又在搬课桌。

"你还没搬到指定教室吗？"我疑惑地问道，并继续帮他把课桌抬到四楼去。我不知道他要找什么，问他，他也说不清楚。四楼静悄悄的，根本没有教室。我没去管他，继续走我的"迷宫"。这样，我又转到了二楼，在西侧楼梯又看到了那个男生，他满头大汗，还在搬那张桌子。我没了辙，赶紧跑到办公室去叫一位老师出来瞧瞧。

那一瞬，我觉得自己是个坏人。我虽然帮那个男孩抬桌子上了两次楼，却根本没有真的帮到他。

那位老师也没问出男生要把桌子搬到哪里去。正在这时，另一位老师从教室里走出来，对那个男生说道："在这里，在这里！"

那张经过我的手，被黑衣男生搬着在教学楼转了一大圈的桌子终于被接收了。男生受到表扬，他如释重负，满脸喜悦，活蹦乱跳地下了楼梯。我含笑走在他身后,看他手舞足蹈,挥动双臂,踢踏双脚,像一只快乐的小精灵。后来我才知道,那个出来迎接他的老师是阿芹。

## 9月4日　星期二　晴

午餐后,我坐在办公室里,看着窗外蓝天上那一朵形状不规则的云。孩子们早已去寝室午休了。校园里静悄悄的,只有风,不时轻手轻脚地制造出一点儿动静,比如拽一下门,翻一翻书,掀一掀白色的窗帘,或者掠过窗台下的草坪。我能想象到它们被风吹拂的模样。

下午的课备好了。睡不着,信步踱出楼去,我在风口的台阶和绿地间徘徊,脑海里浮现出上午放学后赶着去餐厅就餐的一个男生。如果我没记错,他该是昨天搬着桌子绕着教学楼寻找教室的那个,只不过衣服换成了浅灰色,我不敢确定。他风风火火,一副急着用餐的样子。从我面前经过时,他看了我一眼,没有吭声。我微笑着,本也没有抱什么期待。这让我想起曾经的学生们,大老远就喊我"燕子老师"。但如今,我初来乍到,还没有一个孩子认识我,没有一个孩子如此喊我,也没有一个孩子看到我时脸上露出幸福的神色。

所以,下午一上课,我便在黑板上写下"燕子老师"四个字。孩子们并不认识这四个字,像不认识我一样。我做着自我介绍,怕他们听不懂,禁不住展开两只手臂,一边做着飞翔状,一边说:"对,我就是天空中飞翔的那个燕子老师,请叫我'燕子老师'。"孩子们叫我时,有的发出声音,有的沉默不语地望着我,好像我是一个奇怪的动物。

这堂课,我继续教他们认识四种蔬菜:"紫色的茄子,白色的萝卜,红色的西红柿,绿色的青菜,五颜六色,好看极了。"昨天没来上课,今天刚来报到的阿霖有点儿吃力。"紫色的。"我单独教了几遍,他才读对了。我夸他,他便冲我笑。下课后我离开教室时,他竟坐在座位上回过头来目送我,好像没看够我这个天上飞的奇怪的动物。那一瞬,我的心里涌起一丝莫名的

感动,觉得自己下课离开他是一种罪过。

记得有一次我打开"班班通",想给他们播放动画片《中华美德故事》,视频效果极好,却没有声音。我正纳闷儿呢,孩子们指着一侧的音箱,口齿不清地指挥我:关了,关了。我过去查看,果然开关关了!打开开关,动画片有了声音,我扭头看着五个孩子欣欣然的样子,真是越看越可爱。想起教导处主任阿荣安慰我的话:"燕子,别紧张,课堂教学灵活处理,累了就带孩子们走出教室,散散步,看看树叶,熟悉一下校园环境。"我忍不住"反驳"她:"拜托,说反了好不好?应该是孩子们带着我熟悉环境!"她乐了。

上午第二节课后的课间操时间,班主任去开会之前,叮嘱我帮着照看班上的孩子。孩子们每人一包奶、一个桃子,坐在座位上乖乖地吃着。我忍不住开玩笑地说:"咦?你们有吃有喝,舍不舍得给我一个桃子吃?"他们坐着没动,笑眯眯地看着我,用手指了指教室后面的桶。我走过去,见桶里还有半桶桃子,每个都很完整,没有虫子,便信手拿了一个,洗了洗,一边啃桃子,一边在他们之间溜达。有个孩子已经吃完了,两只手指捏着桃核,坐着不动。

我问他:"你想把这个桃核种在哪里呢?"

他一下子来了精神:"我要把它种到老家的地里去!"

我点点头,又问旁边正在啃桃子的另一个男生:"你呢?"

他好像还没想好,不知如何回答我。

"他种地里,你莫不是要种天上吧?"大家都笑了起来。

怎么说呢?他们比我想象中要懂事得多。吃完了桃子,没有人乱扔桃核。即使上洗手间,他们也会跟我打声招呼,让我很省心。我知道这是之前的老师教导的结果。

我啃着桃子回到办公室,才知自己做了错事——办公室里一个老师见我吃桃子,说:"桃子是配给孩子们的,老师不能吃。"

"啊?"我停止咀嚼,咽也不是,吐也不是。

阿木,你是不是也要批评我呢?呵呵,原来,我吃了孩子们的果子。看样子,有很多东西,我必须问清楚才行。但愿孩子们"宰相肚里能撑船",别记我一过才好。

这是我见到他们的第二天了。我正在逐渐适应这里,期待每天都有新的故事、新的快乐发生。

## 9月5日　星期三　晴

今天是一年级新生入学的日子。到学校的时候,已经有一位母亲和一个女孩大手牵小手地站在教学楼入口处。她们似乎在等待着什么。我泊好车走过去,已经有一位值班的老师在迎接她们了,同时还迎接了另外一对母女。值班的这位老师——教科室主任云芳,是我昨天才认识的。她看起来有点儿疲惫,我一问,才知她从昨夜值班到今天早晨。

说了没两句,云芳就不再管我了,一路领着前来报到的家长和孩子去教学楼,然后用手指指向走廊的尽头,那是一年级的教室。来报到的孩子,有的是妈妈领着,有的是爸爸领着,也有的是爸爸妈妈都来了。无论哪种情况,来了几个家庭,云芳都给他们带路、指明方向,不厌其烦。我拿着手机,不停地调整角度,想拍下这忙碌的早晨,却总不尽如人意。

校门口又走进一个男生,我定睛一看,是那个搬桌子的可爱男孩!

"喂!你好!"我高兴地冲他打招呼。

他看看我,没吱声。

"你不认得我了?帮你搬桌子那个!"我调侃道。

"你是那个老师?"他十分疑惑。

"对,就是我!"他终于露出了笑容,"老师好!"他并没多做寒暄,也没有停留的意思,而是经过我身旁径直向教学楼走去。

我赶紧快走两步追上去:"你等等!"

他停下来看着我。

"你走读?"

他点点头。

"你是几年级的?"

"六年级。"他口齿并不清楚,但我大概听出来了。

"六年级几班?"

"六年级一班。"说完,他扭头大步流星地朝前走。

"你叫什么名字?"我不肯放弃,继续追问。

他复又回头站住,说:"阿鹏。"

"阿鹏?"我不确定他的发音是否是这两个字,我的脑海中首先浮现的就是这两个字。

"嗯。"

"阿鹏?"

"嗯。"

我终于放心地放他走了:"谢谢你,再见!阿鹏!"

原来,这个男生叫阿鹏,六年级一班的。以后,我不用再猜测他是谁、是哪个班的了。以后,我可以直接去六年级一班找他了。他一定不知道我是多么"阴险"地在"算计"他,想让他成为我观察研究的第一个对象。一想到这里,我就忍不住"坏坏"地笑。阿鹏,相识是缘,请你做我在此处最想靠近的第一颗闪亮的星星如何?

不由得想起上午在三年级课堂上教授生字"五"和"六"时,阿俊总是不抬头。我开玩笑地喊他:"是不是因为燕子老师长得丑,所以你才懒得抬头看黑板呀?"阿俊多伶俐啊,他立刻回答:"老师很漂亮!"其他六个男孩都笑了起来,声调高低不平。我配合地捂着脸,真的很开心,不是因为学生夸我漂亮我就飘飘然,而是因为阿俊伶俐。我再一次发现,虽然上帝关闭了他们的某扇门,但是也为他们开了某扇窗。这是一扇怎样的窗?尽管我还不得而知,但我确信,那扇窗很明亮,只要太阳的角度足够好,便能映照出他们心房里的灿烂和明媚;只要窗外的歌声足够嘹亮,便能唤醒他们沉睡的天赋。如果不是爱,开启的密码还能是什么呢?

阿诺今天没有来,倒是来了一个新的男生。他好像很不适应,偶尔发出一声尖叫。其他同学都奇怪地看着他,他却不以为意,兀自笑嘻嘻的。我想,用不了多久,孩子们上课遵守纪律的样子便能让他受到感染,因为好的环境是最好的纠治良药。

差点儿忘了说:阿哲,今天的你很棒哦,昨天学过的词语,"茄子""萝卜""西红柿""青菜""五颜六色"你全部都会读了,并且"五""六"写得也不错。你不知道,当你听老师的话,用小手指着课文一字一句地朗读的时候,我有多么快乐。因为,认真读书的你,像一只可爱的小熊!

## 9月6日　星期四　晴

今天收获很多。

上午没课的时候,我去操场看孩子们上体育课。我老远就看到操场中间的绿地上,一个老师,五个孩子,每人一个足球,正踢得不亦乐乎。临近下课时,体育老师召集他们,让他们把球集中放在一起。阿哲是其中最懂事的一个,他根据老师的要求,把足球摆成了五环的形状。我走过去,淘气地用脚尖轻轻一碰,"五环"便各自滚去。阿哲似乎适应了我比他还淘气,没再理会那些滚得乱了套的足球,跑去体育老师那里列队,跟着老师做放松的动作。只有三个孩子在做,另一个男生坐在绿地上观摩。还有一个女生,啊,竟然见到了阿诺!她也没有列队,而是在一旁跳跃、奔跑,却并不远离。一阵风吹来,吹起她白色衣领的花边,啊,多像她绽放的笑容!

放松动作做完了,下课铃声也响了,五个足球被阿哲抱了俩,他跟着体育老师往器材室走去。你见过足球大的酒窝吗?两个足球被阿哲捧在了两腮,一边一个,遮住了他一大半的脸,多像大大的足球酒窝呀。

我举着手机喊他:"阿哲,看过来!"

"茄子!"他一边走,一边喊着"茄子",两眼透过足球间的空隙看我。我以为他在给我背刚学完的课文——《好看的蔬菜》,因为课文中第一幅图第一个词语就是"茄子"。我忍不住嘀咕,这孩子太好学了。然而,当我再一次请他看镜头时,他又来了一句"茄子"。那一瞬我才明白,原来他是在配合我拍照说"茄子",好做出微笑的口型。

阿哲,你真是太可爱了!

下午在二班上课时，我看到阿哲头顶脸盆从门前经过，忍不住跑出去看他。不要说我少见多怪，因为我实在是太喜欢他了！我从后面悄悄地拍他，又跑到前面去看着他笑。我不知道他是怎么想的，只是觉得他很像我，同样一件事，做得跟平常人不同。我们不去理会常人是怎么看的，只因为我们想这样做，这样做自己是快乐的，如此而已。

　　我走近他，看他那头顶上的脸盆，盆底有点儿脏水，还有一块抹布。我懒得问"你不怕水洒出来弄脏了自己吗？"之类的问题，脏了又如何？如同在雪地上溜冰，摔倒了又如何？快乐总比疼痛多。

　　下班时间早过了，有孩子在晚餐后经过我的办公室，探进头来问我："老师，有没有垃圾？"

　　我愣了一下。这是我第一次晚走，也是第一次遇到主动提出要帮老师倒垃圾的孩子，我便指了指门后。他进来把垃圾袋子扎口带走时，我冲他竖起大拇指。我不知道这是不是老师要求的，这个孩子一定是高年级的，我并不认识。不一会儿，他又回来了。我轻轻问他，什么事？他说，套上新的垃圾袋。我便又指了指放垃圾袋的橱子。他把袋子拿出来，因为袋子是崭新的，扎的绳子还没有解开。他把袋子递给我，说："我解不开。"我笑了笑，接过袋子，解开后递给他。

　　"老师，你嗓子不好？"我点点头，觉得他很聪明，他从我不大声说话甚至尽量不说话判断出我嗓子不好。

　　垃圾袋换上了，半桶不太干净的水也被他倒掉了，然后他提着空桶回来。既然他愿意做，我就请他去提半桶水回来。他去了，一会儿就回来了，但桶还是空的。

　　"水呢？"我指着桶轻轻地问他。

　　"忘了。"他无辜地看着我说。

　　我笑了，提着空桶去，空着桶回来，忘记打水了。怎么像我们大人呀？从客厅去卧室，但就是想不起去卧室做什么，回到客厅重新捋一捋才会想起来。

　　无论如何，我向他道谢，也向他道别。他好像还想跟我说点儿什么，我急着敲打键盘，没有聊天的愿望，便"残忍"地请他离开。

窗外传来孩子们的欢笑声,我跑出去追他们。他们应该是在饭后散步吧,三三两两的,不成什么队形,大的牵着小的,胖的靠着瘦的。路过餐厅时,我看到里面有三个大男孩正在清理地面卫生。我又遇到了那个帮忙倒垃圾的男生,看样子他很爱劳动。他正和另一个男孩走在一起,手里拖着园丁剪下的花枝。我冲他笑,他也冲我笑。

我终于追上了孩子们。他们在教养员的陪伴下,有的坐在台阶上聊天,有的在台阶下随意地玩耍。我教的学生看到我,热情地唤我"燕子老师"。我的心里一阵暖:课堂上请他们今后唤我"燕子老师"的话,他们竟记住了。看我拿着手机拍照,我教的孩子讨喜地走上前来,同时摆着造型。其他班级的孩子见状也凑上前,几秒钟时间,就摆出了一小片风景,一、二、三,七个孩子便永远定格在我的记忆中。

今天是我和孩子们在一起的第四天。我越来越爱他们了,不由得想起校园橱窗里的"校长寄语":

爱是我们共同的语言。
孩子的每一个迈出的脚步,
总是在感动中充满艰辛;
孩子的每一次成功的跨越,
总是会伴随真诚的鼓掌。
作为特教人,
我们以智慧和辛勤执教,
让爱伴随每一个孩子成长;
我们用执着和真诚执教,
点燃每个家庭的希望。

此刻,我的心里满满的都是敬意。

夜幕降临了。天上的星星们陆续显现,地上的星星们呢?我关窗,关灯,锁门,悄悄地去寝室和他们道别。

寝室是男生的天下!每一扇寝室门都开着。看到我,孩子们都很兴奋,呼啦啦地围上来。我轻轻地请他们去自己的寝室等我,我一间一间地走。听话的都退回寝室了,仍有三五个一直不肯离去,陪着我一间一间地走。

在一间寝室外面,我竟然看到了阿鹏。

"你不是走读吗?"

"他今天没走。"旁边有同学代他说。

"你的床位在哪里?"

他回头带我走向寝室,一手指着门后的床,一手指着寝室的门牌号,我抬头一看:211。多聪明的阿鹏啊。

"燕子老师"的叫声不断。我不清楚其他班大大小小的孩子们是如何知道我的,也许是听了我的孩子们这么叫我便也跟着叫吧。我已经分不清叫我的究竟是哪一个,我的前后左右都是男孩子。有个胖男孩甚至裸着上身,一点儿都不避讳。

虽都是男孩,天气也热,但寝室的空气很干净,没有异味。每间寝室都有一台壁挂式电视机,孩子们有的两个人躺在一张床上看,有的独自看。看到我进去,他们并没有受到干扰。

寝室的设施是一样的:放着四张木床,床上摆放着蓝床单、蓝被子,自带卫生间……

等一下,我终于被一间寝室震住了:门内右侧的一个床铺上挂着一顶粉红色的蚊帐!蚊帐并没有放下来。床上坐着一个穿着黑上衣的男生,他安静地坐着,电视没开。寝室除了他,再没有其他孩子。

"你好。"我轻声地跟他打招呼。

我有点儿胆怯了吗?是被这粉红色的蚊帐震惊了?还是被他安静的样子吸引了?跟其他寝室的孩子相比,他实在太过不同。如果一定要找个理由,便是这间寝室是成熟的,这个孩子是成熟的,这种成熟里带着更多文明的因子、更多被关爱的迹象。

男生并没有动,只是安静地看着我,几乎没有什么表情地回了我一句:"你好。"

"你这蚊帐太漂亮了!我可以拍张照吗?"我征求道。

"可以。"他依旧平静地应我。

我举起手机,还没拍,便有俩孩子敏捷地蹿过去,追打嬉闹。其中就有那个给我倒垃圾的男孩,他一直热情洋溢地陪着我一间一间寝室走下来。他大概太开心了,不,是因为他们三个都是一个班的,只见他一抬手把搭上去的蚊帐扯下来,蒙在了中间那个孩子的头上。蚊帐随即散开,中间那个孩子像头戴红盖头的新娘!

寝室内外一片笑声!那个安静的蚊帐的主人也露出了笑容。中间那个孩子手忙脚乱地重新搭蚊帐,我赶紧将这欢腾的一幕定格下来。

这一刻,我忘记了他们是来自不同星球的孩子,抛开学习,生活中他们跟正常的孩子有什么区别呢?他们热爱生活,团结同学,乐于助人,勤劳善良,甚至比我们更单纯、更可爱一些。

这个晚上,我真是太快乐了。亲爱的孩子们,我能为你们做些什么呢?除了用文字记录你们的生活,我还能为你们做些什么呢?这是我来到这里第一次萌生如此念头。我知道,只要自己愿意,我可以做更多。爱,可以更深入,更透彻,更纯粹,直抵彼此至真、至善、至美的心灵。

临走时,我记下了那个挂粉色蚊帐的男孩的名字——"阿亨"。他是六年级二班的,阿玲的学生。

## 9月7日　星期五　多云

阿瑭:

昨晚去寝室时,我认识了一个很特别的孩子,六(二)班的。今天一上班,我特意去找他的班主任阿玲了解他的情况。阿玲说,他叫阿亨,患有自闭症,一般非常安静,高兴的时候自言自语,两手拍打舞动。我很好奇,便恳请阿玲,让我去听她讲课。恰好,阿亨的同桌被接走了,得到阿亨的同意后,我坐在了他身旁。

你一定不知道我为什么执意要了解他。阿瑭,坐在他旁边的时候,我的眼前浮现的却是你。因为,这个叫阿亨的男孩,竟有六分像你!

我想轻轻地跟他说话,但又怕吓着他。我在自己的本子上写下他的名字,然后把本子和笔递给他。阿瑭,我以为他不会写自己的名字,但没想到,他竟然在我写的下面又写了一遍,每个字之间有适当的距离,非常清楚。这真让我刮目相看。阿瑭,我想他是和你一样好的孩子,我这样想着你,也想着他,默默地做着比较,他和你小时候实在太像了。

之所以关注他,是因为昨晚去他们寝室时,那么多间寝室,每间有四张床,唯独他的床上挂着蚊帐,粉红色的蚊帐。他安静地坐在蚊帐下。相对于其他寝室闹腾的孩子们,他显得太过安静了,让我也禁不住安静下来。这份安静让我的心提着,仿佛他是一件名贵的瓷器,碰不得,连看一眼似乎都有可能破碎。

我陪着他听了一堂课,如果不是阿玲喊他起来回答问题,他几乎不发出任何声音。每当那个时候,我总会拿手指轻轻地碰他一下,提醒他看黑板,提醒他张开嘴,提醒他发出属于自己的声音。他真听话,像你一样乖。因为他像你一样乖,阿瑭,我无比心疼。就像此刻,我的敲打中满是你和他混合的影子、混合的面孔。我无比心疼,眼里竟然盈了泪,浅浅的,如果不再坚持,很快就会被秋风收了去。

你是否疑惑,我的学生怎么会有自闭症?忘了告诉你了,阿瑭,我调到特教中心来了。没错,就是为了靠近他们,了解他们,关爱他们,书写他们。于我,他们是来自星星的孩子。开学几天了,经过短暂的接触,我觉得他们比普通的孩子还要单纯、还要善良、还要美好,他们是真正的天使,我怎能不爱他们?

我想,你一定会赞成我的选择。我在即将年过半百的时候,选择到这群特殊的孩子身边,做些力所能及的事。我甚至相信,善良的你,一定会因为我的选择从此更多地关注这些来自星星的孩子,无论你在故乡还是远方,国内还是国外,都会做得比我更多、更好。

因为阿亨,我想起了你。祝你快乐,阿瑭。也请你在远方祝福我吧,祝福我和我可爱的孩子们。如果你愿意听,以后我会继续给你讲阿亨和其他孩子的故事。

**9月8日　星期六　晴**

　　孩子们昨天下午被家长接回家过周末去了。我牵挂着阿亨。
　　"早上好,阿玲,今天下午若你不忙,请带我去做家访可好?"
　　"真是惭愧,这么多年我也没有到他家去过,只是电话联系。你的热情让我自惭形秽。下午我没什么事,愿意和你一起去。"
　　其实,阿玲大可不必这么说。来了后我才了解到,这些特殊的孩子大多并不住在市内。他们的家在乡镇、乡村,最近的离学校也有七八十里路。老师若不会开车,要去做个家访真的不太容易。
　　阿玲说,阿亨所在的那个乡镇快到邻市了,班里还有几个孩子也是那里的,情况都比较特殊,如果方便的话一起去看看。
　　我很高兴她这样说,我在家里简直手舞足蹈起来。我忍不住开心地告诉她:"你终于上了我的'贼船'了!"
　　"架不住你忽悠。"
　　"亲爱的,这是爱的大船!我们风雨同舟!"
　　午休片刻,我们便启程了。加油,导航,买礼物,一气呵成。穿过五六个红绿灯,经过ETC,我们行驶在高速路上。阿玲一路没闲着,给我介绍那几个孩子的情况。路边的风景,我们一点儿没顾得上欣赏。
　　阿玲说,我们先去的是阿涛家。
　　导航终于把我们导到去阿涛家的岔路口。一个满头华发的老人正站在路口向我们来的方向张望。阿玲说,那是阿涛的姥爷。姥爷骑三轮车在前面带路,我们慢慢地跟在后面。从省道拐上分岔路口行驶三公里左右就到了村子,三轮车七拐八拐地行进着,终于在一个胡同里停了下来。一个六十多岁的老太太已经等在门口了,旁边站着阿涛,他懂事地接过阿玲手中的礼盒。

　　穿过院落,一进门就是客厅,中间有一张圆桌,圆桌周围散放着四五个高脚的红色塑料凳。靠近门的角落放着一张单人铁床,或许是阿涛睡在上面,他一进门就坐在了那张铁床上。

姥爷招呼我们在桌边坐下,并嘱咐姥姥赶紧泡茶。杯子是玻璃杯,不是很干净。茶泡上后,黑褐色的茶汤遮住了原来的杯体,一切看起来好多了。大家寒暄几句,便进入正题。

阿涛一开始并没有加入我们,他从铁床上起身,走进里屋,在炕上坐着,打开了电视机。我被里屋墙上金黄色的奖状吸引住了,跟进去一瞧,原来是两张"优秀学生"的奖状,都是阿涛的。

"阿涛,你好厉害啊!"

阿涛腼腆地笑笑,没吭声。

正东面的墙壁上除了两张奖状,还有一对放大的夫妇的合影,占了四分之一的墙壁。一开始我以为那是阿涛爸爸妈妈或者姥姥姥爷的合影,仔细一看,原来那对夫妇是我们的国家主席习近平和夫人彭丽媛!不仅有这张特大的,旁边还有几张小的,有刚下飞机的,还有接受少先队员献花的……

我说,阿涛,你和姥姥姥爷好爱国啊。阿涛仍旧笑了笑,这一次,他笑得露出了牙齿。

在来的路上,阿玲说过,阿涛原本有一个幸福的家庭。可后来,他爸爸帮人贷款作保,结果贷款的人跑了,债主便找阿涛爸爸要账。他承担不起,便远走他乡躲了起来,再也没有回过家。阿玲说,他曾经去学校看过阿涛一次,自称是阿涛的爸爸,却什么礼物都没有带,只是请老师帮他和阿涛拍了一张合影就走了。临走时,他说等他赚钱了,就带阿涛去做手术。但无论老师还是阿涛,从此都再没有见过他。至于阿涛的妈妈,阿涛姥姥说,阿涛的妈妈精神有些问题,加上阿涛的问题,大概这也是阿涛爸爸离家出走不愿再回来的原因之一吧。

阿涛不是我们想象的智力有缺陷,用阿玲的话说,他只是智力迟滞。根据阿玲的描述,阿涛热爱劳动,爱干净,寝室的被子叠得像解放军一样方方正正。听阿玲说,面对自己的"杰作",阿涛舍不得坐自己的床,总是坐在其他同学的床上。

我请阿涛和我们坐在一起,拿起姥姥洗的小西红柿给他吃,他和我逐渐熟了,便放得开了。阿玲作为班主任,和姥姥姥爷相谈甚欢。我听得差不多了,就想见见阿涛的妈妈,因为我知道,姥姥姥爷担心自己老了无法照顾外孙和女儿,最终帮着女儿和阿涛爸爸离了婚,然后又在本村为女儿找了个女婿。据老人们说,这个女婿对女儿和阿涛都还不错。我很想看看阿涛现在的家,便催阿玲一起去。姥姥姥爷提议让阿涛去把爸爸妈妈喊过来,一起见见也好。

阿涛起身,姥爷拿了十元钱让他捎包烟回来。他一路小跑,我几乎走五六步就得喊一声"阿涛等等我"。阿涛总是回头看看我,等两秒钟又继续赶路。我边笑边喘,没办法,最后连喊他的力气都没了。为了逗他,我就胡乱地喊:"阿涛——涛阿,涛阿——阿涛!"正着喊他时,他停下来看我一眼;反着喊他时,他装作听不见径直往前走。

我跟在他身后真的很快乐,因为他领着我七拐八拐地穿梭在乡村的房前屋后,一会儿水泥路,一会儿土路,一会儿经过绿树成荫的林荫道,一会儿又经过开满凌霄花的老屋新墙。我总是喜欢这乡村的朴素,就像喜欢孩子们的纯真和善良一样。

终于到了一扇绿色的铁门前,他上前拍门,门内一个男人应了一声,铁门开了。看起来比阿涛还矮半头的男人,便是阿涛的继父。随后走出来的一个梳着羊角辫的女子便是阿涛的妈妈了。阿涛带我去看他自己的房间——崭新的家具,一张双人床,一台风扇,看起来还不错。然后,我们一起走回姥姥姥爷的屋子。

在阿涛姥爷家待了一个半小时之久,阿亨的妈妈来电话说已经到家了。我们便告别已经相熟的阿涛家人。临上车前,我忍不住伸手握住阿涛继父的手,真诚地说:"谢谢你对阿涛和阿涛妈妈这么好。你是个好人!"阿涛继父笑道:"应该的!应该的!"

我不知道未来的日子里继父会如何对待阿涛母子,但总会更好吧?我希望是这样的,因为从言谈举止上看,他是个善良的男人。阿涛的姥姥姥爷应该放心了吧?

阿亨家距离阿涛家有十四五里远,一个在省道南五六里,一个在省道北七八里。我很庆幸自己学了驾照,要不做家访一定跑不远。阿玲又买了一箱礼物。靠近目的地时,阿玲打了电话给阿亨妈妈,很快,一辆摩托车来接我们了。我眼前一亮,阿亨妈妈烫了个"大波浪",衣着光鲜,还挺时髦的。

　　果然,阿亨的家里干净极了,卧室不说,单是客厅、洗手间,用乡亲的话说,一定是"锃光瓦亮的"。客厅茶几上摆了一盆开放的茉莉,散发着淡淡、甜甜的香气。阿亨妈妈很客气,拿出葡萄给我们吃,又招呼阿亨给我们泡茶。阿亨在妈妈面前话明显多了很多,他乖巧地去取了两个杯子,每个杯底放了一点儿茶叶,然后打开电水壶,烧水、泡茶,一切有条不紊。我赞赏地看着他,像看我身旁这株茉莉花。

　　作为班主任,阿玲到谁家都不闲着,把学校、班级的工作传达一遍,尤其是孩子的安全方面,更是叮嘱再叮嘱、指导再指导。家长忙到没空去学校签字,她就拿出材料,当面手把手地指导完成。从阿玲身上,我再一次领悟到"为人师表"需要爱心和耐心。

　　阿璐,我们14点出发,回到家时已经19点半了,现在是22点34分。感觉有很多话还没跟你说,但我脑子似乎不运转了。阿璐,今天先到这里吧,等我清醒些再跟你继续说。

　　晚安,阿涛,你的姥爷很有思想,你的姥姥很漂亮,你的继父买了瓜子,你一定替我们多嗑几个。

　　晚安,阿亨,你的妈妈比想象中可爱多了,你刷洗的摆放在石榴树上的黑鞋子也很可爱。

　　阿玲,今天真的谢谢你,陪我一起上了这条爱的"贼"船。改天,我们继续出发吧!


## 9月9日　星期日　晴

阿群:

　　收到你的来信是在这天清晨。当我打开手机邮箱时,开头的称呼让我一下子认出了你,我的阿群! 每每来信,在开头你总是唤我"亲爱的燕子老师",使我的脸像这渐浓的秋意,默默地红了。

浏览完了你的信，我起身去洗漱，一边洗漱一边这样想着你。阿群，谢谢你的来信，也祝贺你成为檀国大学哲学系的一名大学生。你说全系只有你一个外国人，说教授因为非常喜欢中国，所以对你也有所偏爱，我的嘴角禁不住上扬。难道你不知道吗，阿群？你总是像一个精灵，很纯净、会发光的精灵，只要心存善念，没有谁会不喜欢你的！你问我的近况，我正好有一个好故事要告诉你呢。阿群，我亲爱的孩子，请竖起耳朵吧！

昨天下午，我和同事阿玲去做家访。对，那个孩子叫阿亨。我们正和他妈妈闲聊着他成长中的事，阿亨突然嘟哝一句："坐错车。"

坐在他旁边的阿玲问他："你说什么？"

"坐错车。"

"你还记得那件事吗？"

"记得。"

我不知道是什么事，就用求助的目光看向阿玲和阿亨妈妈。阿玲很意外地说，"那件事过去两三年了，真没想到他还记得。"

"记得。"阿亨又重复道。

三年前，阿亨13岁。一个周一，爸爸、妈妈和舅舅送他去上学。因为他们要先去批发市场进货，就把阿亨送到由乡镇开往市内的公交车上，嘱咐他到了车站后待在原地，等他们去接。家长们算的时间是能正好接到阿亨的，没想到他们耽搁了一会儿，等赶到车站时，阿亨不见了。

阿亨去哪里了呢？他被黑出租拉走了。

黑车司机见他背着双肩包，人长得白净好看，以为他是个中学生，就直接拉着他上车走了。出了车站往市内方向跑，司机一边开车一边问阿亨是哪个学校的，阿亨不吭声。

司机送他到朝阳中学门口，问他是不是这里，阿亨摇摇头；送他到劳动技校门口，问他是不是这里，阿亨摇摇头；送他到职教中心门口，问他总该是这里了吧，阿亨还是摇摇头。

"你究竟是哪个学校的呀？"司机终于着急了，他拉了一个烫手的山芋呀。司机并不笨，他让阿亨打开书包，书本上总该有学校、班级、姓名等信息吧？好在特教中心为每个孩子制作了学生卡，卡上写着学校、班级、姓名及班主任老师和家长的电话号码。司机每个电话都打了一遍,然后把阿亨送到了特教中心。找孩子找疯了的老师和家人这才放下心来。阿玲跑向警卫室时,只看到司机,不见阿亨。她着急地问:"你把我的孩子弄哪儿去了?!"

司机无助地指了指门口的车子。

阿玲跑过去打开车门,只见阿亨大爷一样两手抱肘靠在后座上,好像在说:"哼,你拉我绕城转了一大圈儿,才送我到正确的地方,我就不下车,我就不下车!"

阿玲哭笑不得,"吼"道:"你还不快下来,在上面坐着干吗?"

见到亲爱的阿玲老师,阿亨这才心花怒放地下了车。

阿玲说,那天黑出租车司机要了30元车费。

我说:"就不该给他钱,他把孩子拉走了多吓人哪!"

阿玲多善良啊,她说:"不,幸亏这个司机还有点儿良心,没把阿亨拐卖了。"

我转头看阿亨,说:"那次是不是吓着你了?"

"嗯,害怕。"

"以后再也不会随便上别人的车了吧?"

"不敢了。"

"乖,记住了,不要和陌生人说话,不要上陌生人的车。"

阿亨点点头。

阿群,我刚听到这个故事时,真的很紧张。多吓人啊,就像阿玲说的,如果是人贩子,阿亨如今又会在哪里,会有怎样的境遇呢?当阿亨坐在车里被拉着到处转却找不到学校时,他一定吓坏了,所以见不到熟悉的人不肯下车;他一定吓坏了,所以这件事过去了三年,他还会不时提起来。

阿群,突然间,我的心好疼,好疼。

阿亨和我并不熟悉,我见他不过三面。但刚到他们村庄时,他见到阿玲老师时咧嘴笑得露出洁白的牙齿的样子,让我很意外,因为我见过的他总是沉默的、安静的,从没说出过一句完整的话。我们到的时候,阿亨村里的水泥街道上摊铺着许多玉米粒,乡亲们正在互相帮忙收拾。看到阿玲老师,阿亨手舞足蹈地去拉身边的奶奶过来,应该是要介绍阿玲老师给她认识。一转身见到从车内下来的我,他的四肢就立刻像停止的钟摆,洁白的牙齿也收了起来,嘴唇紧闭,手臂安静地垂下,两腿机械地迈着步子。

要怎样才能让他见到我像见到阿玲一般快乐?我觉得这很难。因为阿玲已经和他朝夕相处五年了。我不由得对阿玲这样的班主任心生敬意。

来阿亨家的路上,阿玲给我讲了另一件事:暑假里的一天,她接到一个学生家长的电话,电话明明通了,却没有人说话。阿玲猜到是学生本人,就叫他的名字,让他开口说话。那个平日里极少说话的自闭症学生说了一句让阿玲永远难忘的话:"老师,生日快乐!"

阿玲说,那天并不是自己的生日。她知道是那个孩子因为放假想老师了,却又不知如何表达,脑子里想到什么就说什么。

我想象着当时的情景,心里暖烘烘的。阿群,要怎样的情感才能让一个自闭症孩子主动打电话给老师,说一句并不应景的"老师,生日快乐"?那是多么深沉的爱啊!阿玲老师一定为孩子们付出了很多很多,才会赢得这些特殊孩子的信任、依赖。

阿群,跟你说这些时,我的眼泪禁不住涌了上来。我更加确信自己来这里是正确的选择,我可以用我自己的方式来爱这些孩子,来记录这些默默付出的老师们琐碎却感人的爱的故事。这些孩子是来自星星的天使;这些爱,是人世间的大爱。

所以,阿群,珍惜自己吧。你告诉我的,我也将珍藏,就像珍藏你一样,默默地,无论你在哪里、哪个方向。而我,就在这里,在故乡,在这群特殊的孩子们身旁,在你思乡的哲学的翅膀能够抵达的地方。

我是谁?我从哪里来,要到哪里去?

你知道的,亲爱的阿群,再会!

**9月10日　星期一　多云**

今天是新中国成立后的第34个教师节,一大早,手机里就收到很多祝福的短信。

校门内,校领导班子站在一块写有"教师节快乐"的大牌子前,每个人手捧着一束鲜花。老师们一进门就收到鲜花和祝福,笑脸和花朵交相辉映,作为上课前的序曲,惬意极了。

一个一年级的女孩跑进校门,直接喊:"老师,节日快乐!"然后,她向一位老师跑去。这是最开心的一瞬:笑容满面的老师和活泼可爱的学生拥抱在一起。不光是我,周围的领导和老师们也被这一幕打动。

孩子们陆陆续续地来报到了。校园里逐渐安静了下来。我正在办公室备课,突然听到门外走廊上传来不加节制的哭声,连忙跑出去看是什么情况。只见一年级的阿雯老师正和一个放声大哭的孩子走在一起,阿雯一边走一边安慰他。我悄悄地问:"阿雯,这孩子怎么了?"她说:"这是个患有自闭症的孩子,他可能想家了。"

我随他俩走进教室。阿雯带男孩回到座位上,满桌子的塑料积木,地上也散放着几块。

"好孩子,不哭了啊,你把自己桌上的积木放到桶里吧。"我知道这是老师在分散孩子的注意力。男孩不哭了,动手收拾积木。我刚为阿雯松了口气,后面座位上的一个男孩又哭了起来。阿雯连忙走过去问他怎么了,孩子掀起衣服,拍拍肚子,口齿不清地说着:"疼,疼!"

"来,老师给你揉揉。"阿雯弯下腰,一边哄孩子,一边拿手给他揉肚子。揉了一会儿,阿雯站起身,男孩也站了起来,直接扑到阿雯怀里,呜呜地哭。我感觉那个男孩像是扑进妈妈的怀里,没有一丝的犹豫。我的心被什么"蜇"了一下,手有些抖。只见阿雯双手一把抱起孩子,轻轻地拍着,说:"乖,别哭了。老师打电话给妈妈啊。"

"按下葫芦起了瓢",这边刚消停一会儿,正在收拾积木的男孩又哭了起来。教室里的另一个老师阿苗赶紧过去哄他,一边哄,一边帮他收拾地上的积木。看着两位老师手忙脚乱的样子,我实在忍不住,鼻子一酸,眼泪就上来了。我不仅仅是为了年幼的孩子们,更为可敬可亲可爱的老师们。我知道,这不过是普通的一天中某一时段的故事,一年365天,只要是上学的日子,他们都是这样工作的。

这是一年级的新生,9月5日才报到入学。虽然班里不过七八个孩子,但听阿雯说,对于一年级的孩子,这种状况至少需要半年时间才会有所缓和。我的理解是,不仅是孩子要适应学校、班级的生活,老师也同样要适应不同类型的孩子。我想,在这个适应的过程中,需要的不仅仅是老师的爱心,还有责任心、耐心、细心和恒心。

第二节课后,全校举行升旗仪式。今天阿芳去参加"最美教师"颁奖典礼了,我答应帮她代理班主任。

这是开学后的第二周了,但因为今天是教师节,升旗仪式便多了一个环节——教师宣誓。大家都站在孩子们身后,面向东方,举起右拳,在国旗下庄严地宣誓。孩子们大多不明就里,也跟着老师举起右拳,参差不齐地念叨着誓词。没有人笑,无论老师还是孩子,都很庄重。之后,大队辅导员阿静让孩子们向后转。孩子们很乖,在阿静的指挥下,面向全体老师再次行不太标准的队礼,齐声喊道:"老师辛苦了!"

同样的队礼,同样的问候,从教二十多年来,我接受过无数次,比这更隆重的礼遇我都接受过。但今天,因为这隆重的、特殊的问候,我的内心竟然感受到了沉甸甸的疼。

在国外读大学的孩子来信说:"他们是误入人间的天使""他们的心里有一个世界,他们在看着自己的世界。"我很感恩这些天使选择来到地球,让我可以感受到他们纯净的灵魂。我祈祷自己能够靠近他们,甚至走进他们的世界,去和他们一起感受阳光、雨露、花草、鸟兽、虫鱼,还有爱。

除了生活语文课,我还上劳动技能课。这节课,我教孩子们《捡黄豆》。厨房没有黄豆,但有绿豆和大米,资源教室有玉米粒。从厨房借了几个不锈钢碗、两把大米和绿豆,我便开始和孩子们嗨起来了。除了生病的,班里还有四个孩子。有一个孩子,我们发给他材料,他又自己送回来了,所以只剩三个孩子做这个手工游戏了。我给他们每人发两张纸,摆在桌上,一左一右各一张，左边一张放粮食，右边一张放他们捡过来的粮食。为保持游戏公平，我给每人发放相同数量的粮食。先从大个儿的玉米粒开始。比赛开始后，三个小家伙儿脑袋跟着小手转，拨浪鼓一般。阿哲一边"搬运"玉米粒，一边数着数："一个，两个，三个……"阿聪不吭声，闷着头忙活。阿诚上周没来，今天我才认识他。他明显不知所措，坐在那里看着阿哲和阿聪忙活。

"阿诚，你干吗？快点儿呀！"我过去给他演示，他终于行动起来加入游戏。

第一场比赛结束，阿聪第一名！

我把玉米粒放入盆中后，第二场比赛继续：捡绿豆。每人分发20粒绿豆。比赛开始后，阿哲和阿聪继续展开激烈的竞争。阿诚两手并用，结果绿豆一点儿都不听话，他两只手刚在右边纸上松开，绿豆就开始骨碌碌地滚动着。我忙招呼阿诚小心，晚了，还是没拦住，绿豆们"跳楼"了。阿诚便弯下腰去捡绿豆。我叮嘱并假意催促道："阿诚，一粒都不能少哦！一共20粒。"

第二场比赛依然是阿聪第一，阿哲第二。阿聪已经得到两朵小红花了，阿哲有点儿气馁。我便鼓励他："没关系，第三场比赛一定能赢！有没有信心？"阿哲很快重新燃起了斗志，他目光坚定地点点头。

第三场比赛：捡大米。每人分发20粒大米。比赛开始了。三个人同时展开较量。我在一边喊口号："阿诚加油！阿哲加油！阿聪加油！"

好吧，阿哲和阿聪并列第一，阿诚第二！我的天啊！为了让孩子们捡这三种粮食，我的嗓子都疼了。但看着孩子们喜悦的表情，我忍不住像他们一样笑了起来。

最好玩的还在后面呢：穿珠子。我提前找了几条细细的绳子，又从资源教室拿来不同种类的珠子，有圆的，有方的，有扁的，有糖果形的，有花朵形的，有纽扣形的……让孩子们玩石头剪刀布来定输赢，赢者先选珠子。然后帮他们把绳子一头捻好，另一头打结固定。好，比赛开始。

穿珠子和捡粮食，都可以锻炼孩子的动手能力。我觉得穿珠子比捡粮食更难。又是阿聪第一个完成，他高兴坏了。我帮他把两头系起来，当项链戴在脖子上,当头饰戴在头上。阿哲和阿诚也次第完成了。他们很有成就感。

看着他们高兴的样子,我很欣慰,就请他们站在一起:快乐宝贝们,一起拍张照吧!

## 9月11日　星期二　多云

课间操时间,办公室的阿芳提醒我:该出去做操了。

做操?我很疑惑,脑子一时没转过弯来,阿芳已翩然离去。我跑出办公室,走廊上早已不见她的踪影。窗外升旗台周围的空地上也不见大人和孩子。课间操的音乐律动声分明在校园里回荡,人呢?

我走出教学楼北门,啊,顿时目不暇接——

眼前是舞动的阿芳和舞动的孩子们,阿芳站在台阶上舞动着曼妙的身姿,她的手臂时而上举挥动,时而左右流水一般轻摆。随着她如柳如烟的动作,风吹得她的裙裾也轻轻地荡漾起来,如水中的涟漪。台阶下是全校的孩子们,他们随着阿芳的动作舞动着,时而弯腰,时而挥动手臂,时而拍手,时而转身。

我看得痴了,满眼欣喜。随着整个舞曲的律动,我深感阿芳是幸福的,她像一朵莲花,而孩子们是荷叶,簇拥着她;孩子们也是幸福的,阿芳是青蛙妈妈,孩子们是小蝌蚪,大家一起快乐地舞蹈。

无论是领舞的阿芳,还是随之舞蹈的孩子们,甚至包括孩子们身后一起舞动的其他老师,这一刻,都是幸福的。整个校园除了洋溢着芬芳的甜,没有其他声音,只有活泼的优美的乐曲,只有快乐的幸福的园丁和天使。

课间操结束后,我和阿芳一起往教学楼内走,我忍不住赞美她。她笑着说,这套动作改了四五遍,终于改成孩子们能接受的了。看到大家都能跟着做出来,她很高兴。

原来,这套课间操是她自己编的!作为音乐老师,她用自己的所长为孩子们做了一件多么有意义的事啊。如果每个老师都用自己的所长为孩子们做力所能及的事，就能实现老师的价值，也能为孩子们创造幸福，孩子们的幸福岂不就是老师的幸福？

我忽然懂了。孩子们，我能为你们做的，原来可以更多啊。

课堂上教会你读一个拼音，读一个句子，认识一个标点、偏旁，会写一个汉字，你的进步就是我的幸福；

下课后遇到你，你展露一个微笑，给予一个拥抱或者轻吻，对辛勤劳动的我竖起大拇指，你的快乐就是我的幸福；

放学后我去寝室看你，放假后我跑很远的路去你家里看你，你的惊喜就是我的幸福。

你是我可爱的孩子啊，我爱你！

课间操后还有一段休息时间，我的目光追逐着孩子们的身影。时间总是如此短暂，我怕自己会错过他们的精彩。

阿鹏意外地从楼外进来，我还没来得及调整自己的情绪，只见他冲我做了一朵花儿盛开的手势——双手分别放在脸的两侧，双手是绿叶，脸庞是花朵。那是怎样的花朵啊，他笑得那么自然，那么快乐，仿佛遇到我是他欣喜的事情。他终于认得我了吗？从帮他搬桌子开始，从一次次在走廊相遇开始，从早晨我迎接他上学开始，从我去寝室看他开始……他终于记住我了吗？

下班回到家，我很疲惫，但想起放学时阿哲的眼泪，便无法心安。沐浴后，终究放不下，我从书橱里找了几个玩具，又开车去了学校。今天才知道一楼是女生寝室，二、三楼是男生寝室。可惜，无论哪一层，通往寝室的门都锁上了。这可如何是好？门铃好像坏了，摁了许久也不见教养员出来。我索性去警卫室问问，他们帮我打了教养员的电话，我才得以进入。看来，孩子们是非常安全的。

阿哲住在308室，和他一起住的还有阿诚。见到我，两人都从躺着的状态起身来迎接我。看阿哲的眼睛并不是红肿的，我便暗自放下心来。不敢再提他哭鼻子的事，生怕再唤起他的思乡情绪。

一想起阿哲抹眼泪的缘由，我便凌乱了——一定是第二节课的儿歌惹的祸——儿歌中有一句"我爱爸爸妈妈"。记得一下课，阿哲就不开心，见了我也不叫了，也不笑了，也不蹦跳了，垂头丧气的。我叫住他一起做拍手的游戏，他也很勉强。到放学的时候，我看到他一边往餐厅走，一边抹眼泪。我问他怎么了，他抹着眼泪说"想爸爸妈妈"。我不知如何安慰阿哲，就跟着他来到餐厅，坐在他对面看他一边哭，一边吃晚餐。教养员劝我离开，说阿哲一会儿就好了。我也不想给教养员添麻烦，就三步一回头地离开了餐厅。

怎么办呢？返回办公室拿背包的时候，我想起白天从家里带来的小西红柿还有十几颗，那火红的颜色或许能让阿哲心情好些。这样想着，我就又跑去餐厅，把小西红柿递给红着眼睛的阿哲，嘱咐他记得和其他同学分享，然后我便真的离开了。

如今回来再见他，他原本正躺着看电视，一条肉乎乎的小短腿跷在另一条腿上，很逍遥的样子。看到我来，他很有礼貌地起身。我把玩具和两包雪饼递给他，让他分给阿诚一包。看得出来，阿哲很喜欢我的到来，对于我送的礼物也直说"喜欢"。我的心彻底放了下来。阿哲，你真是个好孩子啊；阿哲，你要做个坚强的好孩子啊；阿哲，燕子老师希望你快乐啊……但我什么都没说，只是陪着他坐了几分钟。

自愈能力强一点儿吧，孩子们，就像阿哲，哭过了，重新展露笑颜，因为生命还得继续。

又是深夜了。想起临别时我对阿哲说的话："阿哲，我要回家喽，你笑一笑吧。"阿哲开心的脸又浮现在眼前了。

晚安，阿哲。

晚安，每天都在进步、每天都在长大的孩子们。

**9月12日　星期三　阴**

　　每年新生入学，总有许多规矩要重申，特教中心的孩子更不用说了。比方一年级阿睿这个班有七个孩子，其他六个还好，有一个男孩小嘴儿一直在不停地说，似乎坐不住。老师让他到座位上坐好，他坐下不到一分钟又站起身来，满教室走。他似乎对"妹妹"很感兴趣，好几次走过去跟她说话，一下帮她揉揉肚子，一下拍拍她的肩膀或者摸摸她的脑袋，一下又捧起她的脸，嘴里不停地说着："不疼啊，别担心啊，乖啊……"

　　我看得目瞪口呆。小君老师一边忙着过去招呼他回到座位上，一边跟我解释：这个男孩是典型的多动症患儿。对此，我深有体会，就连我要走的时候，男孩的注意力也能马上从其他事情上转到我身上，满脸笑容不停地跟我挥手道别："老师再见！老师再见！老师再见！"重要的事情说三遍吗？如果不是老师拦着，他会一直送我到很远吧？

　　我来这里快两周了。特教人为孩子们所做的一切历历在目。比如，为了方便腿脚不灵便的孩子们行走，走廊两侧都安装了不锈钢圆管；男女生的洗手间、洗手盆，安装了便于学生靠扶的护栏；所有的水泥楼梯，都包上了一层厚厚的防摔的塑胶；记得之前也提到过，教学楼外的廊柱旁的台阶上也设有护栏，阿俊曾经在里面待过一会儿，我猜那是孩子们等家长来接的时候靠扶的地方。

　　我很庆幸自己申请来到这些特殊孩子的身边，只有走进来才能了解真相，才能切身感受特教人的辛苦，才能真正发现这些孩子们的可爱。

　　亲爱的孩子们，傍晚了，秋虫开始轻吟，它们像是被秋风吹凉了热情，再没有夏日的疯狂。

　　我站在河边，不愿回家，等夜幕降临。你们一定嗔怪我，你们分明那么想家，想星期五快点儿到来，想早一些见到爸爸妈妈爷爷奶奶甚至姥姥姥爷，我却下班了还不赶紧回家去。抱歉，孩子们，燕子老师是大人了呀，像那小鸟、老鹰，长大了自然就会离开家自己飞翔。你们也一样，你们现在离开家到学校来，也是来学习本领的，等学好了，就可以回家和爸爸妈妈在一起,甚至可以建立自己的新家。

孩子们,别打岔,难道你们不想知道我要告诉你们什么好玩的事情吗?

我要说的是今天早晨在上班路上,小区里不知谁家特别爱绿色,在楼下的花园里不种花,倒是栽种了许多冬青,密密地抱成团,拥在一起,每一株头顶都生出十多厘米的新绿,跟下面的墨绿相比,像换了一顶浅色的帽子。看得出来,主人极爱这些冬青,还在上面搭了个凉棚,有一根葫芦藤从棚子上垂下来,花儿都瘪了。我从侧面瞧去,叶子深处,挂着一个淡绿色的大葫芦!

秋天是丰收的季节,小区里也不例外。除了这个葫芦,其他的果实,最多的当属石榴了吧?几乎每个花园里都有两三棵石榴树。每棵石榴树并不高大葱茏,却都不吭声地挂了许多红黄相间的石榴,沉甸甸的,从枝头一直压下来,大如成人的拳头,小若婴孩的嘴巴。

出了小区西门,我最爱沿着河边上班去。河边有一片不大不小、不长不短的树林,树林里有一条被踩出的小路。小路两旁有许多的风景:

先看看河里的芦苇吧,随着风,今天向北倾斜,明天可能又向南倒去。河里有脉脉的流水,芦苇和水里的倒影彼此端详,令人禁不住想起李白的《独坐敬亭山》,真是"相看两不厌"。它们的穗子越发红得发紫,弯得越厉害。等天气再凉些,紫红就会变成灰白。到那个时候,整个芦苇荡就美翻了,用"如诗如画"来形容,一点儿不夸张。那是我的芦苇海。说了你们可能也不会相信,在十来年前的一个夏天,我曾用矿泉水瓶从崂山带回两只小蝌蚪,在这条河里放生。这么多年过去了,那两只小蝌蚪该有成千上万的子孙后代了吧?想起它们,我忍不住笑起来。我猜,听我说这些,你们也咧开嘴了吧?是不是,阿哲、阿诚、阿泽、阿聪?还有阿德、阿凯、阿鑫,甚至在家里养病的阿亨?阿亨,你不知道,今天早晨,阿涛在楼内透过玻璃窗看到我,还拍着玻璃向我问好呢。

除了欣赏那片芦苇海,我最爱走在小路上。阳光透过树林洒下来,树下的草地被照亮了,亮得发出黄色的光,比其他的草地都要黄,都要亮,像婴儿的肌肤一般透明。高处的树叶也被照亮了。站在树下仰望,衬着蓝蓝的天、白白的云,每一片树叶的纹路似乎都清晰可辨起来。它们舒展着手掌或者脸庞,享受着被阳光宠爱的温暖。

我常常被其中的银杏树林吸引。它们是生长得比较缓慢的一种树。笔直的树干并不粗壮,却在树身上偶尔生出两三片叶子来,用"旁逸斜出"形容有点儿大。它们一小簇、一小片地点缀在树干上,优雅玲珑的样子,让我无限怜惜。因了秋意,那绿已经开始变黄,有的甚至镶了一圈金边,煞是好看。目光再往上,你一定会更加欢喜,树冠一律绿中带黄,黄中镶金,齐刷刷的,说是伟丈夫吧,有点儿单薄;说是美娇娘吧,有点儿飒爽。不管那些,我只任凭自己看得痴了呆了,挪不动脚步了。

若不是赶着上班,我真愿意在这银杏林里待一整天,坐也好,躺也罢,白天沐浴阳光,夜晚清点星星,多美!

亲爱的孩子们,我期待深秋。那个时候,银杏树叶全部金黄。它们随风曼舞而下,一定不比花雨逊色。到时候,燕子老师想跟校长提出申请,答应我带你们来看银杏林,好不好?你们可以在金黄色的树下打滚、嬉闹,也可以像我一样发呆,甚至快乐地尖叫。如果树林中有几只喜鹊,也请有礼貌地跟它们打招呼吧,燕子老师常常这样做:"嗨,你好,喜鹊!"

我很感谢这条河边的小路,因为每天上班,都是它指引着我行走,指引着我前往学校。每当我走在这条小路上,红色的绣花鞋在灰白的路面上像一朵盛开的花,小路也变得生动起来。想着就要见到你们了,我总是很开心地快走几步,红色的绣花鞋便似乎得了我的指令快速地移动起来,连我长及脚踝的裙边也像涌动的浪花。

你们呢?也像我一样期待每天的见面吗?

就像现在,我正走在回家的路上,对,跟早晨去上班是同一条路。只是此时,不是艳阳高照,而是夜幕渐渐降临了。我走得很慢,慢得像要静止不动——我也真的静止不动了,用手机备忘想对你们说的话。大概蚊虫们也嫉妒我对你们的好了吧,赶着过来咬我呢。其实,我想说的是,今天很抱歉,因为老师嗓子不好,没有讲新课而是请你们看《弟子规》动画片。你们总是那么宽容,孩子们,对待老师,你们总是那么宽容。正因为你们的宽容,所以我才更加难过,更加觉得对不起。我总想为你们多做些什么,我能为你们多做些什么呢?

夜幕真正降临了,秋虫已经全部放开了歌喉,我便在它们的歌声里回家。孩子们,此时,你们应该正漫步在校园的甬道上吧?是否还是我曾见过的那一幕:大的拉着小的,胖的靠着瘦的?教养员阿姨行走在你们的队伍里,日夜为你们的安全保驾护航。她们也是很辛苦的人,请记得尊重、热爱她们吧。

今天就到这里。晚安,亲爱的你。

## 9月13日　星期四　多云

晚上一顿"狂轰滥炸":消炎的、止痛的、含化的,固体的、液态的,各种药物,只要能治疗嗓子,统统被我塞到嘴里去。一大早起来再啃个梨。好吧,崭新的一天开始了。

我刚到学校就遇到阿睿的姥姥。姥姥跟我打招呼,说:"我把外孙送到这里就行了,是吧?"我笑着点点头。老太太也笑着,微黑的脸上盛开着菊花的蕊,露出一口参差不齐的牙。

第一节没课,我在教学楼内慢慢地走。在这里,吃完早餐的孩子们,有的被早到的班主任领回教室,有的由教养员阿姨陪着再稍等片刻。一年级的门关着,透过门玻璃往里看去,阿雯正弯腰给某个孩子批作业,然后把作业本还给孩子,手把手地教他写。那个孩子并不十分配合,身体在座位上扭来扭去,眼睛则忽东忽西、忽南忽北地看,好不容易听老师的话,小手被大手握着,在本子上练习写"一"。

教室里仍旧还有另一位老师。小君老师正唤住一个小手舞动着停不下来的孩子,竖起一根手指,检查孩子对于数字"1"的认知。跟普通学校的一年级一样,无论是老师还是孩子,这个学期都是最辛苦的。一方教规矩,一方学规矩,双方互相磨合,共同完成。

二楼相对安静些。四、五、六年级在这一层。所有教室的门都开着,阿涛正在拖地,看到我就欢快地喊起来。其他孩子有的也跟着喊,有的则笑

眯眯地看着我,默不作声。我曾请教过老师们,也上网查过,正如阿玲所说,智力障碍有多种类型,如自闭症(孤独症)、唐氏综合征、癫痫、脑瘫、多动症。这些孩子,有的语言发育迟缓(无语言,发音不清,词不连句),有的大脑发育迟缓,有的注意力有缺陷,有的有学习障碍,有的有行为情绪障碍,不一而足。

比如阿亨,他就是典型的自闭症患儿。阿涛则属于大脑发育迟缓的。最典型的当属唐氏综合征,校园里有很多类似同胞兄弟姐妹的面孔:圆脸,胖乎乎的,皮肤白皙。

我忽然觉得自己需要学习的东西还有很多很多。

三楼是七、八、九年级。走廊上几乎可以用"鸦雀无声"来形容。

七年级教室的讲台上站着一个穿绿衣服的老师。他正用教鞭指着黑板上的一些词语,领着下面的五六个孩子读着。

九年级教室里只有三个孩子,一前一后两排座位,左前角一个,右后角一个,讲台上一个。我被讲台上那个吸引住了,她正在计算机前操作着我看不懂的东西。我悄声问左前角那个男生:"她在做什么?"

"玩游戏。"

"玩游戏?可以吗?"我有些吃惊。

"老师不许。但现在老师不在。"

我笑了,看他桌上有一本课外书,便指着让他读。他读得比较流利,那是一篇带拼音的诗歌,我没有问他是否认识这些汉语拼音。据老同事们介绍,各个班的情况不同,老师会根据学生的特点设计教学内容:有的教孩子们学习《弟子规》,有的教孩子吟诵古诗词,有的则教汉语拼音,有的孩子甚至学会了查字典。

这是我这个早晨的见闻。

此时已是下午接近放学的时间了,我翻阅着手机里随拍的照片,忽然被九年级那个读书给我听的男生的照片吸引住了。他的手指下、他的目光里是如下内容:

《我问大自然》

请你告诉我,大自然,

我怎样才能同你交谈?

你没有地址,又没有姓名。

我想写一封信寄给你,

可是我不知道怎样才能寄到你的手里。

…………

我的眼窝忍不住又是一阵热,一阵潮。我想跑去三楼借那个男生的书再看一眼那首诗歌,甚至也想朗读一遍给他听,用我无比的虔心朗读,用我全部的激情朗读,用我对他无法言说的感恩之心朗读。是的,感恩,我感恩这些孩子们,是他们唤醒我掩埋心底多年的善念。这善,与名利无关,与世俗无关。

我最终没有上三楼去找那个孩子,因为我不知以什么名义去找他,因为百感交集、感慨万千之际,沉默才是最好的表达。我上网搜索,得知这首《我问大自然》是班马的作品。

默读着原作,我很惭愧。上了近两周的课了,我除了照本宣科,竟没有带孩子们去接触大自然。下周吧,等秋意再浓些,孩子们,燕子老师带你们去亲近大自然。

## 9月14日　星期五　阴

阿诚为什么躲着我?

之前,课堂上的他分明是可以安静地坐着的。我教大家读词、读句子时,他虽然磕磕绊绊,但分明也是能跟上教学进度的,甚至在我去寝室看望他们时,他分明也是异常欢喜的。一定是我在课堂上故意板着脸吓着他了。

昨天的课堂上,我布置的作业是"豆""品"两个生字各写一行,一行共六个方格。其他三个孩子很快进入状态,虽然其中一个开始有点儿抓耳挠腮,但在我的指导下也开始书写。只有阿诚,拿着作业本颠来倒去,看看旁边的同学,看看我,似乎不知道自己该干什么。要知道,这可是三年级了,他也算是老学生了,怎么可能连作业本怎么用都不知道?

我过去帮他。打开本子,在每一行开头写上"豆"和"品",然后让他自己写。我指导完别的孩子回来,看他在我的字后面画了个圈。这是什么意思?我疑惑地瞧着他。他冲我笑笑,用拿铅笔的手挠了挠头,口齿不清地说:"不会写。"我在他身后站定,握住他的右手一笔一画地写了一个,然后让他自己写。他还是挠着头,不知如何下笔。我打开语文书,让他把书上的字重新描红。

他竟然不会描红。我有些傻眼了。怎么会这样?之前他是怎么写作业的呢?我不知该如何是好。正巧有孩子说写完了,让我批作业,我便嘱咐阿诚自己先看看书,一会儿我再教他。阿诚并没有再安静地坐在座位上,他开始站起来,探头探脑地看别人,然后离开座位,在教室里溜达了一趟。兴许是觉得实在无聊,他便向门口走去。我唤住他。他看看我,转过身,在自己的座位上坐下。没一会儿,他又站起来,重复之前的动作。等指导完另外三个孩子的作业,我发现阿诚不见了。

我播放动画片给孩子们看,然后出去找阿诚。

阿诚到哪里去了?

他在教学楼外的廊柱旁向校门口张望。

我逐渐发现,这根廊柱下,真成了孩子们喜欢待的地方。每次想家,或者生病,或者周末迫不及待地等家人来接时,他们都喜欢站在这根廊柱旁翘首企盼。

被找到的阿诚看到我像小老鼠一样"逃窜"回来,他也应该是属"泥鳅"的吧?怎么都不让我抓到。看他回到座位上,我故意板着脸,决定吓唬他一下。

看我板着脸走向他,阿诚从座位上站起来,有些不知所措。我轻轻地拍了下椅子背:"说,以后还跑不跑了?"

他后退一步,跑到其他同学那里去了。

我不敢大声唤他,只是板着脸看着他说:"回来,坐下。你再乱跑,燕子老师就不喜欢你啦!"

他没听懂我说什么,抑或是听岔了,抬脚又向门口小跑过去。我很紧张地看着他——方才追他回来的时候,我已经把门反锁了。只要他能打开保险,我就随时准备老鹰捉小鸟一般冲过去,让他成为我的"俘虏"。

　　阿诚没有成功。他看着我,我看着他,谁都没吭声。他便无趣地回到座位上,一会儿又站起来溜达到其他同学那里。

　　下课铃响了。下课铃终于响了。

　　阿诚开心得手舞足蹈,他瞧着我乐,却就是不让我靠近,那是示威的意思吗?我心里犯嘀咕。无论如何,这堂课终于结束了,我的天哪,真不亚于一场斗智斗勇的战役啊。但结果一定是我输了。

　　是的,阿诚,你赢了。从此,我把你放在了心上。

　　今天有个会议,其中我开了几次小差,脑海里全是阿诚冲着我乐却不让我靠近的情景。这可如何是好?

　　散会后,我悄悄去教室看他,教室里没人。原来孩子们在另一个班上唱游与律动合堂。他看到门外的我,还是那么没心没肺地冲我乐。我跟任课老师请了假,请阿诚到自己教室去。阿诚还是不让我碰,哧溜一下就跑了。他在自己教室的座位旁站着,看我进去,摇头晃脑的。来了两周,我学习总结出了孩子们所患的一些病症,比如阿诚,就是典型的多动症。

　　我在他前面的一把椅子上坐下来,也请他坐下。我伸出手去握住他的手,他挣脱了。我再握住,这次没让他挣脱。

　　"阿诚,安静些,我想跟你说说话。"

　　他不再挣脱我的手,安静地看着我。

　　"阿诚,我是谁?"我问他。

　　"老师。"他看了我一眼,接着便看向了别处。

　　"看着我,阿诚。"我继续握着他的手,真诚地看着他的眼睛说,"我其实很喜欢你。你呢?你喜欢燕子老师吗?"

　　"喜欢。"他的口齿还是那么不清晰,但我能听懂。

　　"谢谢你。现在,跟我来。"我站起来,拉着他的一只手走上讲台,拿了两截粉笔,他一截,我一截。

　　"阿诚,我们来写字。你会写'一'吗?"

他在黑板上画了一道横。

"二呢？"

他又画了两道横。

我忍不住赞美他："对了！三呢？"

他画了三道横。

然后是四，他不会写了。我写一个四，让他照着写，他也不会写。我握住他的手，一笔一画地教他，他能写出"四"的大体模样了。我俩都很高兴。然后是"五""六"。

"七呢？"我知道其他孩子目前至少学到"六"了。

果然，阿诚摇了摇头。

我握着他的手写了一个"七"，让他自己写。他写了一横，竖弯钩就不行了。

我似乎知道了阿诚的问题所在，他的基本笔画没有学好。

我继续教他，直到他会写"七""八"，看得出他有些累了。

"阿诚，今天就写到这里吧。你好棒哦，七和八都会写了！下周，老师再教你其他的字，好不好？"他点点头，高兴地蹦到座位上去了。

午休后，家长们陆续来接孩子了。其中包括阿诚的爸爸。我正兀自愣着，阿诚从教学楼内走出来，背着书包，满脸笑容。他没再猴精似的躲着我，而是大大方方地冲我道别。

"周末愉快，阿诚。"我也轻声跟他道别。我很欣慰，因为我知道如何面对他、帮助他了。当我不是弯下腰，而是和他面对面地坐下来，从他的角度来聊一聊，我们之间的障碍便小了，甚至没了。就是这么简单，不是弯下腰，而是面对面，甚至是手牵着手。对于这些特殊的孩子，肢体语言远胜口头语言。就像另一个班的阿鑫，临别前，从走廊那头就唤着"燕子老师"一路跑来，到近前则张开双臂，我也赶紧张开双臂迎接他。如此简单的一个拥抱后，我看到了他心满意足的眼神。

孩子们，别着急，让燕子老师慢慢发现与你们相处的最佳方式。然后，我们一起进步，共同成长吧。

**9月16日　星期日　雨**

萍儿：

不知不觉,我又想起你。早晨沿着树林中的小路上班的时候,我看到阳光里的树影和河里的芦苇,便想与你分享这份清晨的静谧;下班回家时,常会等到黄昏已尽、夜幕降临,我走在同样的小路上也会想起你,想你是否也刚刚结束一天的工作,在回家的路上。

我与你,真是奇妙的缘分。认识你之前,我就听说你"英姿飒爽",真是未见其人,先闻其名。你知道,我总是欣赏实干的人,无论世俗如何评判,我总是欣赏实干的人。正因为有这些真正有梦想并为之去努力的人,世界诸国、诸事,我们的国家才不断进步,变成现在这番模样。

记得你有一次去我办公室跟我闲聊,你诚恳地说我是离不开学生的人,离开学生,我便会枯竭。我诧异于你竟会跟我说这样的话,且说得这样直接,这样不加掩饰,仿佛我是你知根知底的朋友,而不是像很多人所说的,同一单位内没有朋友之爱只有利益之争。那一次,你让我印象深刻,因为你说的正是我自己知晓却从未跟任何人说的,也从没有其他任何一个人跟我说破。

你是目前为止第一个也是唯一的一个,萍儿。

大概只有和孩子们在一起,人生才会变得精彩的人有很多。你还记得已经调离的某领导吗?她在会上做报告布置工作的情形你见多了,但你是否走进她的课堂听过她的课?那个时候的她,活了,仿佛周身都放着光彩。和孩子们在一起,她收拾起了严肃、刻板、教条,变得像孩子一样纯真。

萍儿,你说过,我就是这样的人。

换一个环境,换一种不同的教育对象,生命像一条湍急的河流在此处转弯,一切变得慢下来,静下来,我开始比以前还要自觉地观照内心。就像宁夏回族自治区文联主席郭文斌在《寻找安详》里所说的,向内仰望,寻找安详——在这里,在这群孩子面前,在他们中间,我发现自己很无知,过去所有的追逐与渴望变得庸俗了、浅薄了,我必须沉下心来,仿佛要从天上的一片云变成一场雨,只有贴近大地才能聆听他们的声音;我必须沉下心来,让自己的眼睛像他们一样纯洁,让自己的语言像他们一样简单,让自己的笑容像他们一样真诚……当我这样去做时,我发现,自己的眼泪便也像他们一样纯净而忧伤了。

是的,萍儿,我是如此忧伤。这不是秋天的错,我甚至没有悲秋的时间。每个白天,我都和孩子们在一起,晚上回到家里,就紧赶慢赶地敲打白天的感悟。我总觉得有分身术就好了,一天有30个小时就好了。多出的6个小时,我可以陪陪三年级想家的孩子,为他拭干眼泪,再把自己的玩具送给他;可以陪陪九年级读书的孩子,和他一起朗读班马的诗歌《我问大自然》;也可以陪陪一年级中午回家午休后返校太早的孩子,和他一起看走廊两侧墙壁上画着的海洋植物和动物。萍儿,在这里,我总觉得24个小时太短,我想为孩子们做更多,做更多才会让我的忧伤变淡、变轻,变成清晨的露珠,晶莹自己,美丽人间。

我是如此感恩他们。是的,萍儿,我感恩这些误入人间的天使。只有在他们面前,我才看清自己的庸俗和浅薄。之前,我一直觉得自己是纯净的,并以"世人皆醉我独醒,世人皆浊我独清"来标榜自我。但是面对他们,我必须收拾起之前的自信甚至自负。是这些可爱的星星,让我变得更纯粹,更像一个真正的人。也就是在这里,我开始相信"人之初,性本善"。我很愿意回到"人之初"的境界去,因为,不忘初心,方能行远。

我知道现在的你很忙,萍儿。你所忙的,不仅仅是你分管的部分,还有你想到的所有让学校工作更上一层楼的部分。你专心地投入,忙碌地工作,甚至引来一些流言蜚语,但你依然坚持忙碌——这便是我喜欢你的原因。就像你和我在一起,从来不会谈论家长里短一样,我们在一起,谈的全部都是希望,都是梦想,都是如何通过努力去抵达远方——这便是我喜欢你的原因。虽然你我不在一起,但我们付出的都是一样的热忱、一样的激情,我们想要抵达的,也都是一样的朴素、一样的绚丽。

你是不是会笑我——如此抒情的节奏下,竟然想起舒婷的《致橡树》:
…………
你有你的铜枝铁干,
像刀,像剑,也像戟;

我有我红硕的花朵，

像沉重的叹息，

又像英勇的火炬。

…………

　　不许笑！你不觉得我们很像这树干和花朵吗？难道你没觉得，我们之间自然不是诗中描绘的爱情，而是闺密？否则，怎会在外地学习时，两人在一个房间整宿不睡地谈论下一步的工作该如何如何？怎会在凌晨四点就洗漱更衣，一起去海边看日出？怎会一个临走时恋恋不舍，另一个苦苦挽留？

　　我们何曾分离？在教育这片沃土上，无论彼此身处何处，我们——

根，紧握在地下；

叶，相触在云里。

每一阵风吹过，

我们都互相致意……

　　再见，萍儿，让我们期待彼此的好消息吧，我愿你有红硕的花朵，我有坚实的足迹。

## 9月17日　星期一　雨

　　吃完午餐后回办公室去，我看到走廊里一位老师和一位家长正从教室里走出来，一边走一边说着什么。他们在大厅道别，那位老师背着包向楼外的车棚走去。

　　我走上前去问："怎么才走？"

　　"哦，和家长谈了谈孩子的事。"她一边笑着说，一边发动电动车准备出发。

　　"辛苦你了！"我由衷地说。

　　"嗨，这算什么！"她冲我点点头，说了声"再见"，就只剩个橙色的背影了。那是阳光的颜色。

我看了看表，11:58。

他们经常这样吗？上次是一年级的阿雯老师，都走到校门口了，又被阿睿的姥姥拦住了问这问那，最后俩人回到教室，在各种材料、数据上签名。她走的时候也接近12点了。

我若有所思。我断定这种方便家长的服务意识是这所学校的常态——上班有点儿，下班没点儿。只要家长有事、有疑问、有需求，老师下班的时间便是服务家长结束的时间。

这样的老师，这样的团队，让我如何不喜欢？

无独有偶。下午跟着资源室的阿华主任去送教，我又见到了那位着阳光颜色衣衫的老师。

"送教"一词，第一次听到并去实践，是在贵州省铜仁市的松桃苗族自治县支教时候。既然是去支教，松桃县教育局教研室自然不会浪费我们支教老师这个资源，有个老师邀请我送教下乡去。那是我第一次听说这个词。跟着其他送教的老师下乡，于我是一件开心的事，工作和欣赏一路的好山好水两不耽误，多好！

但特教老师的送教并不像我想象中的那么简单。

14:40，我正等在警卫室里，阿华主任喊我了，她还带着两个老师。我一看，橙色衣服？不就是中午12点才回家的那个吗？

"原来是你！"我忍不住笑着问候。

"你好！"她也笑了起来，"你也去送教？"

"我？我是跟着你们去学习的。"

"我们也是第一次去，咱们一起学习进步吧。"

经阿华主任介绍，我认识了这两位老师：一位是阿兰；另一位着阳光颜色衣衫的，是阿叶。

阿华主任开车载着我们三人前往康复学校。这是挂靠在残联的一所学校，里面有28个员工，80个左右的学生。到了目的地，康复学校的老师把我们迎进去，并送我们进入授课教室。

阿华主任每周都带着老师来,熟门熟路了,我们三个却是新人。我自不必说,阿叶和阿兰也是第一次送教到此。但很显然,她们很有和这些特殊的孩子们相处的经验,才两三分钟,便让十来个孩子认识并喜欢上了。在她们和孩子"套近乎"的时间内,我仔细看了看这间教室:单身公寓般大小,三四十平方米的样子,没有卫生间;东侧的墙上张贴着很多图片,水果的、蔬菜的、字母的、阿拉伯数字的……都是供低幼段孩子们使用的。

阿兰说"上课"的声音把我的思绪唤回。我没想到她俩进展得如此顺利,到达后五分钟,送教课便开始了。

只见阿兰从包里拿出一个苹果,问孩子们是什么。孩子们都认识,抢着回答。阿兰请一个女孩回答,并让她到前面去,从右侧的墙上找出和苹果相对应的图片。女孩指对了。我不清楚阿兰究竟要讲什么,便把自己当成一个学生和记录者,认真地听起来。

让大家认识了苹果后,阿兰又从包里拿出两颗红枣让大家认识。这一次,答对的孩子就少了。阿兰请一个小男孩到前面去指出对应的图片。在老师的引导下,小男孩做到了。阿兰高兴地表扬了他。男孩也高兴极了,快乐地回到了座位上。

当阿兰把苹果和红枣一手一个举在面前时,我恍然明白她要讲的内容了——比较大小。果然,根据孩子的回答,她板书"大"和"小"后,举着苹果和红枣,开始让孩子们把比较的结果说出来。

什么大?什么小?苹果大,红枣小。

我转述起来简单,但让孩子们把这个答案说完整,却是一个漫长的过程。阿兰一遍遍地教孩子们说,一遍遍地纠正他们的错误,直到孩子们终于说对了,才进入下一个环节。

我目睹了阿兰的巩固教学:

"老师的手和妹妹的手,哪个大?哪个小?"

"老师的手大,妹妹的手小。"

"这两个同学的手,哪个大?哪个小?"

"＊＊的手大,＊＊的手小。"

"孩子们真棒！老师要奖励你们一块小点心。"

阿兰给每个孩子分发一块小点心，作为课间休息。这预示着阿兰的课结束了。

等孩子们吃完了，这回换阿叶上了。还是那个苹果，但认知的内容变了：

"这是什么？"

"苹果。"

"这个苹果是什么颜色的呢？"

"红色的。"

"这个红色的苹果是什么形状的呢？"

"圆的。"

"大家看，这个红红的苹果上面是什么？"

"把儿。"有同学答对了。

"对，苹果把儿，也叫果柄。看老师画出来。"

我懂了，借着阿兰的数学课，阿叶上的是美术课。

就这样，在一步步由浅入深的问答、绘画中，孩子们认识了苹果的颜色、形状，一幅苹果图的构成部分——苹果、苹果把儿、叶子。

"你们喜欢老师画的苹果吗？"

"喜欢。"

"想不想自己也来画一画？"

"想。"

"好，老师发给大家每人一幅苹果图，你把这个大苹果涂上自己喜欢的颜色。"

阿叶给每一组孩子分发彩笔，孩子们便开始作画了。她不时在孩子们身边指导着，先涂苹果把儿，再涂苹果叶，然后涂苹果自身。阿兰也不闲着，配合着阿叶辅导孩子们涂色，时而蹲下来，时而站起来，时而弯下腰去。她是一个极好的搭档。

第一排的女孩选择的是黑色。女孩是班里最小的，动作有些慢，阿兰便蹲下来和她一起涂,一边涂一边问女孩:"你怎么喜欢黑色呀?黑色代表着苹果不健康哦。下一次,我们选鲜艳的颜色好不好?"

我感到欣慰,两位老师的授课内容虽然简单,但她们匠心独具,竟配合得天衣无缝——前者教孩子们认识苹果和枣,比较大小,在比较中练习说话;后者让孩子们进一步认识苹果,注重色彩、形状,在涂色中加深印象、锻炼手工。

我不禁要为两位老师的教学设计拍案叫绝。

需要补充的是,教室最后一排坐了一个男生,长得挺壮实。一进教室,阿华主任和两位老师就引起了小的"骚动":这不是我们学校原来那个＊＊＊吗?她们簇拥着那个男生问长问短。在两位老师授课时,阿华主任则陪坐在他身旁,配合着两位老师的教学,不时地提醒他该如何做。他是个患有自闭症的孩子吗?被表扬的时候,他就高兴地挥动双臂,其他时间则很安静。当阿华主任起身后,我赶紧坐过去,突发奇想,想看看他的掌纹。当我把手摊开在桌面上时,他看看我,把他的手覆盖在我摊开的手掌上。这真是让我惊喜交加——没想到他竟然用动作来向我示好。我冲他笑,他也冲我笑,却很快就转移了视线,自顾自地甩起了手指。

16:10,下课了。我们和孩子们道别,和康复学校的其他老师道别。回单位的路上,阿华主任和两位送教老师谈体会,并问我感觉如何。我回答道:"比我想象中辛苦多了。但你们的授课内容真的很默契。"阿叶哈哈笑起来,对阿华主任说:"以后再出来送教,无论语文还是数学,音乐还是美术,两个人的教学内容就这样搭配着来,这样孩子们认知起来不累。"

她们一路走一路聊,下一步工作的开展计划就这样在车上完成了。我心里不禁反思:比起她们,我又如何?假如我去送教,该给孩子们讲些什么呢?

主任:

下午我想跟资源室主任去康复学校送教,请批准。

燕子

2018 年 9 月 17 日

阿荣,当我拿着这样的纸条去找你,你没有犹豫,干脆地说:"去吧。"

我很高兴。我高兴,不是因为自己心想事成,而是因为你懂我。虽然你从来没说,除了工作,我们也没有私聊过,但我知道,你懂我。对于这份不用言说的"懂",我心怀感激。

来之前,我就知道你在这里,你就像小城的一个坐标,一个跟随着特殊孩子们移动的坐标。这些特殊的孩子在哪里,你就在哪里。你不知道的是,每当我想起你时,并不在特教学校,印象中是在体育场。大概那次市内一年一度的运动会上的相遇,是我们最后一次重逢吧。直到如今,我们成为同事。

说实话,到这里来我很紧张。我不知道才疏学浅的自己能否胜任孩子们的老师。在他们面前,无疑我才是一张白纸。我紧张,要怎么做,我的爱才能变成他们需要的、能接受的?还好你在这里,阿荣,还好你在这里。你总是安慰我说,别着急,慢慢来。我迫切地想为孩子们做点儿什么,当我这样做的时候,竟然发现了孩子们背后可敬的老师们,包括你,阿荣。

我每次去办公室找你,或者经过你办公室门口时,不是看到你在忙,就是没有人在。还记得开学那天,新生来报到,你忙着迎接家长和孩子们,根据学生情况安排年级,一个上午没有喝一口水。至于你不在的时候,那一定是去开会了——义务教育九年,却只有你一个教导主任,你不忙才怪呢。

又有家长来咨询孩子们上学的事了,我听到后跟过去。我知道,阿荣,这样的事几乎每天都在发生。当我跟着这对父子走进教导处时,里面已经有一位父亲在咨询你了。一听,原来是父亲想让儿子过来读书。他儿子已经初三了,正在某镇中学就读,想转到特教来。你说,已经初三了为什么要过来呢?普通中学初三毕业还有个毕业证,这边没有;普通中学毕业还可以继续读技校,这边不能。孩子父亲说,听说这边毕业后可以安排工作。你安慰他说,一样的。

那位父亲走了。其后的那对父子听了你们的谈话,也跟着走了。

阿荣,据我所知,经常会有这样的家长领着孩子来找你咨询,有的符合条件留下了,有的回去了。我想说的是,工作如此琐碎单一,特教人的快乐在哪里呢?

不由想起今天早上我把照片发给一个老师时她说的话："在这个地方工作,就得放下功利心,否则怎么会静下心来教这些孩子?"

阿荣,这就是你们特教人吗?淡泊名利,却把浓浓的关怀挥洒在琐碎的日常工作中。像你,从一毕业就在这里,已经近30年了吧?30年,你的胸怀岂不就像海洋——像海一样广博,像海一样深邃;岂不就像天空——像天空一样辽远,像天空一样澄澈。

回到送教去康复学校的问题上来。你瞧,我对什么都充满好奇,我想进一步地了解特教老师的工作。我总觉得时间不够用,阿荣,我总觉得如果每天再长一点儿就好了,这样我就可以多了解孩子,也多了解老师。你对我说,不着急,慢慢来。你说学校目前有在校生125人,在籍的180人左右,中间的数字便是需要送教的。我晓得,我已经请教过阿华主任了。送教又分为两种:一种送教是去那些生活不能自理的孩子家里;另一种送教是去康复学校,那里有患有重度智力障碍的孩子。他们无法适应特教学校的生活,只能要么在家,要么去康复学校。

阿荣,下午我就跟着送教去。你呢?

你说你不去。我知道你还有别的事情要忙。你们分工合作,所以特教工作有条不紊。我想问的是:阿荣,你呢?什么时候我才能见到你和孩子们在一起活动的情景?

你笑了,阿荣。你笑起来真好看。你笑着说:"周四下午吧,周四下午的项目组活动,我会参加。"

"你会干什么呢?"我很好奇。如此问你,我是不是很傻?

你又笑了,自信地说:"到时候你就看吧,项目组活动,我可是大拿!"

阿荣,那便是我期待的"项目组活动"吗?原来,在日常琐碎的工作之外,你的光彩在那里——和孩子们在一起。

那么,周四见吧,阿荣。我的镜头将追随你,看你如何天女散花,为孩子们装扮出一个个美丽的日子,点亮他们纯真的眸,唤醒他们沉睡的心,并在他们心里播下爱的种子,冉冉生长,开满七彩的花。

### 9月18日　星期二　雨

　　下午上班后,走廊上突然传来哭声,吓了我和同事一跳。我走出办公室一看,竟然是阿睿!对,就是那个见了老师主动问好、教师节一进校门就扑进老师怀里、衣服上绣着"妹妹"的走读生。只见她和妈妈相隔三米左右,一个哭,一个挥手让她赶紧去教室。

　　"怎么了,这是?"我轻声问她妈妈。印象中的阿睿除了笑,不会哭。

　　"中午吃饭时有个女生抢她饭吃。"妈妈说。

　　我过去哄阿睿:"乖,先回教室上课去,等老师找出那个女生,老师批评她。"

　　阿睿根本不理我,哭着绕过我扑向妈妈。妈妈往外推她,让她去教室上课。这个时候,阿雯和小君两位老师也从教室赶出来了。阿雯挡着阿睿,一边轻声哄着,一边挥手示意妈妈赶紧撤。见妈妈走了,阿睿哭得更响了,想摆脱阿雯的手臂撑上去。孩子的力气毕竟小,阿睿见冲不破老师的"笼",索性往地上一躺,打起了滚。不久,她自己爬起来,再冲,冲不过,继续打滚。如此折腾了好几回,我以为阿睿见好就收了,没承想下一个回合,阿雯一把没抓住,让她溜过去了。

　　"没事吧?"我问阿雯。阿雯笑了笑,快步跟在后面。小君回教室去看其他孩子去了,我和阿雯一起走出教学楼,只见阿睿站在台阶上一边哭,一边透过铁篱笆墙向外张望着。她发现妈妈也在墙外向里张望,便抬腿向大门跑去。阿雯赶紧对大门口的警卫喊:"别开门!"

　　见大门出不去,阿睿便掉头跑向篱笆墙,篱笆墙内种满了花草,阿睿一边哭一边眼睁睁地看着妈妈远去的背影,两手恨恨地拽着花儿,再一松手,满手的花碎落一地。她很不甘心,却又无可奈何。她看了看警卫、阿雯老师和我,故技重施,躺在地上打起滚来。阿雯赶忙上前拉起她,我也轻声唤着她。正在这时,阿睿好像发现了什么,她走过来,向我伸出小手。我一愣,她指了指我挂在脖子上的手机,又摊开了手。我明白了,把手机放进口袋里,对她说:"乖,阿睿,我们先回教室再说好不好?"

阿睿不哭了,她用两只手臂紧紧挽住我的左臂,带点儿犹豫地跟我往教学楼内走。我小心翼翼地哄着她,不停地跟她说话,生怕她变卦,松开我再一次哭着跑出去找妈妈。我说:"阿睿真乖,到教室去,老师给你放歌曲听好不好?我们就听《数鸭子》好不好?你听过《数鸭子》吗?"

阿睿并不吭声,她就这样跟着我,一直走到教室里,犹犹豫豫地回到座位上。我赶紧在电脑上找到儿歌《数鸭子》,然后跟其他孩子说:"阿睿乖,不哭了。老师送首歌给她听,我们和阿睿一起听吧!"

兴许是大家都被平常很乖的阿睿的大哭惊着了,之前喜欢闹腾的孩子,此刻竟然都像小绵羊一般坐在位子上,安静地看着我,对于我随便更换视频没有半点儿不满。至于阿睿,又恢复了我以前见过的坐姿——背部倚在椅子上,情绪逐渐平稳下来。

《数鸭子》的歌声响起来了,这是一首很欢快的儿歌。孩子们都被儿歌吸引住了,我轻轻往教室外面走。阿雯轻声说"谢谢",我笑了笑。这有什么呢?假如是我遇到这样的孩子,肯定也会有老师帮我的。孩子安顿下来比什么都重要。再说,这是阿雯啊,我敬重的阿雯。她带一年级新生一直如此辛苦,能帮上点儿忙,我很开心。尤其是,这个孩子还是阿睿,是我一直喜欢的阿睿。

但是,那个抢阿睿饭的是谁呢?我想,小君会解决的。她是教养员,一日三餐都在餐厅陪着孩子们。

阿睿,愿你快乐。记住,我是喜欢你的燕子老师,愿你听阿雯老师的话,听小君老师的话,做一个好孩子;也愿在以后的日子里,我们会有更好的故事发生。

## 9月19日　星期三　雨

阿鑫,昨晚一回家,我就翻箱倒柜,给你找礼物。我先发现了费列罗巧克力,圆圆的,独立包装的那种。接着,我又找出了"长江七号"小玩偶。首饰一类是不能送你的,阿鑫,那是女生的东西,而你是一个男生。我不知道该不该送你书,因为你认识的字还不太多,应该也不会查字典。洗衣机里转动着换季的床单、被套,我趁它们自转的空儿,想着你的模样,你唤我"燕子老师"的声音便又响彻耳畔了。

阿鑫,就像方才下班回家时,你在餐厅已经放下大半的卷帘门下呼唤我一般,我不晓得你是如何知道是我经过那里,除非你趴在地上,看到了我的绣花鞋和长及脚踝的裙子。但你又怎么知道那是我的呢?你在卷帘门那侧声声唤着我,就像白天,你在走廊那头,我在走廊这头;你在教室里面,我从外面走过——你只要瞧见我,总会那么直接、那么干脆地唤我:"燕子老师!"而且,让我怎么感激你呢?阿鑫,你每次唤我,都不是用陈述句,而是用感叹句!我不知道你哪来的这么多激情,每一天,不少于十次、二十次甚至三十次地唤我,我何德何能?我要怎样做才能与你的激情、你的深情相对应相对等?唯有声声回应你,唯有循着你的声音与你对视,唯有伸出手去抚摸你的头发。假如我们彼此正相向而行,我唯有伸出手掌唤起你的手掌——快乐地击掌。

这样够了吗,阿鑫? 远远不够。你听过《大兔子和小兔子的故事》吗?无论小兔子如何表达它对大兔子的爱有多么大、多么多、多么远,大兔子对小兔子的爱总是胜过小兔子许多许多。所以,对于爱,我总是胜过你的,阿鑫。好在我们初相识,如果不出意外,今后我们会有许多年的时光相亲相爱,这样可好?

今天早晨,你用纸条告诉我,周五是你的生日。中午遇见我,你再一次提醒我。是的,阿鑫,我记住了,并且怕自己为你庆祝不够隆重热闹,还告知了班主任阿芳和班长阿德。请期待周五,在你家人接你回家度周末之前,老师们将为你庆生。这是我很愿意做的事,阿鑫,我愿意这样做,只要你开心,我愿意为你做任何事。因为,你看向我的眼神那样真诚,你冲我展露的笑颜那么灿烂,你上课听讲的神情那么专注,你书写作业又那么认真。你每日里的那一声声呼唤,像孩子呼唤妈妈,也让我想起了唐代诗人杜甫的《子规》诗:"两边山木合,终日子规啼。"

那么,周五见吧,阿鑫。尽管明天、后天我们天天见,但,还是让我们一

起期待周五吧。这两天时间,我将好好为你准备生日礼物,无论是买的,还是自己做的,无论是好玩的,还是好吃的。偷偷地,关于你的祝福,分明已经开始了:生日快乐啊,阿鑫!我也喜欢你,就像你喜欢我一样……

从凌晨开始,雨一直在下,没有停的意思。我中午睡不着,干脆继续为阿鑫准备生日礼物,用红色的请柬给他写首小诗——
今天正雨。
我好不容易把你从人群中,
从呼唤我的所有声音中,
区分出来,
像飞鸟用翅膀区分天地,
花朵用凋零区分圆缺,

此刻,我想告诉你的是——
我爱你和其他孩子中的每一个。
你的生日便是每一个孩子的生日,
只是今天,我只对你说——
阿鑫,生日快乐!

雨整整下了一个白天。整个世界都湿漉漉的,漆黑一片。当我准备回家时,发现楼门锁上了。南门出不去,北门也出不去,我被锁在教学楼里了。

我忍不住笑了,这些天光顾着和孩子们亲近,倒忘了存其他老师的手机号。没办法,只好"骚扰"校长了。电话通了,我请他把警卫室电话给我,我请人来开门。校长直接打电话给警卫室,把我放了出来。

这段小插曲让我很开心。我撑着伞走回家,收到阿荣的信息时,就更开心了:

"你是一个美丽而善良的女子,心地澄澈,心思柔软细腻,对生活和身边的事物充满了热情。这么多年,你能坚守自己的内心,不受世俗的浸染,这很不容易,我挺敬佩你的。用现在网上流行的一句话就是:出走半生,归来仍是少年! 而我,这么多年下来,心越来越粗糙麻木,真的是'细思极恐'。所以,等安顿下来,我想找你聊聊,暂且抛开眼前的苟且,再寻一寻被日常琐事磨掉的一些东西,跟着你寻一寻梦和远方。"

原来,我在此还能起到"唤醒"的作用! 这真是意外的收获。假如同事们能和我一道拿起笔来,记录自己身边的教育故事,那岂不是触碰到了另一种幸福的开关?

我回复她:"阿荣,我奉行的一直是'两人行必有我师'。你在此近三十年,一定有许多好故事值得分享和学习。所以,我也很想听你聊一聊,给我点儿启发。如果你愿意,也拿起笔来吧,你写一段,我用一段,你写一个故事,我用一个故事。像你说的那样,我们一起走在追寻梦想和远方的路上。"

## 9月20日　星期四　雨

周四下午是项目组活动。一上班,我便来到四楼,准备打开"资源教室"通风。一阵钢琴声让我停住了脚步:这是四楼吗? 怎么一大早就有琴声? 是谁?

但我确定这是四楼,因为一、二、三楼都是寝室,只有四楼是各种康复训练教室。

我循着琴声来到"唱游教室及训练"门外,打开手机视频,轻轻转动门把手,准备录下这位"钢琴师"。在门完全敞开的瞬间,琴声戛然而止,一个身影从钢琴前站起来,"你怎么来了? 哎呀,别拍别拍!"

我定睛一看,竟然是阿焦副校长。

"你竟然会弹琴?!"我很吃惊,因为我能听得出来,她不是玩,弹得挺不错的。

"不会不会,瞎弹呢。"她很谦虚。

"今天下午项目组训练,我还以为是某个老师为了下午的活动在提前练习呢。"

"多掌握一门技艺就对孩子多一份帮助嘛。哎呀,你快走,快走,我要再练习一会儿。"阿焦笑着"赶我"。我讨价还价:"让我拍张照片我就走!"

阿焦没法子,只好乖乖地坐在钢琴前,叮叮咚咚地弹了起来。我拍好了,便不再打扰,退了出来。一切恢复了最初的样子。我并没有离开,而是站在门外,望着北窗外的马路。路上车水马龙,正是上班高峰。耳朵里依旧响着叮叮咚咚的钢琴声,很悠扬,很深情。我听出来了,那是一首《再唱山歌给党听》。

不由得想起周一夜幕降临后,我走出教学楼时遇见值班的阿焦,我们闲聊了几句工作,她出示自己上课时的照片给我瞧。照片上,一个孩子正指着黑板上的词语领着大家读,那组词语上方写着一个主题"开学啦"。阿焦说,这是开学那天,她让孩子们根据自己对于开学的所见所闻所感写出来的词语。我留意了一下,有"高兴""升国旗""美丽"等十几个词。

"对于这些孩子,这种方式比《开学第一课》更有实际意义呀。"我的眼前似乎浮现出阿焦上课的情景,她怎样一步步引导着几个特殊的孩子表达着自己对于开学第一天的情绪。

她一定是个好老师,我推断。

我除了在开会时见到阿焦,平日里极少能遇到,大家都各忙各的。我相信,随着相处的日子越来越久,我会发现,不仅是她,还有其他可敬可爱的同事们的闪光点——在她们自己不以为意的地方,我发现了凝聚的别样的美,那是历久弥新的芳华。

还记得前天那个在地上打滚的阿睿吗?下午放学,我第一次按时下班,在校门口遇到了阿睿的班主任阿雯老师。我咨询她像阿睿这样的孩子有没有攻击性。阿雯告诉我,那天她在劝阿睿时,阿睿发狠把她的手挠破了,阿睿这才害怕,所以才劝不听,一直哭着要跟妈妈回家去。幸好我给了她一个台阶下,这才肯回教室去。

原来每件事的背后都有一个前因。倘若我不问,可能永远也不会知晓。不由想起阿英的手。好像是周一的事了——阿英从教室回到办公室,一边抚摸着手,嘴里一边说着:"可让阿诺掐死我了!"我起身看她的手,手背处通红一片。

我想起今天下午,阿芳一直在忙着联系家长。我问她怎么了?她说阿健又出事了。

阿芳说的阿健我知道,也是我的学生。这个孩子好动,没有什么东西是他不敢碰的。对教室里的电子设备、摆放的物品,甚至教室外的任何东西,他都充满了好奇。

有一次,我正在资源教室,突然听到消防警报器响了起来。跑到三楼一看,阿健吓得坐在台阶上,抬眼看着红色的警报器一边发出红色的光,一边刺耳地响着。这是我对他"好动"的第一次亲身经历。

第二次是课间他跑去教师车棚,推倒了一辆电动车,电动车刮擦了旁边的一辆汽车,维修费花了600元。

这一次他又"动"了什么呢?

阿芳说,这次阿健把自己伤着了。午餐时,阿健又淘气,值班老师管他,他便动手打值班老师。老师一躲,阿健的手打到了什么东西上被划伤了,去医院缝了好几针。

我这才知晓,特教老师要随时做好受伤的准备。她们不是特种兵出身,孩子们有时是不讲道理的。当孩子们"糊涂""犯浑"或者"莫名其妙地躁动"的时候,特教老师在肢体接触、安慰或者管教他们的同时,难免被孩子们伤到。我不敢说每一次都伤痕累累,但疼痛是一定的。

因为刚来,目前我还没有经历过这种"特殊待遇"。但看到同事们如此,我便也做好了心理准备。有多痛,就会有多爱。只有爱着,所有的伤痕才会复原。这不仅仅是指老师,更是指师爱之下的孩子们。

**9月21日　星期五　晴**

天终于晴了。

课间,大概因为地面湿,学校并没有安排孩子们做律动操,两个班的班主任去开党会了,我看孩子们在班里无所事事,便召集他们去校园里散步。

阿航是大家最不喜欢的吗?还是他自己认为自己是特立独行的一个?他频频从队伍里蹿出来,要么走到前头去,一边走一边踩水,要么落到队伍最后面,对阿德动手动脚。我以为阿德会生气,过去一看,阿霖正安慰着他,见我询问,笑着说没事。

阿诺也被我带出来了。今天她给了我特别的"礼遇"——上课没有离开位子,没有跑出来,也没有尖叫。别的孩子在写作业,她不写。看她玩手指,我蹲下来跟她一起玩。她"命令"我"站起来"。我听了好几遍才听明白。我站起来,继续跟她交流。她捂眼睛,我也捂眼睛,然后两手做出望远镜的手势,阿诺竟然学着我做起来。我心中暗喜:只要她能跟我互动,就有进一步沟通的可能。

写完作业,作为奖励,我给孩子们放《洋娃娃和小熊跳舞》的视频。男孩子们都随着音乐扭动起来。我尝试着伸出手去拉起阿诺,她没有拒绝。我是老熊吧,她自然是洋娃娃了,我们一起没有章法地转起圈来。

有了课上的互动,当我邀请她一起散步时,她跟着我走出教室。我再牵她的手,她也没有拒绝。走着走着,她突然停住了,张开嘴凑近我的手。我以为她要咬我,正想着该如何应对,没想到,她伸出舌头,舔了我的手一下。我愣住了,瞬间明白这是阿诺表达喜欢我的方式,便也低下头去,亲了亲她的手背。

两个班的孩子原本是各自排着队齐头并进的,走着走着就变成了俩排头手牵着手,队伍中间相互交叉,各自聊着感兴趣的话题。阿诺呢?她早已从我手中"逃脱",她的小手挽着阿德的胳膊。阿德真是个好孩子,一点儿没有抗拒阿诺,像哥哥领着妹妹一般,慢慢散着步。走着走着,阿德叫了一声:"疼!"我忍不住笑了起来。我知道,一定是阿诺用手指掐他了,因为方才她挽着我走的时候也掐我了。她的小手可真有力气,即使这样,阿德也没有躲开,走几步,就喊一声"疼"。看他哭笑不得的样子,阿诺不以为意,跟着笑。她停下来,伸出舌头舔了阿德的手一下。

　　从第一节课和阿芳给阿鑫庆生,到第二节给孩子们上课,到课间带孩子们散步,不知道是不是分类教学的缘故,还是连续和这些孩子们在一起精神过度集中,当散步结束回到办公室时,我觉得特别疲惫。我坐下来喝口水,想着阿诺好像接受我的样子,啊,总算是种安慰吧。

　　阿诺,对于你,我可以做得更好吗?慢慢来吧,当你完全接受我,可不可以跟着我一起学习祖国的文化呢?

　　终于盼来了阿鑫的生日。

　　他似乎在等着我,一见我出现,就从教室里走出来,手里拿着抹布,什么也不说,只笑着看我。我向他招手,示意他进办公室来。然后,我拿出早就准备好的柳编葫芦戴在他的脖子上。他高兴地回教室去了。

　　我又请阿德过来,拿出准备好的为阿鑫祝福生日的发言稿,一字一句地教他念。他是整个三年级14个孩子里接受能力最强的一个。尽管如此,发言稿有点儿多,还是难为他了。他真是个好孩子,腼腆地笑,很乖,从来不说"不",好到我禁不住想多疼爱他一下。

　　当我告诉班主任阿芳今天是阿鑫的生日时,买蛋糕的活儿被她抢去了。好吧,我不争。只是,我没想到她把这桩事整得这么灿烂:

　　她先把教室里的八张课桌排成半圆形,圆心再摆一张,然后放上天巧坊的蛋糕,插上生日蜡烛,再给小寿星戴上帽子。其间,电脑里一直播放着《生日快乐》的背景音乐。蜡烛点上了,生日歌唱起来了,烛光里,阿鑫幸福得有点儿不知所措。

　　早晨送他的小葫芦呢?他不舍得戴,收起来了吗?赶紧戴上!然后请接受我写在大红请柬上的诗歌吧,再加一颗费列罗。

　　数学老师阿静也赶来祝福了!吃蛋糕喽!

　　孩子们多快乐啊!我们唱歌,我们跳舞,一起分享阿鑫的生日——

　　祝你生日快乐,祝你生日快乐,

祝你幸福,祝你健康,祝你前途光明!
祝你生日快乐,祝你生日快乐,
祝你幸福,祝你健康,有个温暖家庭!

因为是周五,所以有的家长来城里办事就顺便把孩子接走了。第四节课,两个班合起来才9个孩子。祝福阿鑫生日的发言稿第一节课来不及用,这一节课一起欣赏吧。

我依旧用卓依婷版的《生日快乐》作为背景音乐,请阿德上去"发言"。在我的半领半读下,阿德把60字左右的发言稿终于表达完了。二班的阿航对阿鑫头上的小寿星帽很好奇,动手一捏,瘪了。其他孩子表示抗议,阿鑫平日里笑眯眯的脸破天荒地阴了。

我赶紧把阿航请回座位。他今天表现得很不乖,我让他做什么,他都不是很配合。他很不情愿地回到座位,嘴里不停地念叨着:"回家,回家。"我知道,看到别的同学被家长接走了,他也很期待爸爸早些来,但因为愿望得不到满足,情绪便不加克制地宣泄,甚至爆发。瞧,趁我在黑板上写字的一会儿工夫,阿航就把周围几个同学都得罪了——

掰断了阿聪的铅笔;

打开了阿诚的水壶;

拧红了阿哲的耳朵;

…………

阿霖真像一个大哥哥,不停地哄哄这个,安抚那个,处理着阿航制造的烂摊子。

午后,家长们来接孩子了。孩子们一个个欢天喜地,阿聪直接背上书包,进进出出,呼这个,唤那个,一点儿都不知道累。

**9月24日　星期一　晴**

　　我沿着河边树林中的小路上班,走到林木茂密的地方。浓郁的落叶的味道扑鼻而来,带点儿腐朽,带点儿潮湿,带点儿新鲜,还有淡淡的甜。它们有的厚积在我脚下,随着我双脚的移动发出"沙沙"的声响,有的散落在小路两旁的草地上,还有新落的,甚至就挂在树下的灌木上,有的全灰,有的半灰半黄,有的黄中带绿。

　　我喜欢这味道,阿木。就在这自然的味道随气息进入我的血液的瞬间,我再一次想起你,心头也再一次涌起那个词——"感恩"。我想告诉你,河里的芦苇因为上一场雨,齐腰在河里亭亭玉立;想告诉你,阳光再度穿过树的缝隙,把下面的草地照亮、照暖;想告诉你,被照亮、照暖的草地上,有一只褐色的蚂蚱不停地跳跃,一会儿停在一棵苦菜的叶子上,一会儿又停在了另一朵黄色的小花上。那一片被照亮、照暖的草地便像被弹奏的琴键,一会儿这个键动了,一会儿那个键动了,而那只蚂蚱便是淘气的演奏者。它的弹奏也一定是有声音的,只是,我的耳朵没有贴得更近,所以听不清楚。

　　这一片小树林,是2004年建造小区时栽种的?还是原来就散乱地生长在此?我并不知晓。后来每隔两三年,就会有人在此动工。小区里的人们,之前在此开荒栽种的各种蔬菜,后来都被推土机铲平了。我以为他们要彻底整理打扮这一片河堤:比如在树林里原来的小路基础上,铺出一条水泥的或者砖石的甬道;比如在长长的河堤中央,增设一段可供上下的台阶。但是没有。小路依旧蜿蜒在河边、在树林,有的地方甚至分出了岔路。晴天,这是晨练晚回人们的必经之路;雨天,小路泥泞,少有人走。

　　但我忽然觉得,小树林如此甚好。阿木,你看,它难道不像一个半隐半仕的人物吗?身居闹市,却静谧、芬芳。它一年四季美不胜收。春天万物复苏,它便花木齐放:二月的迎春、连翘,三月的柳絮、杨花,四月的杏、梅、樱花;尤其是五月,槐花盛开在路旁,像夹道欢迎的仙子,排了长长一路,香飘千家万户。夏天,绿树成荫,蝉声缭绕。秋天,银杏金黄,落叶纷飞。冬天,白雪皑皑,无论枝头还是树底,都银装素裹,大静大美。看似杂乱无章的小树林,着实自然朴素,迎来送往,来者不拒,去者不留。

阿木,我是不是说多了?好吧,上班的路不长,我却生出这许多心思来。让我再多说两句吧,阿木——

我沿着小树林南侧的台阶从河堤下到河岸,往南再走二十米,从桥底下穿过,便到了河的另一段。沿台阶上去,眼前是一小片空地,这里和桥北的小树林相比,很显然全是人工造就的树木参天,青草如茵。迎面有一个小小的土坡,坡上分散生长着十几棵白杨树。因为秋意葱茏,小坡上的草并不茂盛,稀稀拉拉地露出少许土的颜色。我喜欢这个小土坡,因为从这翻过去,就是学校的正门。正是这个小土坡,遮挡住了坡那边的路,也遮挡住了路上的喧嚣。这边临河,那边靠路,一静一动,全靠小土坡自然分隔。如果没记错,十四五年前,我还在担任德育室主任的时候,曾经带着大队委和中队委的代表们到这一段河堤来清理垃圾,最后在这一片小土坡上来了一张合影。那一刹那,撑开的红色旗帜做背景,孩子们的笑脸簇拥着我。

阿木,无论过去还是现在,我总是活得如此真诚,如此烂漫。我的生命被这些珠贝一般的日子串联起来,忽略灰色和忧伤,自己点燃自己,自己照亮自己。那些顺带被我点燃和照亮的人们,大人也好,孩子也罢,都是幸福的,就像他们也温暖了我。而你,阿木,我相信你也被我点燃了,也被我照亮了,就像你用比我强大十倍百倍的力量点燃我、照亮我一样。我如此需要你点燃和照亮我,这份温暖和光明让我感觉自己不再孤军奋战,有了努力去进一步抵达的愿望,为了孩子们。阿木,我喜欢生命中的这一邂逅,让我对待工作的态度更纯粹,让我对待教育对象的爱更有意义。

你瞧,阿木,此刻,孩子们就在玻璃屏那面。课间时分,阿洋正站在玻璃屏前朝这边张望,他若不特意看,是看不太清办公室里的情形的。通过他的表情,我知道他根本不是在看我们,而是把玻璃屏当作镜子。对,阿木,他正在对着玻璃屏挤鼻子弄眼睛:时而皱眉,时而咧嘴,时而睁大眼睛。他的手里总不忘拿着他心爱的杯子,不时喝上一口。这个杯子是他最好的"伙伴",极少离手,上课也是如此。即使老师把它放到后面的桌台上,他也会趁你不注意,再度捧在手里,不时喝上一口,像一个嗜水如命的人。

每一个孩子都如此可爱。阿木,假如你和他们待在一起,也一定会喜欢并疼爱他们的。

今天这一番话都是小树林里的味道引出的。阿木,真希望有一天,你也能到这一段河堤、这一片小树林来走一走。我想,你也会爱上它吧?如果是夜里,遇到天晴的日子,我唤满天的星星们映亮你的眼睛。

## 9月25日　星期二　晴

下午第三节课。此时,阿聪就在我身边站着。他是被我从教室叫来的。他在教室里总是"啊啊啊"地叫。其实那不是叫,而是说话,他在说动画片里的情节。我懂,大家都懂。但我还是把他请到了办公室,让他透过玻璃屏看。

我突然想停下正在进行的工作,和他聊聊。但只要我让他看着我的嘴型,他就闭上眼睛,眼睫毛颤抖着。突然,办公室里的灯突然灭了。扭头一看,门口站着一个黑影,是上周给我关门的那个高年级的男生。他的手还停留在开关上。我们彼此看着,我冲他笑笑,没吭声,他也没吭声,带上门走了。

"喜欢玩开关吗?"对于开着的门、开着的灯,只要是开着的,他都想去关上。我甚至敢断定,他看到开着的水龙头也会去关上。这是个好习惯吧?这是个好习惯吗?不管别人是否在用只管关上开关?哎呀,需要我了解的孩子实在太多了。

我的思绪重新回到阿聪的身上。他连看我的嘴型都不敢,都不肯,我如何教他发音呢?他仅仅是口齿不清吗?是不是身体还有别的问题?这让我想起阿浩来。阿浩不是不会说话,而是没有找准发音的正确方法。阿聪会不会是相同的情况呢?

下班后,我送孩子们去餐厅。以大欺小的事还是会偶尔发生,只不过被我发现了,也就被及时制止了。哈哈,我又像一只老母鸡了吧?这个美称还是原单位的老校长"赐予"我的——因为我下课常喜欢带着孩子们一起玩"老鹰捉小鸡"的游戏,每次我总扮演"鸡妈妈"领着长长的"鸡宝宝"队伍,在"老鹰"面前扭来扭去,像一条可爱的虫子。

"这是我班上的孩子,你不要欺负他呀,要保护他,爱护他。"

那是个高年级的男生,他刚才拦着阿哲不让他去餐厅,我把阿哲从他手中"解救"出来。已经到了餐厅门口了,他竟然跟在我身后,我忍不住对他说。男生看着我,不吭声。我很担心他会攻击我,随时准备躲避。还好,他没有。

按照同事们教我的判断办法,我知道他是典型的"糖宝宝"——唐氏综合征患者。

被他"欺负"的阿哲见我还没走,就凑过来看着我。

"洗手了吗?"

"没。"

"快洗手去。洗完手才能吃饭。"

阿哲去了。我又招呼其他围过来的孩子们赶紧去洗手。好吧,原本被冷落的洗手台短时间成了餐厅最热闹的地方,有的孩子甚至玩起了水花。我一回头,那个"欺负"阿哲的"糖宝宝"还是站在一旁看着我,不吭声。

"你也洗手去好不好?洗干净手才能吃饭。"

他"嗯"了一声,也向洗手台走去。见他过去,其他孩子倏地散了。

他们每一个都是值得关爱的孩子,但关爱绝不是纵容。跟许多孩子一样,这里的孩子也是被家长纵容着长大的。家长出于爱,往往会放任他们的攻击性行为,但我们特教老师则需要教导他们自控。

原来我需要做的工作,除了传授知识,还有纠正孩子们错误的思想和行为。

想起台湾作家龙应台的作品——《孩子,你慢慢来》。我要做的也是如此——孩子,你慢慢来。

## 9月26日　星期三　天高云淡

亲爱的婷：

今天我要带孩子们去餐厅上课。

昨天，我就和餐厅大厨约好了，请他外出买菜时多买三个西红柿，同时，要使用厨房的案板、西红柿和白糖。因为要麻烦他，我说了一箩筐的好话。大厨真好，爽快地答应了。为表示感谢，我跑回办公室，将你从昆明快递回来的云腿月饼送了一个给大厨。亲爱的婷，你的云腿月饼就这样分享在了这光荣的地方了——除了家人，我还分享给了同事、警卫、大厨。我知道你一定不会嗔怪我的，因为你和我一样，是个善良的姑娘，甚至比我还要善良许多。

上课铃还没响，我先去后厨把需要的道具搬到餐厅去，然后回教室招呼两个班的孩子们集合排队到餐厅。偌大的餐厅里只有我和11个孩子，大家兴高采烈，嗓门也大起来。我赶紧竖一根手指在唇边。

"昨天我们学习了《我喜欢吃西红柿》，知道西红柿的吃法有——"

"很多——"大家异口同声。

"可以——"

"洗干净生吃！"阿德的声音很突出，阿凯随其后。

"可以用白糖——"

"拌着吃！"这个声音齐一些。

"还可以——"

"炒鸡蛋吃！"

"对，所以，我们都喜欢吃——"我扬了扬手中的西红柿。孩子们很配合地喊："西红柿！"

"下面，我们就来做西红柿吃。谁来帮我洗干净？"

大家好像还没从兴奋中醒过神来。只有阿洋在离我最远的桌子旁应声："我洗。"

我看过去，他也正羞涩地看着我。我便递给他一个，自己拿了俩走到水池边,我一个水龙头,阿洋一个水龙头,开始洗起来。其他孩子都在座位上看着我们。我一边洗一边夸他:"阿洋真棒,阿洋会洗西红柿呢!"

我很快就洗好了,走回餐桌。阿洋还在高兴地洗那个西红柿,水流到西红柿上,溅起许多水花,他的脸上堆满了笑,每一朵笑里都闪着水花。

"阿洋,快点儿!"我唤他。

阿洋关掉水龙头,把西红柿递给我。

"下面,我们就吃阿洋洗干净的这个西红柿。"我强调着"阿洋的西红柿",阿洋羞涩的、幸福的笑又荡漾在脸上了。

我把西红柿放在案板上,一边用水果刀切成一片片,一边告诉孩子们使用刀具时要注意,别伤着手。阿洋的西红柿被切成了碎片,一碗西红柿很快就被抢光了。

"好吃吗?"

孩子们点头,一张张小嘴吧嗒着,意犹未尽。

"这是第一种吃法——洗干净生吃。下面燕子老师来演示第二种吃法。"

我把剩下的两个西红柿切碎,分在两个碗里,撒上糖,用筷子拌了拌。

"开吃!"

一声令下,两碗白糖拌西红柿没到两分钟就只剩碗底的西红柿汁了!我晓得他们在家都吃过白糖拌西红柿,但这么多人分两个西红柿肯定是第一次。

"精华都在碗底。大家分着喝了吧!"很快,两个碗都见底了。

做什么事都要善始善终。下课前,我请孩子们善后。大家争先恐后地洗筷子,洗碗,洗案板,收拾凳子……

亲爱的婷,你见过许多可爱的孩子,但一定没见过像星星这般可爱的。你是我毕业后教过的第一批可爱的孩子之一,他们则是我崭新的孩子。没错,和你们不同,他们是来自不同星球的天使。

我把今天特殊课堂的照片发到班级群里去,并附言:

"今天学生活语文第三课《我喜欢吃西红柿》:一、生吃;二、白糖拌着吃;剩下第三种炒鸡蛋,请孩子们回家后在家长的监督配合下完成。孩子们很高兴,老师也很高兴。感谢阿洋帮我洗干净西红柿,感谢阿凯、阿德洗筷子,感谢阿冰洗案板,更感谢阿芳老师和我们在一起分享快乐。"

阿芳从《爷爷为我打月饼》的歌声中下课回来,看到发在群里的照片和文字,很开心,也很欣慰地来了一句:

"孩子们有燕子老师,好幸福啊!"

我把照片发给阿荣,她复我道:

"亲,你太棒了,这就是真正的特教课堂。特殊教育就需要你这样的爱心、耐心和热情。"

亲爱的婷,转瞬,我发现这照片被转发到了学校的群里。我心里一声惊呼,脸悄悄地红了。

亲爱的婷,这时,你又会怀念起自己小时候在我身边的时光了吧?我一直都在啊,就像你一直都在一样。

再见,我的大孩子!

## 9月27日　星期四　晴

"牵着蜗牛去散步。"

这是我进入特教中心以来听到的最美的一句话。

今天下午是全校的项目组活动时间。之前,我就从阿荣那里了解到,所谓项目组活动,就是把全校的孩子们按照他们的病症、个人喜好,加上班主任老师的合理推荐,分成几个组,有康复训练组、自闭症组、数学组、诵读组、唱游与律动组、绘画与手工组、体育组等。我先被分配在康复训练组,后来阿荣怕我嗓子受不了就和我调换了,我去了绘画与手工组。

活动最初,我安顿好了本组的活动后,难耐好奇心,抽空去其他组溜达了一圈。每个组的老师正在带领学生活动:数学组的孩子们在数小棍做计算题;语文组的孩子们在朗诵古诗;自闭症组的孩子们在老师的带领下,有的做拼图,有的搭积木;唱游与律动组则在学习新的歌曲、舞蹈。我没看到阿荣的康复训练小组在哪里,后来同事让我去操场看看。

我们小组活动结束后,我去操场找阿荣。她也正从操场往回走,操场上已经没有人了。我们在操场边的甬道上站着闲聊。阿荣见我嗓子沙哑,就"批评"我说:"不是让你别着急吗?你知不知道,每次看你如此,我多心疼?"

我的心停跳了一拍,她说她"心疼"。我看着她,她也看着我。我看着她的眼睛湿润着,泛了淡淡的红。我感觉自己的眼睛也热起来,心里暖暖的。

阿荣继续"声讨"我,重复着我听了几遍的教导:"跟你说了多少遍了,别着急,慢慢来,别着急,慢慢来。你要学会牵着蜗牛去散步。"

"什么?!"我的耳朵里出现了一个诗意的句子。

"你要学会牵着蜗牛去散步!"阿荣重复了一遍。

"牵着蜗牛去散步,多美的句子啊。"我喃喃道。

"没错,这是我们特教的理念。因为教育对象的特殊性,需要我们做老师的慢下来。你慢下来,跟这些孩子相处就会特别快乐,你要心平气和,像陪伴蜗牛一样陪伴这些孩子们,跟他们一块儿看路旁的风景。"

"阿荣,这句话用在我们的孩子们身上,太经典了!"我真高兴听到这样的话,"就像我自己,我来了以后,跟这些孩子们在一起,发现自己很容易快乐起来。"

"对,把幸福的标准降低了,幸福指数自然就提高了。你看,咱们孩子的笑容多么纯粹,很有感染力,是吧?孩子有时候的笑并不是发自内心的,但咱们这些孩子见了我们就'老师好''老师好'地喊着,特别开心。"

我和阿荣像蜗牛一样慢慢走,敞开聊。不知不觉已是黄昏后,孩子们早去餐厅吃饭了,夜幕就要降临了。我和阿荣道别,她回办公室收拾她的,我回办公室忙我的。

牵着蜗牛去散步,阿荣,这是你今天送给我最好的礼物。

### 9月28日　星期五　阴转晴

下午,阿芳在音乐课上教孩子们唱《祖国祖国我爱你》。我在办公室,透过玻璃屏看着她和孩子们在一起,一遍又一遍地歌唱。虽然孩子们唱得并不完美,但在我听来,却悦耳极了。

是的,亲爱的祖国,我爱你,也爱你特殊的花朵。

下班回到家,好像是第一次准点下班回家。想起上午阿哲红了的眼睛,下午阿聪被我"教训"时垂下的脑袋,心里终究不踏实。我拿起两个美味的月饼装进包里,回学校去。

把车停好,刚下车,我就遇到了正在散步的阿浩。他们已经吃完饭了,正是休憩时间。想起今天阿芳告诉我的:阿静夸阿浩进步了,因为平常他说双音节词都难,如今竟然能说"燕子老师"四音节词了。我忍不住笑起来,跟阿芳开玩笑说:"早知道,我应该取一个更长些的名字,这样阿浩喊我的时候,就可以练习说更多音节的词了。"

我问阿浩,阿哲和阿聪去哪里了?阿浩并不清楚地说"寝室"。我便向他道别,穿过教学楼,向寝室走去。在教学楼的南出口和北出口之间的空地上,我遇见了其他孩子们:三(一)班的阿凯、阿德、阿俊、阿鑫和绕回去的阿浩,六(二)班的阿壮,六(一)班的阿鹏,还有其他叫不上名字来的孩子们。他们都亲切地喊我"燕子老师"。我再次向他们打听阿哲、阿聪在哪里。教养员说,他俩已经回寝室去了。于是,大家簇拥着我从北门入。六(二)班的阿壮更直接,直接挽着我的左臂上楼梯,像一个弟弟拽着姐姐,也像一个小伙子搀着老太太。我没有阻止他的友好,到二楼我们就分别了。

"晚安,孩子们!"

"晚安,燕子老师。"

幸好,三楼的寝室门还没关!走进走廊,我先和教养员报备一番。在走廊上,我遇到了阿诚。他领我找到阿聪和阿哲,原来他们在阿明的寝室里。

"阿哲,今天是你的生日吗?"

"明天下午。"我猜他说的是这个答案。上午上课时,他说"下午",我以为今天是他的生日。其实,明天下午或者其他日子都不重要,重要的是他说起自己生日时,情绪低落,红着眼睛说"想家了"。这是我第二次因为他想家而来寝室看他。我拿出一个月饼放在他手里:"生日快乐,阿哲!"

阿哲很高兴。"谢谢燕子老师!"他一定说的是这几个字。

然后是阿聪。阿聪依然不敢看我,只是笑。他看了我一眼,迅速闭上眼睛,只是笑。

"阿聪,下午看天安门的升旗仪式,你很高兴,对不对?"

"嗯。"

我打开手机播放上课时的视频。别的孩子都在自己座位上坐着,安静地看升旗仪式,只有阿聪站起来,举左手向国旗敬礼。上午课间时,我在走廊遇到他,他也向我敬礼,不是少先队礼,而是军礼;不是用右手,而是用左手。我帮他纠正成右手,高举过头顶,五指并拢。再看他现在的样子,虽仍是用左手敬礼,却是标准的队礼了!

"看你多精神!"我夸他。

阿聪很开心。他总是很开心,好像他很容易感到幸福,一点点快乐就让他开心不已。

"你站着敬礼很好,可是阿聪,你'啊啊啊'地叫行吗?别的同学都在认真地安静地看,你'啊啊啊'地叫是不是影响了别人?这样对不对?"

他摇了摇头。

"知道错了吗?"

他点点头。

"好,以后上课要安静,做得到就是好孩子。"说着,我拿出另一个月饼,放到他手里。阿聪又开心地笑了起来。阿哲也在旁边开心地笑,一边笑一边提醒阿聪:"快,谢谢燕子老师!"

阿聪真的说了。虽然他说的我一个字都没听清。

阿明在一旁微笑着,看我和俩孩子一来一往地聊,没说什么。

我与孩子道别,心里如释重负。每次为孩子们做事,之后我总是很快乐,很欣慰。大概,我天生就是一个让孩子们喜欢并深爱的老师吧?

明天,明天,再看一遍天安门的升旗仪式吧。

明天,明天,教孩子们认识世界地图中的中国和首都北京吧。

明天,明天,一起听听《今天是你的生日》吧。

……

啊,孩子们,我有那么多那么多的事情想和你们一起做呢!一起快乐,一起欢歌,一起热爱并祝福亲爱的祖国。

## 9月29日　星期六　多云转晴

阿睿已经与我熟识了。无论是姥姥还是妈妈来接送,她见了我都会满脸喜悦地唤一声"燕子老师",然后松开她们的手,转而扑向我。即使在餐厅就餐,透过落地玻璃窗看到我,她也会快乐地拍着玻璃向我挥手。

阿睿的拥抱让我有些疼痛。虽然是一年级的小孩子,但力气还是有的,或者说那不是力气,而是一件穿了衣服的兵器,周身硬邦邦的,随时准备攻击。我不知道这样的孩子在成长过程中都经历了什么,才"练就"了这"铁布衫"一般的武艺,甚至不知道如何柔软地表达。

想起同事说的,他们这些孩子,你对他好,他就会亲近你,却不懂得如何表达感恩。在我看来,他们从警惕你,到信赖你,这其实就是一种感恩的表达。我是如此理解的。比如阿睿,彼此懂得了,沟通起来就方便多了,教育也就会水到渠成——尽管对他们的教育永远无法抵达我们期望的普通孩子的模样,每进一步,都要付出许多时日,许多耐心,许多爱。

放下阿睿,想起阿航。他的手指伤痕累累,去了皮,露了肉,触目惊心。我拿创可贴给他用,转身他就撕去了。他喜欢撕东西。

还有阿浩,昨天学会说"我"了——

"看我的嘴型,阿浩,我——"

他比阿聪听话,认真看我的嘴型,然后学着发出声音。

阿聪,你几时愿意看着我?

今天第一节是我的课,我请二班的5个孩子一起过来上合堂。后天是10月1日,明天放假,我必须在放假前告诉孩子们祖国的名字,告诉他们祖国的生日,告诉他们我们都是中国人,作为中国人,要热爱自己的祖国。

生活语文第二单元第一课是《我是中国人》。6幅少数民族的图片,下面是:

"中华人民共和国是我的祖国,10月1日是祖国的生日。我是中国人,我爱我的祖国。"

如此简单的两句话,我教了十多遍,只有阿德完全学会了。这没什么,我已经适应了他们的慢节奏。

为了激发孩子们学习的兴趣,上课之初,我先播放了去年国庆节天安门广场的升旗仪式。视频两分钟左右,孩子们看得很认真。有了这个前提,引入课文,孩子们学得比较认真。整堂课的高潮随后而至——

我打开了《今天是你的生日》视频,歌唱家身着戎装,在不断变换的宏伟背景下深情演唱。每次听这首歌,我都心潮澎湃,祖国啊,我的祖国!

孩子们好像被这画面和歌声震撼住了,全都盯着画面,安静地坐着。播完一遍,我按下暂停键。

面对孩子们,我说什么了呢?

我说,自己每次听这首歌,都忍不住眼泪汪汪。

我说,你们的阿芳老师在办公室听到这首歌,也说很喜欢。

我说,这首歌表达了每个中国人对祖国的爱。

我说,我们再听一遍好不好?

我们一起再听了一遍。然后,我看到阿哲在抹眼泪。我蹲下来问他怎么了。阿哲眼泪汪汪地看着我说:"我想毛主席了。"

歌声在耳畔回响,我看着阿哲的泪花,忍不住也涌上泪来。阿哲,你总是如此善感,如此让人心疼!

我捧着他的脸。一个大人,一个孩子,同样的情愫在我们心间荡漾。

阿浩也哭了,哭得很厉害。我走过去问他怎么了,阿浩说他想爸爸了。

这些孩子,是如此坦白。

有孩子看着我的眼睛,我摸摸他的头。老爱不停地说话的阿洋、不停地玩水杯的阿洋,也难得安静下来,看着大屏幕上庄严的天安门、蜿蜒的万里长城、放飞的白鸽。

这些孩子,是如此坦白。

"燕子老师。"

我听到一声呢喃,是阿洋的声音。他看了我一眼,羞涩地低下头去,继而又微微抬起一点儿,半耷拉着脑袋,眼睛看向大屏幕。

这些孩子,就是如此坦白。

孩子们,让我如何不爱你?就像爱我们的祖国,你们是祖国的花朵啊!我的心里荡漾着——

今天是你的生日,我的中国
清晨我放飞一群白鸽
为你衔来一枚橄榄叶
鸽子在崇山峻岭飞过
⋯⋯

我仿佛听到孩子们用清澈的声音齐声朗诵着——

中华人民共和国是我的祖国,10月1日是祖国的生日。我是中国人,我爱我的祖国。

下午三点,全校的孩子们在三楼多功能厅集合。当我赶到的时候,多功能厅传出《歌唱祖国》的歌声。孩子们都已就座,班主任作陪。大屏幕上,一面五星红旗正迎风招展,"歌颂祖国,爱我中华"经典诵读会的字样分两行排列,白底,红字,无比醒目。配着深情又激昂的音乐,会场氛围感染力爆棚。

我被这音乐激荡着,等待着主持人即音乐老师阿珊开场。

诵读按从低年级到高年级的顺序进行。阿雯和小君两位老师带着孩子们上场了。是第一次上舞台吗?孩子们有点儿害羞,或者不知道害羞和紧张，各站各的。阿睿最漂亮，被安排在中间的位置，她也动来动去的。好在两位老师没有拖延，阿雯念一句，孩子们跟着说一句：学好中国字，做好中国人。

二年级我不熟，很快是三年级，我的孩子们上场了。两个班合在一起共 12 人，每个人的额头、左颊分别贴着一面五星红旗，很漂亮。为了讨喜，我也给阿英和阿芳分别在额头贴了一面，像一颗鲜艳的朱砂痣。

节目大同小异，我们的节目设计得不错。每个孩子右手挥着一面五星红旗，配着额头和脸上的，相得益彰。主唱阿德不负众望，手拿话筒的样子帅极了！

六年级阿玲班的说唱节目《百川东到海》也非常出彩，赢得了孩子们的掌声。

然后是阿莹班的。他们准备了花球做道具，一边歌唱，一边挥舞，像彩虹在凡间搭起了长桥。

…………

节目全部结束后，阿珊用美丽的声音为本次活动画上了句号。孩子们在班主任的带领下开始离场。这个时候，我看到了年轻老师甜甜的背影——她双手放在队伍最后一个女孩的肩膀上，两腿叉开，一左一右地移动，老母鸡一般保护着那个女孩走出会议室门口。我忍不住微笑：真是个有心的姑娘。

阿芳和阿英也是有心人。她俩原本就坐在第一、第二排，散场时正好经过舞台，干脆喊自己的宝贝们重新回到舞台上，合影留念。我开心得不得了，跑上去，蹲下来，拉着阿哲的小手，一起面向镜头。

当我回看照片时，发现阿哲站得笔直，我笑得好幸福，仿佛阿哲是个大人，而我是个孩子。

**9月30日　星期日　晴**

今天是我的生日。Happy birthday to myself !

因为10月1日放假调休,所以今天是上班时间。我在新铺就的操场上散步,欣赏着围墙上吊着的碧绿的南瓜,有一只竟然吊在了银杏树上。我禁不住笑了起来。今天是个好日子,和明天的好日子连起来了。

我一进教学楼,就看见阿凯正往洗手间方向跑。他看到我,高兴地喊着"燕子老师好"。话音未落,他扑通一声摔倒在地。我感到一阵坚硬的疼痛从脚下传到心脏,连忙去拉他。他自己先爬了起来,嘴里呻吟着,又轻声补了一声"燕子老师好",好似刚才那一大声快乐的问候因为他的摔倒也一起摔碎了一般。

亲爱的阿凯!

我心疼地看着他,却又给不了任何安慰,毕竟,疼痛已经存在了,抚不掉,除了他自己忍受,别无他法。

阿凯继续去洗手间了。看着他瘦小的背影,我低下头来,用脚试着地面:好好的,孩子怎么就会摔倒呢?脚下确实是滑的——用湿拖把刚拖过的地板,稍不留神就有摔倒的危险。我正琢磨着,迎面走来了那个打扫卫生的大叔。看他辛勤忙碌的样子,我没好意思开口。

嗓子又不舒服。阿芳真好,替我上了一节课。第四节课无论如何不能找人替代了,这是国庆节前的最后一节课,我必须和孩子们在一起待会儿。

我从网上搜索了空白的五星红旗,找甜甜帮我打印出来,准备孩子们人手一份。但我并没有一上课就下发,而是先把孩子们召集到世界地图前,让孩子们找出中国在哪里。据阿芳说,她已经教孩子们认中国地图了——形状像一只大公鸡。我的期待落空了,十个孩子,没有一个指对的。他们对着世界地图,有的窃窃私语,有的自言自语,有的不声不响地伸出小手就指。还好,他们没有把祖国指到海洋里去。

好吧,我一边用教鞭指着彩色的世界地图中中国的位置,请孩子们看粉红色的大公鸡,嘴里一边嘱咐着:"仔细看哦,一定要记住哦。"

然后,我把教鞭放下,模仿外国人的声音提问:"小朋友,你们中国在世界地图上的位置是哪里?"

我的小朋友们很快乐地指对了。

我又走到另一张缩小了比例的世界地图前,再度问同一个问题:"小朋友,伟大的中国在世界地图上的位置是哪里?"

在这张缩小版的世界地图上,中国变成了黄色。小朋友们茫然不知了,又蠢蠢欲动想要乱指。

我赶紧拦住,把答案指给孩子们看。"一定要记住哦,中国地图是一只大公鸡的样子。大公鸡,喔喔叫,中国中国不得了!"

然后,我示范孩子们给五星红旗涂颜色。昨天下午的歌颂祖国比赛活动中,我把他们的脸上、额头上都贴上了五星红旗,每个周一的升旗仪式也都面向五星红旗敬礼,教室前方张贴着五星红旗,他们对国旗是不陌生的。

孩子们开始忙活起来,也有几个问我该用哪种颜色。很快到了午餐时间,孩子们都没有完成,这在意料之中。我请他们收起来,带回家去完成,然后贴在自己的房间里。孩子们可高兴了,纷纷把彩笔和国旗纸收拾起来,装进书包,然后去餐厅就餐。

我走到餐厅拐角处,看见阿德又返回教室。怎么回事?阿德不是一向很乖的吗?我赶紧回去叫他,他自己又从教室里出来了。我一边走一边嗔怪他不吃饭就往教室跑。阿德告诉我,阿凯还在教室里。

"什么?"

"阿凯还在教室里。"阿德无辜地看着我说。

我的天!今儿这是怎么了?到了饭点儿,孩子们竟然不积极了。

我让阿德去餐厅,自己回教室"捉人"。

岂止阿凯?还有阿俊!他正涂色涂得欢呢!五星红旗已经红了一半。

"吃饭!赶紧放手,吃饭!"我故作生气状,大刀阔斧地给阿俊收拾彩笔,发现彩笔的帽子没了。

"帽子呢?"我横竖找不着,就问阿俊。

他不动声色,轻轻指着,温柔地说:"在这儿。"

他指的是哪里呢?我忍不住笑了:原来我手中的彩笔帽子就套在彩笔

的另一头呢!

他们多聪明啊,比我都聪明,不是吗?

收拾好了,我把他们"撵出"教室,关上门。阿凯回头说:"燕子老师别生气。"

我说:"不生气。"

阿俊也抬起脸笑眯眯地看着我说:"老师别上火。"

我看着阿俊胖乎乎的脸,满眼的真诚和歉意,还有一些给予我的心疼。

我的心一暖。

"老师不上火。走,吃饭去!"说着,我一手拉起一个,向餐厅跑去。他们俩高兴得一边跑一边快乐地叫,像两只吃饱了后满足得哼哼的小猪。

我最亲爱的小猪。

下午,他们就要和家人一起回去度假了,再见面是在一个星期后。孩子们,国庆节快乐,别忘了收看新闻,看看我们的祖国的生日是怎样的隆重,怎样的震撼,似一只引吭高歌的凤凰!

Happy birthday, my motherland!

生日快乐,我的祖国!

## 10月2日　星期二　晴

阿亨:

节日快乐。你离校回家养病已经三周了,我知道你一定恢复健康了。你的体质和秋天有"仇"吗?先是感冒,然后生疮。中秋节到了,国庆节也到了——在家住那么久,阿亨,你想不想阿玲老师和同学们呢?

大家是想你的。就连我,一个不过见过你三五面、去过你家一次的人,都会时常想起你。这"想",也并不全然是我闲来无事,而是你不在的这段时间里,就餐也好,午休也好,我去二楼找你喜欢的阿玲老师也好,我总不经意就能遇见阿涛,遇见阿涛,就不免会想起你。因为那一次家访,我和阿玲先去看了阿涛,然后去看了你——你们已经是"一条绳上的蚂蚱"了。

不知道我第一次去你们班听课时写给你的短信,你是否还留着？丢了也无妨。这个傍晚,我去学校取快递回来的路上,不自觉地想起我之前的学生阿璟,你不过三周没来上学,而我和他失去联系已经很久了。这个十一,他是否也从远方回来探亲了呢？平安就好。是的,阿亨,你们平安就好。

你和家人出去旅游了吗,阿亨？我没有。我就在小城待着。远在外地的哥哥回来了,爸爸妈妈很高兴,我也很高兴。哥哥说要回故乡祭祖,我便开车带他回去。所谓故乡,于我早已面目全非,连路都是哥哥导航的,绕来绕去,最终到达距离祖坟最近的路段,我把车泊好,看哥哥一人提着待焚烧的香和纸向并不很近的墓地走去。我早打算好了,他祭他的祖,我看我的风景。

无论是芭茅草,还是狗尾巴草；无论是芦苇花,还是山菊花；无论是枣树,还是栗树,整个原野都铺展在东山向西延伸过来的坡地上,白的白,粉的粉,红的红,绿的绿,这儿一簇,那儿一行,高低错落,把秋的诗意诠释得淋漓尽致。

我从没见过如此美的故乡！许多好东西尚未收割回家——玉米还在地里亭亭玉立；芋头依然撑着碧绿的小伞；大姜是原野的主角,主人浇过最后一遍水,我猜它们一定在使着最后一股劲儿,拼命地吸收水分,拼命地集聚辣味,努力让自己成为世人最需要的"吉祥"。

那条通往墓地的土路并不平坦,哥哥的背影时而显现,时而隐藏。几度看不见他时,我着急地翘首张望。他又从芦苇花里钻了出来,手里多了一截芦苇花,举过头顶,一边转过身来倒着走几步,一边冲我挥动手臂。那芦苇花便在他的挥动中诗意地向我打着招呼。在故乡的秋天,哥哥也变成了一个贪玩的小孩儿！

土路两侧各有一个湖。正是因为它们,周边的庄稼才得以被浇灌、被溺爱。阳光并不厚此薄彼,万物在它的怀抱里自由自在,高处的芭茅草、再高处的云朵,都倒映在水中,和着水中原有的芦苇,"天光云影共徘徊"。我有一阵子看得痴了,直到远处的墓地冒出一团青烟,我才醒过神来——祭祖开始了。

阿亨,我沐浴在故乡这烂漫的自由的秋天里,想起了我们班的孩子们。你们班的阿鑫爸爸把阿鑫搓玉米粒的照片发到群里,我点赞"劳动最光荣"。我的孩子们在家里做什么呢?是否也在帮着家人干活,体验生活?还是跟着父母外出旅行去了?还是像我一样,漫步在故乡的原野里,高兴地跑来跑去,看什么都稀奇?

阿亨,我来这里一个月了,认识了很多孩子,也被很多孩子认识,我很开心。但前两天,我却有些担心起来,因为一个九年级的男生——阿扬。

我想他应该是喜欢我的吧?对,就是那个给我关门、给我关灯的男生。前几天午餐时,我正领着学生前往餐厅,他就从我身后进了我们的教室,从抽屉里拿出一卷卫生纸就走。我赶紧回身,轻声嘱咐他扯一点儿就好,把其他的给我。他把扯下来的给我,大头攥在自己手里。我示意要他手里的,他好似不情愿地递给我。我赶紧把卫生纸放回教室,带上门。

我是不是因此被他盯上了?第二天午餐,我送学生时,他就在走廊等着我。我往哪里走,他就跟着我往哪里去,嘴里还念着:"老师,老师,老师……"

说真的,我有点儿害怕了。我想起了自己少年时住家属院的那个外甥的"大朋友",还别说,他们还真有点儿像,高高壮壮的。莫非,他是来"讨债"的?幸好遇见了甜甜,大概是知道他的吧?她严肃地唤他赶紧去餐厅吃饭,他竟然乖乖地跟着走。我便觉得自己好没用。

阿亨,我知道你并不熟悉我,自然也并不能听到我在跟你说什么、说的是什么意思。我想说的是,自己距离一个懂你们的"特教人"还有很远的距离。至少,我应该克服面对你们的恐惧心理,不是吗?

换个话题吧,换个轻松一些的话题。

傍晚去单位拿快递,经过一家车库,车库底下留了一条缝,我蹲下身去,轻声唤:"瑞拉!瑞拉!"

车库里有了动静。很快,一张嘴就从车库底下的缝隙里探出了一半。那是瑞拉的嘴。因为它的一边脸紧贴着地面,我只能看到它的一只眼睛,另一只被车库门挡住了。即使这样,我和它也一个在外面一个在里面地聊了几句。我很想喂它点儿好吃的,可出门时除了钥匙,什么都没带。看到东边有个老阿姨在车库外剥蒜,我便跑过去央求她给我两三颗晾晒在外的花生,但老阿姨没给我,理由很冠冕堂皇——别惹它,它闹起来很凶的。我说,瑞拉是金毛,很温顺的。老阿姨说,它会撞门。我看老阿姨并不想给我,便悻悻地离开了。瑞拉才不会撞门呢,我认识它好几年了,它很乖的,才不撞门呢!

怎么办呢?我不敢再从瑞拉面前走过,怕它瞧见我。我没有什么喂它,也没法安慰它,怕自己见到它沉默的样子会心生难过。绕着走,我悄悄地绕着走,终于看到一朵好看的花儿,好吧,就是你了——我装作欣赏的样子,趁四围没人,悄悄地把花儿摘了下来,跑去瑞拉的"门前"——它还是那个姿势,嘴巴伸出一半,半边脸紧贴着地面,一只眼睛半眯着看我。

"瑞拉,给你花儿,你闻闻,香不?"

我把花儿放它鼻子边。它最聪明了,知道那是不能吃的东西,连嘴也不张,但我想它一定闻到了花的香味,我闻过的,淡淡的甜香。

我把花使劲儿往里塞,放在瑞拉前爪的旁边,如果它的爪子够长,一定是可以"握在手里"的。

"再见,瑞拉,我走了,拜拜!拜拜!"

瑞拉很安静,瑞拉很安静,瑞拉很安静。这份安静让我心疼。我曾经跟瑞拉的主人提过,人为什么要养宠物呢?平日里上班,它们不是被关着就是被锁着,自由多好啊。主人回答我,假如人不养,这些宠物不就只能流浪了?

我语塞。这让我想起了一个古老的哲学问题——究竟是先有鸡?还是先有蛋?

阿亨,其实小时候我们家也养过一只狗,散养,从来不拴着它,它很自由。后来它吃了一只死麻雀后,在凌晨疯狂地跑了许多圈,然后死掉了。从此,我家再没正经养过狗。倒是有人送我一只新出生的小狗崽,我怕自己照顾不好它,转送给喜爱狗狗并且有大院子的人家了。阿亨,我总觉得,每一个生命都值得尊重,而这尊重的真正意思,首要的便是使其自由。如果做不到这一点,所有的"深爱"都是伪善。

可怜的瑞拉!

就此打住吧,我的内心满是悲凉,像这越来越浓的秋意。去南方创业的朋友来信问:"这里天气凉快了,家里应该冷了吧?"

我努力让自己快乐起来,答应着:"是的,是的,很快就要见面了!"

就像你,阿亨,我们也很快就要见面了,等祖国的生日庆祝完了,我们就可以见面了。

所以,再见吧,阿亨!愿你快乐健康,愿我失联的学生阿瑭快乐健康……

## 10月5日　星期五　晴

阿哲,决定去看你还是费了一阵脑子。我早就想去你家看你了,总是机缘不对。这个清晨醒来,算算日子,眼见国庆节小假就要结束了,阿哲在家还好吗?

洗漱后就收拾背包,驾车去学校办公室找阿英老师给我的家校通讯录。好的,手机导航你所住村庄的位置,我跟警卫大哥道别,出发!

阿哲,我不晓得,原来去你的村庄正好经过我喜欢的那条公路,七弯八拐之后即可抵达你那个村庄。也就是说,从我家到你家,不过十公里的距离。

按照你父亲电话里指的路,我很快就找到了你家。阿哲,原来你家在村外,蓝色的房子,蓝色的棚子。阿哲,原来你家有个小型的养猪场。

让我怎么形容你见到我后的反应?当我把车泊好,摇下车窗看着你笑时,你掉头就往回走。我正失落于你不怎么欢迎我,却听到你站在门口冲院里喊:"姐姐!姐姐!燕子老师来了!"然后,院里走出一个大姑娘,穿着粉红色格子上衣、黑色背带裤。你们俩一大一小一高一矮地站在门口,看我从车里下来。

"燕子老师你来了。"阿哲用含混不清的声音问候我。问候我的,同时还有许许多多的苍蝇,它们很快就在我的车上停下来,沐浴着太阳。这些都被忽略掉了,我朝院子中央的橘红色玉米堆走过去。"啊,多美的粮食啊!"我转头把手机递给阿哲的姐姐,同时唤着阿哲,"来,我们一起和玉米拍张照!"阿哲和我像两只跌跌撞撞的螃蟹走上玉米堆坐下来,冲姐姐乐。

阿哲家在村庄西头,正像他爸爸在电话里说的,他家很好找,沿着村西头往北那条路一直开,那座蓝色的房子就是了。我是这样按图索骥过来的,一边开车,一边寻思,住在村外真不错!远山不远,家几乎就算是在原野中了,树像野生的树,藤是缠绕的藤,花是嫣红的喇叭花。说是院子,没有真正意义的围墙,甚至没有院门,站在玉米堆上看去:正北面是正房,西面是庄稼,东面是杂草丛生的树林,再往东是一条不知延伸至何处的水泥路。空气里弥漫着养猪场的气味。

"阿哲,能带我去看看你的房间吗?"姐姐笑笑说:"他哪有自己的房间啊。"但她并没有阻止阿哲带我进正屋里去。阿哲在前面带路,进了门后就开始像导游一样,用标准到可爱的手势做介绍:一进门是吃饭的地方,东间是卧室。燕子老师,这是我家的大电视!

我赶紧配合道:"哇,这么大的电视啊!"

阿哲自豪地点点头,然后指着门上的玩具狗说,这是姐姐送他的小狗。

"老师,我最喜欢看故事书了。我的故事书在这里!"

阿哲弯腰去打开电视机下面的写字台侧柜,里面好像有一本书。

"好的,阿哲。以后,我们要读更多的故事书,好不好?"

"好。"

所谓的卧室可真够乱的,像院子里的摆设。他们睡的不是床,是炕。阿哲说,自己睡在这里,爸爸妈妈睡在这里,姐姐也睡在这里。炕上的铺盖还没有收拾起来,起床什么样还什么样。好似这才是它们的常态。它们已经习惯了如此自由地堆放。我不信姐姐也睡这里。毕竟姑娘大了。我让阿哲带我去西间瞧瞧,西间是床,床上同样也是乱的,姐姐的行李箱放在地上。

我问姐弟俩吃早餐了没。他们都说没。正好我也饿了,就说带他们一起出去买早餐。姐姐说不去,要留下看家,让阿哲带我去超市。

村里人都很熟悉阿哲,跟他说话也很客气。倒是阿哲,见一个乡亲就介绍我一次:"这是我老师!"见一个乡亲就介绍我一次:"这是我老师!"我不以为意,领着他在超市里转悠。

"阿哲,你想吃什么呢?"

"方便面。"

"吃辣的还是不辣的?"

"辣的。"

"姐姐呢?姐姐吃不吃辣?"

"姐姐不吃辣。"

"好的,两个不辣的,一个辣的。我来个重庆小面吧。阿哲,你帮我挑十个鸡蛋吧。"

超市老板过来帮我称鸡蛋。"哲哲,你怎么少数了一个?"

阿哲不管,继续不厌其烦地向进超市的人介绍我:"这是我老师!"

超市里的人便都看看他,再看看我。我也看看他们,再看看阿哲。我和阿哲一样,满脸都是开心的笑容。

"阿哲,你再选个好喝的吧,给姐姐也选一个。阿哲,不能选饮料。你不能喝饮料。"

"姐姐,给姐姐喝。"

"好吧。阿哲,你选优酸乳吧。这个好喝。给姐姐选崂山可乐吧。这个也不错。"

"好,好,老师。"

我们终于把需要的东西买齐了。"阿哲,我们走吧!"

"走!走!回家!"

姐姐早就在家烧好了水。妈妈正巧也赶集回来了,见我们三个像孩子一样吃着泡面,便急着要去炒菜,被我拦下了。我一面吃,一面跟她聊阿哲的小时候和现在。至于阿哲的未来,姐姐早就跟我说了:爸爸妈妈嘱咐她,将来一定要照顾好弟弟。姐姐当时站在阳光里,她这样说的时候,正侧首看着比她矮好多的阿哲。我瞧见她眼角闪烁的泪光了。她是一中毕业的姑娘,如今正在读大一。我问及她所学专业及将来的去向,她还真是个有志向的姑娘!

吃完泡面,我把在学校给阿哲拍的照片发给姐姐,让她自己留存。我要走了,妈妈一定要去屋后刨些红薯给我。我推辞了。他们娘仨站在院门口送我。我发动车子,摇下车窗,许许多多的苍蝇乘虚而入。我不去理会,笑着看向阿哲,"阿哲,亲亲我好不好?"

他的小嘴儿便凑了上来,贴在我的脸蛋上。我和他们挥挥手,踏上归程。

阿哲,说好了,等十一长假结束后,我开始教你汉语拼音。

阿哲,说好了,这次回学校后,必须要先吃蔬菜,最后吃肉,如果不吃蔬菜,你可就长不高了。

阿哲,说好了,等我下次再来,你一定要带我去看看你们村东的小山和村后的原野。

车子离阿哲越来越远,阿哲的笑脸和声音却历历在目。我不会忘记,他怎样用自己的方式表达着对我这次前来看他的喜欢——每见到一个乡亲,就指着我向对方介绍:"这是我老师!"

所以,阿哲,我不会在意,当我们在一起时,我不会在意把你介绍给我认识的每一个人——

"这是我的学生,他叫阿哲。"

# 10月8日 星期一 晴

不出意外,星期一总是最忙碌的。家长送孩子,老师接孩子;老师领着孩子们清扫教室卫生。我幸运地遇到昨天读书时提到的"教孩子们用钥匙开门"的情景。

这份幸运是一年级的阿睿带给我的。

我从河边散步回来,巧遇姥姥送她来上学。一见我,阿睿便羞涩地往姥姥怀里钻,继而又突然松开了姥姥,转身把我抱住,用她独特的方式,一边大声唤着"燕子老师好",一边把我抱住。还没等我想好怎么回应她,她已松开了我,换了下一个目标,原来阿雯老师就在身后。阿睿帮阿雯提包,那乖巧的样子很让人怜爱。

教室很快到了。阿雯示意阿睿打开包,拿出钥匙,然后教她开门。这是阿睿第一次开门吗?她的小手总是无法把钥匙对准锁孔,自然无法旋转钥匙。阿雯手把手教她,一次不行,再来一次,还不行,再来一次。这样三四次下来,阿睿终于把钥匙伸进锁孔了。然后,阿雯教她向左旋转钥匙,一次转不动,再来一次,还不行,再来一次。阿睿一只手扭着门把手,一只手转动钥匙,门终于开了!

我如释重负,钦佩地看着阿雯,黑色的大衣,红色的围巾,始终带着笑意的面容——真美!

无独有偶。四年级的阿兰老师也在教孩子开教室门。我突然间又被感动了——想起教科书上说的:对待这些特殊的孩子就是要反复、充分地练习,抓住任何机会教给孩子们生活的常识。而当教科书中的文字变成我眼前的现实,我才发觉特教老师们工作的意义。他们真的是一群不仅有爱心、信心,还有恒心的了不起的人!

大清早的忙碌正逐渐进入高潮——医院派来的体检队伍就要为孩子们体检了。阿静忙着分发体检表,去各个体检点巡查。班主任忙着召集孩子们赶紧排好队,一项一项地查。我原本以为体检是很平常的一件事,大家安安静静,按部就班,不用老师操什么心。我想错了。孩子们都对医生有恐惧感吗?哭声此起彼伏,阿睿哭了,阿洋哭了,阿哲埋着头不看我,就连平常一直很"威猛"的阿德也一脸严肃,怎么逗都不笑。

我恍然大悟,无论他们的年龄到了几岁,无论他们长得如何高大,他们始终是智力发育缓慢的孩子,有着孩子一般的恐慌。这就是校方为何要请家长作陪的原因吧?有自己的亲人在旁,他们的恐慌才会降低少许。

比如阿睿,哭得那么张扬。阿雯和小君始终陪伴着她,也安慰着她。

比如阿洋,哭得那么伤心。阿芳始终在一旁陪伴着他,也安慰着他。

孩子们号啕大哭,于我,这真是一次特殊的体检经历。走廊里依然传来孩子们此起彼伏的哭声,我不晓得这又是哪个班的哪个孩子在哭。了解得越多,越觉得特教老师不容易。这些孩子们表达喜怒哀乐的方式如此直接,而这里的老师们却时时刻刻用婉转的方式抚慰着、鼓励着他们当中的每一个。我想起了一楼大厅墙壁上的那一行字"与爱同行,我心飞翔"及其下面的那三个词:仁爱,启迪,化育。

若没有慈悲仁爱之心,若没有坚忍顽强之志,是无论如何也做不好特教老师的。所以,每一个正在默默无闻付出的特教人,都值得感佩。

这真是个忙碌的早晨。体检有条不紊。阿静依旧在家长、医生、老师和孩子们之间穿梭。在教导处,阿荣和云芳再度聚谈。然后有新生转来了,阿荣又开始忙了。

9:22,体检还在继续。有妈妈在对比自己还要高许多的儿子嘱咐着什么。窗外的阳光已经照进来了,洒在阿芳养育的虎皮兰上。

突然间,我感到了饿,想起自己还没吃早餐。

先别说话,让我听一听,星星们在说什么……

10:42,体检还在继续。换了高年级的孩子们。

大半个上午过去,我感到十分疲惫。阿静一如既往地穿梭忙碌着,时而在大厅发体检表,嘱咐班主任带着学生量身高、测血压和肺活量;时而出现在体检的教室,和正在等候体检的孩子聊几句;时而又出现在走廊,和医生交流着孩子体检后查出的症状。我问她累不累,她笑着说:"累,但这是我的工作,累正好减肥了。"

她总是那样笑着。眼睛像明亮的星星一眨一眨的,一笑,就露出洁白的牙齿。笑是能感染人的。看着她的笑容,你会有被阳光照耀的感觉,明媚,并且温暖。

10:55,体检终于结束。阿静,等送走了医疗队,你也赶紧歇一歇,喝口水吧!

我以为就这样了。当我起身想倒水喝时,透过玻璃屏,我看到阿静竟然还在方才的体检教室内,与一位女医生一起,一张一张地整理着体检表。她是个做事有始有终的人啊。不久,陆续有两个老师拿着体检表来找她。阿静压根儿没有时间"歇一歇,喝口水",她还没有忙完。11:12 了,我回头透过玻璃屏看过去,阿静已经整理完了体检表,正和那位女医生聊着什么。我知道,她们聊的内容,一定是跟孩子们有关的,和孩子们的健康有关的。

  阿静,我知道无论我说什么,你都会说:"这是我的工作。"每一个特教人都会说:"这就是我的工作。"

  阿静,向你致敬,向每个特教人致敬。我很幸运,自己和你们这样的人在一起,做着同样的工作。

## 10月9日　星期二　雨

  秋雨,昨天黄昏开始,饭点儿停了一会儿,然后下了一整夜。夏天也不过这般吧?雨并不大,却伴随着中度的电闪雷鸣,像是怕吓着谁。怕吓着谁呢?我吗?还是我的孩子们?我很庆幸雷鸣声真的不是很大,闪电也不是很多,那么温柔,像睡梦里唤我的乳名一般。

### 一

  签到时,我在走廊遇到了小君。

  "嗨!"我向她打招呼。每次见到她,眼里、心里都觉得又美又舒服。她是那种每时每刻都带着笑意的女孩,在课堂上面对孩子们是,在课间面对孩子们是,从来没见过她不笑的时候——如果不是阿荣告诉我她曾被学生打哭过好几次,我一定不信。阿荣说,她是让人放心的年轻老师之一。另一个是甜甜,还有一个是明明。我都认识他们,也在逐渐了解他们的路上。

  前面提过,小君是阿雯老师班上的数学老师。她总是跟阿雯形影不离。第一次见到她是开学后不久,她和阿雯在教室里安抚大哭的男生;第二次是在餐厅,她正陪着孩子们用午餐;第三次还是在教室里,她在给表现出色的孩子贴小红花;第四次是在走廊上,阿睿想要跟妈妈回家,她和阿雯在走廊劝阻;第五次……啊,小君,关于你的好,怎么这么多?我数都数不过来了!就像今天早晨,我在走廊遇见你,不知有多高兴。想起阿荣说你被学生"欺负"哭了,我又忍不住心疼,怀着如此复杂的心情唤你:"嗨!"

"嗨,小君!你好。"我在心里补充着。

小君还是带着那么甜美的笑,满眼都是对我的信任。

我问她去哪里。她说去三楼办公室。我才想起来去教科室找云芳和赵主任时,曾见过她在那里办公。我问她在忙什么,她说在处理帮扶照片的事——作为年轻教师,她除了要完成一年级的数学课教学任务,还兼管学校的其他工作。不仅小君,甜甜、明明、姗姗,还有欣欣、苗苗,都是如此。

我不禁感激起阿荣来。再一次坐下来闲聊,她又告诉我许多关于她自己和青年教师的事情。

作为学校的教导处主任,她说她很内疚。因为青年教师到这所学校来,面对这些特殊的孩子,校方不能为青年教师提供像普通学校那样优越的教科研平台。但阿荣鼓励他们,既然来到这里,既然选择了这样的教育对象,就一定要多给自己压力,认真备课、上课,参加本地外地的培训,不放过任何一个提升自己的机会。

我懂她的这份"内疚",就像懂她对我的"心疼"一样。她有一颗悲悯的心,这颗悲悯的心,是真诚的,是善良的,是美丽的,不仅给了孩子们,也给了同事,给了我,给了许许多多具备明辨是非、善恶能力的人。正如苏格拉底所说:"教育不是灌输,而是点燃火焰。"阿荣便是用自己的悲悯之心,点燃着身边无数的火焰。

星星之火,可以燎原。

## 二

上午第三节无课,我邀请同样无课的甜甜一起在校园散步。

关于她,我只有几个片段的印象。如果不是阿荣特意提及,我可能还会继续观望一段时间,直到发生什么特别的事——

第一个印象,我经常拿着手机拍下某个孩子或者老师的感人瞬间。甜甜悄悄对我说："燕子老师,你真像个记者!"

第二个印象,初来不久的某天,午餐时,七年级的某个又高又壮的男生在我们班外面逡巡不前。我有些怕他,"求救"于从教导处走出来的甜甜,甜甜"女汉子"一般地喊他:"快走!吃饭去!"

第三个印象,国庆节前夕的"爱我中华"经典诵读活动结束后,她簇拥着二年级的一群孩子,走在队伍后面,两条腿叉开,双手扶在最后一个小朋友的肩膀上,那护卫的样子,像一个大姐姐。

对于我的邀约,甜甜有些紧张,求助地望着阿荣和阿静。她们俩笑着安慰她:别怕,燕子老师就是和你随便聊聊。

就这样,甜甜被我从阿荣、阿静手里"借"了出来。我知道教导处很忙,不但分管教育教学,还分管学生活动,忙到不可开交。甜甜和姗姗在其中帮了不少忙。

一出门,雨后的凉空气就让甜甜打了个冷战。我带她去车旁,拿出一件外套给她穿上。她像阿睿,一下子挽住我的左臂,仅这一个小动作,便让我对她心生爱怜。

"燕子老师,你想找我聊什么呢?"

我侧首看着她:一缕长发散落下来,随着她的步子在风里轻轻摇荡,瘦瘦的脸颊,瘦瘦的身材,会说话的眼睛。是的,我想跟她聊点儿什么呢?

"谢谢你那天'救了'我。"我说。我把关于她的第二个印象告诉她。她笑了:"燕子老师,你可真像个记者。"

我也笑了,告诉她自己童年的时候,还真的当过记者,并且是中国第一批中国少年小记者班出来的。我们俩就这样打开了话匣子。

"你对孩子们都很熟啊。"

"还好吧,我去年考进来的,住在这里,时间长了,就都熟了。"

"你怎么会选择特教这个专业呢?"

"我在读高中时,有一天老师给我们上课,其中一张图片引起了我的注意。听老师说,那是患有唐氏综合征的一个孩子。所以,考大学那年,所有的志愿我都填的是特教专业。第一志愿是济南大学,第二志愿是青岛大学,第三志愿是天津体育学院。"

"天津体院？你这瘦弱的身板还想去学体育吗？"

"不是,是那个学校也有特教专业。结果第一志愿就被录取了。"

"你很棒！你确实是个与众不同的姑娘。"

正说着,我们已走到上体育课的孩子们身边。有孩子跟我打招呼,所有的孩子都跟甜甜打招呼。

"看,一分耕耘,一分收获。从这些孩子对你的态度就知道你平日里对他们究竟付出了多少。"

"其实我没有你说的那么好,我也挺烦恼的。你知道,我们这些孩子几乎一个孩子一个样。就说患自闭症的孩子吧,他们的表现也各不相同。有时候我真拿他们没办法。老特教人都安慰我说,那不是他们故意气我,是他们控制不住。那个时候,我觉得自己很无助,比起普通学校,特教人的成就感少许多。"

"是啊,特教人工作的特点就是付出不一定有收获。但是甜甜,不付出肯定没有收获。"

"嗯,阿姨也这样说。她跟我说过一句话,她说我现在所做的事情,就是种下了一颗种子,说不定哪天,这颗种子就会发生了不起的变化。"

"你阿姨的这句话说得真好！我们目前所做的,就是在播种。有了合适的土壤、恰当的种植和灌溉方法,加上阳光的照耀、雨露的滋润,说不定哪天,他们就破土而出,甚至开出花儿来。咦？你阿姨是谁？"

"（有点儿羞涩地）我对象的妈妈。她比我父母开明多了。记得最初,爸爸妈妈都不理解我怎么会选择特教这个职业。"

"（由衷地赞美）恭喜你,你有一个好婆婆！"

甜甜笑了,我也笑了。

## 三

我和甜甜绕着教学楼走了四圈,一堂课也该结束了。甜甜第四节有课,而我约了小君第四节去她的课上瞧瞧。我们在办公室门口道别。我回办公室喝了口水,稍微整理了一下思路,就往一年级走去。

小君的课已经开始了。她手里拿着一只青蛙的手偶,从阿睿开始教着：

"拿出你的小手指一指，青蛙的眼睛在哪里？"

阿睿的小手指眼睛。

"青蛙一共有几只眼睛呢？"

阿睿用小手指了两颗眼睛。

"它是什么颜色的？"

阿睿说，黑色的。

"对，青蛙的眼睛是黑色的。它的嘴巴在哪里？"

阿睿指了指青蛙的嘴。

"对，青蛙的嘴巴在这里。它是什么颜色的？"

阿睿说，红色的。

"对，青蛙的嘴巴是红色的。青蛙的肚子在哪里？"

阿睿指了指青蛙的肚子。

"对，青蛙的肚子在这里，它是什么颜色的？"

阿睿说，黄色的。

看得出来，阿睿是班上还算伶俐的孩子。小君就按照这个提问的顺序依次走到孩子们面前，让每一个孩子都说一遍。并不是所有的孩子都像阿睿一般，大多数孩子需要老师教着说，一遍不行，两遍；两遍不行，三遍。有个别多动症患儿，在小君提问其他孩子时，来回溜达，嘴里还不停地念念有词，时而报以一声"长啸"。轮到他时，小君千呼万唤、软硬兼施才使他回到座位上，然后提问和回答的过程也是历经千辛万苦。

我想起方才跟甜甜的谈话内容，再一次感慨不已。之前，我在普通学校任教那么多年，"因材施教""个别辅导"日日挂在嘴边，却从没有感同身受。小君的这堂课让我真正领教了什么是"不厌其烦"，什么是"反复"，什么是"充分练习"。小君，这个崭新的特教人，用自己的常态课堂给了我答案。

说完了青蛙，小君又用她手腕上的手表"变魔术"。从阿睿开始，再进行一遍。孩子们训练的是"上课的坐姿""根据老师的提问回答问题"。终于完成了教学任务，小君才遵守与孩子们的约定，播放动画片《小猪佩奇》。

"没有规矩,不成方圆",一年级新生学好"规矩"是进入课程最重要的基石,必须奠定。

所以,亲爱的小君,你的课堂竟然比你的笑容更让我惊艳!如此辛苦,如此甜美!向小小的你,同时又是大大的你,致敬!

### 四

17:28,今天算是可以跟自己交差了吧?腰酸背疼的。孩子们吃过晚饭经过我的门口时,隔着玻璃向我问候,有阿鑫、阿凯……正想着,右手边的玻璃窗外也传来一声"老师",吓了我一跳。听声音,不用猜,就知道是阿霞班的那个又高又壮的男生。大概是餐后散步吧,他总是别出心裁,竟然穿过宣传栏后的绿地来到窗外跟我打招呼。我挥手跟他道别,他今天很乖。我起身把门反锁,我可不想被谁再关了灯。

今天就到这里吧。中午去看望妈妈时,她说:"你怎么比在原来的学校还要忙?"我笑了:"妈,莫非你忘了我去这所学校的任务?我怎么会放松下来呢?"妈妈叹了口气说:"反正我觉得你比过去更忙了。"我心生内疚:老太太这是怪我回家陪她的时间少了……燕子,合理安排时间,多回去陪陪老人家。

没想到办公室外如此寒冷!跑回家去!跑回家去!

是因为风吗?还是因为冷?还是因为我回来晚了?家里的网络好像被堵塞了一般,怎么都连不上。关机,断电,再来一次!

终于连上了。阿静是掐着点儿来的吗?她把昨天我用她手机拍的孩子们体检的照片视频重新发了一遍给我——我的手机拍没电了,自然借她的用。

亲亲我的静儿。

### 五

今天下午,我终于开始教孩子们汉语拼音了!这真的是一件让人又欢欣又担忧的事!全部的汉语拼音——6个单韵母,24个复韵母,23个声母,16个整体认读音节,我需要用多久才能教完?13个孩子,有几个能够全部学会？

但令我兴奋的是，一节课教了6个单韵母，有一半的孩子能够跟着我发对音，尽管纠正他们的"龇牙咧嘴"的嘴型并不顺利。只要嘴型对了，就能发出正确的读音。我真是开心极了！我事先就承诺，要对表现好的孩子给予奖励。我给出的是一道选择题：你是要燕子老师的亲吻还是拥抱呢？

很多孩子要的是亲吻。好吧，我便亲亲他们的额头。也有孩子要一个拥抱。好吧，我便过去抱抱他。阿冰太过羞涩，嘴里说着要拥抱，却怎么都不肯给我一个正脸，象征性地搂搂他的肩膀，也算兑现了吧。阿航最厉害，当我问他时，他想了想，说要拥抱。好吧，我便过去拥抱他。谁承想，我还没张开双臂，他就已把我紧紧抱住。我赶紧喊"救命！"孩子们都哈哈笑起来。好一会儿，阿航才松开手。

这节课，阿航一直在玩自己的脚丫子。我每每提醒他，他就一边玩，一边抢答。比起中秋节前，他真的进步很大。阿航，感谢你对我的信任。

要说进步，阿聪也进步了。他这节课跟我念了一个"炒"字。这可是他在我的课堂上发出的第一个声音。我们大家拼命为他鼓掌！

还有阿浩，虽然不会说"青菜"，但至少也发音了，哪怕只是说了"菜"一个字。

只有阿诚，为什么你一个都不回答呢？你那么聪明！每次喊你，你总是"拱手相让"，让别人来作答。我多想让你赢得我的拥抱啊！哪怕就一次，也算是接受了燕子老师的爱。

没关系，慢慢来。阿荣推荐的《牵一只蜗牛去散步》我已经读过了。牵一只蜗牛去散步，孩子们，若你们是蜗牛，谢谢你们让燕子老师跟着你们看风景。

**10月10日　星期三　晴**

　　昨天教孩子们学习了6个单韵母,今天继续。

　　怎样才能让孩子们学得有趣,愿意跟着我继续学下去呢?

　　阿诺今天来上学了。我让阿航好好照看"阿诺妹妹"。阿航真好,他拿着小板凳,认认真真靠着阿诺坐着,留给我一个侧脸。

　　"阿航,你干吗不看着我上课?"我嗔怪他。

　　"看着妹妹。"他把脸扭过来瞧我,好像不理解我为什么这样问。那意思分明是:"不是你让我看着妹妹的吗?"

　　"不是只转过脸来,而是身子也朝向我。"

　　他很不情愿地把腿脚也转向我。当我再去瞧他时,他已把板凳搬到阿诺的对面,伏在阿诺面前的桌子上。

　　也奇怪了,每次合堂,阿航都愿意靠着阿诺,阿诺也不讨厌他。

　　阿诺自顾自地玩着,一会儿玩手指头,一会儿看着窗外,嘴里念叨着什么。我必须把阿航、阿诺的注意力吸引过来。

　　"孩子们,你们知道吗?拍手会让我们变得聪明。我们一起来拍手吧。请大家跟着我来说。"

　　我演示着,一边拍手一边说:"a、o、e、i、u、ü,阿诺阿诺真美丽!"

　　孩子们很高兴,跟着我一起拍,一起说。一遍,两遍,三遍。阿诺听到我们拍手说她的名字,把她的名字和汉语拼音连在一起,并且拍得很快乐,也高兴地拍手笑起来。

　　拍熟了阿诺,拍下一个孩子,拍下下个孩子……我说:"你们拍自己的名字,燕子老师也拍自己的名字,大家开始一起拍。"结果,许多孩子都拍成了"燕子老师真美丽",并且冲我竖起了大拇指。

　　我直接笑翻了!

　　孩子们,你们故意的是不是?

　　下午刚上班,小君敲门进来。

"找我吗?"我问她。

"燕子老师,你们这里有没有体温计?"

阿芳转身从笔篮里抽出体温计递给她:"正好,我们班孩子刚用过。"

小君接过体温计,道了声谢就急匆匆地走了。我赶紧跟着她,办公室其他老师笑起来:"瞧把燕子忙的!"

当我跟着一路小跑的小君赶到一年级教室时,她正把体温计递给阿雯。阿雯站在一个小男孩身旁,接过体温计甩了甩就轻声细语地嘱咐孩子配合。孩子刚开始有点儿抵触,但很快就听话地抬起了胳膊,并在阿雯的教导下,夹紧胳膊。小君则在一旁看着。我突然意识到一件事。等她们把孩子照顾好了,我轻声问道:

"阿雯,你是不是学校安排给小君的指导老师?"

阿雯看看小君,笑了:"是有这么回事,以老带新。不过小君本身就挺好的。"这确实是阿雯的风格,低调,朴素,但卓越。

我不由肃然起敬,心想:"怪不得! 怪不得只要阿雯在教室,小君一定在教室;怪不得阿雯管理学生的时候,小君一定也在;怪不得学校安排阿雯,因为阿雯本身就很出色;怪不得小君在课堂上如此出彩,因为有阿雯这样的指导老师。"

我想起前些日子和阿荣闲聊时她推荐给我的优师名单,没错,里面有阿雯。

在这里,其实我并没有特意去挖掘什么,只用眼睛看,就能发现无限的美。这就是特教人的美。

窗外走过两个陌生人,我出去询问他们是谁。他们说是来参观的家长,已经给孩子报名登记,明天就来读书。这时,我自告奋勇地带他们参观起学校来。夫妻俩一边悄悄地透过门玻璃观察教室里的情景,一边问了我许多问题,寝室啦,操场啦,老师啦,学生啦……他们问的,我详细地回答;他们没问的,我认真地介绍。他们心头的疑云渐渐散去,信服的感受逐渐多了起来。

是的,没有比我更合适的讲解员了。因为我也是初来乍到,但正在经历、体验的一切,每每感动着自己。我愿意把这份感动告诉带着疑惑而来的家长,消除他们的疑惑,让他们愿意把孩子放心地送到这里,交给这里的老师。

我并没有陪伴两位家长到最后,因为我很忙,还有许多感动需要记录。但我想自己临别时告诉他们的,已经足够了——

亲爱的家长,虽然我对这所学校了解得还不够深,但至少我可以告诉你们:这里的老师是最专业的,是最敬业的,是最有爱心、耐心的,也是最美的;这里的设施是最完备的,最安全的,也是最有利于孩子康复的。把你们的孩子放在这里,就放一万个心吧!

如果不信,你们瞧,课外活动时间,阿兰、阿燕、阿芳三位老师又在带孩子们散步了。阿兰说:"孩子们除了上体育课,就是在教室里,太枯燥了。天气这么好,带他们出来活动活动。"三位老师各自领着一队,小体育委员喊着口令:一二一,一二一。孩子们一边走,一边做着伸展运动。

我的视线从老师转向孩子,从孩子转向天空。太阳已经偏西,阳光温暖刺眼,天空湛蓝如海,偶尔一朵云絮舒展其上,那是海上的白帆——我突然觉得这明净的天空像素朴的老师和可爱的孩子,没有那么多世俗的欲望,只偶尔做一片洁白的云朵,简单着,也快乐着,一边舒展,一边歌唱。

## 10月11日　星期四　晴

天凉了,很凉。办公室里依旧很热闹。玻璃屏那面,阿洋在冲我挥着小手。一看到他们,我的嘴角便禁不住上扬。是的,我可以忽略成年人的声音,却无法忽略孩子们向我表达的友好。假如我给他们的善意能让他们感到快乐,我也会感到快乐。

今天发现了一个新地方。

二楼东侧的一间教室门口站了俩男生,一侧摆着一排鞋。这条东走廊我走过两次,门关着,从未进去过。如今见有孩子集结在此,我原本低落的情绪忽然高涨起来。走近看去，门上方一侧悬挂着"感统训练室"的牌子，一个老师正在教室里面拖地，几个孩子则在里面活动。我站在门口往里仔细一看，有荡秋千的，有玩滑梯的，门内左侧有个带护栏的海洋球池子，一个孩子已经在里面了，一个正赤着脚往里翻越。多欢快的场景啊，我掏出手机决定拍下这一幕。球池子里的孩子一边玩，一边指着教室中间一个背着塑料盖子的女生喊："乌龟！乌龟！"

我顿悟，忍不住咧嘴笑起来：胖乎乎的女孩背着塑料的"龟壳"，正在教室中间的空地上蜗牛一般爬行，见我的手机镜头对准她，她竟真的把头缩到"龟壳"里去了。

拖地的老师发现了我，友好地冲我笑了笑，说："你有课吗？"

"嗯。"

"你愿意的话，可以带孩子来这里活动。"

"可以吗？"

"可以呀。找我要钥匙就行了。"

我知道她办公室的位置。某天下午课间，我在教学楼内溜达，看到走廊二楼东头有一间办公室，这个老师推门进去。我好奇地跟过去，她问我是不是有事，我摇摇头。"进来玩吧！"我摇摇头。因为我发现里面除了这个老师，还有一个女孩。我突然知道了她是谁。我曾听办公室同事介绍过，有一个从其他学校调来的女老师，她是为了自己患自闭症的女儿而来的。

她不仅是个老师，还是个母亲。她首先是个母亲。

我感激学校领导对她母女的照顾，单独辟出一间办公室给她。虽然这间办公室没有正规办公室那么宽敞，但至少是独立的。对于这对母女而言，这也是一种安慰吧。

她是一位了不起的母亲，也是一位热情的老师。我感激她给予我和我的孩子们发出了友好的邀请。从此，我有了领着他们活动的新天地。

这位优秀的母亲，我的新同事，她叫阿莲。

## 10月16日　星期二　轻霾

第一节是我的课。接着上周的单韵母学习,我先领着孩子们复习了韵母和声调,然后教学声母b、p、m、f。我从没想过,教8个孩子这4个声母如此费劲。三分之一的孩子不会发p这个音,把它发成了b。我把脸盆里的水泼了一地,甚至把气息故意喷到孩子们的脸上,让他们感受p音,还是不行。还有一个孩子不会发f这个音,不是不会发,而是无法用上牙齿咬住下嘴唇。是的,他不会用上牙齿咬住下嘴唇。无论我如何纠正,就是不会。

什么叫"元气大伤"?第一节课结束了,我觉得嗓子和身心都无比疲惫。大概,这就是"元气大伤"吧。

阿静在办公室里和阿芳说着什么。见我无精打采的样子,她俩笑了。我在教室里的一切,她们既能看见,也能听见。阿静说:"你不要气馁。上周人民医院来体检,测量我校孩子们的肺活量,大部分孩子就是不会吹那个仪器,导致肺活量不够。医生告诉我们,可以先尝试着让他们吹纸片,吹气球。"

可以吗?我疑惑。只要有办法让孩子们练习就好。从教二十多年,汉语拼音教过多次,从没想到如此艰难。怪不得有同事说我现在教给星星们的是"天书"。之前我一直以为,只要嘴型对了,就能准确发音,如今看来,也不尽然。

只是阿聪,你不张嘴可怎么行?这可比发不出准确的音更让我觉得难上加难了。

慢慢来,不着急;慢慢来,不着急。阿荣不是说过吗?牵一只蜗牛去散步。这不是一只蜗牛,而是很多只。呜呜,人家也想做一只蜗牛好不好?别理我,让我一个人待会儿……

怎样才能让孩子们更好地理解声母和韵母拼在一起的音节呢?联系孩子们在日常生活中所熟悉的事物是比较简单直接的方法吧?

比如ba:第一声,对应汉字"八";第四声,对应汉字"爸"。

比如 ma：第一声，对应汉字"妈"；第三声，对应汉字"马"；第四声，对应汉字"骂"。

比如 fa：第一声，对应汉字"发"；第二声，对应汉字"罚"；第三声，对应汉字"法"。

……………

只有联系孩子们的生活实际，他们理解起来才更快、更好。毕竟，他们的情况不比普通学校的孩子。我发现，只要办法对了，他们也是可以学会的。当我在另一节课上，拿着一张餐巾纸站上讲台，演示声母 b 和 p 的区别时，餐巾纸在气流前的变化让孩子们会心一笑。

"阿鑫，你来试试。"

我拿着两张餐巾纸，把阿鑫和阿凯单独请到教室外面进行教学、练习。十分钟后，他们会单独发 p 的音了，但一和其他韵母组合，发出的音又变回了 b。我都快急哭了，俩宝贝却看着我嗔怪的样子哈哈大笑。好吧，孩子们，你们拿着我送你们的餐巾纸，自己回去练习吧。明天第一节课检查，谁先发对了，有奖！

我一定忽略了什么……

是阿英分享的妹妹家的芬芳甜蜜的桃子吗？

是我与阿凯、阿鑫并不成功的区别 b 与 p 的教学吗？

是我成功地阻止了新来的阿磊一次次想要在课堂上离开教室的"企图"吗？

还是……

我想起了阿芳。第一节课是她的，我的耳朵里又传来她领着孩子们带着声调复习巩固单韵母的声音，她把我刚刚告诉她的关于小汽车在四种不同路况下行驶的声调故事形象地复述了一遍。是的，阿芳，我坐在办公室里备课，耳畔是你比我还要美丽的声音，内心却无比温暖。遇见你是幸运的。当两个陌生人遇见，然后为了一个共同的目标努力时，无论哪个人多付出一点儿，无形中都离那个共同的目标更近了一点儿。

我每天都想记录这样的感动，大的，让我盈泪；小的，让我温暖。我喜欢这样的感动和温暖。

阿聪,我知道你是喜欢我的。要不,你不会每次经过办公室时"啊"一声,有时是跟我打招呼,有时则是提醒我看看你穿的新衣服,或者手里提着的刚领回的水果——你把它们举得高高的,丝毫不掩饰你的开心。我"逼着"你开口说话,开口念拼音,开口说"老师好",即使你每次总是躲开,但你又会在大家都念得热情高涨之时突然发出属于自己的正确的声音——是的,阿聪,你其实可以的,你能做到的,你只是没有养成正确发声的习惯,或者,你从没有体验过"对"的快感和幸福。

让我陪着你,体验这种幸福吧,阿聪,从一个汉语拼音开始,从一个汉字开始。

## 10月17日　星期三　晴

校园里有棵柿子树。它是唯一的一棵柿子树。

我已经沿着教学楼转了许多圈了,看到过婴孩儿拳头大小的石榴,看到过星星一般的红樱珠——如果没猜错,那应该是在贵州松桃支教时乡亲们告诉我的"救命粮"。此外,花圃里还有几棵山楂树吧?但它们无论如何都抵不过这棵柿子树,不是因为它们不美,而是因为它们大多生在教学楼的阴影里吧?或者,实在要找个原因的话,它们是我的"旧爱"。

这实在是一棵让我心生欢喜的树。因为它被发现得比较晚,因为它沐浴在阳光里,因为它满树缀着黄澄澄的果子。很抱歉,我把它视为自己的"新欢"。不仅如此,我还把它介绍给所有的特教人,尤其是我的孩子们。

昨天阿静就在群里通知,说今天要给孩子们照"笑脸"。这是我第一次听说——给孩子们照相,不是普通的照相,而是照"笑脸"——对这些星星们,要心怀怎样的深爱,才会说出如此美的词汇?

孩子们在班主任的带领下鸟儿一般飞出教室。红领巾戴好了没?校服穿整齐了没?阿航,把裤子往上提提!阿诺,快过来!哎呀,阿洋,你的红领巾呢?

　　老师领着孩子经过花圃里那棵柿子树东面的大甬道。我的心提了起来:他们看到了吗?那棵柿子树,我的柿子树,我们的柿子树!

　　摄影师向孩子们招手,让他们到北面的一个阴凉地去。我猜,他没看到这棵柿子树。他是来拍"笑脸"的吗?为什么要去搬一个凳子把孩子固定在同一个背景下?在他特意的安排下,孩子们不会笑了——无论站在摄影师身后的阿芳怎样故意地逗弄,阿浩都不会笑了。他咬着牙,"笑"得咬牙切齿,像是"满怀仇恨"。轮到阿冰的时候,他摆着一张苦瓜脸。我实在忍不住,过去挠他痒痒,他方才咧开嘴笑出白牙。阿俊也是,阿洋也是……

　　模式化的"笑脸"拍照终于结束了,我领着几个孩子来到柿子树下,并向北面的阿芳、阿英招手。一大早我就想请她们来这棵柿子树下照"笑脸",如今终于实现了。她俩领着其他孩子聚集过来。来,孩子们,我们排排队,自己想个表情,看镜头!

　　那才是真正的笑脸。有的看天,有的看老师,有的看同学,有的什么也不看,摆弄着自己。这些照片里,阿芳和阿英,时而看镜头,时而招呼孩子,像孩子们的母亲,招呼大家一起照这一张"全家福"。

　　是的,全家福。她们也唤我站到柿子树下去,让其他老师帮忙拍一张。

　　我们站在树下,拍呀,笑呀,招呼孩子呀,变换姿势呀。我们把柿子树围在中央,头顶上就是黄澄澄的柿子。

　　当我们走出花圃,警卫笑着问我们,"高兴够了?"

　　我笑了笑。怎么会?和孩子们在一起的快乐永无止境,何况,是在这么一棵美丽的柿子树下。

　　它是学校唯一的一棵柿子树。树上结满了黄澄澄的柿子。

　　它是一个绿色的宇宙,上面缀满了金色的星星。

　　下午去找阿聪出来散步,结果没走两步,我便拉着他在阳光下的台阶上坐下来。秋风是有的,他坐在我的南侧,我挡着风,然后跟他说话。

　　只要我让他看着我,他就习惯性地垂下头躲避我的目光。我已经习惯了他的"躲避",便闭着眼睛,自顾自地说起来:

"阿聪,你开口说话好不好?燕子老师想要教给你很多知识,你只有开口才能学会啊。你知道燕子老师很喜欢你,我知道,你也喜欢燕子老师。你开口说话好不好?"

闭着眼睛,阳光沐浴在我的脸上,我感觉到皮肤的温暖以及眼前一片黑暗中的几乎透明的鲜红。我继续说着:

"阿聪,你其实很聪明。但你知道吗?你总不说话,燕子老师很难过。真的,阿聪,燕子老师很难过,每次想起你,都难过。即使我下班回到家里,想起你不开口说话,燕子老师就难过。"

耳畔只有风声。阿聪一直安静地坐着。他的小手一直搭在我的腿上,没有抽离。我突然间真的难过起来。沐浴着阳光,阿聪坐在我身旁安静地听我说话,我突然间就真的难过起来,泪水涌上来,在风里,和着掀起的头发。我想阿聪一定是听出我的呜咽和突然停下来的声音,甚至看见了我拿围巾去擦眼泪。

世界一片寂静。除了风声,什么都没有。

终于,我擦干眼泪,拉起阿聪。"走,阿聪,你到柿子树下,我给你拍照去。"

回办公室检视照片。唉,他们每个人都是特殊的一个。外表看不出来吧?这张可好?这是我和阿芳及孩子们的合影。其实对于这些特殊的星星们,平日里是不许随便拍照的。今天特殊情况,少先队辅导员阿静组织拍"笑脸",我们便玩真的好了。

看这张,他就是不说话的阿聪。

这是阿鑫。我教他发声母p,他总是发成b;拿餐巾纸给他,让他把纸"p"起来,结果喷我一脸唾沫。但我很高兴他喷我一脸唾沫,因为这说明他的嘴型对了。

来这儿一个多月了,我常常莫名地感动或者忧伤着。在他们面前,我是如此无知和弱小,不知道如何才能把我的深爱完全给予他们。

**10月18日　星期四　晴**

今天阿航不在。座位空着,我便觉得空荡荡的。班主任开会去了,我留下来看孩子。我将两个班的孩子集结在一起,没有一个女生。男同学总是淘气的。一下没注意,阿诚的彩笔便被几个孩子"瓜分"了。他们很有"创造力",将彩笔拆开,拿出里面的笔芯玩。不一会儿,颜料从手上转移到了嘴里。你瞧瞧阿健,满嘴的蓝。

阿健,洗手洗嘴去。

有没有搞错?阿健拿起肥皂,往手上干抹。

阿健,先把手沾湿,然后再抹肥皂。

阿健很听话,真的按照我说的步骤去做。等我再抬起头来看他的时候,我吓了一跳,只见他正往嘴里塞肥皂——不是塞,而是给蓝色的舌头抹肥皂。

停!

我赶紧喊住他。好吧,我停下手头的工作,拉着他去洗手间,那里有供孩子们随时饮用的温开水。

按下葫芦起了瓢。目前我就遇到了。刚把阿健的手和嘴洗干净了,阿诚和阿聪又在班里发出了"快乐"的声音。

我最紧张阿聪的"啊——啊——",生怕他出了什么意外,或者他看到其他孩子出了什么意外,所以才发出那样的声音。

我过去看他们。尤其是阿聪,问他怎么了,他指着阿诚。我让他到办公室去,他死活不去,拉他,他直接坐到地上去了。我松开手,无奈地看着地上垂着脑袋的阿聪。莫非他之前遭遇过类似的情景,所以才养成坐地上耍赖的习惯?或者是他认识的人中有这样喜欢往地上坐的"榜样"?那一瞬间,我对阿聪的好感降低了。无论怎样,我都是不喜欢"泼"人的,无论是"泼皮"还是"泼妇"。

一股火涌了上来,我的嗓子彻底完蛋了——不能上火的,不能上火的,怎么又上火了?笨蛋!我骂自己。

阿英回来"救"我了。班主任的威力真大,离开位子的、"啊啊"叫的,都老实了。阿聪见没人再去拽他,也赶紧回位子上坐好。他是有羞耻心的孩子,挨了批评总是低垂着头。但这又如何?低垂着头就能不开口了吗?

想起昨天晚上同学聚会说起阿聪时同学的反应,他们批评我:"你的阿聪就是不想说话,你为什么非要逼着他说话呢?"我语塞。就像同学说的,我面对的孩子存在各种情况,每一个孩子都有属于自己的天赋,我们的任务是去发现并给予正确的引导和教育,让他的天赋得以发挥。

同学说的没错。但因为师资的关系,特殊教育的小班额教学仍然不能满足这种分类教育。这些特殊的孩子混合在一起,每上一堂课,都是千姿百态:咯咯笑的,脱鞋的,不抬头一个劲儿画画的……假如按照孩子的病症类型来分班教学,会不会更有利于孩子的发展呢?

正在喝水的阿英突然叫了起来:"阿健那是怎么了?"

我抬头透过玻璃屏看向教室,只见阿健正面向我们,他的鼻子似乎有些异样,莫非又把颜料抹鼻子上去了?阿英早已跑出办公室冲进教室,我忙跟了过去。

阿英拿着卫生纸在给他擦鼻子,他流鼻血了。我的天!刚才还好好的,这是怎么了?莫非他还是沙鼻子?

阿健倒像是见过大风大浪的主儿,没事人似的,任阿英给他擦,然后跟着阿英去洗脸盆旁清洗。

"阿英,你真是个有心的老师。"等阿英回来,我由衷地说。

她笑笑,说:"这有啥?孩子可不能出一点儿事。"

阿芳开职称评审会还没回来。阿英将两个班的孩子聚在一起看动画片《聪明的一休》。阿磊不喜欢坐在座位上,他单独站在教室后面的衣柜处,或者溜达到北墙边。他几乎无法固定地站直身子,总是歪着头,或向前探出脖子。他喜欢歪着头看人或者其他东西,嘴里发出的"老师"也是我不确定的——他是在喊我吗?他的眼睛明明是看着我的,但我不知道他在想什么。

下课了。好吧,阿磊,我带你散步去,可好?

阿英批准我带着阿磊去散步。我用右手臂挽住他的左手,嘴里说着:"走,阿磊,跟燕子老师去散步。"

"去散步。"他一边晃着脑袋说,一边跟我走。

是冷吗?他的两只手一直缩在衣袖里。即使挽着我的那只,也一直缩在衣袖里。

"冷吗?"当我如此问他时,他摇摇头。我不去理会他的答案,蹲下身子,把他的衣服的拉链拉到脖子下,继续挽着他走上操场的塑胶跑道,从阴影走到阳光下。篮球架下,阿明正在一个人练习投篮。

"你要不要投篮?"我问阿磊。

他似乎不明白什么是投篮。

"玩球好不好?"

"好。"

我便拉着他来到阿明跟前。"阿磊,去,跟老师抢球去!"我"怂恿"道。阿明帅气地笑笑,松开了手里的球。球转移到了我的手里。我递给阿磊,指着篮圈:"阿磊,扔那里面去!"

谁能料到,阿磊歪着头看看篮圈,抱球的双臂一扬,球进了!

我高兴得又跳又叫,阿明也在一旁笑起来。我再次把球递给阿磊,又指了指篮圈,"阿磊,把球扔那里面去!"

好吧,球又进了!

我更加欢喜雀跃。我看着阿磊,不敢相信自己的眼睛。

阿磊的第三次投篮没有成功。我想拉着他坐下来一起拍张照,阿磊总不肯,围着我转呀,跳呀,就是不肯坐下来。终于等他在我的左后方停下来,蹲在地上,阳光洒在我们身上,衬着绿色的操场,一切美好如画。

我让这美好停留了一会儿,然后伸手给阿磊:"阿磊,拉我起来。"我对他说。他不听,围着我转,寻找我口袋里的手机。

"阿磊,拉我起来。"我再次提出"申请"。他还是不听。

"阿磊,拉我起来呀,燕子老师起不来了。"当我发出这样的"呼救"第N次的时候,阿磊终于停止了跳跃转动,伸出一只手给我。我高兴极了,连连喊着:"两只手!两只手!"

他便真的把另一只手也给了我,并抓住我的双手,开始拉我。他太弱了吗?不是,一定是他没体验过这种"游戏",不知如何用力。

"阿磊,用力,用力拉我!"

是的,我站起来了,借助阿磊的力量,我站起来了!阿磊竟然真的把我拉起来了!

我继续让阿磊挽着我散步。我指着旁边的银杏树说:"阿磊,这是银杏。"他便跟着我说"银杏"。"阿磊,等过几天,银杏树叶会变成黄色,一片片落下来,像蝴蝶纷飞,美丽极了。"阿磊听着,没吭声。

又走了一段路,我指着旁边的银杏问他:"这是什么树来着?"

"杏。"阿磊告诉我。

"银杏。"我又说。

"银杏。"阿磊跟着我重复了一遍。

"再过几天,这些银杏树的叶子就会变成金黄色。"迎着西面的太阳,沐浴在阳光里的几棵银杏树叶子似乎真的黄了起来,"你看,就是这样的黄叶,好看吧?"

"好看。"

我带着阿磊散步,然后送他回教室。阿磊,你也是个宝藏男孩,等着我去发掘啊。

## 10月20日  星期六  晴

网上购买的《孤独的"雨人"——自闭症探秘》到了。看序言才知道,原来作者徐光兴不仅对自闭症感兴趣,而且对强迫症和抑郁症有研究。这下,我有新书看了。

阿玲又在班级群里留了作业。上周的作业是关于重阳节的,让孩子为家里的老人们做点儿什么;这个周末的作业是巩固朗读唐代诗人杜牧的

《山行》,然后附了一句:"请各位家长朋友协助孩子巩固一下。"

目前,我听到了校长、教务主任对阿玲的评价,也目睹了许多阿玲和孩子们的事,我突然很想听听家长眼中的阿玲是什么样的。

打开手机搜出阿亨妈妈的电话——这个还是开学第一周周末家访前阿玲给我的。

"你好,阿亨妈妈,我是燕子老师。"

"啊,是你啊,燕子老师,你好你好!"

"是这样的,我有个问题想问你,不知道你现在方不方便?"

"方便,你说吧!"

"我看到阿玲老师常在班级群里嘱咐家长们一些关于孩子们的事,比方布置特别的作业。请问她以前就这样,还是从我们去家访之后才开始的?"

"这个呀,阿玲老师一直都是这样的。(我一听,一颗悬着的心放了下来。)你不知道,一开始我都觉得很烦,什么教孩子洗澡啦,叠被子啦,穿衣服啦……阿玲老师都一一嘱咐我们家长去做。我的脾气比较直,就感觉老师怎么这么多管闲事。后来我换了一个角度去思考这个问题,觉得阿玲老师真是个好老师,她对孩子细心,也耐心。我们的孩子交给她,真是有福了。"

"嗯,我看她在群里发的那些话,就连哪个孩子病了不能来上学,也非常关心,真是挺细心的。我一直观察她,她无论对孩子,还是对同事,都那么不温不火的,非常有耐心。"

"说到这个班级群,我想起一件事。一开始,我觉得群里一点儿不热闹,就上传一些好玩、好笑的段子视频,结果被阿玲老师@了一下,提醒我们这个群是为孩子们服务的,不要在群里发其他的东西。"

"是啊是啊,阿玲做得对。我现在任教的班级群里,也有家长在群里发段子,也被我@了。你不要在意群里的'冷清',我们做老师的,都希望这个群是为孩子们服务的,只发跟孩子们有关的消息内容,其他都是多余的。"

"所以,我觉得儿子跟着阿玲老师是他的福气呢!"

"阿亨什么时候开始跟着阿玲老师的?"

"一年级开始的。"

"那有五年多了,他今年六年级了……"

谢过阿亨妈妈提供的信息,挂断电话,我的眼前浮现出阿玲来:白皙圆润的脸,笑眯眯的眼,每时每刻都那么温和的声音。随后,她的孩子们也一一浮现出来,尤其是阿通、阿炳、阿壮、阿涛……他们待人热情,热爱劳动,上课发言积极,认真完成作业。阿玲陪伴他们五年多了,多好啊!五年的深爱,换来孩子的大进步、家长的大称赞、学校的大光荣。

我再次想起了习主席的话:"一个人遇到好老师是人生的幸运,一个学校拥有好老师是学校的光荣,一个民族源源不断涌现出一批又一批好老师则是民族的希望。"

我为有这样的阿玲在身边感到幸运。阿玲,好样的,我也要做你这样的特教人——让孩子进步,让家长满意,让学校光荣!

## 10月21日  星期日  晴

打电话的时候,阿浩爸爸说自己正在W市火车站,送母亲去牡丹江看姨妈,我们便约了14:30。13:40我便出门了,跟着导航七拐八拐,终于到了阿浩所在的村庄。那真是丰收的村庄,到处是粮食,有的散晒在水泥地上,有的被收在钢丝网制成的粮囤里,红红火火的,和天上的太阳比美。大地上的玉米比天上的太阳更黄、更亮、更温暖,也更喜庆。

导航到了目的地,我分不出手机地图上的红点对应的房屋,是左边那家还是右边那家。我刚拨通电话,阿浩的爸爸便在西侧朝我招手了。紧接着,阿浩的小身影也出现在我的视线里,随后,一个女人领着一个更小的男孩也出现了。

"这是……"我指着女人看向阿浩爸爸。

"她是浩浩妈。"

一家四口领我走进院子,来到屋内。屋里光线很暗,阿浩爸爸点了一支烟,我"命令"他出去抽完了再进来。大家哈哈笑着,都来到院子里。阿浩爸爸让阿浩妈妈拿几个马扎出来,大家便坐着闲聊起来。

"打扰你了。我来,就是有几个问题想问问,阿浩究竟是什么问题,从什么时候发现的呢?"

"应该是三岁吧。他两岁才会走,三岁时我们发现他口齿不清,说话说不利落,就带他去医院检查,说是智力发育迟缓。"

"怎么会这样呢?"

"是这样,浩浩出生时难产,是用仪器吸出来的。再就是他从小就体弱多病,经常打头皮针,也许有影响。"

"你带他去哪家检查的?小城医院吗?"

"对,小城医院,但后来都建议去Q城儿童医院,所以我就带着他去了Q城检查,专家确诊为智力发育迟缓。"

"你们夫妻双方的家族中有没有这样的情况?"

"没有。他姥爷家的人很聪明。不过,他舅舅有点儿这样的问题,据说是小时候不听话,让他姥爷打的。我家这边没问题。"

我们在聊天的时候,阿浩妈妈带着孩子在一旁,什么都不说。小儿子很淘气,来回走动,不时地"骚扰"一下我们。

"不知是不是我的错觉?我觉得你很爱阿浩,甚至超过了小儿子。小的一切都没问题吧?"

"(笑笑)怎么也是我的孩子,从小为他付出了那么多,怎能不疼爱呢?小的没什么问题,淘气着呢,他今年两岁了,比起浩浩两岁时,那可不是一般的淘。"

我们便逗着小儿子玩了一会儿。实在太闹,阿浩爸爸就掏出一元钱给他,让妻子领着出去玩了。

阿浩爸爸指了指自己的脑袋:"浩浩妈这里也不太精明。"

"啊?"

"你没看出来吗?他妈妈这里也不是很好。"

"他舅舅不是很好,妈妈也如此,这是不是遗传基因的问题?自然也不排除生产时和产后使用药物治疗的原因。"

"我们家是没问题的,她姥爷姥姥也没问题,再往上追就不清楚了。"

我们聊的时候,阿浩一直在旁边安静地坐着。我把注意力转移到他身上,对他说:"还记得我是谁吧?"

阿浩只是微笑,不吭声。

阿浩爸:"说说,这是哪个老师?"

阿浩:"老师。"

"你叫我什么来着?想想,在学校时你喊我什么?"

阿浩:"老师。"

"对,叫我什么老师?"

阿浩没了笑意,僵在那里,似在回忆,也似茫然,或者像我们大人,话就在嘴边,却忘记了。他看着我,不吭声。

"我是燕子老师啊!"

阿浩如释重负,放松了表情,满脸喜悦地喊起来:"燕子老师!"

我又把视线转向阿浩爸。

"他是哪一年去的特教中心?"

"两年前送他去的。原来他在我们这里上小学,去了几天后,老师说不行。举个例子,课间休息十分钟,再上课时,别的孩子都知道回教室,他不知道。再说,一个班有三四十个孩子,老师也顾不上浩浩。"

"这样啊。"

"就是送现在这个学校也很不容易。这个学校每年都有限额,要经过层层检测,合格了才能报名。"

"去了两年了,你觉得阿浩变化大吗?"

"大。原来都不说话,现在说话了。班主任一直很关心他。"

"也是,我刚接手这个班时,上课叫他起来发言,他都是不张嘴的。刚过去的这个周就变了,他竟然主动举手发言了。是不是啊,阿浩?真棒!"

我看向阿浩,夸奖他。阿浩便咧嘴笑笑。我请阿浩爸拿阿浩的作业给我瞧瞧。

第一行是我写的。第二行是阿浩爸握着阿浩的手写的。下面四行,是阿浩自己写的。呀,阿浩,是你自己写的,是你自己写的——你真的是自己写的!

我来了已经一个小时了,家庭和孩子的基本情况已经完全了解。为不打扰他们太久,我该走了。我在他家门外站定,看着遍地的玉米,快乐得很,就像去阿哲家看到院子里那么多粮食,我忍不住开心一样。我唤着阿浩:

"快,站到玉米堆里去,我们拍张照!"

我喊来阿浩爸,自己双手举着俩玉米棒子,在阿浩头顶比画。

我真喜欢这金黄色的粮食啊。

临走,阿浩爸给我指路——沿着村后第一条水泥路往东,走到没有路的时候左拐,就上回城的省道了。

再见,阿浩!明天见!

顺着阿浩爸指的路回城,果然近了许多。想起谈话间隙教阿浩 d、t、n、l,阿浩总是发音不正确,g、k、h 倒是学会了。啊,我的拼音教学,任重而道远啊。

## 10 月 22 日　星期一　晴

我计划趁着家长们周一来送孩子,和个别家长聊一聊孩子的事情。

阿聪的爸爸来了,我请他到办公室坐坐,关于阿聪的问题便有了眉目。

阿聪爸爸告诉我:

他们家是东北乡的,靠着 L 城。阿聪是家里的第二个孩子,上面还有个姐姐,正在 Q 城某单位实习,很正常。他们曾经带阿聪去医院做检查,医生说阿聪没有什么问题,只是不爱说话。都怪大人疏忽了,他出生后,大人都忙着地里的活儿,没去管他。阿聪的妈妈口齿不清楚,他妈妈的大伯也有这种情况。阿聪六七岁时,曾经在自己村里上过学。后来老师说他实在是太淘气了,又不肯说话,越逼他说,他越不肯说。阿聪的爸爸妈妈就把他送到了这里。

原来我猜得没错,阿聪的智力确实没什么问题。他不爱说话,跟家长在他小时候不加教导和引导有关,也跟家族的遗传基因有关。我懂了为什么每次我请他看老师嘴型,跟老师学某个词、某个汉语拼音时,他都垂下头去,或者紧紧闭上眼睛。如此聪明的一个小孩儿,如此聪明的一个小孩儿啊,耽误了。

刚送走阿聪爸爸,一个老人家送阿诚来了。我请他来办公室坐下,问他是阿诚的什么人,原来是阿诚的爷爷。我问他阿诚是怎么回事,爷爷是个聪明人,一听就明白了我要问什么。他打开话匣子,说了阿诚的情况。

阿诚的爸爸妈妈在 Q 城做水产生意,平常挺忙的。阿诚跟着爷爷奶奶住。阿诚有个姐姐,在 Q 城读大学。阿诚出生时,羊水破了很久都没生下来,医生建议剖宫产。阿诚妈妈不同意,坚持自己生产,因为姐姐就是顺产的。阿诚终于生下来了,但因为长时间缺氧,所以不得不进行抢救,他一出生,小身体里便换了一遍新鲜的血液。阿诚的婴幼儿时期,几乎是在医院里度过的。到了上学年龄,家人将阿诚送去了儿童福利院,后来 9 岁时转到这里。也就是今年,阿诚才停了药。尽管阿诚的爸爸妈妈很忙,可爸爸还是会抽空在周五回来接阿诚回爷爷奶奶家,然后再返回 Q 城去忙生意。

通过爷爷的介绍,我明白了阿诚属于多动症患儿,手不停地动,一般不喜欢别人亲近,一起散步、走路时,常常会一个人跑到前面去,跟其他人拉开距离。上课时,有时候他会站起来满教室走,一边走一边念念有词。比如第二节课时,他在课堂上不时冲我竖起大拇指,满脸笑容,嘴里大声说着:"你厉害,认识我爷爷!"

知道他的情况,我心里的疑惑消除了,我的心里满是对他的疼爱和谅解。

送走阿诚的爷爷后,我坐在办公室里沉思。门口站着一个中年女子,问我阿芳老师去哪里了。我问她是哪个孩子的妈妈,她说是阿俊的妈妈,我便请她进来坐。她有些不情愿,说自己很忙,要送老人去医院;又说,老师你有事就说吧。我说你若忙就先去医院,不忙就留下来聊聊。就这样,这位妈妈终于坐了下来,关于阿俊的问题我便也了解到了。

阿俊家在小城西北部某个乡镇,爸爸曾在青海工作。妈妈去青海看爸

爸时怀了阿俊。高原反应让阿俊妈妈很不舒服。阿俊妈妈在怀孕四五个月时，离开青海回到家乡。阿俊生下来后，大脑没查出什么毛病，只是心脏有个堵头不好，一岁的时候做了心脏手术。上小学的时候，父母和老师发现阿俊的脑子不太灵光，而且不爱学习。去医院检查，医生说是染色体有问题。后来，他就转学到了这里。

　　在妈妈眼里，阿俊是个乖孩子。他在家会自己叠被子，听从家长的吩咐，打扫院子，照顾弟弟。在我眼里，阿俊很乖，不爱说话，上课时不看老师，不看黑板，画本、彩笔是他的最爱。阿俊妈妈说，阿俊就爱画画，小儿子也爱画画。阿俊极少和其他孩子一起玩，很多时候，他喜欢一个人待着画画，要么在走廊的某个地方靠墙站着，要么躺在某个角落。见到我，他总是咧开嘴，露出小白牙喊我"燕子老师"。

　　我的眼前又浮现出阿俊胖乎乎的安静的身影。

　　送走了阿俊妈妈后，我遇见阿哲的爸爸来送阿哲。临走时，阿哲爸爸跟阿哲打招呼，阿哲爱理不理。我说："阿哲，跟爸爸说再见呀。"阿哲嘟着嘴，嘀咕着什么，就是不看爸爸。爸爸走远了，我说："阿哲，快去送送爸爸。"阿哲一动不动。我过去拉着他往教室外走，他还是不愿意挪动步子。我好说歹说才把他拉出教学楼北门，校门口哪还有他爸爸的身影？

　　"阿哲，你为什么对爸爸这么没礼貌？他每天那么辛苦地工作、赚钱养活你，你怎么能这样对爸爸？"

　　"他不给我办银行卡。"阿哲一边流着眼泪一边说，说了好几遍，我才猜出他说的是什么。

　　"你小小年纪办什么银行卡？"

　　"哥哥办银行卡，他不给我办！"阿哲依旧理直气壮。

　　"谁家的哥哥？哥哥几岁了？"我知道阿哲只有一个亲姐姐，没有哥哥。

　　"邻居家的哥哥，哥哥当兵去了。"

　　我懂了，就劝阿哲道："哥哥当兵，说明他已经满18岁了，当兵意味着去工作了，是大人了，所以有银行卡是对的。你才12岁，又没参加工作，用不着银行卡。再说，爸爸每天辛苦工作，为了你们家，给你买好吃的，买漂亮的衣服,你还对他那么没礼貌,这样对吗?"

阿哲又哭了。

"阿哲,你知道自己错了吗?"

"知道。"

我翻出班级通讯录,拨通了阿哲爸爸的手机号:"阿哲,电话通后跟爸爸说对不起,听到没?"

电话通了,阿哲果真跟爸爸道歉了,他有些呜咽,声音含混不清。我说:"阿哲,大点儿声,说自己错了。"

阿哲提高声调又说了一遍,这次爸爸听到了,嘱咐儿子以后要做个有礼貌的孩子。

午餐后,我和阿玲说起这件事。阿玲说,她班上今天早上也发生了一件类似的事:一位父亲来送儿子,临走时,儿子拍了父亲一下,并用脚踢了父亲一脚。虽然不疼,但行为不对。父亲笑笑,走了。阿玲马上召开班会,就这件事情请大家讨论,说说自己怎么看待这件事,自己平常又是怎么对待父母老人的。通过班会,孩子们认识到什么是对的,什么是错的,学习对的,纠正错的,做一个尊重老人、尊敬长辈的好孩子。

值得反思的是,孩子不尊重父母的现象其实并不仅仅发生在这些特殊的孩子身上,很多父母认为放任孩子的这种行为也是爱的表现,这显然是不可取的。父母要在孩子小时候就纠正他们的不良行为、习惯。

下午第二节课后,终于有了点儿空闲时间,我到教学楼外"倒行逆施",缓解一下自己疼痛的老腰和肩周炎。三点半后的太阳不像正午时那么毒辣,暖洋洋的,不会晒出汗来。我一个人倒行着,看着逐渐变黄的树叶,听着校园外面传来的机车的声音。北面传来唤我的声音,侧首一瞧,是我的孩子们正透过玻璃冲我挥手呢。我挥了一下手,做了个让他们出来的手势。玻璃前的人头少了几个。我把目光移到教学楼南大门,果然,十几秒后,阿鑫、阿健、阿凯、阿浩陆续跑了出来。

"燕子老师!"他们总是那么直接地表达对我的喜欢。

"来吧,和我一起散步。"我微笑着。

"燕子老师,你干吗倒着走呀?"阿凯问我。

"我腰疼,倒着走能缓解一下。你们也可以倒着走。"

孩子们便学着我的样子走,结果没走几步就歪了。我笑了:"不习惯就正着走,和我面对面,我们边走边聊天。"

就这样,我倒着走,他们在我面前正着走,一边走,一边笑,一边听我夸他们最近的表现。孩子们呢,则时而说普通话,时而说方言,跟我聊着他们想到的事情。

突然传来阿睿的声音:"燕子老师!"

我循声望去,阿睿正从教学楼南大门跑出来,冲我展开"翅膀"。就这样,我们的散步队伍又壮大了一点儿。我把阿睿介绍给大家,然后指着我班上的男生对阿睿说:"叫哥哥。这是鑫哥哥,这是健哥哥,这是凯哥哥,这是浩哥哥——阿浩,过来,跟阿睿比一比,你们俩谁高?"

结果还是阿浩高一点儿。我夸张地"嚷"道:"阿浩,使劲儿吃饭,要不让阿睿妹妹撵上了!"

我牵着阿睿的手继续散步。阿睿很快就和哥哥们熟了,她甚至松开我,过去挽着阿健的手臂。一切都那么自然,大家说说笑笑,时间过得很快,几乎没有听到上课的铃声。如果不是我催促他们回教室,他们一定还要和我一起来来回回地走下去。阿睿最是恋恋不舍。

我是如此喜欢他们,我的孩子们,其他班的孩子们,我都喜欢。

## 10月23日 星期二 晴

下午上班后,阿芳看着办公室门玻璃上挂着的白纱问这是怎么一回事。我方才想起来是自己忘记摘了,我一边摘一边说:"还不是让阿扬给吓得?午餐时间或者中午,他每次经过这里,都会推开门喊我,要不就是关灯,最后把门使劲儿带上才肯离开。我把玻璃蒙上,他看不到里面有人,便不会再来'骚扰'我了吧?"

阿芳笑起来。我说:"你们对他不犯怵吗?"

阿芳给我讲阿扬上课时的情景:正上着课,阿扬走到她身边,拍她一下,喊一声"老师",提醒老师注意他一下,然后老师让他回座位,他就回座位。其实对于课堂纪律,阿扬是知道的,下课后,他还会把椅子放到桌下才出去玩。阿芳特别提了一件事:教他们《春晓》那首歌的时候,阿扬在学校遇见阿芳,拍她一下,张口就是一句"春眠不觉晓"。

阿芳模仿阿扬唱出这一句时,我忍不住笑喷了。阿芳说,阿扬是自闭严重的孩子,除了阿霞,没有哪个老师能管得了,阿霞送了三个毕业班了,因为阿扬一直没到毕业的时间,就又跟着阿霞回到低于九年级的学段。

想起早晨遇见阿霞时问她,何时带我去看她已经毕业工作了的孩子们。她说等过了这段时间,她正在学车,很快就考科目四了。好吧,阿霞。想到她是阿扬最信任的老师,我看向她的目光满是敬意。

放学前,我去操场活动了一会儿。阿明也来了,领着几个孩子先跑步,然后练习跨栏的动作。孩子们是第一次吧,不是很高的地方都搭不上去。阿明刚把孩子的一条腿搭上,孩子的身子就完全挂在阿明怀里,一个个嬉笑着。我被逗乐了,过去给孩子们演示应该怎样做。阿明真是个好老师,年纪轻轻的他,对待孩子们十分有耐心。练习了一会儿跨栏动作,他们又聚集在操场中央的绿地上,练习劈跨。16点的阳光沐浴在他们身上,画面既温暖又祥和。

阿雯班的阿家来了,一身黑衣,不跟我说话。我跟他讲话他也不理我,兀自拍着篮球去投篮。我看到阿雯在西面远远地看着他,然后阿睿也出现在我的视线里。我远远地冲她招了招手,她看见后,取了个足球,喊着"燕子老师"就跑了过来。我喜欢她天天嘻嘻哈哈的样子,简单地快乐着。我陪阿睿投了一会儿篮。她个子小,力气也小,扔起来最多碰到篮网下沿,即便这样她也很高兴。我说:"慢慢来,阿睿,使劲儿吃饭,长力气,长个子,然后就可以把球投进去了。"

要放学了。阿雯呼唤我们。阿睿想玩阿家手里的篮球,我帮她跟阿家说情,阿家听了后便把篮球放在地上。阿睿手里抱着足球,看着地上的篮球,有点儿不知所措。我教她用手抱着篮球,用脚踢着足球往回走。孩子很聪明,一教就会。

等阿睿把球都放了回去,我向她伸出左手。她握住我的手,我们一起回教室去。

"太阳当空照,花儿对我——"

"笑。"

"小鸟说早早早,你为什么背上——"

"小书包。"

我和阿睿一边走,一边逗她。她竟然能跟上!

"我去上——"

"学校。"

"天天不迟到,爱——"

"学习。"

"爱劳动,长大要为人民立功劳!"

一起走的阿雯笑了:"阿睿,好好跟燕子老师学,等着上台表演节目啊。"

我也忍不住笑着嗔怪她:"你这班主任想得可真够长远的!"

一天又结束了。很平静,阳光很好。感谢传统文化老师的分享,让我"轻物欲,重思想"。

## 10月26日 星期五 晴

第二节是我的课。我拿着作业纸去教室给孩子们上课,复习声母 b、p、m、f、d、t、n、l,然后作业描红。结果,只有阿聪和阿霖带了铅笔,其他孩子都说没有。有笔的开始写了,没笔的开始"折腾"——

阿诚说，他要去三楼找某某某要铅笔。那一脸严肃的样子，让我不得不当真。阿诚说走就走，根本拦不住。一会儿，他就回来了，一会儿，他又出去了，然后又回来了。我说："阿诚，你坐下，等下课我陪去找铅笔。"他这才安静下来。阿诺的铅笔盒不知怎么到了阿航的手里。我问阿诺，阿诺边说边做手势，我听懂了，是让大家随便用的意思。

问题解决了，阿诚、阿哲、阿航都老实了。我向阿英"告状"孩子们不带铅笔、橡皮的事。阿英想了个办法：以后，大家的铅笔都收起来放办公室里，写作业的时候再发下去。

教室终于安静下来。阿磊虽然还是不时地喊一声"姥爷接"，还是不时地离开位子绕着教室溜达，但总算安静了不少。我终于可以安心地指导孩子们写作业了。我握着他们的小手描红声母。阿聪大概写累了，停下笔，趴在桌上怎么都不肯继续。我说阿聪，累了歇会儿就好了，一会儿再写。阳光照在他的作业纸上，我俯下身子检查他的作业。这时，我看到了一个奇特的现象：阿聪用铅笔描红的字迹在阳光下发出银光！

"阿聪，你快看啊，你写的字会发光呢！"我高兴地说。

阿聪没理我，阿霖过来看。

我又拿起阿霖的作业放到阳光里。阿霖蹲下身子看，笑了。

"阿霖，你写的作业也会发光，对不对？阿诚，你的呢？"

阿诚刚描了不到一行，他拿起作业对着阳光看了看，也笑了。

阿聪大概休息好了，终于抬起头来，自己拿着作业对着阳光看。

"是不是会发光？"

阿聪不说话，只是笑。

"快写完吧，写这些会发光的拼音。"

阿聪笑容满面，又将铅笔重新握在了手里。

阿木，我这样是不是很幼稚？

不，我不这样认为。放空自己，才能装进新的东西。对于这些特殊的孩子，我愿意让自己幼稚起来，用他们的眼光来看待事物，像他们一样快乐或者忧伤。

放学后，家长把孩子们都接走了。

各个办公室里的老师们在忙什么呢？是否也像我们，聊一聊某个学生、某个家长，然后聊一聊这个周末做什么给自己的孩子吃，去哪里看看秋色。

嗓子疼。上午两节课还是有些倦。

下班了。办公室的同事们都离开了，整栋教学楼安静了下来。

想起10月24日抵达荷兰的秋，在朋友圈晒出中国的八个女博士的第一次聚餐照。秋，看到你那么开心，我也是开心的。

想起10月25日去江西庐山出差的婷，你可否带着我网购给你的"夹心海苔"上路？

想起远在檀国大学的群，这周你过得是否快乐？你因为怎样的秋色想起了我？

啊，我的大孩子们都在进步，我也不要掉队才是。

阿芳把昨天我和阿浩一起看他在项目组里的绘画作品的图片发到家长群里去了。我嗔道："阿芳，你怎么不先P一下就发群里？"阿芳哈哈笑着说："你本来就很好看，无须美颜。"

好吧，我从手机里导出这周拍的孩子们的图片，选了几张表情丰富的，也发到群里去。其中一张便是我给阿浩写了名字后让他再描一遍的——他真是个懂事的孩子，保洁员在教室里拖地，他拿着纸笔转身就趴在走廊里，开始一笔一画地描。他趴下了，其他的孩子们便也跟着围观。我原想给阿浩拍一张照片的，可怎么都无法"清场"，干脆把阿芳也喊进镜头，一起拍张特殊的"全家福"吧！

阿浩爸爸，此时，你应该带着孩子们到家了吧？别忘了，这周继续让阿浩练习写十遍他的名字，然后拍照片传给我。

从妈妈家回来，天已经黑得透透的了。

阿浩爸爸发来一条视频信息。我一看，画面中，阿浩开始练习写自己的名字了,阿浩爸则在一旁陪着。阿浩一边写,一边自言自语:"啊,对了!"

我很欣慰。在这样有特殊的星星的家庭,父母往往很难将全部的爱倾注到孩子身上,何况这些家庭大多有两个孩子。阿浩爸,我要给你点个赞。

## 10月30日　星期二　晴

阿木:

你好!如果说昨天是我两个月来最不开心的日子,那么今天,我便又很开心了,像这深秋的银杏叶、法桐树、芦苇花。你一定不会相信,今天上午我做了什么,又是因为什么而如此开心——我带着孩子们去了小树林!对,就是之前邀请你来看看的小树林,我终于等到里面的那片银杏树变得金黄了!

还是9月的时候,我就开始盼。盼着,盼着,树林里的绿色渐渐褪去,黄色、红色渐渐浓郁。我的孩子们啊,燕子老师可以带着你们走出校门来欣赏这秋色吗?

第一节是我的课,我把要带孩子们外出的这个想法先跟班主任阿芳说了,她说要请示学校领导。我便去找教导处主任阿荣,阿荣又请示了校长。阿木,我是不是很幸运,校长竟然准了!不过,为了带这7个孩子外出赏秋,陪伴同行的还有教导处主任阿荣、少先队辅导员阿静、班主任阿芳、警卫室的老陶,加上我,五个大人。我们的队伍浩浩荡荡,有这么多人陪伴跟随,我省心得很,几乎成了专职摄影师,记录拍摄着孩子们的一举一动,他们有的欢呼,有的呢喃,有的看呆了不发一声。

阿芳也是个浪漫的人。她让孩子们在校门外的小土坡上第一次集结,摆出心的造型,合影留念。我心里偷着笑——这里的景色算什么,好看的还在后面呢!

我的银杏林在学校后面那条路的北方。为了安全,我们需要穿过桥洞。我先从河堤下到河岸,再转身录像,镜头里的一切让我温暖到不

行——阿荣先走下台阶来,然后站在下面往上伸着手。她个子高,手一伸便接住了孩子的手,然后牵着孩子们一级一级地走下台阶。阿芳和阿静则在上面扶的扶,指挥的指挥。一个孩子下来了,两个孩子下来了,所有的孩子都被搀扶下来了。我从来不知道,三年级的孩子竟然害怕下楼梯,也从来不知道带他们外出需要这样细心的呵护。后来我才知道,有的孩子有恐高症。这些她们都知道,就我不知道。

我把他们在台阶上的护送过程拍下来,逆着阳光和法桐树的背景,一切既温馨又美得不像话。

往北,经过桥下的水泥路,上台阶,便到了我心心念念的小树林了。我领着排头的阿浩加快了速度,很快就把阿芳、阿荣、阿静落在了后面。阿芳开始喊起来:"慢点儿!不要那么急!"

有几个小家伙儿听到了阿芳的呼唤,停下了脚步,嘴里念叨着:"燕子老师,阿芳老师叫我们了!"

我偷笑着,牵着阿浩的手,继续向前,一边走一边回头瞧:小家伙们一分为二,前面几个忍不住好奇继续跟着我走,后面几个则停下来等阿芳,但又觉得不甘心,一会儿看看我们,一会儿又着急地回头看看阿芳她们。这不过是瞬间发生的事,因为其实队首队尾相隔并不远,不过二三十米的样子。

不过两三分钟工夫,银杏林就在眼前了。我突然停下来转过身子,孩子们来不及刹车,扑进了我的怀里,然后忍不住咯咯笑起来。阿德是最后一个赶上来的。看到他我才想起,他腿脚不方便,走不快。自己一心想着领着孩子们去看美丽的银杏林,走得那么快,实在太过分了!

等阿德走过来,阿荣、阿静、阿芳也到了。我请阿荣走在前面,领着孩子们慢慢走进深秋的圣殿——银杏林。

哇!

阿木啊,你能听到吗?无论大人还是孩子们,都发出了这样一声感叹。他们看着满地的金黄的银杏叶,纷纷去捡起来。我提醒他们抬头仰望,惊喜声再次响起来,此起彼伏。阿芳和阿静最后抵达,阿静举着手机开始为孩子们拍照,阿芳直接乐"疯"了,孩子般加入孩子们中间,蹲下来拾地上的落叶。

没有比这更美的秋色了！银杏树下，老师和孩子们在一起，孩子们叫着，老师们笑着，有的弯腰捡银杏叶，有的看草地上的小花儿，有的站直了身子看着西面的现河发呆。老陶一直在我们身边，时刻关注着孩子们的动向。阳光从天上射下来，照在大人、孩子们身上，照在金黄的银杏树上，衬着蓝天、绿树和金黄的树叶，所有的笑容全部绽放！"大自然就是教室。"我再一次想起了《教育文摘》某篇文章中的句子。

阿芳喊我加入其中。我把手机递给阿静，录像不断，拍照不断，欢笑不断。当我们一边跳跃一边把手中的银杏叶洒向蓝天时，那一瞬，快乐抵达了顶点。

经过小银杏林继续往北，不远就是可以下到河岸的台阶了。我让孩子们在此休息片刻，等大家都到齐了，才依次下台阶来。还是阿荣高举着手，牵着孩子的手；还是阿静、阿芳断后，搀扶着孩子，她们通力合作，把孩子们一个个接下了堤坝。河水扑面而来，河里的芦苇正是好看的时候——身子还绿着，淡淡的紫的脸儿盛开着纯洁的白。我真想让他们用小手亲自抚摸一下芦苇花，可那太危险了。

还是阿荣脑筋转得快，她让大家离远点儿，和阿静蹲下身去，采摘离得近的芦苇花，然后分发给孩子们。所有人都有芦苇花了，大家靠着东边的堤坝站好，举起手中的芦苇花。远远望去，坝上金黄的银杏林、孩子们手中洁白的芦苇花和孩子们蓝色的校服，在阳光下闪耀着迷人的光泽。

阿木，你一定也会瞬间爱上这里的，因为孩子们喜欢这里，他们的笑声在这里荡漾。我不知道他们是否能记住 2018 年 10 月 30 日的上午，是否能记住这个上午见到的色彩斑斓的秋色，是否能记住燕子老师的一番心意。但至少，我想送给他们这一片秋色的愿望实现了。我希望孩子们能像普通的孩子一样享受到人生的乐趣。大自然的风景不仅仅属于其他孩子，也属于这些特殊的星星们。

我很满足，阿木。这次活动中我进入镜头的照片很少，因为我几乎成了专职的摄影师，为孩子、为同事拍摄。但我是这样的满足，孩子们开心，我就开心。我很感激我的同事们，假如没有他们，我怎能照顾得了这么多孩子？我还要郑重地感激一个人，那就是校长——谢谢他同意我们带孩子们出去。

我把图片整理出来，现在可以凝视着这一帧帧、一张张，想看多久就看多久。阳光洒在老师和孩子的身上、脸上，每一张都充满了光与影的和谐，每一张都足以令人陶醉。我发现，和孩子们在一起的我们，因了有孩子在身边，笑容那么慈祥。你捡树叶，我也捡树叶，我们举着手里的树叶一起看镜头。阳光把红领巾照亮了，衬着大人、孩子的脸，明媚鲜艳。

阿木，我的耳畔似乎又响起阿健的声音。他冲河岸上散步的两位老人，亲切地唤着："奶奶好！"

那声音那么自然，好像他遇见的是自己村里的老奶奶，或者就是左邻右舍的老人。两位老人家很开心地回礼："好，好，好孩子！"

还有阿鑫。回看照片，我看到了当时捕捉到的那一瞬：阿静正拿着银杏叶逗他，阿鑫张大嘴巴，笑得仿佛要把阿静手里的银杏叶全部吞掉。这是我第一次见到如此开心的阿鑫。平日里，比如上课的时候，他总是很认真、很规矩地坐着，举手发言也很积极。每次请他发言，他那认真的表情让我又纠结又期待，我耐心地等待着他发出正确的声音来。阿木，让我怎能不疼他？他是如此刻苦，即使课间，也时常在练习本上写几个字或者一句话呈给我看，或者用含混不清的声音念给我听，我则为他纠正着读音；假如是课后遇见他，便算是我们可以随性的时候了。他喜欢眯眯笑着冲我乐，即使隔得很远，比如我在走廊这端，他在那端，他也会亮起嗓门，使劲儿地唤我"燕子老师"。每当那个时候，即使我看不清他的脸，也总会冲声音传来的方向，使劲儿地挥动手臂。

连平常只会一个字一个字往外蹦的阿浩也开心地仰起笑脸说："燕子老师，我想你了。"他的表达如此特别，即使说得并不完全清楚，仍然让我感动到忍不住弯下腰去亲吻他的额头。

不由得想起在北京工作的同学老季说的那句话——不是你为孩子们做了什么，而是孩子们给予了你意想不到的启发。是的，当我把照片发给阿静，阿静说谢谢我发现他们的美时，我说，因为孩子，所以我们美。给予总是美的，就像我同学说的那样：其实是孩子成全了我们！

你说呢？阿木？

忍不住，我给阿荣写起了"情书"。

阿荣：

再一次忍不住敲打这些文字，为你。平日里，你总在教导处忙碌着，要么安排课程，要么安排外出学习的老师，要么接见前来咨询的家长，要么参加校内外的会议。自从你给我推荐了几位老师供我"采访"后，我们就很少交流了，你忙，我也忙。

但今天，你着实又给了我感动。你先别急着推辞，请再次竖起耳朵，听我说吧。

今天带孩子们"秋游"的事情，是我早在9月份就计划了的。当然，这只是腹稿，因为学生的安全是我们学校尤为重视的问题，学校是不轻易允许孩子们外出的，所以当我今天早晨经过小区外面的小树林，看着银杏叶已经变得金黄的时候，就犹豫着如何跟学校领导开口——我想带孩子们去看银杏林。

阿荣，当我怀着忐忑的心情去找你，表达我的心愿时，你二话没说，拿起电话请示校长。为了让校长放心，你在电话里跟他说，你会亲自陪着外出。为了让校长更放心些，阿静也加入了我们的"护卫队"，当然，还有警卫室的老陶。阿荣，那一刻，什么都不用说了，我真的好爱你！因为你帮我实现了带孩子们外出开心"踏秋"的心愿。

因为有了你们的参与或者说是保驾护航，我的课——对，这是我的课堂——变得轻松起来。你、阿芳、阿静担任了授课老师，而我只是开心地领着大家去"寻宝"，去拍摄孩子们开心的笑容。我以为是这样的，但是，我发现了什么呢？阿荣，我发现了你继续散发出来的美！

一出校门，上了西面的小丘，你指着上面的树木问孩子们："还记得这是什么树吗？春天老师带你们出来踏青时认识过的。"

小丘西侧是从堤坝下到河岸的台阶。一下台阶，你便站在下面，伸出手去接应恐高的孩子们，你说："别怕，老师拉着你。"

在我们"踏秋"的路上，你指着半枯萎的草地上盛开的小黄花问孩子

们:"你们知道这是什么花儿吗?"阿德说是向日葵,你说不是,是小野菊。于是孩子们像看待小宝宝一般呵护着小黄花。

最爱你、阿静、阿芳在银杏林里和孩子们一起捡树叶,一起比树叶,和孩子们一起笑出声来。

最爱你和阿静蹲下身子,去采摘河里的芦苇,分给每个孩子,一边走一边挥舞着,照亮我的镜头。

最爱你簇拥着阿浩和阿健,背靠在倾斜的大柳树上,笑得那么祥和,那么温婉。

阿荣,让我如何不爱你?

每次这样表达我的欢喜,你要么谦虚地说"哎呀,我总觉得自己没做什么呢",要么反过来夸我:"你有一双善于发现美的眼睛!"

宁夏文联主席郭文斌有一本书叫《寻找安详》,你知道吗?阿荣,这个上午,当我们和孩子们在一起时,当我们和孩子们一起沐浴在阳光里时,我们周身都镀上了一层既温暖又明媚的光彩。阿荣,我想说的是,我看向你的时候,看向阿静、阿芳的时候,我想起了郭老师的《寻找安详》。阿荣,阳光照耀在你们身上的时候,你们是发光的,你们的笑容是发光的,你们的面孔是发光的,你们挥动的手臂是发光的。那一瞬,我在镜头背后有些恍惚了,因为我感受到了"安详"。

向内仰望,寻找安详。这是我一直在学习抵达的境界。阿荣,莫非你已经参悟了?像释迦牟尼在菩提树下参悟了佛法?

我喜欢这样的你,阿荣。学校有你,有福了;孩子们有你,有福了;我身边有你,也是我的福气,阿荣。

今天所有的照片都美不胜收,我不舍得删了。不着急,慢慢发给你。

晚安,亲爱的你!

很快,阿荣回复我了:"亲爱的燕子,我认认真真、一字一句地读了三遍,读着读着,眼睛湿润了。我想起了汪国真的诗《让我怎样感谢你》。'我原想收获一缕春风,你却给了我整个春天。'这句话,我觉得应该送给你。因为有你,孩子们有福了;因为有你,我麻木粗糙的心又变得温柔细腻了。

你拍得好美,我会好好收藏。我特别喜欢你用的'安详''温婉'两个词语,特别喜欢!不要太辛苦,不要熬夜,不要自己哭泣!晚安。"

## 10 月 31 日　星期三　晴

今天学习"女""男""马"三个字的笔顺。这三个字中分别有特别重要的笔画:撇点、横折钩、竖折折钩。这真是有点儿难度。撇点,对于阿浩来说简直就是高难度笔画。还有竖折折钩,太绕了。课后,我把阿浩请到办公室,继续教他撇点的发音。即使有了小点心做"诱饵",即使阿浩很努力,也还是无法连起来发音。阿芳赶紧过来帮我"解围",但也是无奈收场,只好挥手让他回教室去。

我举起小点心问阿芳:"不奖励了吗?"

"没学会不奖励了!"她说得斩钉截铁。

我看着阿浩眼巴巴离去的背影尽量忍住不笑,阿芳则双手捂着脸伏在办公桌上笑了起来。

这个阿芳!

午饭后,我和几个同事在教学楼南门外晒太阳。阿浩从走廊回寝室,看到门外的我,欢喜地喊"燕子老师"。我随即冲他招招手。他站在台阶上,我站在台阶下,继续上午没完成的教学:撇。阿浩的嘴唇总是忘记了闭合起来,而"撇"这个音是需要闭上嘴唇发出爆破音的。

顾此失彼。阿浩让我想起了这个成语。他学会了单独发"撇"和"点"的音,但要他连起来,他就只能发"点"这个音了。

我不想难为孩子,尤其是在同事面前。我摸摸他的小脸,冲他笑着说:"好了,先学到这里,你回去午休吧。"

阿浩高兴地回去了。我还欠他一个小点心。我将为他留着,等他会说的那一刻。

昨天我说过,新的欢喜开始了。这个"欢喜"就是阿姚的课堂。

我是奔着自闭症患儿阿腾去的。上周四的项目组活动后我就在想,无论绘画还是拼模型都是一把好手的阿腾,在课堂上的表现是什么样子的呢?我跟阿姚申请走进课堂去看看阿腾的表现,阿姚一点儿不拘谨:"随时欢迎燕子老师!"

她是第一个不跟我客气的,我很喜欢她的性格。所以,当我真的从一楼寻到二楼,从二楼寻到三楼,抵达她的教室时,她已经不客气地开始了。我一走进去,她就提醒"蠢蠢欲动"的孩子们:"好好听讲,不要因为燕子老师来了,你们就兴奋得忘记上课。"

阿姚示意我到最后一个空位上坐下来。我不知道那是哪个孩子的位子,他(她)又是因为什么没来上学。这是一种常态了,只要有个头疼脑热,家长便会给孩子请假。

阿姚上的是数学课。她正在进行口算练习,一个个喊着孩子们的名字。我发现,她的口算练习还真是与"众"(普通学校)不同:有的孩子站起来就回答,对或不对,她都会给予鼓励、提示;有的孩子则是直接告诉他答案;有的孩子则是让他读出算式中的数字即可;有的孩子被单独请上讲台去做练习;有的孩子被点名时,同桌一并站起来协助回答……

这种教学模式吸引了我,我甚至忘记了来参与这节课的目的——观察阿腾。是的,阿腾,当从阿姚按部就班但又令我的神思眼花缭乱的教学中"挣脱"出来仔细观察阿腾的时候,我终于捕捉到了这个特殊的孩子的一点儿特征:在座位上前后晃。但那只是一瞬的事,阿姚很快便提醒他:"阿腾,坐好来,认真听讲!"这种提醒整堂课上出现了三五次,同样被提醒的,还有坐在最后一桌的阿鹏。他总是盯着我看,偶尔还轻轻唤我"燕子老师",以为阿姚看不见、听不见似的。我做手势示意他看黑板,听老师讲课,他很聪明,看懂了我的手势。

班里有九个孩子,他们依次被阿姚请起来回答问题。正因为阿姚时刻提醒,班里的九个孩子像窗台上葱茏的绿萝,一律向上生长;也像含苞待放的菊花,等某一个暖和的日子悄然开放。

好样的,阿姚!

**11月1日　星期四　晴**

习惯性地敲打"2018年10月",瞬间想起今天已经是11月的开始了,哪里还有10月呢?我忍不住感慨。阿芳接过去说:再见了,10月!

我说:"阿芳,你这句话可以作为一篇散文或者一首诗的题目了。"

阿芳便又跳脚"嘚瑟"了一番。

这个时候,阿航的脸再次出现在办公室的门玻璃上。

这已经是五分钟内的第二次了。我知道他在张望什么——我桌上的热水袋。

第一节课,我坐在车里看书。第二节课上课铃响后,我听到熟悉的孩子们的声音,阿聪一如既往地用"啊"表达情绪,然后是阿航的声音。我抬起头看向玻璃窗外,只见阿诚刚刚走过,阿聪和阿霖把手伸向冬青树上的枯叶,阿航则蹲在教学楼南门外的地毯上,自言自语着。

阿明从教学楼里走出来,领着孩子们去操场。很快,甬道上安静了下来,只剩阿航,他又偷偷掉队了:一会儿往西走两步,一会儿往东走两步,最后停在二年级窗外的空调旁,伸手去触摸散热片。我赶紧下车想要制止他,听他嘴里嘀咕着:"充电宝,充电器,这是空调。"当我走上前去,他已离开空调,看到我,也没有太多意外。我试了试,排气口吹出的竟然是凉风!我赶紧拉着阿航离开,别感冒了。我傻傻地自言自语:"为什么是凉风呢?"

我问阿航:

"教室里是什么风?"

"热风。"

"那么夏天呢?"

"屋里是凉风,呼出来的是热风。"

好吧,我突然发现阿航对电器类很敏感,不由得想起10月初的一节课。二班和一班上合堂时,其他孩子都听话地坐在座位上,只有阿航坐不住。他站起来,在教室里的电子琴边转悠,无论我怎么劝都不回位子上去。他不仅看,还动起手来,先是把电子琴上的插头拔了下来,又去拔墙上的插

头,幸好墙上的插头使用胶带绝缘了。他一使劲儿拽了下来,把我吓得不轻。

正聊着,阿航对我怀里的紫色盒子产生了兴趣,歪着头使劲儿瞅。我知道他的"固执"又开始了,便大大方方地给他瞧,并让他念出盒子上的文字来:水电分离电热水袋。分离的"离"他不会念,我便教他念。阿航已经认得很多字了,可就是不会写,无论如何劝,他都不写。

一边任他研究我的热水袋,我一边有意识地往操场走,他便跟着我走。靠近操场的时候,阿明来找他了。完成"交接"后,我便抱着新买的热水袋回办公室去充电,车里实在太凉了。

前后不过五分钟工夫,阿航就从操场跑回来两次,透过办公室门上的玻璃往里瞧。我做手势让他回去上体育课——无论上室内课还是室外课,他总是喜欢到处溜达,好像对什么都好奇,好奇了就想研究个够。有时候我想,这样的阿航应该能成为科学家吧?

像阿航这样有天赋的孩子,学校里还有许多,比如阿姚班的阿腾、我班的阿诺,他们仿佛都有特异功能一般,让我不敢小觑。可惜,对于他们的了解我还不是很透彻。我在想,倘若我把电线、灯泡一类的东西捣鼓到课堂上去,男孩子们一定会很开心吧?

还是说说阿明吧,这个阳光大男孩。

阿荣曾经提过单位里的几个年轻人,得到好评的人里就有阿明。

在我眼里,阿明是个"黑人"。并不是他生得黑,而是自从我认识他,除了偶尔的短袖白T恤,他就一直是一身黑衣打扮。这和他脸上的笑容形成严重的反差——他爱笑,每时每刻都在笑。他冲孩子们笑,冲同事们笑,像初春的暖阳,像盛夏的阴凉,像深秋颗粒归仓的粮食。他真诚地笑,了然地笑。

他的一身黑有时在教室,有时在走廊,有时在教学楼前,大多时候在操场上。我最喜欢操场上的他,他的"黑"衬在蓝天绿地和红跑道上,仿佛蛟龙入海,自由、洒脱、惹人注目。那是他的天地,是孩子们的天地——滚、爬、摸、打,或舒展,或跳跃,或踢球,或投篮,或围成一圈,或排成一排。他被孩子们簇拥着,也被孩子们"纠缠"着。有的孩子甚至像顽皮的猴子一样攀爬在他身上,怎么都不肯下来。孩子们的笑声像蓝天一样明净,也像阳光一样明媚。

我似乎明白了阿明为什么总是穿着一身黑衣了:他穿得最深沉,才能体现出孩子们的五彩斑斓。

是不是这样呢,阿明?

终于等来了周四下午的第一次项目组活动。那天,留学回国探亲的我的学生——群来看我了。经请示后,我满怀欣喜,带着同样满怀欣喜的群来到三楼活动教室。

孩子们都已经坐好了,有的大,有的小,有的高,有的矮,有的胖,有的瘦,整个一参差不齐的"大花园"。活动小组组长阿敏早已在黑板上写下了本次活动的主题,分发了绘画作业纸,连绘画时的音乐也配好了。

认真地指导讲授之后,孩子们开始自我作业,我们则在一旁对孩子们加以指导。

活动进行中,校长来了。他一个一个孩子地看,阿敏一一做着介绍:谁进步了,谁的颜色把握得最好,谁是画得最快的,谁是今年新来的。然后,我看到了校长欣慰的笑容。

与此同时,其他项目组的活动也在进行着。学校的微信群里不时上传着各小组的活动情况。我跟阿敏等同事"请假",申请去其他项目组转转。她们很理解我的"好奇心",慷慨"准假"说:"去吧!只要对孩子们好,喜欢哪个项目组可以申请换岗!"我知道这是句玩笑话,说声"谢了",就"飞"出"绘画与手工"小组活动教室寻"宝"去了。我寻到了怎样的"宝"呢?各小组的"宝贝们"是怎样让我应接不暇的呢?

自闭症小组(一):

阿姚很亲切,和患自闭症的孩子们一起拼,一起搭。鼓励产生动力,产生崭新的创造意识,诞生更美的艺术作品。我仔细一瞧,咦,这个孩子不就是我们手工与绘画小组的吗？方才他还在那个活动教室绘画，怎么一眨眼就到了自闭症小组了？想起阿敏说的话：这个叫阿腾的孩子可不一般，他是所有活动小组的高徒。阿腾，你如此棒！谢谢你同意和我拍一张合影，我已经预定了你下周项目组活动的绘画作品，一言既出，驷马难追，到时候可不许耍赖哦。

自闭症小组（二）：

刚大学毕业的阿欣老师这么快就进入角色了！

感统训练教室里的一幕让我以为自己进了游乐场！甜甜老师正在陪一个孩子做康复训练——身体的协调性。可能是训练累了，那个孩子直接躺在地毯上一动不动，好像在说："甜甜老师，别喊我，我要歇会儿。"阿露呢？她正在陪孩子们做锻炼肌肉的练习，竟然有那个之前背着"乌龟壳"的女孩。

阿英老师在教阿航做算术：$1+3=4$。

数学小组的阿兰、阿苗、阿燕老师正在领着孩子们数小棒，拼数字，做算术题。

书法朗诵小组：

阿霞，你的学生怎么这么少？只有俩，都是自闭症患儿。你教他们念古诗："雨前初见花间蕊，雨后全无叶底花。"阿霞，对你，我肃然起敬，因为你不仅开了教这些星星们学拼音查字典的先河，还把阿扬这样严重自闭、谁都管不了的大男孩一直带在身边，你教了几个毕业班，就陪伴了他几年。

最嗨的活动"教室"是操场！阿睿，这个一来就哭，就打滚，就对老师充满"愤怒"的小女孩，你这是在用足球练习投篮吗？歇会儿，咱们换一种球吧，对，这才是篮球。小小男子汉，套圈好玩儿吗？祝贺你，又"中"了！阿鑫，在课堂上从没见过你笑的时候嘴巴张得如此大，你这是要把球吞到肚子里去吗？你们就这么喜欢阿明老师？好吧，我懂了，你们都是阿明老师的忠实粉丝！

这是唱游与律动小组在活动，组长就是那个和我一个办公室的阿芳，那个和我同桌的阿芳，那个慈眉善目的阿芳。她、阿珊，加上阿艳和教科室的云芳，她们带领着从学校各年级各班选拔出的喜欢唱歌的星星们，一边为了兴趣而歌唱,一边为了助残日而排练:练表情,练腔调,练形体。瞧,只要有机会,他们就开始展现自我——从项目组活动这个小舞台,站到了学校这个大舞台上……

　　这就是特教中心的"项目组活动",你会说,这不就是普通学校的"兴趣小组""社团活动"嘛。像,但不全是。普通学校的社团活动是一个老师指导,而这里有多个老师参与指导;普通学校的活动结束后,下一次再提问,大多数孩子能告诉你上节课学了什么,而这里的孩子只有极少数能回答对,需要重复教学很多遍;普通学校活动课堂上的孩子们是乖巧的,一切行动听指挥,而这里的课堂上,孩子们是动态的,需要老师不断地提醒、鼓励,甚至经常让老师"无计可施"……

　　是的,这里风景独美。

## 11月7日　星期三　晴

　　雨过天晴,气温便也暖起来了,银杏叶都黄到开始不加遮掩地落下来。上午第三节课,阿芳邀我去操场,和孩子们一起捡拾操场上的银杏叶。

　　新铺的操场,因为夜雨,刺鼻的味道淡到几乎没有了。酒红的跑道,葱绿的球场,周边一圈金黄色的银杏,衬着大朵大朵云的蓝天,加上阿芳橙色的外套,孩子们蓝色的校服、移动的身影,你呼我唤,你笑我歌——一切自然和谐,美得一塌糊涂。

　　我转着圈调换着角度姿势给阿芳和孩子们拍照,阿芳转着圈调换着角度姿势为我和孩子们拍照。我们和孩子们一起捡树叶,一起抛撒树叶;时而站着,时而坐着,时而躺着。每个孩子都那么乖,双手捡满了树叶,紧紧握着、捏着,在老师的"一二三"里,跳起来,抛起来,笑起来,快乐起来。

　　阿俊,你只顾着捡树叶,露出腰上的肉了。

　　阿健,你怎么躺在那里不动了?手里还攥着满满的树叶。

　　阿浩、阿德小心了,燕子老师要"偷"你们手里的树叶了,阿浩一枚,阿德一枚,阿浩一枚,阿德一枚,没反应？你们对燕子老师可真大方。

阿洋,每次你都表现得和大家不一样,你不捡树叶,也不抛撒树叶,你只静立不动地看天,或者做出各种各样奇怪的表情。

阿凯,谢谢你又捡了一捧树叶,从我头顶倾泻在我的身上——这一幕一定很美,阿凯,我喜欢你用这金黄色的银杏叶把我"掩埋"！

阿芳,也谢谢你。每一次创造机会和孩子们在一起,我都能有新的感悟,你给我的,孩子们给我的。我相信,在你眼里,在孩子眼里,我也一定给了你们启迪,虽然你们从来不告诉我。

下午第二节课是二班的。周末快递来的电路真实版实验器材,正好可以派上用场了。我把两个班的孩子召集到一起,把阿航特意安排在正前方的位置,然后把自己已经熟悉的组装步骤一一展示给孩子们看。串联,合上闸,灯泡亮了；分解后,并联,合上闸,灯泡亮了。孩子们既好奇又快乐。跟我预想的一样,阿航始终是最感兴趣的那个,设定的观摩距离总被他屡屡打破。看着看着,他的身子就靠近了演示台,甚至动手去触碰电路零件。

因为阴天,教室里开着灯。为了突出小灯泡的亮度,我让阿健把灯关了,然后轮番让孩子们动手合上闸,分开闸,合上闸,分开闸。如此分分合合,孩子们的眼睛在灯泡亮起来的时候也跟着亮起来,纷纷打听这"玩具"多少钱,回头让爸爸给自己买去。

我和孩子们把零件拆解了,然后把实操的机会给了阿航,让他自己动手操作,其他同学观察对不对。阿航一边念念有词,一边动手操作。小脑袋们都不闲着,几乎聚集到了一起,一起动手和阿航重新组装。最后,当阿航把闸合上的时候,大家都看着亮起来的灯泡开心地笑起来,尤其是阿航自己,更是高兴地拍起了手。

阿航,你果然很懂电器。

这是我来报到的第 80 天。我一直没舍得扔掉教师节那天学校领导献给我的花儿。虽然它干瘪了,却一直怒放在心底,像我小小的却暗自芬芳的心愿——来自星星的孩子们,和你们在一起,真好！

## 11月8日　星期四　雨

又是雨天。

又是下午。

又是项目组活动时间。

这个下午的项目组活动,我哪里都没去,向阿敏申请了一张作业纸,老老实实地坐在孩子们旁边,给印出来的图案涂颜色。听阿敏说,这是"神秘花园"系列中的图案。我很喜欢。

我用一节课的时间涂完,用一节课的时间指导孩子涂色、写名字。当我带着自己班的孩子离开,从三楼回到一楼,唱游组的活动也接近尾声了。歌声在活动教室里响着,我从办公室的玻璃屏看到了老师和孩子们在歌唱中的手语,一下动了心,悄悄走回教室。

云芳正站在讲台上,一边做手语一边唱,下面的孩子和阿芳则跟着她一边唱一边做。我不知道他们这样排练了多久,只见云芳眼睛很亮,脸红扑扑的,双颊像两个着色均匀的红富士苹果。

这是我第一次看到云芳站在讲台上,并且用手语来表达。之前我也曾多次浏览过唱游组的活动,多是阿珊和阿芳在具体指导,阿艳和云芳辅助指导。上周阿芳曾跟我提过排练助残日节目的事,说计划让云芳教孩子们手语。当时我没多想,而眼前的一切让我的眼睛禁不住热起来,继而视线模糊了。等她们终于排练结束,我忍不住走上前去一边紧紧拥抱着云芳,一边任眼泪稀里哗啦地涌出来。

今天很奇怪,其他活动小组都没有往群里上传活动图片。我不管,直接把86秒的视频上传到了单位群里。我不晓得会有谁像我一样被短暂的视频感动,谁又会笑我少见多怪。我只是这样做了,以此向云芳、向唱游组致敬!

**11月12日　星期一　晴**

　　收拾家里堆放的材料时,我又看到了李镇西的《让人们因我的存在而感到幸福——我教〈一碗清汤荞麦面〉》,遂重新阅读一遍,依然觉得其中有些句子很好,很能唤醒我:

　　爱是一种理解。

　　以儿童般的情感、儿童般的兴趣,做有童心的教育者。

　　用儿童的眼睛去观察,用儿童的耳朵去倾听,用儿童的大脑去思考,用儿童的兴趣去探寻,用儿童的情感去热爱。

　　我之所以对李镇西先生报告中的这段文字情有独钟,是因为我所面对的孩子们是如此特别,每每想起便会心疼,便会反思自己哪一点儿没有做好、哪一个孩子没有关注到、哪一堂课没有达到教学目的、我该如何改进才能更好地让他们接受并牢牢记住。是的,每每想到这些孩子,我便有一种紧迫感、使命感、愧疚感。

　　孩子,看到银杏叶黄满树冠的时候,你在想什么?

　　孩子,看到河里的芦苇花盛开的时候,你在想什么?

　　当阳光照耀在你脸上的时候,你在想什么?

　　除了吃喝玩乐,你有梦想吗?

　　是的,梦想。想到这里,我扭头问左侧的同桌阿芳:"我们的孩子有梦想吗?"

　　我把阿凯、阿健、阿鑫、阿德请到办公室,挨个问:"你长大了想做什么?"

　　阿健、阿凯说想当解放军,阿鑫说什么我没听清。阿鑫说话喜欢用卷舌音,说什么都得认真辨别。这一句我实在听不清,因为我耳朵听到的声音经大脑翻译后,是"打豆渣"。我不晓得这是什么工作,莫非阿鑫家里开了"打豆渣"的作坊?我再次问阿鑫,他又说了一遍,我还是听成了"打豆渣"。阿鑫急中生智,唰地敬了个礼!哦,原来是"当警察"。我忍不住笑了,然后向阿鑫、阿凯、阿健竖起了大拇指:无论是当解放军,还是当警察,你们的梦想都是保家卫国,燕子老师期待着。

最后问阿德,他说长大了要像爸爸一样"买苹果"。我知道,他说的是贩卖苹果。

我之所以把这几个孩子叫过来,是因为他们在平常的课堂教学中,无论听课、回答问题,还是写作业,表现都很突出。我希望他们在课堂之外,能把更多的精力用于读书而不是看动画片上。我把我的希望告诉了他们,如果要实现长大后的梦想,必须多读书、多思考。我告诉阿德:有句话叫"青出于蓝而胜于蓝",你的梦想是可以像父亲那样去贩卖苹果,但燕子老师觉得你可以做比你爸爸还要厉害很多的事情。

阿德笑了。

孩子们都回到玻璃屏那边的教室去了。动画片依旧在播放。我不知道他们有没有把我的话放在心上。一次不行,我就说两次,两次不行,我就说三次。不仅说,我还要把家里适合他们读的书,比如绘本、童话、小学生作文等好书陆续带到学校来,不仅读给他们听,还要让他们自己读,甚至读给我听。

孩子们,让我为你们多做些事情吧。每一件都是为你们好,无论是现在,还是未来。

晚上家人小聚,饭后陪老人聊了一会儿,最后,各自打道回府。夜色渐浓,路灯也好,千家万户也罢,灯光或温暖或清冷。我的脑海里浮现出下午操场上的阿睿——

她是和小君老师一起来操场的,自然还有其他几个同学。当我敲打累了,到教学楼外舒展一下身体时,信步来到了操场上,便见到小君正和几个孩子蹲在操场南边的跑道上捡树叶。见到我举着手机拍照,小君唤阿睿道:

"阿睿,燕子老师来了!"

果然,阿睿抬头见是我,放下树叶,一边唤着我一边跑过来。镜头下,她伸展着双臂,由远及近,直到消失在镜头里。这个时候,她已经紧紧地抱住了我。

我请小君一起到操场北边的阳光下走走,阿睿也一并跟着。其他几个小孩儿也都不远不近地在我们周围自由活动。

"阿睿,你喜欢小君老师吗?"我问道。

"喜欢。"

"为什么喜欢小君老师呀?"

"她给我们做饭。"

做饭?我恍然。是的,每天、每餐,小君老师都在餐厅陪孩子们一起吃饭。她主要的任务不是吃饭,而是协助教养员管理孩子们。阿睿还不能够清楚地表达老师的工作,所以,她只能潜意识地回答我的问题。

"阿睿,你喜欢燕子老师吗?"小君问阿睿。

"喜欢。"

"为什么喜欢燕子老师呀?"

阿睿看看我,笑笑,羞涩地挽住小君的胳膊,把脸埋进了小君的怀里。她始终没有回答这个问题,一会儿又兀自松开小君的胳膊,跑一边去玩别人那里滚过来的球了。

"她进步了,懂事了。"小君看着阿睿一边笑着说,一边做着阿睿初来时张牙舞爪的动作。

我忍不住笑着说:"都是你和阿雯的功劳。"

今天的阿睿很好看,头发虽然没有剪短,但顺滑多了。她身穿一件粉红色的加绒上衣,黑裤子,看起来很甜美。我曾问过阿雯,为什么阿睿的头发总是乱糟糟的?

阿雯告诉我,每天一来学校,她就给阿睿梳头,但没用,很快阿睿就自己用手把头发弄乱了。

这就是阿睿留在我脑海里的印象。衣着和普通孩子一样,虽然袖子有时候脏兮兮的,头发横七竖八的,有时怒发冲冠,有时旁逸斜出,但这一点儿都不影响我对她的青睐。我最爱她大老远的那一声喊。无论她在哪里,我在哪里,只要她发现了我,一定会从某个地方一边喊着"燕子老师",一边展开双臂向我飞来,声音那么响亮,情感那么真挚,让我无论如何都不能无动于衷,唯有站定了,然后挥动双手或展开双臂呼应着她。

她是我余生无论如何都不会忘记的女孩。阿睿,谢谢你给我如此深刻的记忆和感动,让我像阿雯老师和小君老师那样默默地好好爱你吧。

11月14日　星期三　晴

阿磊：

　　我不晓得你是什么情况。阿英老师说,听你家人说,你月子里的时候"吃屈"(生病)了。我不知道那是一场怎样的大病,导致你今天这副样子。

　　阿磊,听说你的姥姥家在市内,你和弟弟的户口落在姥姥家,你的弟弟也在市内普通小学就读。弟弟每天回家,你周五回家。听说,周五,你爸爸便把你们兄弟俩接回老家去,听说,那是个"桃花盛开的地方",那里的春天很美。阿磊,你最爱说"姥爷接"这句话,无论对谁。这句话从周一说到周五。难道你不想跟爸爸回老家吗？

　　我不知道该如何疼你,阿磊。因为上课的时候,你总是走来走去,不时地喊一嗓子,或者跑到讲台前看着我说"姥爷接"。我尝试着请你起来回答问题,你眨着眼看我,来一句"姥爷接"。我奖励其他上课回答问题的同学小贴画,怕你不开心便想奖励你一个,没想到你坚决拒绝。阿磊,你不喜欢小贴画吗？还是觉得自己"无功不受禄"？

　　自从昨天听阿芳说你在音乐课上坐着没乱走,今天上课我也特意准备了一首歌作为开始。果然,你安静地坐着。但是正式讲课后,你又开始离开位子四处走动了。直到我再度播放音乐时,你才安静下来。阿磊,不管什么课,不能总是让音乐响着不是吗？除此之外,怎样才能让你安静下来呢？

　　我第一次看到你融入集体活动,是在上一次的项目组活动中。你和其他几个男孩列队一起,高兴地跳起来。阿磊,音乐课是你的最爱吧？记得昨天下午第二节课时,你趁我不注意从我的语文课溜了出去。我悄悄出去想唤你时,看到你正站在阿芳老师的教室门外朝里张望。没错,里面正传来一阵阵歌声。那一瞬,阿磊,我无比地心疼你。我懂得,你是适合音乐疗法的。阿磊,你适合和音乐待在一起,适合通过音乐来治愈你所谓的"多动症""智力障碍"。可是,让我如何帮助你呢？阿磊？

　　每堂课送你两首歌好不好,阿磊？等下次见到你家长,我一定跟他们聊聊。

阿磊令我念念不忘。第一节课后，我去找阿荣，咨询去阿磊家家访的事。阿荣一席话为我解了惑：

"我们不应该太着急，毕竟他刚来，需要我们慢慢地引导他。比如他上课坐不住，到处走，我们就引导他，一节课坐五分钟，慢慢延长到十分钟、十五分钟……这就是进步。他有随地大小便的习惯，我们也引导他，一下课，就让同学陪着他先去上洗手间，慢慢地，阿磊就会养成习惯了。至于家访，先缓一缓，我们的出发点是好的，但家长可能不这样想。他们不会把家访看成是你个人的慈悲行为，而会认为你代表校方出面，如果谈不拢会激化矛盾。先缓一缓。"

想起星云大师说的"给人信心，给人欢喜，给人希望，给人方便"，发菩提心，行菩提道。

阿荣是这样的人。不仅她，校长也是这样的人。

说到阿磊，阿荣想起阿香班上一个休学治疗的孩子，他脑子里长了个瘤。阿荣说，自己从教近三十年了，这三十年里，她经历过许多事，见识过许多人，这些人和事造就的故事，让她睿智，也让她悲悯。就像每周都有前来咨询的家长，她是学校的一道闸门，一一询问孩子之前的情况：有的在康复学校待过；有的在故乡的小学待过；有的淘气到上房揭瓦下河摸鱼；有的安静地坐在教室的角落，老师讲老师的，他伏在桌子上，百无聊赖；有的欺负其他同学；有的被其他同学欺负……当阿荣跟我讲她曾接待过的家长、孩子时，眼里满是慈悲。她说，大都市有很好的条件可以安排这些特殊的星星们，但我们这里只是个小城，如果我们学校不接收，这些孩子要么被锁在屋里，要么到处"流浪"惹事。

怎样才能不拖累学校，掌握第一手资料呢？我对阿荣所讲的每一个案例都跟踪了一下，比如阿霞班的阿扬、我们班的阿磊，再比如只登记还待进一步评估的阿荣故事中的那个伏在教室角落的桌子上的男孩。

时不我待！

**11月15日　星期四　晴转阴**

从上周开始,课间时间,办公室的门时常有被触摸的声音。是的,触摸,要么是门把手,要么是门本身,被某一双小手轻轻地触摸,欲言又止一般。我知道,那是孩子对我的爱,比如阿健。

兴许是最近用糖果、贴画等物质奖励他们比较频繁——无论是上课回答问题,还是完成作业,抑或是做了其他好的事情,我都很愿意奖励他们,给他们一个拥抱或者吻他们的额头——他们便"给点儿阳光就灿烂"。似乎待在教室里的习惯被改变了,他们喜欢到走廊里来,只要我出现,便迭声唤我。每每我应着,听他们发音并不标准,少不得来一场弯下腰来的"走廊授课":zi,舌尖要稍微伸出一点儿来,轻轻咬住,发出声来再快速松开。

走廊里便此起彼伏地传来几个小家伙儿一起学着说"zi"的声音。我忍不住笑了。

总是这样,对他们的教学,随时,随地。

下午的项目组活动好像是体育场的专属。单位群里不时上传着他们的活动图片——阿明带着孩子们学习投篮,阿欣也带着几个患自闭症的孩子来到操场上活动。他们的示范动作被阿莲老师抢拍了下来:双脚跳跃而起,风吹起了他们的头发,美得不可方物。

天阴沉沉的。阿浩再次失忆,忘记了如何书写自己的名字。我深感疲惫。

19:50,阿木,此刻你在哪里呢?终于读完了安意如的《日月》。闭目转念间,一个粉红色的小人儿——阿睿浮现出来。

她正站在教学楼一楼大厅,和穿红衣的阿雯在一起。我终是发现了阿睿与往日的不同,头发非常整齐,头顶上还梳了一个朝天椒似的小辫子,这分明是个小精灵。我忍不住欢喜地夸赞阿雯这份新的创意,硬是拽着她俩站到背景墙处拍照留念。不久,在阿芳的唱游与律动活动小组,我又看到了阿睿,不由恍然大悟,原来,阿雯是为了让阿睿参加此小组而将她好好打扮了一番,只为了让阿睿看起来更加可人,让阿芳也心生欢喜地留下她。

所有的孩子都会被按照兴趣爱好或者康复需要合理分配到恰当的活动小组去。阿雯如此细心让我深为感动，老师真的像妈妈一样。

如今，唱游与律动小组因为有了阿睿的加入，突然焕发出崭新的光彩。没错，我是如此看好阿睿，她聪明、灵活，模样也俊俏可爱得很。

阿健也是，这周心情不错，走到哪里歌声就飘到哪里。他和阿德是最具备学好拼音的底子的，对此，我很有信心。

窗外没有任何声音。估计今晚会下雨吧？此刻户外的空气是冷的吗？阿木你呢？还好吗？又要变天了，保重！

## 11月16日　星期五　晴

阿木，一夜秋雨。你可安睡？

一大早，我走在上班的路上。终于起风了，北风，带着点儿凉意向南吹。路旁的叶子大多是洋槐树的，细小、琐碎，一辆车过，或簇拥着，或三两片零星地飞着，被车风裹着向南滚动、跳跃。

沿着那条小路上班，柳树狭长的叶子，那么多曾经挂在梢头的媚眼，如今落在地上厚厚的一层了，夹杂着杨树的、槐树的。我踩在它们铺就的地毯上行走，或快，或慢。偶尔跑动起来，脚步踩碎了早已干枯的树叶，在清晨的树林，那碎裂的声音如此清晰。阿木，你一定想问我那片银杏林如何了吧？它们变得金黄，已落了一大半，地上的自然要比树上的颜色暗淡些许。可惜，我没有办法把它们的深沉的秋色分享给你，那是大段大段的金黄，如诗如画，如馥郁到极致的深情。

嗓子又疼起来。父亲五年前因为喉癌摘除了整个咽喉，阿木，我也隐隐担心，自己会不会有一天也那样？不，我不惧死，甚至向往得绝症，然后感觉自己的生命是如何一点点抽离，像呼吸一般，一丝丝弱下去。这是我以前曾经不止一次出现的念头，所以，有事可做，于我是一种救赎。

一切并不如想象中那么完美，无论孩子还是老师。但榜样还是有的，敬业的人无处不在,我很欣慰。阿木,我总是喜欢热爱工作的人,总喜欢没有丢却自己职业良心的人,喜欢对待孩子像呵护自己亲人一样的人。如你所想,我对他们的深爱进行得并不顺畅,我想教授给他们知识,但并不能很快收到效果。为此,我很苦恼,觉得自己像个"废物点心"。

最近,工作和敲打之余,我特别想看书,所以很少去楼上转。当我意识到时,今天早上,我便拿着手机上二楼、三楼去。每一层楼都很安静,走廊里几乎遇不到人。孩子们大都在清理卫生——毕竟都是大孩子了,每天早晨清理卫生是他们已经养成的习惯,"洗"黑板,擦桌子,拖地,早已是他们的必修课。也有少部分的班级,应该是早已清理完毕,孩子们有的坐在自己的位子上,很安静地坐着;有的自由活动:或伏在桌子上,或站在电脑屏幕前,或同桌间轻声聊着天,或收拾彩笔。还记得开学第一天搬着课桌满楼转的阿鹏吗?今天早上,他也没闲着,教室里开了暖气,他正把外套铺平在教室后面的橱子上,扣扣子,叠衣服。我被他专注的样子逗乐了,跟其他正看着我的孩子们做了一个"嘘"的手势,悄悄绕到阿鹏身侧去拍照。兴许是他眼角的余光瞧见了人影,阿鹏抬起头来一瞥,然后又低下头去,然后又急速地抬起头来。看清是我后,他专注的表情变成了笑容。我已经抢拍下他抬头垂头复抬头瞧我的意外的瞬间,那一瞬间,阳光正穿过窗玻璃,投影在他的头顶上方的墙上,仿佛一面镜子映照着他良好的习惯。

阿木,我喜欢这样的早晨。怎样都是一种修行,而在这里,"修行"一词,显得更有深意了。

转了一圈,我在三楼七年级教室看到了站在讲台上的阿姚。她红色的衣服那么醒目,像正在燃烧的火炬。这是今天早晨我看到的第一个在教室里的老师,教室里的电脑打开了,阿浩正在"洗"黑板。

断了思绪。刚才去上课了,阿木。幸好如今教室里有计算机,嗓子不好也可以继续教学,我播放了拼音教学视频。如今,和我们小时候由老师口耳相传的教学不同,计算机上都能检索到。但说实话,计算机终究不如人灵活,无法随时停下来纠正孩子们的发音。好在计算机教学不过是辅助教学罢了,也幸好有这种辅助教学的方式,不仅可以让老师们轻松一些,还激发了孩子们的学习兴趣。

阿木,我一直在修行。我深觉这条路有点儿像社会发展的规律,曲折、迂回。正如我说的,我刚下课。这节课少了阿航、阿霖,教室里一下子显得空了许多,也安静了许多。阿磊这节课很乖,没有离开位子,四处溜达的反而是阿诚。阿磊依然不要我想奖给他的小贴画,阿诚也不要。我轻轻地告诉他们,攒十个可以换取一份礼物,这下他们都争先恐后地要小贴画了。阿诚伸出四根手指。我举起两只手,舒展开十根手指。他若有所思,然后也伸出了十根手指。我让他们把小贴画贴到自己的《快乐生活》上去,这是一本集生活适应、生活语文、生活数学于一体的书。我很喜欢这样的书。

阿航,阿航,不知他是因为什么回家去了。是因为上嘴唇的疮吗?这个周二,一个老师的课上,他把它弄破了,流了好多血。他大概是个知道疼的孩子吧?大课的课间,他和我相遇,冲我指着他上唇的疮,我便跟着心疼。

开暖气了。阿木,怪不得今天不冷。10 点 25 分,屋子里明亮起来。阳光真是个好东西。阿木,于我,你就是阳光。在我冷的时候,在我无助的时候,在我想要逃离的时候,你应我一声,我便又有了新的能量。这便是你的功德吧?你的功德,因是施在如此善良、如此想要为孩子们做点儿什么的我身上,而事半功倍起来。

我不晓得如今的你现在何方,正去往哪个方向。但这样挺好,我在处于低谷的时候想起你,阿木,希望便如高高在上的阳光,如此沉重,又如此轻盈。

其实学校有一个人,总是被我的文字忽略掉,然而每次遇见他,我都会重燃为他写点儿什么的欲望,他就是学校雇请的保洁员。他大概不到六十岁,微黑的脸庞,很健康的样子。我一直以为他只负责走廊、洗手间的卫生,直到那天午后,我看到他踩着凳子在清洁一楼大厅的玻璃。这一幕让我想起了蜘蛛侠。

我唤他"大叔"。对于这位保洁大叔,我总是心怀敬意。记得 9 月初那个周末,我和阿玲去 M 村阿涛姥姥家家访,在那里遇见了这位大叔。原来,他和阿涛是一个地方的。听阿玲说,他在城里也和我们住一个小区。在我珍藏的照片里,关于大叔的第一张,便是他骑着小三轮车载着阿玲去阿涛妈妈家寻我。那一幕,他和阿玲坐在三轮车的小马扎上,两个人都笑得那么可爱。因了大叔的小三轮车,我拍到了那次家访最动人的一瞬。

阿木,昨夜下了一场秋雨。你可安睡?

周五的下午总是最惬意的。家长们纷纷到来,把孩子们接走了。阿英班的阿磊还没有家长来接,电话也打不通。我问阿芳,这种情况该如何是好?阿芳说以前没有遇见过。午后的阳光洒在我的桌上和计算机屏幕上,计算机右侧是音箱,上面放置着教师节的花儿。其中的一枚枯叶,是我什么时候捡拾插在那里的?

阿磊还在教室里,我知道他也很着急。可我不知如何帮助他。阿英像热锅上的蚂蚁急得团团转,阿磊也像热锅上的蚂蚁急得团团转。我是冬夜里的一盏孤灯,光亮微弱,能为孩子们指引多远?其实,我是愿意开车送阿磊回家的,只是阿磊家长的电话都打不通,我又该把孩子送到哪里去呢?

风云变幻。阿木,无论你在哪里,愿你平安喜乐。

## 11月19日　星期一　晴

我的手机里,一直珍藏着几张照片,每次都舍不得删。

一张是我和阿玲去M村阿涛家做家访的时候,在阿涛姥姥家到妈妈家的路上看到的一堵墙上的凌霄花。它们沿外墙向上攀缘到墙头,然后一部分翻进墙里去,继续向上、向内生长,一部分继续在墙外怒放:比橙色还红艳一些的喇叭花状的花朵,有的缀在浓绿的藤蔓之上,有的亲近着土色的石墙——那真的是石墙,石块有的大,有的小,有的方,有的扁,有的偏红色,有的偏白色,墙缝间不是水泥,而是泥巴。我之所以喜欢这张照片,是因为这堵年岁久远的石墙,是因为这堵石墙上盛开的花朵。它们盛开在朴素的乡村,像极了朴素的乡亲,就像我去B镇阿浩家家访时,房前屋后那些树上、地上"散养"的无人采摘的瓜果。那是我喜欢的色彩。

一张是我初来乍到时,因为牵挂下午哭泣的阿哲,晚饭后带了礼物回学校去寝室看望他时拍的。我的青花瓷图案的裙子和他的蓝色方格床罩很搭。胖乎乎的阿哲赤着胖乎乎的小脚丫坐在床沿,手里拿着我给他的雪饼,眼睛看着我拆开另一件礼物。这张照片是同寝室的阿诚帮忙拍的。那会儿,阿诚刚来,对我既好奇又敬畏,比较乖,不似现在,大家都熟了,他也放得开了,不仅敢说,上课也敢离开位子走动。倒是阿哲,正好跟阿诚颠倒了,从最初的活泼好学,变得恬静寡言,需要物质和精神的刺激才能激发出更大的"潜力"来。

一张是我第一次带他们去餐厅制作"糖拌西红柿"的情景。阿德正在用筷子搅拌碗里的西红柿和糖,其他孩子们则眼巴巴地瞧着。阿聪手里举着筷子,满眼的期待。阿诚呢?双手背在身后,逡巡间侧首看着,像一位领导等待最后结果的揭晓。

一张是国庆节前夕学校组织"经典诵读"活动后,我、阿芳和孩子们的合影。无论老师还是孩子,我们每个人的额头上都贴着一枚五星红旗贴画,阿芳站在阿聪身后,右手做出象征胜利的V状手势,阿聪却垂着眼睛,不看镜头。阿洋的右手也做了个"V",眼睛却是闭着的。其他孩子,有的低头垂目,有的看旁边的同学,有的伸出三根手指。阿哲站在最前面,满脸的神圣。我蹲在他的左侧,右手握着他的左手。

一张是我和阿健等孩子们的大头贴。我记得那是课间操时间,我和孩子们一起散步时,我的快递到了,孩子们纷纷嚷着问:"燕子老师买什么了?"我打开包装,是一顶毛茸茸的棉帽子。"帽子帽子!"孩子们继续欢喜地叫着。我迎合着孩子们的欢喜,把帽子戴在了头上。10月的天气很暖和,不到10点的阳光照在身上,热乎乎的,加上头顶的棉帽子,我有冒汗的感觉。但这有什么关系呢?看,阿健笑得多开心啊!

我珍藏了许多亲自参与孩子们学习和生活的照片。除了上面几张,还有带孩子们去银杏林赏秋的;阿浩一颗牙坏掉了,我和阿芳带他去拔牙的;为了喜欢电器的阿航,我特意买了一套串并联电路,带孩子们"玩"的……

除了跟我有关的,我还珍藏了一些家长、同事们的。比如某个雨天,夜幕降临时,阿睿的姥姥撑伞来接阿睿回家,阿睿挽着姥姥的胳膊,依偎在姥姥身边,对着我的镜头伸出俩手指比画着"V";阿华主任带着阿雯、阿燕去康复学校送教,在教室里,我看到了一个梳着羊角小辫、冲我热情地打招呼的女孩;周一升旗仪式前,阿明正在指导四个扯旗的孩子,阿静则在升旗台上指导着升旗手;还有校长,体检的时候,他出现在走廊里,指着乱七八糟的电缆线,让医院负责体检的人重新布线、固定,直到处理好了、确定安全了才离开……

我蓦然发现妈妈在学校操场"检阅"的照片!树上金黄的银杏叶子在她的头顶摇曳,脚底下,零落的银杏叶与树上的静默呼应。她总有前来一看的愿望,总希望自己的女儿在新的学校能开心,记得那天她只待了不到十分钟,却觉得学校很美。

若不是手机内存受限,我会把许多照片一直珍藏下去。每天,我都要把照片特意保存到电脑里去,只留几张提醒我曾经发生过这样那样让我感怀的事。过段时间再换一批。仅仅两个月,我的电脑硬盘空间就已经不足,是该考虑买移动硬盘了。

今天是 2018 年 11 月 19 日,星期一,晴。孩子们晚餐后,陆续经过办公室门口,到外面散步或者回寝室去。我也该回家了,我知道。

兔子刚刚抵达长沙,一出飞机场就说有点儿冷。

阿木,今天你又去了哪里呢?

还有我写在银杏叶子上的名字,那么金灿灿的收藏啊。

## 11 月 21 日　星期三　雨转晴,晴转雨

我和阿芳约了今天去 Z 镇某村看阿冰。

8 点不到,我和阿芳在学校汇合,出发。

阿芳像一只小猫,安静地坐在后排,不时和我说几句:关于班级,关于阿冰,关于家长。说实话,这次家访有点儿拖后了。但情有可原,阿冰得肺炎生病住院的时候,也是我们忙碌的时候。如今阿冰出院了,我们也有空了。请示了校领导,我们便立马出发。

想象中的阿冰在家里一定很寂寞,想同学,想老师,甚至想学校的伙食,见到我们,一定会很高兴。如此想着,车左拐右拐,终于到了目的地。路边,阿冰妈妈已经在等我们了。我泊好车,随阿冰妈妈走进院门。院子里很空旷,只是堆放了一些杂物,不像其他人家那样堆满了粮食。院子的地面还是泥土的,必经之处随意放了几块石头垫脚。阿芳和阿冰妈妈寒暄着,我直接问她:"阿冰呢?"

"在,在屋里呢。"

阿冰妈妈领我们进屋。四间平房,最东面一间是厨房,单独的门,和其他房间并不相通。西面三间,中间北墙上供着财神,我在东间的炕上看到了阿冰,他正在写字,仔细一看,是"杨"。杨是阿冰的姓。早在他生病之前,我就特意教孩子们写自己的名字,如今,一个月过去了,他还在写"杨"。

阿芳在询问阿冰生病入院和出院后的情况。看阿冰"杨"字右边写得不工整,我干脆上炕,靠近他,握着他的手一笔一画地写起来,一边写,一边告诉他:"阿冰,你已经会写杨字的木字旁了,关键是右边的这一笔横折折折钩,你把这一笔写会了,再加两撇,杨字就 OK 了。"

我握着阿冰的手又写了几个"横折折折钩",就让他自己练习书写。这会儿阿冰妈妈出去了,我和阿芳参观起这三间房子来:东间的卧室是一铺炕,地下北墙根儿则是简易的带拉链的衣橱,衣橱的拉链坏了,露出了里面挂着的衣服。衣橱前面的地上,有医院的几个塑料袋,里面装着几张黑色的透视片子,阿冰妈妈方才还拿在手里给阿芳看。

阿冰的妈妈回来了,一边招呼我们喝茶,一边跟我们闲聊起来。

原来阿冰和妈妈居住在姥姥的村子,爸爸带着弟弟居住在奶奶的村子。妈妈在这边置办了一个葡萄大棚,爸爸在那边种着几亩地。

"分居?"我问。

"不是,我们几乎天天见面,因为隔着三五里,很近。只是白天各忙各的,哪里有活儿忙不开就喊着一起。"

我们和阿冰妈妈聊了许久。其间,阿冰一直在认真地书写。时间不早了,阿芳将带来的牛奶、棒棒糖、小点心摆在阿冰面前,嘱咐他在家好好写自己的名字,把我们带去的描红本也描了。

临行前,我和阿芳问阿冰:"在家的日子想不想老师和同学?"阿冰笑而不答。我问阿冰:"我是谁?"阿冰也只是笑笑。我又指着阿芳问阿冰:"你该知道她是谁吧?"阿冰还是笑,不说话。

阿芳问阿冰:"同学中你都记得谁?"阿冰还是抠着鼻子冲我们笑,不说话。

我说:"不会吧,阿冰,你在家病了三周,把老师同学全忘了?!"

他还是笑,不吭声。

我们和阿冰告别,和阿冰妈妈告别。好在阿冰下周就回学校了,阿冰妈妈可以把精力全部投入工作中去。她是那么朴素的一个女人。

车子发动了,我又下车来,把包里的西瓜霜含片递到她手里。我听得出来,她的嗓子也是哑的,不时地咳一声。

回程,雨大了些。阿芳向我感慨道,阿冰的妈妈是个很好的人。有一次,阿芳问她,自己的儿子有些衣服穿小了,是否可以给阿冰穿。阿冰妈妈不仅不嫌弃,还说:"不用说孩子,就是老师的衣服我也是很高兴的。不用去买了!"从此,阿芳就把儿子的、自己的不穿的衣服送给阿冰和阿冰的妈妈。每次在家里忙的时候,阿冰妈妈就穿自己的衣服;接送阿冰的时候,就穿阿芳给她的。阿芳说,如果我有宽松一点儿的、适合阿冰妈妈穿的衣服,也可以给她。

我应和着。这是一次特别的家访。

## 11月26日　星期一　晴

今天,阿洋是第一个到校的。他在教室有点儿无聊吗?看到我来后,他非常欢喜,走出来唤我:"燕子老师!"

其实不仅是我,阿洋见了每个老师都很欢喜,知道的连姓一起唤着,不知道的,就直接喊一声:"老师好!"

没有谁不喜欢阿洋。他天真得令人动容:在他叫你的时候,眼睛里流淌出发自内心的笑意,声音更是甜甜糯糯的,整个人像一颗甜蜜的糖果。

我叫阿洋过来帮我。

"干什么?"他跟着我来到办公室问。

"阿洋,拿着这个杯子,到有热水的地方去。"我递给他桌上的不锈钢杯子,自己拿着瓷杯和玻璃杯。

阿洋走在前面。他知道我所说的"有热水的地方"在哪里。全校有热水的地方一共有三处,每层楼都有,都在教学楼东头洗手间外。所谓的热水,指的是烧开后经过处理流淌出的温水。

我突然间想到,阿洋已经有段日子没有在上课时间拿着水杯喝水了!他竟然舍得和自己的水杯分离,在上课的时间相对安静地坐着,听老师讲课,看动画。在其他孩子回答问题时,他也举手发言。当其他孩子回答不上来问题时,他偶尔在座位上脱口而出正确的答案。

孩子真是进步了!

我微笑着看着走在前面的阿洋。到了热水区,因为周末,电闸拉下来了。我重又合上,然后用凉水把不锈钢杯子冲洗干净:"阿洋,帮我把这个杯子放办公室桌上吧,谢谢你!"

"放桌上。"阿洋重复了一遍,回去了。

等我冲洗完另外的玻璃杯、瓷杯,回到办公室,那个不锈钢杯子就安静地待在我的桌上。阿洋依旧一个人在教室里兜兜转转,温顺得像一只小白鼠。

教室里的人逐渐多起来了。阿健在走廊遇见我,喊我"燕子老师"。教室里的阿凯听见了,也在教室里叫了一声"燕子老师"。我不想让孩子们此起彼伏地喊,就猫着腰,把开着的门关上,顺便把等在门口的阿健关进教室里去。我忍着笑,猫着腰,关前门,再关后门。教室里的孩子们没有通过开着的门瞧见我,也没有透过门上的玻璃瞧见我,便没有发出此起彼伏叫我的声音——他们的热情总让我有点儿难为情,怕打扰了其他同事们。当我为自己的"创举"自豪地回到办公室时,阿凯、阿健、阿浩已经站在玻璃屏那边等着我了!我终于笑出声来,为孩子们的聪明,也为我的孩子气被孩子们发现了。

阿凯透过玻璃屏指着阿浩给我看,呀,阿浩带着一年级语文课本来了!他正举着书冲我乐呢,满眼闪着星光。我拿起桌上的小贴画朝教室走去。

先给阿浩的额头上贴一个:"真好,带书来读了!"

一抬头,呀,阿冰来了!再给阿冰贴一个:"恭喜阿冰,你终于康复了!"

阿俊也带书来了,给阿俊也贴一个!

"还有谁?"我举着小贴画问其他孩子。

"老师,我。"阿凯指着自己说。

"好,给你一个。"

阿鑫举手。

"书呢?在家里?记得带来学校看,好不好?给你也贴一个。""阿德,你带书了吗?也放家里了。今天周一,每人贴一个吧,新的一周,我们一起快乐!""阿洋,你也来一个!谢谢你帮我拿杯子!""阿健,来,给你贴一个,你的小帽子真精神!""燕子老师自己也贴一个。好了,我回办公室,给你们阿芳老师也贴一个!"

"哦——给阿芳老师贴一个!给阿芳老师贴一个!"孩子们脑门上都贴着可爱的卡通图,开心地叫着。

阿芳老师正披着头发,我顺手把一个玫红色的圆形贴画摁在了她的眉间。"哇!天竺美女!"我惊呼道。玻璃屏那边,孩子们都聚集着一齐向这边张望,满眼的欢喜!

# 11月27日　星期二　霾

一夜没睡好,感冒总是轻易就袭击我。第一节是我的语文课,担心自己的嗓子不能发出美丽的声音,让孩子们看拼音视频吧。

从 a 开始,到 z、c、s、zh、ch、sh、r,然后归纳总结的时候,白板左边竖着写了 6 个单韵母,右边写了 23 个声母。这时,我才想起 23 个声母里还有 y 和 w 没教。好吧,中间就写这两个声母吧,写得大大的。怎样让孩子们记住这俩声母呢？我懒得回去翻看视频，指着自己的衣服说："y，衣服。w，乌鸦。"然后，我把这两个词语的拼音"yifu""wuya"写在 y、w 的下面。很好，涉及的都是我们学过的声母和单韵母的组合。

兴许就是因为都是学过的声母、韵母的组合，阿德、阿健甚至阿凯很容易就读出来了。我一下子精神起来。孩子们重复读了三遍 23 个声母后，我重新开启下个环节，写下了：衣服、乌鸦、西瓜、爸爸、妈妈、姑姑、鸽子，然后和孩子们一起加拼音。阿德真的很棒，之前教过的拼音，都没有忘记。我高兴极了，最后写出了"我爱你"三个字。我没有读出来，只是安静地往上加拼音，我一边加，孩子们一边读，竟然都读对了！

这真是一堂意想不到的课，让我重拾了信心。

下课后回到办公室，我赶紧坐下来，整理脑海中那些声母和单韵母连在一起可以组成的词语，敲打、分类、分组，有家庭关系的，水果的，动物的，职业的，学科的，甚至想到了"祖国母亲""中国北京"。我想打印出来，标上拼音，张贴在教室的墙上，让孩子们可以随时阅读。

课间休息结束了。我走出教学楼，早晨的霾还没有散，有更严重的趋势。操场上，孩子们有的在踢球，有的在拍球，有的在互相闹着玩儿。我正拿着手机拍倒在地上的两个孩子，八年级的女孩阿蕊从一侧走了过来，笑着向我张开了手臂。我慵懒地微笑着，等她入怀。

我已经习惯了孩子们见了我就抱，开始还有些扭捏，后来我坦然了——孩子们喜欢我，抱我如果是他们情感的表达，那就让他们抱个够。

抱过了，我说："阿蕊，我们一起绕操场走一圈，好不好？"

阿蕊总是那么开心，说好。

我倒着走，她正着走，我们的右手便十指相扣着。

"阿蕊，你今年多大了？"

"21 了。"

"打算什么时候结婚呢？"

"再过几年吧。"

"有喜欢的男生吗？"

"还没有。"

"我变成男生好不好?"

"好啊!"

我们都笑起来。跟阿蕊聊天就是这样,因为她长大了。我们谁都没有羞涩,就像聊的是今天中午吃了什么。我喜欢她这样的性格。

下课后,我去文印室把打印的拼音和词语取回,借了阿凯的彩笔开始给词语加注拼音。这些可爱的星星们最容易忘事了,将学过的打印出来张贴到墙上,可以方便他们随时复习巩固。10张A4纸,我好不容易才加注完。还给阿凯彩笔时,我顺便奖励给他一颗燕麦巧克力。不久,阿凯又回来了,着急地说巧克力被阿健抢走了。

我哭笑不得,起身去找抢阿凯巧克力的阿健,怎么也得把糖果要回来还给阿凯啊。

班长阿德把阿健从洗手间里"翻"了出来,阿健嘴唇上还留着没来得及"打扫战场"的糖屑。看他那得逞还不知悔改的样子,我上前在他屁股上拍了两巴掌,他无动于衷。这时,阿芳在身后叫我:"回教室说吧,燕子。"我没应她,只是继续装作很生气的样子看着阿健。我百思不得其解:"不就是颗糖吗?至于抢阿凯的还躲到洗手间里去吃?平常又不是没奖励过你,阿健!"

我正"气"着,谁都想不到的是,这个节骨眼上,阿健竟然坦然地学着阿芳说话:"燕子老师,回教室说吧。"

我睁大了眼睛!面对这样的孩子,气顿时消散到九霄云外去了。

该回家了。关灯,锁办公室门。临走之前,我还是没忍住,去餐厅悄悄看孩子们吃饭。看,他们一个个没事人似的,吃得那个欢喜。阿浩的牙真白,阿凯好像也忘了糖果的事。我班的孩子和其他班的孩子七嘴八舌地向我问好,有的甚至用刚吃完饭的油乎乎的手来拍我甚至抱我。我特意俯身去看阿健,他察觉了,回头冲我一乐。好吧,看样子,他没记我的仇。

人间自在是心安。夜幕降临,我心安地回家去。

**11月29日　星期四　晴**

　　第三节是我的课。我把孩子们召集到一早就来张贴好的标注了拼音的词语前，拿教鞭指着，一个个地教读。有些孩子早就认识了，读起来并不费劲。汉语拼音的声调还是难点，几乎每个孩子都需要我纠正教读才行。我一边教，一边联系着孩子们的生活实际，每每逗得他们眉开眼笑，读词的声音也越发响亮起来。到了"祖国母亲""中国北京"时，课堂气氛达到高潮。

　　读词，结合拼音学习笔画。点、横、竖、撇、捺，注上拼音，一起读。然后发作业纸让大家描红、配画。让我开心的是，班上8个孩子，全部完成了作业。

　　好吧，我们一起来张合影吧——看看我们的作业！

　　阿娟在培训中曾提到小说《追风筝的人》。此刻，我想引用那部小说里最经典的一句话"为你千千万万遍"。没错，对于我们的孩子，就得有"为你千千万万遍"的意识，宜智则智，宜技则技。

　　午餐过后，我在外面散步，看到那棵结满了柿子的柿子树，不由眼馋起来，便跑去警卫室找保安大叔。树下已经有因熟透而掉落的柿子，特别诱人。我小心翼翼地踩着凳子，在保安大叔的"保护"下，颤颤巍巍地摘下一个变软了的柿子，然后孩子一般心满意足地与他告别。

　　寝室楼门突然开了，从里面跑出一个小不点儿——阿浩。他张嘴就喊："给我！"

　　"不给！"我毫不客气，直接回了他一句。小样儿，我好不容易才得到的柿子，不给不给就不给！

　　我抱着那个小柿子跑进教学楼，透过玻璃门偷着瞅阿浩，嘴角上扬着。阿浩早已返回寝室楼里去了。我忍不住乐："哼，我跟你很熟吗？我跟你很熟吗？好吧，我跟你是挺熟的，你是这个班我第一个去家访的，我在你身上投入的时间最多，虽然到目前为止，你依然不会写自己的名字。我们俩是挺熟的，要不你怎么会那么自然地跟我要柿子呢？"

我把柿子洗干净，放在音箱上。下午没课，说不定它明天上午就变成了小星星们的美食了。一人一口显然不够，谁会那么幸运被我奖励到呢？阿浩，你要加油哦！如果你能完整地写出自己的名字，我就奖给你！

　　下午的项目组活动继续。孩子们根据兴趣特长到达指定活动教室。每次绘画与手工活动，我习惯在计算机屏幕上写个标题。今天我写的是"我真棒"，红色与绿色双线写就，看起来很醒目。

　　有个男孩迟到了。但没想到，他却是画得最快、最好的！我留意了一下，原来是阿腾。在别人才画了三分之一的时候，他就交作业了。阿敏留下他的作业，示意他可以走了。

　　"他去哪里了？"我问阿敏。

　　"他是自闭症患儿，阿姚班的，现在回自己班去了。"

　　阿姚的学生啊，既然是回自己班去了，那就是回阿姚身边去了。之前的项目组活动，我观摩过阿姚带领的自闭症活动小组，挺有意思的。

　　阿敏、阿玲、阿莹似乎会读心术。阿玲说："你不是感兴趣吗？快去看看吧。"阿敏和阿莹也冲我笑，倒让我不好意思起来。我道了声谢就去找阿姚。此时，阿腾早已双手上下翻飞，用一些塑料积木零件拼出了一朵花。他的动作很快，也很娴熟，颜色搭配就像他所画的一般，和谐，美丽。不一会儿，一棵树又被他拼搭出来了！我开心得不得了，他每搭出一个作品，我就抢着拍照。

　　在我眼里，他是神童！

## 11月30日　星期五　阴

　　这阴是从昨天开始的。阿芳说，阴天的时候，连心情都是暗淡的。我附和着说是。但这一句"是"，很快就被"快乐"替代了。

　　早晨送去照相馆的照片洗出来了吧？跟门卫打了声招呼，我便去学校后面的照相馆取照片。沿着校北的小路东行,黄槐的叶子什么时候变黄的?如果不是深秋,那一片片嫩黄,一定会被我疑心成春姑娘调来了诸多的迎春花堆集于此处。从学校的围墙外看向校内,银杏从淡黄已经变成了深黄,像煮熟的咸鸭蛋黄,浓浓地流着油。

美是无法回避的。当我一路欣赏着美景慢慢走进光达数码彩扩店,柜台的姑娘转身递给我照片。我吃惊道:"你何时看到我的?"

她笑道:"你一到门口我就看到了。"

接过照片道了谢我便往外走,刚出门又转回去:"姑娘,问你个问题,残疾人来洗照片能给优惠吗?"

"可以啊。"姑娘一边帮前来照工作照的人梳头,一边回答我。她的回答太平静了,我一愣。这太意外了,好似她早就知道我要说什么,一直等在那里似的。

"我是说,我以后还会来给这些特殊的孩子们洗照片,如果洗得多的话,你能跟你们老板商量一下便宜点儿吗?"

"没问题。我们老板早就说了,残疾人洗照片一律优惠。"姑娘开始摆弄手里的照相机了,她一边用镜头对准那个照相的中年女子试镜,一边回答我。

"真的呀!"我克制不住这意外的惊喜。有这样的老板,有这样的照相馆真好!我开心地一把拉住正在调试镜头的姑娘。

"当然是真的!"姑娘似乎被我感染了,也笑了起来,然后冲里面忙碌的青年男女喊了一嗓子:"小王,你找8元钱给这个大姐!"

我赶紧阻止她:"不用不用!这次就这样吧!"

但姑娘比我还固执,执意让我收下:"我不知道你是给特殊的孩子们洗照片,怎么能让你自己掏钱呢?以后数量不多就免费好了。"

我猜她一定就是老板娘吧,她这样说倒弄得我有点儿不好意思了。离开照相馆,我高兴得几乎要飞起来,不是因为今天省了8元钱,也不是因为以后再给孩子们洗照片有优惠,而是因为这个照相馆竟然对残疾人有优惠政策。至少今天,还有比这更令人兴奋的吗?

朋友阿栋来信息说,祝贺我的新作出版,愿我写出更多、更好的作品。

我直接忽略他的祝贺,把方才照相馆的快乐"报告"给他,并忍不住感慨道:原来,所谓的"社会各界都行动起来,关爱残疾人"不是一句空话——这是我第一次亲历社会各界对残疾人的关爱,我们的祖国,我们的人民,真好!

天黑下来了。阿荣发来了信息:

燕子,下午大家都走了,你一个人还在电脑前敲字。我常常看着你的背影想这样一个问题:是什么力量支撑你如此坚守?这个问题本身就让我自惭形秽,其实你根本不需要力量,你只是在坚持做最真、最善的自己。你每天发现别人身上的美,其实你自己才最美。我需要向你学习,你的行为和人格,给了我很大力量,真的!

突然间被暖到不行不行的了,我赶紧回复:

亲爱的,你还没走吧?大家都一样,我们都是从辅导员做过来的,习惯了。我们做什么,无须别人要求,自己就会有比一般人更高的要求。今天是第三个月的最后一天,谢谢你用这段文字来给我收尾。就像我问过的其他人,任何一个对你的肯定都让我心里像蜜一般甜。你真的很好,荣。我感念于你们,包括孩子的单纯、可爱。今天,原来学校的校长问我在这里如何,我说虽然有时很无力,但我一直在努力。阿荣,我努力适应,在这努力的过程中,你是我最近的动力。你们的好,点点滴滴滋润着我,也温暖着甚至保护着我,让我可以很安心地去做、去爱,尽情去做,尽情去爱。感谢你,阿荣,真心地感谢你。做得越多越深入,我就越困惑,越觉得自己"肌无力"。即使这样,我还是不停地反思,不停地寻找再进一步的途径和方法。如今,我的孩子们都有不同程度的进步,真好。我在读《孤独的"雨人"——自闭症探秘》,希望可以靠他们再近一些。天黑了,不知你走到了哪个路口,对于你的欢喜,无时无刻不在。别再问我为什么如此坚守,因为有你,有你们在我身边。你们就是我最好的榜样,是我心底和笔下最真实、最美好、最值得赞颂的特教人。阿荣,让我们一起努力,继续做我们习惯做的真、善、美,成全自己,再让自己的好成全孩子们!

### 12月3日　星期一　雨

亲爱的小赖：

你好。我是你的"生活语文"老师，大家都叫我"燕子老师"。很抱歉开学这么久，我们还没有见过面，因为知道你的存在也是前不久的事情——学校分配给我三个"帮包"的孩子名单，其中两个每周都能见到，只有你未曾谋面。我问班主任阿英老师你是谁，然后才知道你是需要"送教上门"的孩子。于是我明白了为什么教室里留有一套无人使用的课桌椅。

听阿英老师说，其实你来过，只是因为不适应学校住宿的生活，只能走读。但对于你的爸爸妈妈而言，你的"走读"无疑太费时间了，因为学校在县城，而你家在距离县城四五十公里的镇上。每天来回接送你，肯定是不现实的。你能理解吗，孩子？就比如我们老师，每天都去你家送教肯定也是不现实的。

我突然想到了一个好法子——把学校的活动、上课的内容通过微课的形式传给你爸爸，让你爸爸播放给你看。

小赖，你一定感到疑惑，我是从哪里冒出来的语文老师，对不对？呵呵，对，你不认得我，因为我刚刚到这所学校来。

让我来分享给你开学以来学校、班级的一些活动图片吧！我相信，你一定也会喜欢的。

这是你的课桌椅。它们站在世界地图旁边。国庆节前夕，我曾在这里教孩子们认识中国在地球上的位置。

这是开学第一天的升旗仪式。校长、老师、同学们立正，向国旗致敬并宣誓。

为了庆祝我们祖国10月1日的生日，各班级准备了丰富多彩的节目，我们三（一）班和三（二）班一起表演了歌伴舞《祖国祖国我们爱你》。这是比赛结束后，班主任阿英老师给两个班的老师和同学们拍的合影。你猜，哪一个是燕子老师呢？对，蹲在阿哲身边的那个就是我。恭喜你，猜对了！阿哲是你的同班同学，小赖。我很喜欢阿哲，喜欢他的理由有很多，除了他善良、好学，还包括他爱把脸盆顶在头上，把拖把扛在肩上。那姿态，可爱到每次遇见，我都忍不住要夸赞他！

阿航是我们班上比较难管的一个，我行我素。但自从发现他钟情于电器以后，我特意从网上给他买了"串并联电路"，召集两个班的孩子们一起组装，使小灯泡亮起来。阿航真的很厉害，看了一遍后，他就能组装。那一瞬，大家都为他鼓掌，他自己更是手舞足蹈。你能信吗，小赖？从那以后，他就比较听我的话了。我答应他，如果他能遵守课堂纪律到月底，我就把那套玩具一般的"串并联电路"奖励给他。他自然很开心，表现得更好了。上周，他甚至自己提出了"交换条件"，说："燕子老师，等你给我电路做礼物，我给你两块巧克力吧！"小赖，看着阿航的进步，我真的很高兴，还打电话给他爸爸表扬他呢。

这是阿诚，爱动，很爱干净的一个男孩，也很懂事。有一次，阿航擤鼻涕弄得满手都是，阿诚主动取了卫生纸递给他。

这是阿聪。刚认识他时，他不爱说话，也不看我。经过三个月的相处，他再也不回避我的目光了，上课有时候也肯举手发言了。

阿诺是班上唯一的女生。她上学是半日制，上午来，中午接回家，下午就不来了。小赖，阿诺跟你一样，也是我帮包的三分之一。我跟她妈妈约好了，抽空去她家做家访。

这个是阿霖，是我们班的"才子"。他跟阿哲一样，会写自己的名字，并且能认很多字，也会写很多字。他虽然是我们班个子最高的，却是最害羞的。每当我冲他微笑的时候，他会用双手蒙住脸，再松手时，脸已是红的了。

至于阿磊，他极少来学校。但每次来，他最爱上的就是音乐课。其他课程他总是不停地走来走去，只有上音乐时才会安静地坐在座位上，特别乖。有时候因为他乖，我会发小贴画、巧克力或者其他糖果作为奖励，但他都强烈地拒绝。只有一次，别的孩子们都发了巧克力，只有他不要，我硬塞到他的手心里，他才放到嘴里，然后甜蜜地冲我笑。

小赖，瞧，这就是我们班的孩子们。你一定比我早认识他们吧？我很爱他们，也许不单纯是爱，是心疼，是看见了就忍不住微笑，想起来就忍不住双眼盈泪。包括你,小赖,虽未谋面,但我很牵挂你。

听了这么多,累不累?你先眨眨眼,活动一下,然后继续下面的内容吧,亲爱的小赖!

有一件事是我必须告诉你的,这也是我感觉十分好玩的一件事,更是其他孩子们最开心的事——每周四下午的"项目组活动"。什么是"项目组活动"呢?它类似于普通学校的兴趣小组,又不全是,因为活动的目的不单纯是培养兴趣、发展特长,更主要是帮助每一个孩子康复。

你知道吗,小赖?警卫室南侧有一棵柿子树。柿子熟的时候,我约了阿英老师和孩子们一起到树下集合,拍照。那个笑得最开心的男孩叫阿磊,你一定不认识他吧?他也是刚转来的。他多动、自闭,从早到晚最爱说的一句话是"姥爷接"。

亲爱的小赖,我常常想,倘若你也在这里住宿的话,这所有的一切就可以参与其中了。当然包括校长特批的外出"赏秋"了,你能想象到那份自由、惬意与浪漫吗?如果你在该多好啊!

上个月,应班主任老师的期待——希望我能教大家汉语拼音,将来能自己查字典、读课外书,我开始尝试教大家汉语拼音。如今,两个月过去,单韵母是没问题了,问题是声调和声母。据之前曾经教过汉语拼音的阿霞老师说,她用了两年时间才教会了部分孩子,那么我就不用着急了。你在家能上网吗?如果能,就让爸爸帮你搜出《嘟拉语文之汉语拼音》吧,从第一集开始,我想你一定会喜欢上里面那个好学可爱的"嘟拉"。不着急,一遍一遍看,慢慢学,跟着读。

亲爱的小赖,在家乖,听爸爸妈妈的话,照顾好爷爷奶奶,过几天,燕子老师就去看你。到时,你若有不会的问题,再问我好了。在我去看你之前,如果你有什么话想对我说,可以写信给我,也可以用树叶做粘贴画给我,甚至可以跟着爸爸做些简单的手工捎给我。如果能收到你的信,我一定会乐疯的!

祝你更健康,也更快乐,小赖。期待早日见到你!

## 12月6日　星期四　雨　雪

　　这个周四注定是忙乱的。

　　一大早,三(二)班的孩子们是阿明接回教室的。

　　今天学校里来了几个施工的人。他们打开电闸,拉上电线,把天线通过北窗引到窗外的空地上。阿诚兴奋起来,一眨眼就不见了。他跑到了楼外的空地上,和那些正在电焊施工的工人们在一起。

　　阿芳透过玻璃窗喊他:"快回来!危险!"

　　阿诚像没听见一般。当我准备出去的时候,阿明已经带他回来了。但是一转身的空儿,阿诚又不见了。我赶紧跑出去,唤回阿诚。他压根儿不理我,一边不停地走来走去,一边跟工人聊天。他打开驾驶室车门看看,关上门,然后绕到副驾驶那边,打开车门,想要上车去。司机及时拒绝了。阿诚绕着车转着圈,我则紧跟着他,防止他靠近正在电气焊的工人——距离实在太近,太危险了。直到他掉头往回走,经过我身边时,我才一把扯住他的衣服。阿明和阿芳适时赶到,再一次把他"押"回教室。

　　这可如何是好?第一节课大家都围着他转,其他孩子都无辜地待在教室里,看着阿诚来回折腾。莫非,阿诚的病犯了吗?没有办法,阿芳联系阿诚的爷爷来接他回家。在爷爷来之前,阿明一直在教室陪着他。

　　阿明说,早餐时阿诚就跟平时不太一样,兴奋。莫非是跟天气有关?据说,这些特殊的孩子的情绪有时候会跟天气有关。比如阿诚,他嘴里嘟哝着"下雪了"。他很想出去玩雪吧?可是阿诚,这样小的雪,落在地上就化了,怎么玩儿呢?等下大雪吧,阿诚,等下大雪,老师带你们出去玩雪好不好?

　　阿诚爷爷近11点才赶来学校,聊了几句,签了名就把阿诚接走了。那一刻,外面的风雪正急。我常在想,假如老人家不在了,阿诚该怎么办呢?

　　发呆间,窗外风停了,雪变得直上直下起来。前后三五分钟的事,雪停了,阳光普照,把办公室也照亮了很多。我突然想出去走走,舒展一下疲劳的腰身。孩子们的声音同时响起来,他们起床了。下午就这样开始了。

去教学楼入口处摁指纹签到,我遇见了一年级那个腿脚不灵便的男孩。不由得想起早晨的一幕。是的,早晨,刚进校门,我就看到这个小男孩正在准备倒垃圾。他个子太矮,垃圾箱对于他而言太高了,他正一手提着垃圾桶,另一只手费力地想打开垃圾箱的盖儿,那残疾的腿扭曲着。我赶紧上前,把垃圾箱的盖儿掀起来,然后说:"现在可以倒垃圾了。"即使这样,他把垃圾桶举起来也还是很费力。桶里的垃圾压得太实了,底下的无论他如何努力都倒不出来。我鼓励他用手把底下的垃圾袋子提出来,扔进垃圾箱就好。无论如何,他自己把垃圾倒干净了呀!

窗外的雪似乎从没停过,无论大孩子还是小孩子,都自言自语一般:"下雪了!"天空一会儿阴沉沉的,一会儿阳光普照,太阳雪,一点儿也不夸张。阴沉沉的时候,雪又急又密;太阳出来的时候,雪温柔地慢慢落下来,像怕吓着了地上的孩子们。

无论怎样,下雪总是快乐的事。孩子们在教室里又是拍手又是尖叫。阿浩最可爱了,他直接跑到走廊上,从那扇因为施工开着的窗缝往外看,雪花儿便透过窗缝飘进来,落在阿浩的头顶上,像开了几朵白花!

我忍不住笑。

孩子们忍不住尖叫。

我终于忍不住了,跑到教室里去,招呼孩子们:"走啊,跟燕子老师到雪地上去跑一圈吧!"

响应者还真不少。在阿芳着急的"别出去了,怕感冒"的声音里,六七个孩子跟我"飞"了出去。正是风雪最急的时候,地上的雪已经融化成水,草坪上一层爽爽的白。柿子树上的那十几颗柿子上,落了一层雪,像一群小姑娘的红脸蛋上擦了粉底。

"跟我一起飞吧,孩子们!像小鸟一样飞!像燕子一样飞!"

我在雪地上跑起来,一边跑一边唤着孩子们。孩子们也跑起来,一边跑一边欢叫。阿芳也跟出来了,一边跺脚一边喊:"差不多就行了,快回来吧!"

"阿芳,快点儿,给我们拍照呀!"我朝她喊着。

"你们这群疯子!"阿芳的嗔怪在我听来那么甜蜜,像孩子们的欢叫一般甜蜜。

疯了五分钟的样子,我们回到教室。我也怕孩子们感冒,赶紧冲干净杯子,将红糖、姜丝一股脑儿地倒进去,加上热水,用小勺拌匀。好了,阿浩,你给我过来,数你穿得少,赶紧的,喝!

阿浩像小鸟啄食一样,小心翼翼的样子让我着急。阿芳的杯子里有点儿温水,倒一点儿中和一下。阿浩,你给我大口大口地喝!

这是入冬以来的第一场雪,下得有点儿晚吧?12月6日了。

真好!感谢这场雪。

## 12月8日 星期六 晴

风很大。车子行驶在公路上,迎面开来的大货车扬起一阵阵沙尘或者雪末,我从中穿行而过。

我要去的是阿诺家。阿诺是三年级唯一的女生,这恰好印证了官方提供的自闭症患儿男女比例是4∶1或者3.5∶1。学校里患自闭症的男女生比例也接近这个数字。

阿诺是典型的自闭症患儿。我第一次在教室看到她时,她突然在课堂上尖叫吓了我一跳,后来她掐自己的脸让我感到很吃惊,再后来我逐渐适应了她并特意为她设计课堂上的"开心",我和她从此相安无事。

上周末,我就约了阿诺妈妈要去家访,结果坏天气持续了一个星期,先是雨,后是雪,加上工作进入期末特别忙,没有办法前往。周六的路上,依旧有冰,好在主路上早已干净了,我按照阿诺妈妈发来的位置导航前去。

昨天特意去超市买了肉松饼、花生露,都是我喜欢吃的。自己喜欢吃的食品,我想当然地认为孩子们也会喜欢。

阿诺妈妈从家里跑出来接我了,提着东西走150米左右,就到了她家。

阿诺爸爸在院门外迎我。相对于乡村而言,那真是一个干净的家。从院门开始,一层防蚊虫的纱门,一层厚重的木门,院子里的天空也是被一层纱覆盖着的,长长的一根晾衣绳上,晒满了孩子的衣服,全部冻僵在上面,每一件都那么小巧可爱。

我已经一周没见到阿诺了。我进屋门时,她正在客厅,见到我就开始说我听不懂的"星语"。妈妈听懂了,让她"安静"。阿诺果真安静下来。阿诺爸爸已经穿了外套,跟我道别说他要去工地上看看。

寒暄终于结束,屋子里安静了下来。阿诺妈妈拿出瓜子、水果招待我,我自己想去抓时,被阿诺阻止了。阿诺妈妈让阿诺抓给我,她果真抓了几颗给我。我剥一个,就塞进阿诺的嘴里。她张嘴接了,咀嚼起来。就这样,我剥一个,她吃一个。阿诺妈妈打了个招呼说给怀里抱着的小妹妹换尿不湿,让我先坐会儿。我便和阿诺玩着,聊着,吃着。开始,她不让我自己去抓瓜子,后来便不阻拦我了。我跟阿诺商量,要给妈妈剥几颗瓜子吃,剥了就放在托盘里。阿诺伸手去拿,我说"留给妈妈",她便把手缩了回去,身子开始前后晃起来。

妈妈终于忙完了小宝宝,从卧室走出来,手里拿着一个袋子。她从袋子里取出一份文件说,这是阿诺曾经的评估简报及康复训练计划。原来,阿诺三岁半的时候,爸爸妈妈便开始到处为阿诺的自闭症寻医问药了,在Q城做过一年的康复矫治,后来因费用太高,又回到小城做了两年,去年6月才结束训练。

我向阿诺妈妈询问阿诺得自闭症的原因。她说她怀孕两个月的时候,阿诺爸爸出了车祸,医院下了几次病危通知书。那时,她还在东北的娘家,十分担心,情绪极度不好,而此时正是胎儿大脑发育的关键时期,因而给阿诺留下了后遗症。

在和阿诺妈妈聊天期间,我不时地看看身旁的阿诺,她的面部表情是有变化的。有时候,她会莫名地盈泪,这种情绪可能转瞬即逝。我用眼神看向阿诺妈妈。她说,阿诺就是这样,医生说阿诺的情感比较丰富。

阿诺妈妈甚至拿出阿诺之前的"家庭作业"给我看:汉语拼音描红本、汉字描红本、方格本。阿诺妈妈说,这是之前阿梅老师教阿诺的时候,她在家里为阿诺准备的练习本。我特别吃惊,因为本子上,无论是笔画还是汉字,都比我现在教的多得多。阿诺妈妈说,阿诺其实是个挺好的孩子,无论是学家务还是学习,只要教会她,她就会永远记着。阿诺妈妈给我举了个换拖鞋的例子:

阿诺进门总是不换拖鞋。妈妈便教她,反复教。后来阿诺进门就换拖鞋,并且摆得平平整整,虽然有时候把左右脚放反了,但从来不会忘记换、忘记摆。不仅如此,晚上上炕睡觉时,爸爸妈妈总是随意脱了鞋子就上炕,但阿诺总是把每一双拖鞋摆正了才肯罢休。

描红写字也是如此。第一行妈妈总是给阿诺示范,让阿诺看,然后下面的,阿诺就会自己写了。我翻看着阿诺妈妈自己为阿诺准备的家庭作业本,每一页每一笔都很认真,也很清晰。

"你真的为这个孩子付出了很多。"我由衷地感叹道。同时,我也反省起自己的教学来。看来,两个班是无法教授一样的内容了。一班可以教授拼音、笔画和汉字,二班直接放弃拼音,教笔画和汉字就好了,尤其是描红。

这真是让我很脸红的事。

家访总是有收获的。阿诺,我知道以后怎么爱你了。

想起小赖。我发给他爸爸的特殊的信,小赖有没有看到、听到呢?

我打电话给赖爸爸。

"信给小赖看了吗?"

"看了。"

"他什么反应?"

"挺高兴的,老是问燕子老师什么时候来看他。还说要上学,要和阿哲、阿聪、阿霖等同学一起玩。"

"你真的是牧羊人吗?"

"真的。"

"养了多少只羊?"

"150只吧。"

那么多?!我的眼前浮现出漫山遍野的移动的白花。我有些激动地继续问:"平常都是谁在放羊呢?"

"主要是小赖妈妈。有时候我放。"

"你平常干吗?"

"我上班呀。"

"那我们要去做家访,怎么才能看到放羊的情景呢? 我也想去放羊……"

我的孩子气又上来了。小赖爸爸笑起来:"我们一般上午八九点钟出去,十一点半左右回来,然后下午两点左右出去,傍晚回来。"

"行,那等你把工作安排一下,我们抽空去看看小赖和你们家的羊!"

"好的,等你们来!"

小赖,我更期待去你们家了! 那时,你这小主人教我如何放羊好吗?

## 12月11日 星期二 雪

雪越下越大。当我赶到学校时,警卫室的两位大叔已经开始第二次清扫了,因为门外分明有扫过一次的痕迹。他们一个在门外,一个在门内,挥动着大扫帚,雪落在身上,很快就融化了。教学楼和寝室楼之间还有一个挥舞扫帚的身影,走上前去一看,原来是平日里打扫走廊卫生的保洁大叔。

"大叔,哪里有扫雪的工具呀?"

他指了指寝室楼门外。那里,放着很多扫帚和木铲。太好了,我拿起最上面的木铲,开始劳动起来。地面是平的,木铲很管用,直接推着地上的一层雪随意往哪个方向都好。一个黑影映进眼帘,是校长,他正拿起一把木铲,把大柱子旁的雪铲到花园里去。

同事越来越多,我越来越欢喜:云芳来了,拿起了大扫帚;阿莹也带着一个大男孩开始了;还有戴着口罩的,认不出来是谁。主路清完了,雪还在下,大家都散了,只有那个戴口罩的留下来,摘下口罩我才认出来,原来是阿荣。

第一节课是我的。我全身热气腾腾地走进教室,羽绒服外层是湿的,摘下帽子,头发也是湿的。

"孩子们,你们看,窗外这么大的雪。这样的下雪天,一大早,警卫室的叔叔,打扫走廊的伯伯,还有校长、老师,一起在外面扫雪,你们知道为什么吗?"

孩子们不语,看着我。

"他们是为了你们走路的时候不被雪滑倒呀。大家都很爱你们。为了你们,无论是国家、学校,还是爸爸妈妈,都在为你们默默地付出。就像你们在这里上学、吃饭、住宿、校服、上课,都是免费的,都是国家给你们的爱。所以,孩子们,大家要懂得感恩。"

我把"感恩"两个字写在黑板上,教孩子们读,一遍遍地读。然后,我继续写"感恩祖国",教读"感恩"和"祖国"两个词。再接下来是"感恩学校""感恩爸爸妈妈"。

"在家里,是爸爸妈妈陪着你,在学校,谁陪着你呢?"

孩子们不语。

"我是谁?"

"老师。"

"对,在学校,老师陪着你。还有谁呢?看看你们的身边,都是谁?"

大部分孩子不语。阿健说:是阿凯。

"对,除了老师,你们身边都是你们的同学。"我在黑板上写下"感恩老师同学",教读"老师""同学"。

就这样,我一步一步地带孩子们读出了这样一段话:

我有一颗感恩的心。

感恩祖国,感恩学校,感恩爸爸妈妈,感恩老师同学。

我有一颗感恩的心。

就这样一遍遍地教,一遍遍地读,直到他们不用我教,大部分孩子也会读为止。

我打开带手语的视频《感恩的心》。熟悉的音乐响起,感觉随即而来,有的孩子开始跟着视频手舞足蹈起来,而我眼睛湿润着。

阿芳悄悄进来,说:"燕子,我给你们拍张照片。"

温暖瞬间递增。

雪依旧,时而迅疾,时而缓慢。窗外的树上,树枝的西北侧积了一层了。我突然想起了梅花。

下午,太阳终于出来了!

当我下课后再次带着手机走出教学楼时,阿静、阿露、阿军等老师们正在楼后天井的空地上堆雪人。雪人越堆越高,越堆越大,他们用手拍打着雪人的头部、肩膀、身子,雪人渐渐成型,只差鼻子、眼睛、围巾和帽子了。

当我再度看到阿静的时候,她正和阿芳拿着一些塑料植物走向雪人。雪人前热闹起来了,大家一起动手打扮雪人,别处扫完雪的总务处主任阿军经过雪人时说,后勤有一条闲置的做宣传用的红绸子。阿芳、阿静雀跃起来。不一会儿,雪人就系上了红围巾,我干脆把办公室里的蓝色水桶拿出来,扣在雪人头顶上。

现在,尽情欢呼雀跃吧!蓝帽子的雪人,脖子上系着红围巾的雪人,胸前别着绿植花朵的雪人——大家纷纷和雪人合影。蓝蓝的天空,飘扬的五星红旗,白色的雪人,姹紫嫣红的同事们,多美的一幅画呀!

正所谓"春色满园关不住,一枝红杏出墙来",下课后的孩子们向往雪景的心也是关不住的。他们挤在走廊的窗前朝外张望着,阿航好奇心最重,直接跑出教学楼来,混在老师们之间穿梭。

大人们终于散了。阿芳召集孩子们出来看雪人,我趁孩子们不注意,抓起一把雪扔向了他们——雪仗开始了!

两个大人和一群孩子,你打我,我打你,雪花握成的球来不及握紧,就飞了出去,轻落在孩子们身上,如点点白花。孩子们笑啊,闹啊,直到阿芳喊停,招呼大家赶紧回教学楼,拿杯子喝热水去。

雪下了整整一天,还在继续,真是疲劳但快乐的一天啊!

## 12月12日　星期三　晴

　　下午在阿芳的帮助下,我终于把《给小赖的信》上传至"全国第三届微课大赛"了。据说下周开始校级的公开课。备课,不如意,重新开始,还是不如意。眼瞅着到了放学时间。送学生去餐厅后,我回来再看一遍教案,没有头绪,磨磨叽叽地关了电脑,收拾桌面,然后端起洗手盆往洗手间走去。迎面一个大宝贝,把手伸向我。

　　"怎么了,孩子?"

　　"老师我帮你倒。"

　　我郁闷的心情一下子晴朗起来:"不用,你回寝室吧,老师自己倒。"

　　大宝贝向我挥手说"再见"。望着他的背影,我觉得自己真是个傻瓜——和这些善解人意的孩子在一起,有什么好烦恼的呢?

　　正是孩子们吃完晚餐回寝室的时间,我端着洗手盆在洗手间外又遇见了俩男孩,一个向我问好后离去,另一个则一直跟着我。

　　"怎么了呀?"我微笑着问他。

　　"我等你,老师。"

　　"等我?"

　　"嗯,我给你端回去。"

　　啊,我可爱的孩子呀!

　　因为有了方才那个要帮我倒水的孩子,这会儿又遇见这个要帮我端回去的孩子,我幸福得不知所措起来。

　　盛情难却。我让这个男孩帮我把换了干净的水的洗手盆送回办公室门外的地上。他答应着走了。当我回去的时候,他正迎面而来。

　　"盆呢?"

　　"送进去了。"

　　我笑着问他的名字,他说叫"yan"。

　　"哪个yan呢? 怎么写?"

　　"上面一个山,下面一个石。"

哦,岩。我开心地叫他的名字,阿岩。

阿岩也开心起来。

到办公室门口,我让阿岩在外面闭上眼睛等着,把自己第二天的早餐点心赏给他。然后,我背上包,断电,锁门,扯着他的胳膊:"走,带燕子老师去你们寝室看看。"

说完我就小跑起来,一边往寝室楼上跑,一边大声地唤他的名字,我唤一声,他互动地应一声,好聪明的阿岩!

在阿岩眼里,那一刻的我一定像个小孩子在他眼前蹦蹦跳跳,或者他也在以一颗孩子的心寻思:老师怎么像个小孩子一样呢?

阿岩像主人、导游一般陪伴着我走进一个个寝室,无论是我班的孩子还是其他班的孩子,都那么热情地跟我打招呼。尤其是到了阿玲班阿亨的寝室,阿壮和阿通简直高兴到家了,他们三人坐在阿亨床上,头顶上是阿亨粉红的蚊帐——那一瞬,我蓦然想起了9月初开学后自己第一次来到寝室看望孩子们时的情景。那次,也是在这间寝室,也是在阿亨床上,床上也是挂着粉红的蚊帐,也是阿通和阿壮高兴地坐在一起,也是阿亨被谁故意扯下了蚊帐蒙在头上……

身后有个小孩的声音响起:"啊,新娘子!"

真美!和你在一起!


## 12月17日　星期一　晴

偶尔有这样没有睡意的夜晚。世界很静,静到能听见自己的心跳。夏天的小飞虫一直没有完全消灭,在光的世界里不时"骚扰"我一下,哪怕关了灯,手机屏的亮度也依旧会吸引它前来,并且它越来越"狡猾"。除了我和从书橱顶端垂下来的一两棵越长越长的绿萝,屋子里大概只剩它还活着吧?

阿木,还是让我跟你说点儿开心的事吧——圈圈换了新发型。

圈圈是典型的"唐氏儿"。没有人不喜欢他,白白净净,笑眯眯的,让我想起唐僧。如果没有谁嘱咐他向我问好,他一定不会主动跟我讲话。每当听见我唤他"圈圈",他便转眼看看我,来不及思考,就被旁边的人喧闹着簇拥着离开了。

是的,圈圈的身旁总是不缺人,要么是每日接送的家长,要么是每每陪伴的大个子同学——每当见了我就大嗓门喊"老师好"的那个,每当高兴了就手舞足蹈的那个。他几乎与圈圈形影不离,像圈圈的保镖。我唤他"雪儿"。

这个周一,我遇见圈圈时,他依旧被簇拥着,保护着。匆匆一瞥,我发现他换了新发型。其他位置的头发全被剃光了,只留下前面的刘海。

阿木,我真喜欢他。

夜幕降临。我从编辑部回学校校对白天的文字,发现三楼教科室的灯依然亮着。

小君在看书吗?工作吗?我心里想着,还挺高兴的,我就是喜欢看到这些正能量满满的人。在我眼里,无论是谁,工作的时候都是最美的,包括我自己。

等忙完了,随着我断电锁门,一楼霎时暗了下来,二楼也是暗的。我继续向上,来到三楼,开门。迎面云芳的身影让我很意外,是的,不是小君,是云芳。她正在电脑前忙着什么,见我进去,扭头看我,顺便前后左右活动了下脖子,她身前的桌面上摊着几份表格。

"你在干吗呢?"我有些回不过神来。

"这不是在整理白天培训的名单嘛。"她活动了一下肩颈,继续投入工作。眼前的两份表格,她左看一眼,右看一眼,让我摸不着头脑。唯一确信的是,两份表格都录到了最后一页。我恍然大悟——今明两天,全市幼儿园、中小学教师代表的随班就读心理培训会议在我校举行,云芳负责签到。不仅如此,通知里让所有参加培训的老师,将学校、姓名、身份证号发给云芳,然后由云芳归纳统计。这可是个大工程。我不知道她是从什么时候开始的,现在已经6点多了。

"我来帮你吧。"

"不用,你快回家吧!"她一边婉拒着我,一边一个名字一个身份证号地对照着往电脑里输入。

"别客气。"我放下背包,拖了一把椅子坐在她身边,抢过一份表格。分工合作开始了:我念,她输入。

其间,她拿出手机看了看时间,嘴里嘟哝着:"也不知道儿子在学校写完作业了没有。"

"你儿子在哪个学校?"

"SY 中学。"

"还没回家?"

"我让他先在学校写作业,等忙完了去接他。"

"那还不快点儿?"我催促道。

两个人干活就是快,六点半,剩下的那一页名单也输完了。我突然想起来问她:"你吃饭了没?"

"没吃。"

唉,让我说什么好?

我一边下楼,一边给她捏肩膀和脖子。怕她一个人去车棚黑,我干脆送她去车棚。她要载我到小区门口,我赶紧催她:"快走吧你,儿子还在学校呢!"

话音刚落,她丈夫来电话了。我只听她说:"我这就去接儿子,你在家等着吧。"

目送她骑着电动车离去的背影,我觉得夜晚的风一点儿都不冷,心里有一团火,烧得我暖暖的。虽然不是小君,是云芳,任何一个都是最美的遇见。

阿木,我喜欢这样的同事。

## 12月18日　星期二　晴

　　自从阿诚因突发状况回家调整一周重新返校后,一直处于亢奋状态。他几乎坐不下来,即使坐着,也说个不停。

　　记得以前,他说的话还有些条理,有些道理,这次回来则彻底颠覆了我之前对他的印象——他从一个"小大人"变回一个小孩儿,而且是很任性的小孩儿。比如上午一大早,他就拿着一本图画书在走廊里溜达,看到我,就央求我给他讲故事。那是一本有关"礼貌礼仪"的图画书。看他迫不及待的样子,我就靠着走廊的栏杆给他讲《小狮子看电影》的故事。他听得还算认真,因为我第一节在其他班有课,就哄着他回教室去了,并答应他下午第二节去他班上上课时继续讲。

　　说实话,我几乎忘记了对他的承诺,下午第二节一上课,我就领着几个孩子读贴在墙上的拼音和词语。阿诚拿着他的图画书向我示意,第二个环节我便给他及其他孩子继续读故事。这次是《小青蛙听故事》的故事,但阿诚坐不住了,要么插嘴说话,要么站起身来开门就往外走。我去阻止他的时候,阿霖和阿聪趁我不注意,也跟着站起身来。

　　阿诚,让我如何爱你呢?面对这样的你,我该如何做呢?

　　晚上,我正在办公室整理白天的思绪,阿荣进来了。我问她,今天很忙吗?怎么还没走?她说今天她值班,看我没走,过来瞧瞧。这一瞧,瞧出许多名堂来。我们一通聊,开心得很。这不重要,重要的是阿荣说,她要去寝室看看。正合我意,我原本也想去寝室看看阿诚和阿航。于是,两个快乐的人启程去寝室。

　　阿荣作为领导干部,有每一层寝室门的电子钥匙,女生寝室已经很安静了。我们直接上二楼,低年级的孩子大多在二楼。孩子们见到我们,很兴奋,没躺下的闻风而动,躺下了的又起来,也不怕冷。

　　阿荣一间一间寝室地走,摸摸孩子们的被子的厚薄,问问孩子们冷不冷;对于已经躺下却没脱衣服的,阿荣就将他叫起来脱去外套再睡;对于电视声音过大的,就嘱咐调小音量,不要影响隔壁的孩子们就寝。

我们从二楼转到三楼,依旧是男生寝室。在第二间寝室门外,最让我难为情的一幕出现了——寝室内,一个胖胖的男生赤裸裸地映入眼帘。我赶紧退后闪到一旁,阿荣却在门口站定,没有半点儿不好意思。她对着里面的几个男生说:"赶紧上床,别感冒了。你怎么了?内裤呢?"胖男生不怕冷似的,从床底下拖出行李箱来捯饬着。我一直没好意思再上前,阿荣嘱咐了他几句,我们便撤了。

我不晓得那个胖男生为什么裸着?是刚洗完澡没来得及换吗?还是内衣被同寝室的同学恶作剧藏起来了?还是正准备换新的?但被我们撞见了,他却一点儿躲的意思都没有……而阿荣表现出的镇静让我联想到她之前一定遇到过类似的情况,所以才会临危不乱,镇定自若。

真是一个美好的夜晚。最让我欣慰的,是我进入了阿诚、阿航的寝室,阿哲竟然也在里面,每人被我亲了一口。

## 12月19日　星期三　晴

这个星期连续三天,气温一直在攀升,羽绒服都要穿不住了。

阿芳今天第二节讲校级公开课《过新年》。一个授课老师,八个听课的学生,二十来个听课的老师,教室里显得很热闹,每个人的脸上都挂着笑。在《过新年》的音乐氛围里,阿洋一如既往地张牙舞爪,两只小胖手说举起来就举起来,要么比画成手枪的样子指向任意一个他"钟情"的对象。孩子们今天都穿了校服。一大早,阿洋就站在办公室门外瞅我。我走上前去问他怎么了。他开心地说:"看我穿的新校服。"

这就是我可爱的孩子们,换了新衣服他会高兴地指给我看,买了新鞋,也会兴高采烈地提醒我:"老师,你看!"这个时候,你无论如何都不能吝啬自己的赞美,像他们一样开心地夸奖新衣服、新鞋子真漂亮,他们便会更加开心,一脸满足地离开你。

阿芳的课内容多而充实，也很有动感，小堂鼓、双响筒、串铃、筷子绸，孩子们在阿芳的"指挥"下，时而唱，时而鼓，时而舞，真像过年一般喜庆。真是一堂快乐的公开课。

　　想起早晨在学校遇到的阿诚。昨天下午他用墨水染就的"胡子"变淡了许多，但依然清晰可辨。他穿着蓝底白花的小棉袄，里面穿了贴身的秋衣，手里抱着外套。见到我，他有些小激动地从教学楼北门出来往寝室楼方向走去。我叫住他，一起去看雪人"胖胖"。"胖胖"变矮了许多，两只用圆萝卜片做成的眼睛，也变得一只高，一只矮，一左一右上下倾斜着，很搞笑。水桶"帽子"还扣在头上，让我舍不得将水桶拿回教室，让"胖胖"再戴两天好了。

　　经过餐厅附近时，孩子们便迎了上来。有人叫我，是阿蕊。这次她没有主动跟我玩"击掌"的见面礼，而是指着自己的毛衫说："俺老师给我的毛衣，是她女儿的。"

　　阿蕊一说，我便明白是谁了。阿蕊偏胖的身上，穿着一件七彩线织就的毛衫。毛衫罩在阿蕊原本长一点儿的红色底衫上，虽然里长外短，但真的挺好看。不知道的人会以为阿蕊原本穿了一件颜色特别的衣服。我正欣赏着阿蕊的毛衫，几乎和阿蕊形影不离的那个女生也跑了过来，指着自己的裤子说，"老师也把她女儿的裤子给我，我穿上了！"那是一条黑色加绒的裤子，女孩瘦，穿在身上正好。我原先的"百无聊赖"顿时变成了"兴高采烈"。她们好开心啊，我便也好开心。

　　正是就餐时间，我刚和阿蕊她们道别，阿扬自言自语地呵斥谁的声音从身后传来。他这又是去哪里溜达够了回来了？对于他，我已经没有了恐惧，敢于直视他了，也敢于和他打招呼了。

　　他继续自言自语着，听从我的安排靠走廊的一侧墙站好。我嘴里喊着"一、二、三"，按下快门的时候，阿扬的手举在胸前，嘴里喊着"四"，比画出四根手指。

　　这样的阿扬，真是太可爱了。

## 12月20日　星期四　晴

今天说点儿什么呢？

想起第三节的公开课，假如有真的雪就好了，那我会不会把一部分教学内容再次带到室外去完成呢？就像刚毕业参加工作那会儿，《雪地里的小画家》那一课就是在雪地里上的。学生婷善记，儿时的重要事件，她都牢牢记着呢。

即使不去室外，我也一定会收集一些雪带进教室吧？然后在教室里和孩子们一起疯一下，像课文里说的那样："堆雪人，打雪仗，玩得真快乐！"

记得上周五第四节课带孩子们去操场活动，我拿出了好几个球给他们，结果玩球的很少，玩雪的居多。不知是谁先动的手，最后几乎变成了两个班的孩子们集体拿着雪球"攻打"我，把我打了个措手不及，我赶紧求饶。

那么多的"子弹"，真不是闹着玩儿的！直到去餐厅吃饭，我一扣羽绒服帽子，满头的雪。

这是我来这里后的第一堂"亮相课"。亮点有三：

第一，通过课文《下雪了》，引出教学楼外的雪人是谁堆的，在《感恩的心》的音乐声里让孩子们走到听课的老师跟前说一声"老师，谢谢您"，继而播放学校里所有为了孩子们辛勤付出的人的图片，让孩子们表达感恩之心。

第二，今天恰好是班主任阿芳老师的生日，借助方才的"感恩"环节，把感恩进行到底——请阿芳站到前面来，孩子们和听课的老师们一起为阿芳唱《生日快乐》歌。然后，老师和孩子们合影。

第三，给需要"送教到家"的小赖打电话，分享课堂的快乐，邀请他回来上学。这个环节，除了孩子们跟小赖讲话，我还请教导处主任阿荣和小赖的班主任阿英分别跟小赖通了话。跟我预想的一样，第二个环节是整堂课的高潮。阿芳很意外，惊喜并感动得抹起了眼泪。

其实，我也不知道这样的设计是否符合"生活语文"的课堂教学。但阿荣说我讲得非常好，说这是真正的特教课堂，说可惜校长有事没来听。下课后,其中有个听课的老师给我发短信说:"亲爱的燕子,您的课讲得太好了,让我耳目一新,精彩不断,热泪盈眶!"少先队辅导员阿静也开玩笑地说:"如果课都像你这样讲,大家每天什么都不用干,只感动地抹眼泪就行了。"

如此,我便心安了:努力工作,认真记录这里的生活,因为我不能对自己失望。

下午,阿静邀我帮忙给篮球比赛活动拍"局部"照,我很乐意。到了现场我才发现,只拍"局部"根本无法达到我的预期。一连两节课,我不断变换着场地、角度,拍不同的老师、孩子、项目。腰开始疼起来了,手机也拍没电了。

但我真的很高兴,自己拍到了那么多精彩的瞬间。尤其是比赛开始之初,一年级那个腿脚不是很灵便的小男孩,他和阿睿一起比赛,阿睿频频丢球、追球,他却歪斜着身体固执有力地一下下拍打着篮球,仿佛那是一只亟待飞翔的小鹰,多练习几次就可以早一点儿飞向高空。说真的,我被他特殊的姿势和有力的拍打感动了。毋庸置疑,他该是低年级里表现得最出色的一个。

至于投篮,阿雯班里那个素日最爱哭鼻子的"小胖"破了纪录,每人五次机会,他竟然进了俩,真是太厉害了!他是第一个投进球的孩子,全场对他报以热烈的欢呼和掌声。

又是拍照又是录视频,手机终于"罢工"了。没法子,我只好回办公室充电。还是屋里暖和,我刚一坐下,立刻觉得自己是真的累了,腰疼到坐下就起不来。很快,比赛结束了。我整理着拍的片子,从夕阳西下,到夜幕降临,从华灯初上,到暮色沉沉——终于把片子发给阿静、云芳、阿芳等人。"即时通"竟然显示云芳在线,原来,她又在单位加班了。我左手叉着腰,右手拿手机上三楼"偷拍"。一推门,发现不仅云芳,阿明也在,紧跟着阿华也进来了。

我开玩笑道:"今天是加班的日子吗?怎么这么多人下班了还不回家?"

云芳笑我:"你还不是也在加班?"

我凑上前看他们在忙什么,因为近视,只能看见阿明屏幕上统计的比赛项目及成绩,用分行的形式排列着,像极了一首诗歌。

想起阿荣。活动结束后,孩子们搬着奖品送回阿静那里,阿荣正在办公室里忙着。地上、桌子上铺满了刚写好的奖状。毛笔字很美。我问谁写的。阿荣说是她自己写的。真让我吃惊!阿荣说自己坚持每天都写两张大字,果然有不一样的效果。对于我的意外,阿荣很高兴,哈哈笑着说,这次写奖状是自己第一次"揽活儿",以后若有需要,可以找她写两张。我认真地说:"好啊,那就给我妈妈写一张年度'最美妈妈'吧!"

荣,还在写大字吗?最近我累坏了,回来倒头就睡,然后夜半醒来继续敲打。不由想起你,想起你今天在我的公开课临下课时的提醒:时间快到了,下节再写作业吧。有些东西往往事后才会被重新发现、咀嚼,然后觉得特别温暖。荣,今天的课堂上,你和小赖的通话真令人动容——你是如此周到的一个人啊!

## 12 月 22 日　星期六　多云转晴

阿荣:

虽然你不说,但我知道你也在惦念着我。放心吧,我已从小赖家平安回来。

这次执意去远在 40 多公里外的小赖家家访,我不知道你是怎么看的。于我,其一,是兑现之前要去看小赖的承诺;其二,我想去看看小赖的成长环境;如果还有其三,那就是我喜欢了。就像我们讨论过的,我们改变不了世界,但世界会因为我们的存在而美一点儿,尽管这"一点儿"没有谁在乎,但当事人在乎。对,就像那个把鱼儿扔进海里去的小男孩,他认为他救下的每一条小鱼都是在乎的。所以,我很高兴自己在工作很忙的年末执意去家访,去送教,去兑现对小赖甚至小赖父母的承诺。

一切都很完美。当我联系上小赖的妈妈,她说下午有空"接见"我时,我困倦的双眼立刻有了精神。加油,打开手机导航,沿着西向高速行驶,转向北,在98号收费口驶出高速。然后,我听到了一群鹅的叫声,或者是鸭子。我四处寻觅,发现路旁有一条河,河里有许多亭亭的芦苇。

我喜欢一览无余的旷野里那棵孤独的树,喜欢树上一上一下一小一大两个鸟窝,在太阳的光晕里,充满了诗意。我为这些简单的风景一次次泊下车来,甚至墓地——那些隆起的很大的没有墓碑的长满了荒草的土包,一定是有着非常悠久的历史了。相对于那些崭新的墓碑,它们沉默着,像一个个老态龙钟的酋长。

跟着导航走,刚到村口,我就在一栋院子大门口看到了小赖,一点儿都没费工夫!我在车里冲他挥手,他大概猜到是我吧,转身跑进院子去,唤出妈妈来。

L村不大,据说只有60户左右的人家。小赖家住在村后,这和阿哲家如出一辙——阿哲家养猪,住在村外西北方向大约1500米的地方;小赖家养羊,也住在村后,不过没那么远,与其他住户不过隔着一条"村村通"。

还没进院门,我就闻到了动物的特殊的味道。阿荣,那真的是典型的农村家庭,屋子里陈设很乱,特别是有一股煤烟味。我赶紧提醒他们,一定注意安全,防止煤烟中毒。

原来小赖还有个可爱的妹妹,已经能上幼儿园了。今天周末,妹妹也在家。看到我,小女孩一点儿不觉得陌生,任妈妈给她穿衣戴帽,然后一起带我去找正在旷野牧羊的小赖爸爸。

小赖在前面带路,妹妹紧跟其后,我和小赖妈妈则走在最后慢慢地聊。十分钟后,我就看到正在牧羊的小赖爸爸了。那么大一群羊,一只牧羊犬,慢慢地走着。

兴许是有了之前那许多的声音、文字甚至电话做铺垫,对于我的前往,小赖一点儿不惊讶,像一个老朋友,小赖爸爸的脸上也流露出欣喜。他们一家四口,一只牧羊犬,一大群羊,这样慢慢地从路旁走向北面的树林和原野。解冻的土地异常松软,湿润却不泥泞。无论是谁,雁过留声,人过留印,尤其是小丘的斜坡上,满是羊群留下的密集的足迹。

其中有一只白色的健壮的羊,我以为是头羊。小赖爸爸说不是,然后告诉我,白色的、毛顺滑的是山羊,灰不溜秋的、毛卷着的是绵羊。我最爱那些长着白毛的小羊羔。小小的它们走在羊群里,时而左,时而右,时而慢吞吞,时而踩着小碎步跑起来,尤其是吞食树叶的时候,一边瞧我,一边安静地嚼着,真是可爱极了!

小赖爸爸念过高中,所以,教了小赖一点儿英文单词。怕我不信,父子俩在旷野中当场一"考"一"答"起来。果然,阿荣,小赖会说"猫""香蕉""猴子"甚至"大象"的英语单词。

听小赖妈妈说,小赖是早产儿,怀胎七个月就出生了。出生时,舌头短,并且舌根后面粘连在一起。可惜发现得晚了,七岁时给他做手术,分开了一些。所以,现在小赖说话发音还是不理想,就像阿哲。

这次家访完全是在旷野完成的。我们一边牧羊,一边聊,跟着羊群慢慢走,全程站着,手脚都冻得受不了了。

我问小赖:"你愿意去上学吗?"

小赖说愿意。

我知道他愿意。真得感谢之前的书信沟通,他一点儿都不抵触我,他们一家都很信赖我。小赖爸爸妈妈说,这学期快结束了,过完年就送小赖上学。我说,真去上学,可不能再像以前那样折腾了。

说到折腾,小赖妈妈说,其实小赖去特教中心读书前,曾经在附近一个国学班读过书,只读国学,不写字。那个时候也是住宿,两周回一次家。

我问,那小赖怎么能住下呢?

妈妈说,因为看管寝室的是男老师,小赖听男老师的。

"后来为什么不读国学了呢?"

"后来涨价了,一年要交两万元。家里供不起了,经人介绍推荐,当年秋天找到了特教中心。"

阿荣,我知道,当年一定是你接待的小赖。

夕阳西下。我得回去了。和小赖爸爸道别,我和小赖妈妈、小赖、妹妹一起往回走。阿荣,小赖多么快乐呀!他一边走,一边大声念着什么。我一听,那不是我拍照后发给他爸爸的教室墙上的词语吗?他竟然学会并记住了。看着他在夕阳的余晖里一边跳跃一边挥舞着帽子大声念叨词语的背影,听着他妈妈在我耳边说着和小赖有关的故事,跨越40公里的家访真是太值了!

一边走,我一边向小赖妈妈诉说我的顾虑:"小赖满15周岁了,在家能帮你干活了,他去上学,你自己放羊不觉得辛苦吗?"

"我希望他去上学。你不知道,这孩子心思重,什么事都往心里藏。比方说老人的生日,只要跟他提过,过段日子大人都忘了,他还记得,不停地念叨……"

我不清楚这"心思重"是好事还是坏事,既然妈妈希望他去上学,那是最好不过的了。但我还有个顾虑——小赖在家自由惯了,去上学就要遵守课堂纪律,他能适应吗?

但这话我没说出来。因为如果小赖真的回学校,肯定是要有一个过渡期的,只是不知小赖能否安静地度过。就像他爸爸妈妈说的,晚上住宿有男老师管着他就好了。我不是男老师,我不在单位住宿。除了多关心他,只能多关心他。

这次看小赖,我买了一盒24色的彩笔、一本《阿育王》的童话书、红心柚子、徐福记点心、燕麦巧克力、天巧坊烤饼,还有一些百香果……幸好多带了点儿吃的,他有个小妹妹,正好可以一起分享了。

正说着,老远就看见他们家院门口站着一个人影,原来是小赖的姥姥来了。正好,让姥姥也尝一尝。

记得临别时小赖爸爸说:"你是个不一样的老师。"我笑了,人都是不一样的。何况,像我这样的奇葩老师,还真的难找。是不是,阿荣?

阿荣,我的"情话"告一段落吧,待续。我找感冒药吃去——两点半抵达,四点多离开,在旷野待了一个半小时,我好像被"猫"赶上了。

### 12月26日　星期三　晴　冷

今天第一节是我的课。我继续教孩子们学拼音,读词语,然后写作业。

课间的时候,我回到办公室。不经意抬头间,我看到玻璃屏那面的教室里,阿浩的座位旁多了一个身影——阿明。

他在教阿浩什么呢?

我悄悄走进教室。天啊,阿明正在教阿浩写字。只见阿浩一边写,一边念叨。阿浩,这个很难落笔的孩子,在阿明的指导下一笔一画地写着。兄弟俩?父子俩?那一幅画面,真美。

说起阿明,他是学校的体育老师。但他又不仅仅是体育老师,他像一个超人,哪里有需要,就会出现在哪里。

一日三餐,他在餐厅陪孩子们吃饭。

夜里,他陪孩子们就寝。

体育课上,他带孩子们进行康复训练。

篮球赛场上,他是裁判。

大小会议上,他是助力摄影师。

同事有急事时,他是代课老师。

白天的工作忙不完,他就在夜里加班。

合唱比赛时,他既是演员,又是服务人员。

就像他的名字,他在哪里出现,哪里就一片光明祥和。

我和阿明并不熟,甚至没说过几句话。有一天,我临时有事外出,但接下来的那堂课是我的。正着急间,阿明正好路过。其实他刚下课,还没回到自己办公室休息,就被我拦住了。没等我说理由,他就一口答应了帮我代课。那些感谢的话堵在喉头,变成温暖。

阿明有一双明亮的眼睛。孩子们都很喜欢他。

上周四校级公开课后,因为阿健课堂上回答问题积极,我特意奖励他一颗巧克力。但有个条件,必须等周五见到爸爸后,分一半给爸爸吃。空口无凭,我们拉钩摁手印。尽管这样,我还是担心阿健一转身就把巧克力吃了。

周一的时候,阿健爸爸来送他了。我悄悄问他,阿健给你巧克力吃了吗?那一瞬,我的心悬着,生怕答案不是我想要的。没想到阿健爸爸笑呵呵地说:"是呀,给我了,我们爷俩一人一半。"

我的心顿时放松下来。当我在课堂上对所有孩子夸阿健懂事时,阿健没有像过去一样手舞足蹈。仅隔了一个周末,他仿佛忽然长大了,不再那么喜形于色。

我常常想,人的脑神经究竟有多神秘,才会让孩子们出现千差万别的情况。就像阿浩,几乎不会连起来说一个词,只能一个字一个字地往外蹦。至于阿聪,最近倒是进步了,至少有勇气跟着发声了,虽然他的声音那么突兀,却很清很亮。假如他能勇敢地看着我,说出一个词来,那就是大进步了。

海伦对于水的认识,就是从水龙头的水开始的。

思路总是被琐碎的事打断。想起小赖。

亲爱的小赖,今天天气挺冷的,你在家还好吗?我很担心你们家的那个炉子,无论加煤的时候,还是晚上睡觉的时候,一定要注意通风。

越是冷的时候,我就越希望你在学校。学校里一点儿都不冷。教室里的暖气热热的,除非上体育课,其他时间,你们都可以在教学楼内度过——生活数学、生活语文、生活适用,自然还有手工与绘画课、计算机课、音乐课等。学累了,你可以看会儿动画片,或者听听音乐,甚至,我愿意播放好看的电影,比如《小兵张嘎》《小英雄雨来》。遇到国庆节等重要的节日,我会播放跟节日有关的视频给大家看。记得那次给他们看天安门升旗仪式,同学们都很亢奋。尤其是在播放那首《今天是你的生日》时,画面加上歌声,让我忍不住盈泪,阿哲竟然也跟着哭了起来。

小赖,你一定像旷野里自由的风,吹过树梢,拂过羊群。你快乐的歌声一定惊飞过一群群觅食的麻雀——是的,麻雀。我怎么忘了告诉你?就在那天我开车去你家的路上,两根电杆之间的电线上,就停着八九十只麻雀,

或者是喜鹊,我看不太清楚。它们停在线上的感觉,让我想起了以前在普通学校教孩子们学过的一篇课文——《燕子》:

几对燕子飞倦了,落在电线上。蓝蓝的天空,电杆之间连着几痕细线,多么像五线谱啊!停着的燕子成了音符,谱成了一支正待演奏的春天的赞歌。

没错,小赖。它们停在电线上,真的像五线谱上的音符呢!我把车泊下,将镜头拉近了给它们拍照,它们纹丝不动。

小赖,你爸爸说你动过三次手术。有时候我在想,对于那么幼小的你,那是怎样的痛苦啊?你还是来上学吧。就在此刻,我想播放歌曲《小燕子》给你听。好不好,小赖?

其实,人总是要学着长大并且总有一天要离开爸爸妈妈的。就像蒲公英的种子——你认识蒲公英吗?小赖,你们长大了,就会像蒲公英的种子一样随风飞去,四海为家。所以,来学校上学,就是你长大的其中一步呀。

如果你来,是有很多"福利"的:每天都能见到燕子老师;每天都能学到新的知识、吃到可口的饭菜;下一场大雪吧,我们再一起堆个大雪人玩儿也好;就连等待星期五这件事都是美的——是的,学会耐心等待,然后才会珍惜和亲人在一起的幸福与快乐时光。

小赖,只要你能遵守学校的纪律,能不打架、不骂人,能听老师的话,就来上学吧。来上学,来慢慢长大,来做一颗有梦想的蒲公英的种子吧!

# 大声呼唤我的名字

## 信

亲爱的孩子们：

你们好！放假第二天了，我在祖国的长江以南，一边行走，一边欣赏风光。当我走累了，在星巴克坐下来时，耳机里响着徐鲤演奏的《我爱你中国》，眼睛瞬间就湿了。我心心念念的祖国啊，我伟大复兴的祖国！泪光中，孩子们的身影就浮现在眼前了。

正如我们北方的冷，这次降温是从北到南依次进行的。大范围的雪，没有厚此薄彼，落在家乡的同时也落在了江南。雪从昨日中午开始，一直未停过。直到今天早晨我望向窗外时，地面是雨后的样子，路旁的树——冬青，甚至盛开的花朵上，都堆满了厚重的、潮湿的、温柔的雪。几乎没有风，上面的雪却不时地往下落，有的大，有的小，像大人领着孩子的手，从高处跳到地面上来。周围静极了，因而雪落的声音便次第入耳。这就是大自然的声音啊。

除了我，偶尔有两三个人出来赏雪。看风动，听鸟鸣，任雪一簇簇地跳跃、二次降落下来，落在身上、地上，眼瞅着转瞬消融成水。大概江南的人很少见到雪吧？所以比我们北方人更爱，每一个走过的人手里都握着一个雪团，甚至有不少大人和孩子用吃过的爆米花桶装满雪球，那么招摇地走，仿佛他们抱的不是雪，而是貌似雪的宠物狗。

是的，这里是鹿鸣公园。衢江的支流并不宽阔，却也算小有气势，流淌着江南的婉约。因了这一场突如其来的雪，河边的树、芭蕉、芦苇、菖蒲，无论黄的绿的，甚至江中黑魆魆的巨石，所有的一切都头顶白花，好看得很。

江水默默地流淌，自北向南。江面有的地方开阔，有的地方狭窄，有的地方被中间的洲岛分开，又在前面林木茂密处汇合。我最爱半绿半黄的柳树垂下的软枝，衬在白色的雪岸、青色的江水上，羞涩成一个美丽少妇的模样，婀娜多姿，令人禁不住驻足，想多看它们几眼。

　　是的，孩子们，我就是在沿江漫步、欣赏完这冬日的江南风光后，静静地坐在星巴克里，沉浸在《我爱你中国》的弦乐里，一边潸然泪下，一边想念你们。多好啊，我们的祖国，多像一朵盛开的丰盈的花。无论是春天的姹紫嫣红、夏日的绿意葱茏，还是秋日里层林尽染的旖旎、冬日里白雪皑皑的妖娆，我们的祖国，怎么看怎么美，无与伦比的美，炽热的美，燃烧的美。而生活在祖国怀抱里的我们，无论经历着怎样的小挫折、小忧伤，都不会忘记对于祖国母亲的深爱和祝福。

　　是的，深爱并且祝福，我的祖国，我们的祖国。所以，我是如此幸福，我在远离家乡千里之外的江南，体味这种幸福；在陌生的人群里，体味被陌生的兄弟姐妹环抱的温暖。是的，我爱你，中国。过去爱，现在爱，未来更爱。所以，我爱你，孩子。昨天爱，今天爱，明天更爱。在这旧历新年更迭的时刻，请你打开耳朵，张开嘴巴，和我一同虔诚地聆听，一起大声地歌唱吧：

　　百灵鸟从蓝天飞过，我爱你中国！

## 2019 年 1 月 4 日　星期五　晴

　　荒废了许多时日了。回归，重新启程！

　　这是阳历新年小假后第一次上学，许多孩子们都没有来。据说，来上学的只有 25 个孩子。有的班一个都没来，有的班只来了一个，有的班来了两三个。但这有什么区别呢？来一个和一个都不缺，老师们都是一样的在意、一样的关心、一样的教育。甚至，来得越少需要关注的越多——小伙伴们在一起相互还有个照应，只来一个的话，这个孩子则需要老师时时刻刻地细心照看了。

早晨上班后，我去洗手间洗抹布，在那里看到了阿睿。每次看到她，我都忍不住心生欢喜，忍不住一声声地叫她。我们俩平行站在洗手台前，她打温水，我洗抹布。一边洗抹布，我一边慈爱地看着她，轻声地跟她说话："阿睿，燕子老师喜欢你。阿睿，燕子老师喜欢你。"阿睿听了，便抬起头来看着我。听到我一连说了好几遍喜欢她，她索性放下正在打水的杯子，一下子抱住了我，然后松开。我再说一遍，她就快乐地再抱我一次，说一遍，抱我一次。我忍不住幸福地笑，"阿睿，你喜欢我吗？如果你也喜欢，不能只抱住我，一定也要说出来才好。"她便站定了，抬起来头看着我说："我喜欢你。"

"嗯，燕子老师也喜欢阿睿。"

她的水杯满了，我的抹布洗完了，我们一起离开洗手间。她回教室去，我回办公室去。

我不知道他们班来了几个孩子，两个吧？洗抹布之前，我见过阿睿班的另一个男生，当时，他正努力地拿着拖把冲洗着。对于这些孩子，即使才一年级，我也不敢轻视。他们每一个都那么努力，仿佛是一棵被自然弄伤的树，依然拼命地向上生长，顽强不屈地和生命抗争。他们比正常人更努力，因而也更令人动容。

不由得想起年前参加教育系统合唱比赛。那一夜，我们学校注定是令人瞩目的——不说手语表演，单是开始时阿露配音中播出的老师及孩子们的照片，就足以让人心底泛起许多心酸与怜爱。以情怡情，不用说观众，就是我们参演者，也百感交集：爱与荣耀，总是如影随形。

一个上午忙忙碌碌，又到了午餐时间。只有25个孩子的餐厅是什么样的呢？

阿玲和阿芹把学生送到教养员阿姨手中后，便去了教师餐厅。甜甜、阿珊、小君、阿明也陆续抵达了学生餐厅。餐厅内人声不断，只是声音零落。领餐的队伍也不长，仿佛一个简短的"八"字，一撇一捺地站在窗口的左右两侧。5个大人看护、陪伴着25个孩子，每个人脸上都荡漾着可爱的笑容。我看到了圈圈，他不再那么羞涩了，主动看着我笑，嘴里发出我听不懂的声音,像一只亟待起飞的小雏鸟,随时可能站起来摇晃着扑进我的怀里。

我欢喜地唤着他:"你好圈圈!你好圈圈!"他便也冲我乐,那笑容,实在迷人,让我忍不住多看几眼。自然还有阿睿、阿蕊,还有那些我还叫不出名字来的孩子。阿扬没来,阿壮、阿通、阿腾,甚至三年级的全体孩子,都没看见。看着眼前这些孩子们,我突然间好想念自己班的孩子。一周多不见,你们在家里还好吗?

《青岛教育》寄来样刊了。《给阿荣的一封信》温暖了谁的眼睛?

## 1月5日　星期六　晴

再去看阿哲。算算,不过才八天没见到他,我却总是不经意间就想起他。阿哲是"唐氏儿",他有心脏病吗?这个下午便去看看他吧。

阿明主动请缨,要跟我一起去。他说,他也想阿哲了。于是我有福了,阿明开车载着我,我们这就上路。

这是我第二次去阿哲家。12公里,阿明驾车技术不错,很快就到了那个村子。我们在超市买了一箱乳酸菌、一箱娃哈哈八宝粥和几个大馒头,就驾车直接到了距村北大约1公里的阿哲家。我站在院子里喊,没人应我。阿明去扭动门把手,门没锁。但愿家里有人吧?我想。

我们走进去后,听到了说话的声音。真是太好了!在阿明之后,阿哲爸爸、阿哲先后映入眼帘。阿哲站在炕上,比阿明还高一点儿。

"阿哲,我们来,你高兴吧?"我拿着手机一边拍照一边逗他。

"高兴!"

"那就抱抱阿明老师吧!"

阿哲开心地笑着走到炕沿去,一下子抱住了炕下的阿明。那一幕,真暖心。

我们几个在正间说话。阿哲爸爸让阿哲拿橘子给我们吃。阿哲很乖,真的拿了一个橘子,剥了皮递给我。自从见到我们,阿哲的小嘴就开始嘟啵嘟啵个没完,我们边听边猜他表达的意思——爷爷病了,他要照顾爷爷;爷爷给他唢呐,他会吹唢呐;他不喜欢谁,因为什么什么。

  爸爸又拿来装橘子的塑料袋,让阿哲再给我们剥橘子。阿哲赶紧抢过塑料袋放在身后。我笑着问他:"为什么不让爸爸给我们拿橘子吃了?"他一脸严肃地说:"一个人一个。"是呀,按照阿哲的逻辑,每个人一个,他已经给我和阿明一人一个了,就不能再给我们了。孩子就是孩子,他多么单纯啊,单纯到让我不喜欢都难。

  我们要走了,阿明在院子里看到凳子上有几个烟花,好像叫"窜天猴"。阿哲向爸爸要了一支点燃的烟,像模像样地来到院子外面的空地上。那可真是名副其实的空地,四面都是旷野,随处一站,周边全无遮拦。阿哲爸爸也走出来,和阿明在旁边"监督"着阿哲把烟花插到地里去,然后点燃。我心里着实感到紧张,嘴里禁不住嚷着:"你们不要让它飞到我这儿来!你们不要让它飞到我这儿来!"阿明挥手示意我躲远点儿。

  只听"嗖"的一声,我赶紧闭上眼睛、捂住耳朵,"啪"的一声响,睁开眼瞧时,哪里还有什么"窜天猴"的影子?阿哲又点了一只,我又闭眼睛捂耳朵,又一声"啪",睁开眼,还是什么都没有看见。好吧,"窜天猴"蹿到天上去了。

  我们该回去了。挥手道别的那一刻,我看到阿哲家西面挨着院墙的地方有一架大风车。

  "阿哲你们家是最富有的,你们家有大风车!"

  阿哲一边和我挥手,一边在爸爸怀里笑。

  离开阿哲家,我感到嘴唇有些干,翻包找润唇膏,这才想起自己的润唇膏送给阿哲了——他的嘴唇干裂着。

  我跟阿明说,对于阿哲,每每想起就觉得愧疚。阿明问我为什么。是啊,为什么呢?为了阿哲那张真实的脸吧?每次他早晨不洗脸上学时,我总是让他自己去洗手台洗脸,等他回来,脸没洗干净,两只袖子却湿漉漉的——我该让他拿着小毛巾去的,我该和他一起去的,倘若他洗不干净,我该拿着他的小毛巾给他洗干净的。都说特教老师的爱就在于爱得特殊,我还做得很不够。阿哲,从下周开始,我一定监督你、帮助你每天把脸洗干净,然后抹上我为你们备下的"香香"。

离开阿哲家,我们在一个路口停下来。"还有点儿时间,我们再去谁家看看呢?"阿明这样问我。我很感动他这样问。"去看阿航吧?"我说。"去看阿俊吧?"他说。也好,阿俊家在阿哲家的西北方向,顺路。于是,我们经过 D 镇,再往 C 镇方向拐过去。但不久,我们又开始纠结起来。因为这里离小赖家很近了,因为一路上,我们聊得最多的也是小赖。阿明告诉我,他曾经教过小赖一段时间。他跟我讲了小赖之所以不愿意上学的原因——刚开始打架,班主任联系小赖的爸爸来处理;小赖尝到了甜头,以后每当想家了就故意找事,让爸爸接回家去;最后闹到实在不像话了,死活也不肯来上学了。

我就是这样越来越接近小赖"不来上学"的真相。我问阿明,既然他经历过小赖的"无赖",还希望他来上学吗?小赖来上学不是给大家伙儿添麻烦吗?阿明目前单身住校,小赖若来,就成天都要照顾他。阿明说,即便这样,他还是希望小赖来上学。

阿明,你真是个好老师,像阿荣一样。

就这样,我们把导航稍微一改,目的地从 Z 村变成了 L 村。

我们没有在田野、树林看到小赖家那一大群羊。

小赖家的铁门也关着。

泊车后,我走下车来,车外有一个人正走着。我定睛一看,竟然是小赖!我真是太幸运了,跟第一次来这个村子一样,进村第一个遇见的人,都是小赖。

我们把在店里买的火烧拿上,和小赖一起回家。还没开门,院子里便响起一阵犬吠,不是一只,是几只。我赶紧后撤,离院门远点儿。

院门开了,小赖妈妈探出头来,看到是我,又折回去,关上院门,吆喝着牧羊犬们。等院门再度打开,小赖爸爸和妈妈一起出现在眼前,然后四只大狗进入视线,"虎视眈眈"地瞧着我和阿明。那阵势,似乎我们稍有点儿异动,它们就会扑上来把我们撕了。小赖妈妈吆喝着,它们才稍有收敛地

后退，但眼神并没有离开片刻，直到我们进到屋子里看不见它们的影子。

屋里像上次一样，依然有一股煤烟味。我嘟哝了几句："这样怎么行？这样怎么行呢？太不安全了！"

阿明笑我："农村都是这样的。我们家也这样。"

看来是我孤陋寡闻了，但这样的煤烟味对身体好吗？老百姓怎么能适应呢？

小赖家的客厅有点儿冷，卧室倒是暖和点儿，味儿也轻一些，只是太过拘束，四五个人都待在里面根本就转不了身。我把小赖"赶到"炕上去坐着，阿明坐在炕沿上，小赖爸爸妈妈站在卧室地上，我则站在卧室门口，总算能好好聊聊了。

聊什么呢？聊小赖。我说出了我的担心：小赖在家里自由惯了，等开学后重新回到学校，他能适应学校按部就班的生活吗？

一切只能尝试。但我想，我来了，一切会不会有新的变化呢？

我们在小赖家并没有待太久。夕阳西下，我们唱着歌儿回家。阿明开车，我便可以欣赏窗外的风景了。我说："阿明，谢谢你。"阿明笑笑："谢什么呀？"

"谢谢你陪我来家访，谢谢你如此爱我的孩子们。"

"不仅仅是你的，是我们的孩子们。"阿明纠正我。

我笑了，看向窗外。没错，我们的孩子们。车窗外，夕阳温暖的光里，闪过许多的树、麻雀、芦苇。很快，我们就从"村村通"转到了高速上。收音机里响着时而陌生时而熟悉的音乐，背着夕阳回家，我心里却默默想着——

多好啊，阿明，作为我的同事，你是我了解这所学校、了解孩子们的又一个窗口。原来你曾经付出过许多，为了这些孩子们。喜欢你说"我们的孩子们"，这样说的时候，很亲、很近，不经意就认可接纳了我成为特教这个大家庭的一员。我愿意付出更多，为了我们的这群孩子。就像你之前说过的，是的，你说过，你们都说过——我们一起努力，爱他们，教育他们，培养他们，陪伴他们，直到他们毕业。

我愿意！

**1月6日　星期日　晴**

借了阿姚班的学生成长档案来看,我很震撼。无论是昨天看阿鹏的,还是今天看阿腾的,无论是看他们的周目标计划表,还是看他们成长的足迹,尤其是看他们小时候的照片——我是知道他们现在的模样的,知道他们现在抵达的高度的,尤其是阿腾,无论是绘画与手工还是学习与语言,甚至自理的能力,都那么出色。目睹了长大的他们,再回头看他们小时候的样子,才发现他们那么小,那么小。那么小的他们被阿姚及其他老师呵护着、陪伴着、教育着,一点一滴地进步。我的眼睛忍不住湿润了。

午餐的时候,我和阿姚聊起他们班的孩子的成长档案。阿姚说,学习认识数字"1、2、3"就用了半年。我吃惊地张大了嘴巴。真的,阿姚强调。我的脑海里当时便浮现出每个孩子厚厚的档案记录。那些简单的数字、文字,那些ABC的背后,究竟凝聚着老师们多少心血啊!

下午,继续看。

因为午餐时阿姚的介绍,我的目光更多地留意孩子们的周目标计划表。从生活语文看,学习的过程从认识汉字一二三、学习使用田字格开始,然后是认识楼梯,上下楼梯,上厕所,使用卫生工具,认识汉字四五六,认识衣服、裤子,认识同学,分清左右,认识毛巾、肥皂,学会洗手、洗手帕、洗脸,知道国庆节、北京天安门,认识纽扣、拉链,认识萝卜、青菜,认识方向,学会排队等候,学习洒水扫地……

原谅我把孩子学习的点滴罗列出来,他们用了几年的时间来学习这些看起来最简单的事情——无论是学习简单的生字,还是掌握简单的自理能力。像阿姚说的,他们认识三个简单的阿拉伯数字就要半年,从一年级到七年级学会这么多内容也就合理了。

每一张周目标计划表,第一行包括时间、班级、周次、学生姓名,下面是重点:科目、内容、方法、目标及达成情况和教师签名。其中,目标及达成情况记录得最为详细,把孩子的每一种可能都罗列了出来。孩子们的学习情况就是从这些目标及达成情况里面选择的,有的孩子完成得好,有的孩子完成得不好,有的孩子需要老师手把手地教着完成……老师啊,我亲爱的同事,你们为这些孩子付出了如此多!

每一个孩子的成长档案都是一个缩影。我分别留意他们的不同和相同之处。《融合化个别教育档案》的主题是"我学会了"。每个孩子学会的内容大同小异,除了生活语文和生活数学,他们也喜欢音乐和美术。在老师的教导下,孩子们"会"的东西越来越多,也越来越自信。这真是让人欢欣鼓舞的事。

我注意到,每个孩子的成长档案里,都有不同学期的检测试卷。几乎每个孩子的试卷内容都不同,以生活语文为例,有的卷子上只有一道题:听老师读词语,指出相应的图片或者跟着老师读词语。有的有两道题:读词语,抄写词语。有的题目多些,加上了抄写生字、写出生字的部首,读古诗,甚至还有连线题。在每份试卷的最后,我常会看到一行手写的字:"此试卷是在老师的辅助下完成的。"个别题目上甚至直接印着:×××自己完成,×××和×××由老师辅助完成。

这真是因材施教最好的体现。想想,期末转眼就到了,我也该为我的孩子们准备检测卷子了。阿姚,谢谢你对我的成全。我了解了孩子们的过去,眼看着他们的现在。剩下的日子,让我们一起关注他们成长的每一天吧!

## 1月8日　星期二　晴

我的办公桌上多了一包糖。是谁放在这里的呢?

公开课继续中。我上午听了阿玲的生活适应课和阿敏的绘画与手工课,心情很愉悦。等我回到办公室时,第三节课已经开始了。我打开阿群的日记本,刚准备看,阿英问我有糖否,我想起桌上的那包糖,便指给她。她过来挑了几颗,边挑边说:"发给孩子们,这就是'一块糖的诱惑'——他们会因为这块糖很开心地听老师的话。"

这是稳重的阿英少有的一次活泼与俏皮。我微笑着看她转身离去,耳畔却还响着她的"一块糖的诱惑"。

一块糖的诱惑?

我决定先放一放阿群的日记,想一想这块糖。

没错,孩子们是喜欢糖果的,甚至是,只要是吃的东西,他们都很喜欢,包括雪。记得去年岁末那一场雪还没融化的时候,我带着孩子们一起去操场上活动。那个时候,北边的操场是干净的,南边的操场有积雪。我给孩子们捣鼓出了好几种球来玩,但几乎没有谁在玩球,都去玩雪了:有的在雪地上随意地跑,有的蹲在雪地上玩,有的拿着一个簸箕在雪地上画出一道道航线。玩就玩吧,他们后来竟然抓着雪往嘴里塞,开始是一个,然后相互模仿。眼见吃雪的孩子越来越多,制止不了,最后我只能投降。为了转移他们的注意力,我只好搓一个松散的小雪球扔向他们,吃雪的行动才算终止。我引"雪"自焚——几个小家伙儿集体把雪球扔向我。

记得那天,我的羽绒服都湿透了,我只好再次向孩子们投降,他们却不肯放过我,我只好向领孩子们来上体育课的阿明呼救:"看看你的学生,几个男孩合伙欺负我一个女生!"阿明只是笑,却不真的管,真气人!午餐时脱羽绒服,我发现帽子里全是雪。这件事的结果,就是我在校级公开课上,拿着纸剪的"雪花"抛向孩子们,在他们的笑声里"报仇雪恨"。

是的,一块糖的诱惑。不仅是阿英,我也喜欢奖励他们,有时候是一个拥抱,有时候是一张小贴画,有时候是香蕉或者其他的水果。周五的第四节课,我一般会发燕麦巧克力给他们,并且特意叮嘱一句:"不能一个人吃哦,下午爸爸妈妈来接你们时,记得分一半给他们。"

之所以这样说这样做,是因为之前奖给阿凯的一颗巧克力被阿健抢去吃了,惩罚阿健的要求就是不许自己吃,一定要分给爸爸一半才行。结果阿健真的做到了,我很开心。谁说我们的孩子不懂事呢?他们懂的,懂得热爱、呵护、关爱自己的人。

是的,阿英,一块糖的诱惑,真美。

**1月9日　星期三　晴**

今天真冷！

阿明下午第一节的校级公开课，"借用"了阿芳班的孩子们。

该来的老师似乎都来了。毕竟是寒冷的冬天里的室外体育课，来的人不多：教导处的阿荣、阿静、阿珊、甜甜，感统康复老师阿莲，还有我喜欢的小君。阿荣最可爱，让大家站成一排，像孩子们一样，跟着阿明的口令做动作。

课正式开始了。阿明吹着哨子，带领学生绕着足球场跑动，我没想到阿荣和其他老师们也一起跟在学生后面跑起来。看看这支队伍吧：一身黑衣服的阿明，倒退着领着八个穿校服的男生，男生后面跟着五六个穿着臃肿的听课的老师们。孩子们一边跑一边大呼小叫，老师们一边跑一边嘻嘻哈哈。

跑了一圈后，阿明开始领着大家做准备活动。老师比孩子们听话。让我更欢喜的是接下来的内容：阿明让孩子们两人一组赛跑，老师也参与进来了，先是阿珊，再是阿芳，然后是甜甜——赛跑变成了一个大人两个孩子的事情，一边跑一边呼唤。亲爱的阿洋才不管上什么课、听课的又是什么人，他高兴地跑着，绕着曲线跑着，唱着歌儿跑着，无论是站在终点拍照的我还是站在起点听课的老师，都笑出声来。对于阿洋，他做出的一切行为都是那么自然，那么合理，也那么可爱。

然后是"警察抓小偷"的游戏环节。

无论哪个环节，操场上总是回荡着孩子们快乐的叫声、笑声，还有听课老师们为孩子们加油的呐喊声。

下课前做肌肉放松运动时，阿鑫趴在地上张大着嘴，露出满足的笑容。他蓝色的校服衬在浓绿的操场上，呼应着他脸上的表情，真是美极了！我蓦地想起那首很古老的歌——《小草》。是的，这些特殊的孩子们，没有花香，没有树高，多像一棵无人知道的小草！像阿明说的，有的孩子甚至连生命都是短暂的，但他们却单纯着，快乐着，从不寂寞，也少有烦恼。

就像阿洋，赛跑时，他根本不着急去追逐，而是自娱自乐；玩"警察抓小偷"的游戏时，作为"小偷"的他，根本不在意是否跑出了活动场地，任其他"警察"满操场抓他，抓了还不"乖乖伏法"，挣扎一番，才被"押"到"派出所"去。

我真喜欢这些孩子们呀。如果孩子们是小草，那么我们老师便是春风吧？便是阳光吧？便是河流山川吧？便是大地母亲吧？

爱不遗忘任何一个。这是我来这儿后感触最深的。最近这两周，我一直在听课。无论是哪个老师的课堂，我总不忘时时提醒那些慢的、多动的、自言自语的孩子。阿明也是。最后的肌肉放松运动，所有的孩子都躺在圈内，彼此用脚轻踩着肌肉放松，只有阿洋自己半躺在圈上。阿明"踩"完了其他孩子，又单独让阿洋趴好，认真地为他放松。

我近处拍的照片、录的视频，我远远观望的老师、学生，我所有目睹着、经历着的——牵一只蜗牛去散步——在这慢节奏里，处处流淌着仁爱，洋溢着关怀。我无法拒绝这样的感觉，像阳光一般包裹住寒冬里的我，就像无法拒绝任意一个孩子大声唤着"燕子老师"扑进我的怀里。如果我值得他们信赖，我便是足够强大的：做你生命的伙伴，陪你快乐地成长。

阿荣，还记得刚来时，你给我推荐介绍了许多老师，唯独没推荐你自己。然后我发现了你的美。然后，我根据你的推荐介绍，发现了更多特教老师的美。其实，你们身上都有一种共性，那就是你们没有遗忘任何一个孩子。这些细小的、琐碎的事情，在你们看来习以为常，却给我深深的感触。像你，像你们这些老特教人，几十年如一日，不遗忘任何一个孩子，多么难得啊！在你，在你们的带动下，新上岗的年轻老师也能够马上进入老特教人的状态，这实在是令人动容。爱是什么呢？润物细无声。你们老特教人不仅把爱给了孩子们，也给了新上岗的年轻老师。这真是特别的爱给特别的人了。让我感怀的人和事几乎每时每刻都在发生，我只恨自己只有一双手、一双眼、一双耳朵。

### 1月11日　星期五　阴

　　世界一下子安静下来。
　　沿着河边的小树林上班,我遇见在税务局工作的家乡的本家哥。他一边走,一边问我:"在新单位工作可还舒心?"
　　"嗯。"
　　"董老师可还好?"
　　"嗯。"
　　董老师就是我的妈妈,我们儿时共同的老师。
　　走着走着,我便发现双脚一直踩在那条小路上,而他却踩在小路旁的枯叶上。因为塞着耳机,我听不到枯叶的呻吟。
　　我的心情突然好起来:"哥,你是个绅士呀。"
　　"什么?"他扭头看我一眼,问我。
　　"你是个绅士。"
　　"怎么突然冒出这么一句来?"
　　"你看呀,你一直走在枯叶上,却把正经的路让给我走。"
　　"这有什么? 这不是应该的吗?"
　　"才不,有的人就不,他们只顾走自己的,才不管别人的脚踩在哪里呢。"
　　"呵呵,你真会表扬人。"本家哥笑起来,"不过我没注意这些,只是觉得应该这样罢了。"
　　我也笑了起来。

　　阿木,你还在听吗? 继续跟你讲我的孩子们吧。
　　我要说的是阿哲。
　　早晨,我唤阿哲把办公室的垃圾倒了。我总是故意安排孩子们做点儿事,锻炼、培养他们。然后,我拿着脸盆去洗手台洗毛巾。阿哲回来了,背着手,也站在了洗手台前。

"洗手吗阿哲？这是个好习惯！"

他"嗯"了一声，却并不把手放上洗手台。

我扭头一看，只见他背在身后的两只手正拿着一个"夹心海苔"的空罐子。

"你要干吗？洗罐子吗？"

"嗯，洗干净了用来喝水。"

我不晓得他是从哪里捣鼓来的空罐子，如果刚吃完海苔冲干净了用它来盛水喝，我倒觉得没什么，问题是这个罐子内壁有些黑色的残留物，像是海苔的残渣时间久了凝固在了罐壁上。

"这个不行，阿哲，这个太脏了！"我制止他。

阿哲不听，继续用温水冲刷着。

"阿哲，乖，老师给你找个干净的杯子喝水，好不好？这个太脏了。"阿哲不理我。我企图去夺，他躲开了。我怕铁罐口划伤他的小手，只好作罢。对于这些孩子，在他们执意要做某事时，我总不会太过刻意纠正。拗不过他，我便帮他清洗起来。

阿哲是爱我的。只要没有什么事情惹他不开心，每次见了我，他总会欢喜地跟我说这说那。比方下午一到教室，他就举着一包东西给我看，嘴里一边说着什么。我仔细辨别，才听明白他说的是"阿明老师奖励我的"。我赶紧逗他说："赶紧藏起来，别让班主任和少先队辅导员发现了，那是要没收的。"没错，学校有规定，零食不许带到教室里来——阿英和阿静听了，估计要"讨伐"我如此纵容他们了。这有什么呢？总得有扮红脸的吧？

阿哲听了，赶紧将零食塞进裤子口袋里去，嘴上又"举报"说，阿霖也有。

我向阿霖看去，阿霖急忙辩解。好一会儿我才听懂：他的那包零食在阿聪那里。

好吧，第三者出现了，阿哲的"炫耀"成了一桩"官司"。我得帮阿霖把一小包零食从阿聪那里讨回来。这可不是一件容易的事。

阿聪就这样别别扭扭地出现在我面前，防备地看着我。我拽住他的衣服，感觉湿漉漉的，这孩子又玩水了吗？

"这包零食是阿霖的,对吗?"

他点头。

"怎么到你手里了呢?"

他伸出三根手指,又指了指楼上。

我理解的意思是,他是指三楼的某个孩子。

阿哲和阿霖在旁边帮我翻译:是三楼寝室的某个孩子抢了阿霖的零食给了阿聪。

事情明白了就好办了。我说:"阿聪,把零食还给阿霖,这包零食原本就是阿霖的。"

阿聪摇头。再说一遍,再摇头,他伸出三根手指,指指楼上。

我说:"阿聪,这本是阿霖的零食,被那个人抢了送给你。但终究不是你的。你必须还给阿霖,然后燕子老师奖励你其他好吃的。"

有这个条件作为交换,阿聪答应了。

这就是孩子。我把小麻花奖了他一个,阿聪欢天喜地。但我"趁热打铁":"以后不能抢别人的东西,即使别人抢了送你,你也不能要。"

我不晓得阿聪能不能做到,但还是要教育他。对于阿聪这个特别贪吃的"小星星",要改掉私自占有、多吃多占的坏习惯,防患于未然是必须的,晓之以理、动之以情是必须的。

阿霖终于重新拥有了他的小零食,满脸的郁闷一扫而光。我跟他商量:"把零食放在燕子老师办公室好不好?等放学了老师再还给你,否则让班主任和大队辅导员看到没收了,就完蛋了。"

阿霖很听话,把小零食递给了我。

我把同样的话说给阿哲听。阿哲犹豫着,最终没有把裤子口袋里的零食掏给我,而是又往下塞了塞,拍了拍,意思是他藏得够深了,不会被老师发现的。人小鬼大的小家伙儿!

但我从没有想过这并不是正确的答案。当我把这件事告诉给阿明时,阿明说:"那包零食本来就是阿聪的。他伸出三根手指,意思就是三楼的老师给他的。因为上课的时候,我让他们练习劈叉,阿哲和阿聪做得好,不怕疼,我奖他们的。当时阿霖大呼小叫的,不认真做,我就没给他。"阿明还说,虽说阿聪调皮了点儿,但是他从不说瞎话,不会骗人。

这个结果着实让我意外!所谓"三人成虎",自己根据阿哲和阿霖的话判断阿聪的那包零食是阿霖的,竟然是错误的!突然间,我惭愧起来。下周,我一定要奖励阿聪。

阿明,对不起!谢谢你!

敲打的时候,玻璃屏上总有个身影在晃来晃去,抬眼瞧去,果然是阿洋。他两只手上举,做出小白兔挑担子的样子。看我注意他了,他一边"嘚瑟"地把动作夸张了许多,晃动起来,一边满脸快乐地笑。我总是喜欢如此单纯的他,不管在谁面前都单纯。他活在自己的世界里,不被打扰地快乐着。

我好羡慕他。

午饭后下起雪了。开始是极小的雪子,后来雪子变大了。想起午饭时听阿姚提到上午外出为孩子们买棉服的事,一问,才知道学校为建档立卡贫困户的孩子准备了过冬的棉服。阿姚说,下午开家长会时发放这些棉服。

终于等到了下午上班,我"抓住"阿静问起来。原来,对于建档立卡贫困户,教育局有文件,让各学校拿出专款来为这部分孩子买棉服。学校则拿出四千余元来,为八个孩子各买了一套价值四五百元的棉服,注意,是一套,而不是一件。

就这样,我跟着阿静来到多功能厅,阿叶已经在那里等着了,还有两三个家长。阿静叫上阿叶,一起去校长室把八套棉服拿到多功能厅,然后重新检查一遍大小号的搭配。阿静甚至把一件棉服的包装袋打开,给阿叶班的小女孩穿在身上试了试。我留意了一下,都是大品牌,那质量和款式,连我都喜欢得很。

家长和学生终于到齐了,校长也来了。跟我想象中不同,我以为一定会有设计好的文字大屏幕做背景,校长一定会坐上主席台,一定会发表一番慷慨激昂的演说,然后让家长和孩子依次到台前去领取棉服——不,一切不是我想象中的程序,校长一进多功能厅,连主席台都没上,直接站在坐着的家长前面就开口了：

"把各位家长叫来，是因为天冷了，很快就要放假了。学校呢，给孩子们买了套棉服，你们领回去。是少先队主任和老师们去超市斟酌着买的，也不知道合不合适，都是学校的意思，让孩子们过一个暖暖和和的冬天。"

然后，阿静点一个孩子的名，家长和孩子一起上来，校长发放一套棉服，点一个，发一套。

二年级的小女孩和家长坐在一起。被点到名字后，家长还没站起来，小女孩已跑上前去，一边双手接过大大的棉服包裹，一边仰着头看着弯下身来的校长，脆生生地说："谢谢校长！"校长笑了："不客气。"

最有意思的是和那个小女孩一个班的、个子高高的男生。阿静都唤他好几遍了，他坐在椅子上就是不动弹。待校长笑着走到他跟前时，他才站起来，双手接过包裹，开心得不得了。

最后领取棉服的是六年级阿芹班的阿鹏，他接过棉服说"谢谢校长"后，爸爸感激地跟校长握手，阿鹏便也学着爸爸的样子伸手握住校长的手。校长笑了，周围的老师和家长们都笑了。

一直以为这样的形象工程，怎么也得搞一个小时才会结束，至少半个小时吧？该录像的录像，该拍照的拍照，该发言的发言。我真没想到，从校长走进多功能厅，到发放棉服结束，前后不过五分钟时间，结束了，多功能厅仿佛从来没发生过什么事。这样高效、务实的活动是我多年来第一次遇见！而当我看到了校长和阿静胸前的党章，那么光彩，那么醒目，一切便有了最美的解释。阿静，我喜欢这样的你们，喜欢这样的简单，像孩子们一样的简单，因为简单，所有的一切都美起来，让我忍不住欢喜，忍不住想要放开喉咙歌唱——

百灵鸟从蓝天飞过！

**1月12日　星期六　阴**

亲爱的孩子们：

今天注定是一个开心的日子，一个不平凡的日子。让我慢慢告诉你们发生了什么事吧！

在你们在家休息的时候，燕子老师在"睿师汇"培训平台上学习了一天，真的好辛苦，感觉全身都疼。但我又非常高兴，因为心理学专家们讲授的内容，让我更加懂得了平日里应该怎么与你们相处，怎么更好地教育你们、帮助你们，真是没有白学呀。

像你们一样，今天的燕子老师也做了一天的学生，并且还积极举手回答了老师的提问。然后发生了什么呢？然后，我拿着话筒顺便说了一句话：

"老师们每人手中都有一支彩笔。放学的时候，如果你们不需要的话，请都留给我好吗？我是特教中心的老师，我想带回去给孩子们画画用。谢谢！"

旁边的一位女老师小声地提醒我道："班主任说了，放学的时候这些彩笔都是要回收的。"

"啊？"我看了她一眼，抬头看到正在拍照的班主任，便说，"如果回收那就算了。很抱歉。"

班主任老师回我："先上课吧，放学时再说。"

剩下的课程，我听得不是很仔细，一直在想彩笔的事：班主任老师应该不会答应我，毕竟，这是Q城创客学校的公共财产，回收是为了以后再有类似的培训课继续使用。这样想着，心里也就释然了，想着远在乡下的小赖，想着常常忘记带彩笔的阿浩、阿诚，买也花不了几个钱。

培训老师的课讲完了，真的很精彩。随着掌声响起，放学时间也到了，班主任的声音随即传来——

"请各位老师签退再离开，请各位老师签退再离开。平度特教中心的老师请到前面来找我。"

我一听,平静下去的心起了波澜。莫非?

终于等到签到的百十号人都退场了,我走上前去。班主任问起我校的情况,我简单地说了几句,便听她说,同意将彩笔送给我。我一下子开心起来。

阿霞在门口唤我:"你自己能拿得了吗?"

"能啊。"我开心地唤她进来一起参与。我拜托一个老师帮我们录像拍照,一定要把班主任拍进去。年轻的班主任倒害羞起来,但终于拗不过我。我和阿霞撑着袋子,班主任往里装彩笔。满满一袋子,差不多一百多支!

亲爱的孩子们,如果你们在场,一定也会像我一样开心是吧?我真开心,开心成了你们的样子!

这真的是不平凡的一天。晚安,亲爱的宝贝,明天燕子老师继续学习去。我一直深信,多学一点儿,就离你们更近一点儿!

等着我。

## 1月16日  星期三  晴

中午没回家,在办公室里正打盹儿,手机响了,一看是阿芳的。她说,今天自己去献血,不能来上班了。

昨天上午献血的名单上还有我的名字,下午就变了。阿明得知我感冒正在吃药,就制止了我。无论对我自己而言,还是对患者而言,感冒了献血都是不好的选择。午餐时遇见阿华主任,我为感冒不能献血的事抱歉。她笑笑说很正常,感冒了是不能献血的。倒是这次献血名单中有她的名字我很意外。毕竟她大约五十岁了,却还带头献血,让我不禁肃然起敬。还有她提到的,校长竟然每年都报名献血。这到底是一所怎样的学校?!党员干部带头,带着大家往前冲。

阿荣下午一上班就过来找阿英。我以为她是让我帮阿芳带学生。孰料说完这件事后,她并没有离开,就上午阿英的那堂课聊起来。从教态到语言,从台上到台下,从赞美到忽视,从一个孩子到另一个孩子,从过程到结果,这一定也需要锻炼的吧？看起来轻描淡写,实则处处是经验。

　　这是我第三次听她评课了。第一次是评阿芹的生活适应课,一下课马上组织听课的老师进行评课。第二次是阿苗的计算机课,也是一下课,等老师们都走了,她单独留下阿苗进行点评,尤其是提出"回家照着镜子练"。评阿英的课是第三次。每一次,她都开门见山,直接针对问题提出自己的建议。我看得出来,每一个被评课的老师都是信服的,也不得不信服,因为阿荣身为教导主任已经有十多年了吧,她对待每一节课的优劣尤其是对存在的问题的分析是毋庸置疑的。

　　我真喜欢看她评课时深入浅出、滔滔不绝、头头是道、手舞足蹈的样子!

　　评完课,阿荣就离开了。午后的阳光完全晒着我了。新到的台湾作家蒋勋著的《吴哥之美》就在桌上,突然间有些困了。

　　好吧,让我继续敲打吧,亲爱的孩子们。从早上你们在课堂上的表现开始。

　　当你们和阿英老师一起在歌声里舞动十个手指时,多么美好啊!

　　唯美的开始。

## 1月17日　星期四　晴

　　兴许是要期末检测了,下午的项目组活动没有如期举行。我正在办公室看书,甜甜敲门进来了,我请她坐。对于她的到来,我们上周就说好了的,她说有空找我聊聊。她没客气,开门见山地说起她班上的"小芳"。

　　"就是那个鞋子反穿的女孩？"

　　"对,就是她。"

　　"看起来她很好呀。"我说,"她最近常来我办公室问候我,即使在走廊遇见了，也很有礼貌。"

"对，她就是挺热情的，挺能说的。上课时也是这样，每次提问，她总是把手举得高高的，如果不叫她，她就会很着急地喊：'叫我，叫我，叫我！'有时候她犯错误了，我跟她谈话，然后问她知不知道自己错了。她不说话。再问她一遍，她点点头。然后当你转身离开时，她又在身后干脆清晰地说：'我不！'真气人。"

"你尝试过惩罚她吗？"

"试过，但是没用。"

"那么冷落呢？比方别的孩子表现好，奖励别的孩子，不奖励她。"

"比如奖励零食。除非我一直盯着孩子们吃完，否则，我一走，她就会去抢别人的。燕子老师，我该怎么办呢？"

我想了想，让她打电话给阿叶，让阿叶把小芳喊过来。很快，小芳推门进来，我让她出去，敲门喊"报告"再进来。等小芳出去再进来后，张嘴就说"阿叶老师让我来叫燕子老师过去。"

我和甜甜都笑了起来。

我把小芳唤到面前，第一眼就发现她的衣服口袋破了，第二眼就发现她脚上的两只鞋穿正了。我开始表扬她，甚至夸她大大的眼睛、长长的睫毛。我让她看着我的眼睛，她的眼神有些飘忽，总不肯看着我。我再次让她看着我的眼睛。好吧，终于有了一点儿起色。然后呢？然后我奖励了她一颗梨膏糖，不仅奖励她，还奖励了甜甜和我自己。我们一边吃糖，一边聊天。然后我和甜甜分别和她的左右手的小手指拉钩，意思是今后要听甜甜老师的话，表现得更好的话，燕子老师会奖励她更多的礼物。

小芳走后，我对甜甜说："你看到她的衣服口袋是破的吗？这就是一次很好的接近她的契机——你找针线给她缝好吧。"甜甜说："好，明天就缝。"我说："不，最好是今天就缝。"

我让甜甜自己去寻针线。过了一会儿，我来到小芳班上，教室里没有她们的影子。我又到阿叶办公室，看到她们都在，阿叶正在给小芳缝衣服，甜甜蹲在地上看着阿叶的动作，小芳则站在一旁瞧着。等阿叶把一边的口袋缝好，甜甜就重新往针上穿一根线。阿敏也参与其中了。看来，年轻的女孩有许多女红需要跟有经验的老师们学习。

我出去了一下,重返那间办公室时,只见甜甜一本正经地坐在凳子上,身旁一边站着小芳,一边站着阿叶。小芳没什么动作,安静地看着。倒是阿叶,正指导着甜甜缝另一个破了的口袋。慈母手中线啊!阿叶真的是个好老师,不仅爱着小孩子芳芳,也爱着大孩子甜甜。

## 1月24日　星期四　晴

日子似乎停顿了。期末的忙乱总算是结束了。我重新坐下来,继续敲打。昨晚演出归来站在校门内的那个身影,让我在暗夜里温暖着。回家,像陪伴我行走的那轮明月。

还记得去年岁末的那次大合唱演出吗?那是我来这里后第一次参加的学校对外的集体活动。虽然自己嗓子不好,但我很想尽自己的一份力,便认真排练,学唱歌曲,练习手语,力争做到最好。

那天演出结束后,大家都很兴奋,因为我们的演出赢得了全场最多的掌声。我们懂得,那掌声里,是观众对我们满满的理解。原以为这件事就这样结束了,没承想今年年初,校长说这个节目被市委宣传部推选去参加全市的大合唱决赛了。大家的信心重新提振了起来,重新投入排练中,并且更加精益求精,在细节上好一顿打磨。

演出很成功。颁奖仪式结束后,接送我们的大巴车上只剩十几个人。一路无话,回到学校,已经十点了。我和几个同事走进校门,腿有点儿瘸。因为前五个节目结束后,评委们出去合议打分,我们这第六个节目登台后有很长的空档期。我们站在台上,一点儿不敢动,我的右腿便僵硬到抽筋了。当时由于紧张,疼痛感还不明显,演出结束后,不适便凸显出来了。我垂着头,走得很慢。突然有个声音响起来:

"燕子老师,你的腿怎么了?"

我抬头循声看去,暗夜里,竟然是校长站在那里,他正看着我。那一

瞬,心蓦地一惊,来不及思考为什么,应声答道:"在台上站久了,有点儿抽筋。"

"那快回家歇歇吧。"

"嗯。"

走在前面的是云芳,她停下来回头等我,挽我一把,嘱咐我说:"你这是典型的缺钙。我们这个年纪该补钙了。"我忍不住笑起来,连说"好",然后指着月亮说,"云芳,你看,多美的月色!"

我把演出服换下来,又去车上取了家里的钥匙,还是决意不开车,慢慢溜达回去。

十点多了,路上几乎没有行人,车也少了很多,我可以像蜗牛一样慢吞吞地过马路。迎面往东,啊,月亮挂在树梢了,像极了一颗夜明珠。不知是夜里不太冷,还是因为我的心里暖烘烘的,疼痛减轻了。家越来越近,一路走,一路和月亮彼此凝视,嘴角绽出些许笑意来。

家里也是暖的。卸妆,烫脚,终于歇息下来,脑海里却浮现出校门内的那个身影,他是被月光照着的吧?他在那里站了多久了?我想起了第一次演出归来,他也是站在那里迎接我们。记得那一次我活蹦乱跳,背着包抬腿就跑,下台阶时,他站在那里提醒我:

"慢点儿,路滑!"

那夜的演出,是伴着小雪的。他是领完奖就回到学校站在雪里等我们的吧?

昨夜无雪,有皎洁的月。他又站在那里,等我们。

是等?还是迎?

就像家长在等晚归的孩子,家人在迎晚归的亲人。

太疲倦了,我带着暖暖的情绪沉沉睡去,然后在这个清晨开始把那份温暖的感觉延续。我的泪窝浅,想着,敲打着,眼里全是浅浅的浸润开来的泪花。我克制着不让它们聚集、扩散、垂落,一边暖,一边笑,一边悄悄享受这份感动和幸福……

还是让我停止敲打吧,无法再继续了,分明的,泪花突然多了起来。我知道我可以做到更好,因为,有如此多的感动和慈悲环绕着我。

## 2月25日　星期一　晴

年后开学的第一天,寒假倏忽而过,终于又见到了孩子们!

校门外,阿鑫唤我:燕子老师!一个月的分别之后,再次听到孩子们的声音,我安静的心又开始荡漾起来。

三(二)班的教室里,阿哲在笑,阿航竟然在哭,两个爸爸分别站在儿子旁边,和阿英聊着。我逗阿航:"长了一岁,你可别跟着爸爸回家去,我准备了各种花样的礼物要送给你呢!"

家长什么时候走的,我不晓得,最让我开心的是小赖来了!

时隔两年,他竟然还记得其他几个同学的名字。对他的回归,表现得最突出的是阿诚。阿英跟小赖和小赖爸爸聊天的时候,阿诚便离开座位围着他们转,不时冲小赖做出开心的手势。教室里变得热闹起来。

我高兴得有点儿嘚瑟,干脆去告诉阿荣。阿荣也放下手头的工作来看小赖了。每个人都像过年一样,欢天喜地的,小赖也还记得阿荣。我说:"小赖,这是教导主任,她一直惦记着你呢!"阿荣说:"叫我老师就好了!"说完,她弯下腰嘱咐小赖:"你已经15岁了,不是小孩子了,不能像以前那样哭闹,更不能打架骂人。有什么事就找老师,你看,可以找阿英老师,找燕子老师,也可以找我,我们都来帮你。想爸爸了,可以找老师用电话视频。"

小赖一直笑着。当阿荣说周五就可以让爸爸来接回家时,小赖说:"让妈妈接。"

"好,让妈妈接。"阿荣应着,我和阿英笑着。这一刻,阳光就沐在阿荣、小赖、小赖爸爸、阿英他们的身上。看着这温馨的一幕,我真的很开心。我期待着:已经长大的小赖会留下来,和同学们一起读书、玩耍。

第四节是体育课,阿明早早来教室接他们了。在他们整队时,我和阿英各自拿着礼物来到教室,阿英奖励给每个孩子一块奶酪,我则把珍藏了半年的小熊奖给了小赖。小赖告状说阿航打他。我安慰他说:"乖,无论是谁欺负你,你都别打他们,告诉我,等我'找他算账'。"

小赖答应着,随后跟着阿明去操场了。我在想,我撬不动地球,也改变不了世界，但我可以通过自己的好，让身边的人也变得好起来，还有什么比这个更美呢？

中午淘了些妈妈家的苹果、橘子——我得去宿舍看看小赖。午餐时听教养员说，他被安排在306房间。

我每次去寝室，总会被孩子们围观，这是让他们兴奋的事——仿佛我是那只被耍的猴子。这次也不例外，306门外很快挤满了人。我拿出苹果分给他们，尤其是分给小赖同宿舍的七年级男生，嘱咐他帮着照顾一下小赖。大家都很开心。

就像阿明说的，白天过去了，最关键的是晚上，就看小赖能不能适应了。我也有点儿忐忑。但愿大了两岁的小赖能够撑过这第一个夜晚。

下午似乎过得很快，该放学了。我去教室看小赖，他正和同学们在教室里看动画片。我问他，今天快乐吗？他说快乐。学校的饭好吃吗？他说好吃。然后我让他晚上记得洗脚，随口一问：有脸盆吗？他说没有。有毛巾吗？他说没有。有牙刷吗？他说没有。那水杯呢？他说没有。整个一"三无产品"。我回办公室问阿芳、阿英，了解到这些物品都需自备。小赖爸爸可能来得匆忙忘了。

好吧，我来。我想起后备厢里有崭新的脸盆和毛巾——买药时药店赠送的，一直放在车上，正好，给小赖用了吧。

晚餐时我在餐厅陪小赖，他正在喝小米粥，就着馒头吃土豆丝。他吃得很慢，是那个团队的最后一名。无论如何，我还是觍着脸央求教养员阿姨多关照小赖。尽管她早在两年前就领教过小赖的"真功夫"了。

晚餐后，阿姨领着大家散步，之后大家陆续回宿舍去了。阿明，你也回去了吗？你的宿舍离小赖多远呢？

三（一）班在开学第一天也有最美的事情发生。

开学前几天，阿芳曾在家长群里下通知说，让家长在家里教孩子们擦地、擦桌子、洗毛巾、叠被子、穿衣服等项目，开学第一天就要进行比赛并颁奖。她更是前一天就把孩子们的姓名、比赛的项目及评分要求等设计成一张比赛表格印了出来。等8个家长8个孩子到齐了,比赛便正式开始。

阿芳让我做评委,我却忙得顾不上,只能去隔壁教导处"吆喝"一声"阿芳班举行开学第一天家务活动大比拼,欢迎围观"。教室早就布置好了,北墙根儿一溜塑料小板凳,八个孩子坐在上面;教室后面一溜课桌椅,八个家长坐在椅子上,每个人眼前的桌子上放着一张比赛打分表;教室中间的四张课桌挨在一起。

"围观者"阿荣、阿静到了,只听阿芳宣读完了比赛规则后,一声令下,四人一组的比赛开始了。

第一项是叠"被子"。每个人发了一条小毛巾,这便是他们的"被子"。四个孩子中,三个把毛巾叠成了豆腐块,阿浩则叠成了长方体。看到自己叠的和别人的不一样,阿浩张嘴就哭了。我赶紧安慰他:"没关系,按照在家的习惯叠就好了。"阿芳也如是说。阿浩便不哭了。"围观者"和家长评委们都笑了起来。

第二项是擦桌子。刚才被孩子们叠来叠去的"被子"瞬间变成了抹布,四双小手拿着抹布在两个洗手盆里沾湿后,开始擦桌面、桌洞、桌腿,干得热火朝天。

擦完桌子后紧跟着就是第三项:洗毛巾。"抹布"又变成了毛巾,四双小手在脸盆里揉搓着,揉搓着。孩子们是不是也觉得好玩儿?小脸上都漾起了笑,哪儿有比赛的感觉?

最后一项是擦地。我这才明白门口放着的四个拖把的用处。只见四个孩子每人拿一个进来,根据阿芳划分的区域开始拖——其实,昨天上午阿芳已经把教室都拖过一遍了。

比赛四人一组,完成后,另外一组再来一遍。这是一场真正的"友谊第一,比赛第二"的比赛,因为不管哪一场,不会的孩子总毫不顾忌地问旁边的同学:"这个怎么弄?"无论是家长还是其他"围观者",都随着孩子们的比赛时而紧张,时而微笑,尤其是看到自己的孩子"掉链子"的时候,那个家长甚至在评委席上叫着自家孩子的名字现场指挥起来,惹得大家都善意地笑起来。

比赛终于结束了,阿芳收起评委们的打分表统计分数。不一会儿,结果就出来了,八个孩子分成两个等次,一等奖四个,奖品是一大包食品;二等奖四个,奖品是几种小食品。每个孩子都满载而归。

我在一旁提醒孩子们:别都自己吃了啊,记得和爸爸妈妈分享啊。阿芳更直接,让孩子们马上就和爸爸妈妈分享。孩子们便从小板凳上起身,拿起自己的奖品奔向家长。我又友情地提醒家长:一定要收下孩子们分享的礼物啊,让他们养成一个尊敬家人的好习惯啊。

真是一次可爱极了的有意义的活动!

开学第一天,自然是要升旗的。这是阿静的舞台。一大早,她就通知让九(一)班准备。第二节课时,也就是阿芳组织孩子们比赛的时候,阿明当了一会儿评委便离开了,他要去训练学生出旗。

时隔一个月,再次见到鲜艳的五星红旗在孩子们手里上下翻飞,真是美极了,亮极了。集合号一响,身穿校服、胸前佩戴红领巾的大小孩子们便在升旗台前集合了,出旗,升旗,国旗下讲话,一气呵成。其间,或远或近,来回穿梭着一个黑色的人影——黑马。他是我的同事,单位的计算机老师,因为他网名叫黑马,我总唤他"黑马先生"。

不由得想起早晨来上班时,他就已经站在校园里了,手里拿着个头不小的照相机,镜头对准走进校门的家长及孩子们。

认识黑马先生自然是在来这里之后。初来乍到的我,对什么都感到新奇,自然见到什么就拍什么。我一直以为他不过是一个计算机老师,因为我来后便是找他领取计算机的。对他进一步的认识是在去年开学后的第一次升旗仪式上,我在拍照的时候,竟然看到他也在拍。哦,原来,他还兼任学校的摄影师啊。去年秋天,他被借调去教育局帮忙。有一次开会,云芳请我帮忙拍照。那时我想:"呵呵,黑马先生,我抢了你的工作了。"

元旦前,恰好家里的电脑坏掉了,把主机拿去电脑部维修后,还是不好。元旦后,看到黑马先生,我随口一说,他便让我把主机搬到单位来瞧瞧。利用课余时间,他硬是捣鼓了一个来小时,终于给我把电脑"医"好了。

我孩子一般地欢呼起来。

　　黑马先生,谢谢你!

## 2月26日　星期二　晴

　　开学第一天,教育局的"便衣"便下来督导视察工作了。他们悄无声息地来,如果不是有同事正遇见了前来"报告",正在办公室、教室忙得不可开交的我们是丝毫不会察觉的。

　　我突然想起一个人——阿露。来了半年,她几乎是被我忽略掉的。不是因为她忙,而是她的办公室在三楼,我几乎看不到她,除了她给二年级的孩子上课时。

　　下午第一节课,我再次来到三楼,阿露一个人在。见我进去,她赶紧收拾起桌面来,上午见过的不同颜色的文件正在她手里。我连忙制止了她,让她继续忙,别因为我的到来受到干扰。阿露说,教育局领导来检查工作,她刚把需要的材料送到会议室去,才坐下来。看她忙碌的样子,我不由想起去年冬天偶然遇见她在给二年级的孩子们上课的情景。

　　那天,我去洗手间洗毛巾,无意间发现站在二年级教室讲台上的她,便放下脸盆闪了进去。阿露正在领着孩子们唱歌,一边唱,一边舞动着双手。那双美丽的眼睛和孩子们对视着,笑成了两弯浅月。我的突然出现让她有些意外,她嗔怪地看了我一眼,不动声色地继续上课。

　　其实对于阿露的喜欢,跟她在忙些什么或者有多忙无关,倒是日常生活中的碰撞,吸引了我的视线。

　　第一次见她是在餐厅里。上学期开学后的第二周,餐厅里就餐的教师中多了一道让我忍不住多看几眼的风景,那就是阿露。对于美好的事物,人都有趋向性。而我,更是毫无遮拦,不加掩饰。她真的很美,四十五六的样子,中等身材,既秀气又挺拔,短发,皮肤白皙,瓜子脸,眼睛都会说

话,整个人看起来雅而不俗,美而不艳。我悄悄地问熟识的同事:这个好看的女人是谁？答曰:学校办公室主任阿露。

等跟她熟了,不是正式的场合,我都懒得唤她"主任",开口便是"美人儿"。开始其他同事并不知道我说的是谁,我索性加上一个字连起来唤——"美人露"。

物以类聚,人以群分。我总是坚信,这样的前提下,爱总是相互的,喜欢也是。我对于阿露的喜欢便也让她喜欢着我。其实即使她不介意我的喜欢也没关系,因为喜欢她是我自己的事,我感恩所有让我的生命和生活变得丰富多彩的人。阿荣、阿玲、阿芳、阿静、阿明、阿芹,还有阿露,当然还有许许多多已经感动我和正在感动着我的人。

这些人与我没有物质利益的纠缠,之所以喜欢,是因为他们每个人工作上的精彩点燃了我,或者是生活中的智慧让我心悦诚服。

比方阿露。

去年冬天学校排练节目过程中,第二部分演员的动作及位置安排,一直没有定下来,改来改去很浪费时间,同事们都没有吭声。正僵着的时候,阿露说话了,她提出了自己的排练意见,简单,易操作,又不破坏节目整体动作的协调性。

在后来的排练中,她的腰扭伤了。若换作别人,兴许就借故退出了,她却一边抓紧时间找医生推拿,一边赶紧返回来参加排练。对于喜欢的人,我总是愿意多瞧几眼的,就像我在写给她的"情书"中所说的那样:

"我总是喜欢正面迎着你,背后目送你。"

## 2月27日　星期三　阴

今天一早到校后,我看到从餐厅回教室的小赖,第一句话就问他:"昨晚哭了没有?"听他说"没哭",我便冲他竖起了大拇指。我知道,对于小赖,开学第一周是最关键的。怎样能让他愿意留下来呢？

他开学第一天、第二天不停地问我："你什么时候给我们上课？"想到这里，我的心不由震动着：他是期待我给他上课的。他因为信任我，所以喜欢我，所以期待我出现在他的教室、他的课堂。换句话说，我的课是他所期待的样子，我在课堂上的表现也是他所期待的样子。到哪里去找这么深情的信赖呢？

今天是小赖来上学的第三天，第一节是我的课。我请他起来读一读昨天学的《三字经》第一行，他竟然读下来了，我奖给了他一个从柬埔寨带回来的用棕糖树叶编的钱包："小赖，你闻闻，还有树叶的清香呢。你也让其他同学们闻闻吧！"

下课了，我回到办公室喝水休息。开学第三天，我的嗓子便开始报警了。而对于小赖，尽管他昨晚没哭，但是让他彻底留下来愿意在学校读书，我依然不敢放松警惕。昨晚想去寝室看他的时候，阿明说孩子们早已睡下了，我便约了阿玲今晚一起去。我很高兴，爱的路上，有越来越多的同事与我同行，愿意与我同行。

午餐后，三五个同事在校园里溜达。当我想起去寝室看小赖时，宿舍楼已关门了。返回时，看到飘扬在空中的五星红旗好似降下来了一段，我靠近去一看，果真是，心里想着下午跟阿静说一声。

我回到办公室去备课时，孩子们午休结束重返教室了。走廊上热闹起来，透过办公室的门，他们叫我的声音也此起彼伏起来——为了防止被晚回寝室的孩子们打扰，我在非上班时间，特意在门玻璃内挂了一块布幔遮挡他们的视线。孩子们多聪明啊，一看到布幔挂起，就猜到我在里面，尽管他们不会再来开我的门，却不会少了给予我的呼唤。听他们隔着办公室门或者说隔着那道布幔叫我，我禁不住笑了。

我起身撤掉布幔，开门，来到走廊，和他们互动。这个时候，透过走廊北侧的玻璃窗，我看到正从升旗台往西走的阿静——莫非她已注意到了降下一段来的国旗？我走到大厅中央的北门瞧去，果然，天空中正飘扬着已经被升上去的五星红旗。

我又心花怒放起来！啊，阿静！我的阿静！棒棒的阿静！

我悄悄回到办公室，想着这美好的、温暖的一瞬——窗外的世界是灰蒙蒙的，但我此刻的心是温暖的，正因为面对的是这些特殊的少先队员，所以诸多的工作、活动，都需要阿静这个少先队辅导员亲力亲为——那些我没有目睹的工作我不敢说，单是升旗这一项工作，每周一的升旗仪式，她都是和升旗手一起升旗，最后捆绑、固定。她拿着话筒，陪伴国旗下讲话的孩子，一字一句地念。孩子念得不顺的时候，她安静地等待或者给予轻声的提醒……这样一边想着，一边敲打，突然间觉得自己的眼睛热起来，涩起来……

让我说说阿家吧。

只要他来上学，我几乎每天都能看到他，而且不止一次。想不遇见他都难，因为他几乎从不在教室里听课。别的孩子在教室里上课的时候，他在走廊上散步，有时他的散步范围会扩大到教学楼外的甬道、车棚甚至操场。

关于阿家的信息，有的是我亲眼见到的——他初来不久的某天，我看到阿雯正把在走廊里大哭的他哄进教室，然后让他把自己桌上乱七八糟的彩笔收拾到彩笔桶里去。他一边收拾一边哭，旁若无人，毫无顾忌。有的则是道听途说的——某天，小君哄他上课时，他用双手把小君的颈部挠出了几道血痕。

不仅小君，阿雯自然也经常被他折腾得伤痕累累。

阿家不喜欢在教室里待着，为了不影响其他同学上课，只好随他在教室外活动。每次在走廊遇见他，我都会尝试着跟他交流，但他旁若无人，连看都不看我一眼。他胖乎乎的，脸上没有表情，走路缓慢，仿佛每走一步都在思考一个重要的问题。

今天下午，我觉得眼睛有点儿干涩，便离开办公室到外面走走，又遇见了阿家。我问身旁的小君，阿家是什么情况。小君说，他是自闭加狂躁，跟家长沟通过多次，看了许多医生，心理的、身体的，都看过了，实在是没办法。

小君正好没课，我们便决定"跟踪"他。我们跟着阿家来到操场上，只见他正沿着操场南边的跑道慢腾腾地向前走着。我们一边悄悄尾随,一边听小君给我讲阿家的故事——去年冬天,一场雪后,阿家一个人跑出来,也是这样,沿着操场慢慢走,他应该喜欢听脚踩在雪地上发出的"咯吱咯吱"的声音。

小君告诉我,她最担心的是阿家长大后怎么办?现在他狂躁的时候,力气还算小,等他长大了,一旦发作起来,谁能控制得了他?

看着在我们前面慢慢走的阿家,我突然觉得他一定也是个充满天赋的孩子,只是我们没有找到通往他心灵的那把钥匙。

我扭头冲小君一笑,抬脚跑两步,撵上去:"阿家!阿家!"

阿家看看我,没吭声。

小君亲切地跟他说道:"阿家,这是燕子老师,向燕子老师问好!"

其时,阿家已经被我们"堵截"在操场中间的绿地上。他就地坐了下来,抬眼一瞥我,面无表情地来了一声:"燕子老师。"

我很高兴:"对,我就是燕子老师,阿家,我就是燕子老师。你记住了呀。"

我蹲下身来,尝试靠近他。

小君小声嘱咐我:"小心,别让他挠着你。"

我点点头,继续靠近,伸出右手去:"来,阿家,跟燕子老师握握手。"

他犹豫着,竟然真的把他的左手抬起来给我。我握住了他的左手,晃动了一下,想握他的右手,他终于把另一只手递到了我的右手掌,我们来了一次真正的握手。握手的同时,我提着一颗心:像小君嘱咐我的那样,生怕他用手掐我、挠我。

但是阿家今天很安静,没有狂躁,所以,我的手很安全。

然后阿家就躺下了,胖乎乎的身子,一身黑色的运动服,躺在绿地上,像一只慵懒的熊。他偶尔慵懒地换一个姿势,从正面朝上躺着变成脸朝下躺着,胳膊都懒得换个位置拐个弯。

我忍不住笑起来。

东面某个高年级班的孩子们在上体育课,有一个足球滚了过来,我抬脚轻轻踢给阿家。阿家懒懒的,一动不动。小君叫他,他也不动。

我干脆孩子一般地去抢其他孩子的球,然后一个个踢给阿家,一边踢一边说:"阿家,接球!"

小君也叫着他。阿家终于慵懒地爬起来,慵懒地把球踢给我或者小君。

就这样,一个球在我们三人之间滚了起来,并且我们之间的距离越来越远,踢球的力量也越来越大,球运动的范围也越来越广。不一会儿工夫,我跑动起来了。看着远在三十米外的阿家和二十米外的小君,我忍不住笑。

阿家并不一直配合我的"淘气",他不时地停下来,慢腾腾地去想某个高深的问题。我可不给他这样的机会,一旦他停下来,我就踢球给他,一个不行,就踢两个。小君则配合着我,一声声地喊:"阿家,把球踢过来!"

等待阿家慢腾腾地把球踢过来的时间,小君悄悄地跟我说:"燕子老师,说不定这也是一种法子呢……"

我说:"是呀,想要接近他,就必须先把自己变成一个像他这样的孩子,才会有然后。"

小君若有所思,说:"每个人都有不同的办法吧。"

我说:"是的,适合的就是最好的。"

小君陪阿家回教室去了。我目送着他们的背影。阿家,你会有我期待的"然后"吗?会吧?有阿雯和小君一起努力,一定会吧?

今天是小赖重返校园的第三天。放学了,他们要去餐厅吃饭。透过玻璃屏,小赖向我挥手,我便挥手向他致意。他还不晓得,今晚,我要去看他。看着他兴高采烈地走向餐厅的背影,我忍不住有些荡漾起来:小赖,加油哦!

去餐厅看小赖。九年级的阿蕊和一年级的阿睿挨着坐,见到我依然开心。小赖的餐桌和他们隔着一条走道,我原本想直接去找小赖,看到阿睿,忍不住亲亲她。

餐厅里熙熙攘攘,早到的已坐下开吃,晚到的还在排队。我嘱咐他快吃,别磨蹭到最后,又被教养员阿姨催。然后我发现,不是他自己不想快吃,而是他使筷子的方法不对,导致不会大块地夹菜。我索性去教他,没用。一松手,他又按照自己的方式使用。小赖挺聪明的,吃完馒头空出左手后,他知道把盘子端起来,右手用筷子往嘴里扒拉。我忍不住笑起来,夸他。

他正在逐渐学会照顾自己。我很欣慰。

小赖吃饭的时候,阿健还在排队,并且一直排在队尾不肯上前去。我问缘由,他说在等同一个宿舍的大哥哥一起领,一起吃,一起回宿舍。阿通也在一旁作证。

好不容易等他们都坐下来,我坐在阿德旁边的空位上,趁他不注意,随手掐了他手里的一块馒头塞进嘴里嚼起来,男孩们直接笑疯了。我又假装去抢阿洋的,他露出了害怕的神色;阿俊以为我饿了,主动给我吃。当我趁阿德不注意,又"偷了"他一口馒头吃时,大家又乐了。我"强词夺理"道:"阿德超重了,我这是在做好事帮他减肥呢!"

正在我洋洋自得时,男孩们都指着我身后冲我笑起来。阿蕊吃完饭了,也跟着过来瞧我,也在冲我笑。我莫名其妙,眼睛看着他们,左手探向身后划拉一下,没有谁啊。扭头一看,我顿时明白了,赶紧一边笑着一边站起来让座。原来我坐的是阿冰的座位,我说嘛,八个男孩,正好一边四个,这边怎么会空着一个座位!阿冰端着饭碗笑着站在身后也不吭声,让我白白地被嘲笑。哼!我忍不住故意数落阿冰:"你为什么不叫我?你为什么不叫我?!"大家伙儿更是乐不可支。

当餐厅厨师长把剩余的豆腐干端出来,问孩子们还有谁没吃饱时,阿洋,尤其是小小的阿浩,竟然端起吃完的盘子迎上去,看来厨师长的手艺很对孩子们的胃口。

夜幕降临了。我正敲打着,传来敲门声,阿玲到了。昨晚我们就约好一起去寝室看孩子们。

我们来到三楼,摁门铃,教养员来开门了。孩子们有的已经睡了,寝室里灯已灭;有的还没更衣,电视机还响着。我竟然先看到了阿哲。他们寝室的四张床上都睡了人:靠门的阿诚睡了,即使趴着朝下,也能一眼就看出是他来;阿诚里面那铺的孩子也睡了,我俯下身去,怎么也没看出是谁,估计不是我们班的;阿航本已睡下,看到我来了,又坐起身来跟我打招呼,我看他浑身黑咕隆咚鼓鼓囊囊的,走过去一瞧,竟然是白天穿的棉衣和棉裤。穿这么多睡容易感冒的。我把他的棉衣裤扯出被窝,盖在他的被子上。他很乖,双手合在一起做了个欢喜的手势。我靠近他,竖起俩大拇指,跟他的大拇指靠在一起——这是他喜欢的方式,他做这样的动作时,一是在夸我,二是表示他很开心。阿哲最不乖了,竟然还没铺床,衣服也没换,甚至鞋也没脱,半坐半卧着仰头看电视。我轻声叫他:"阿哲,赶紧睡觉。"

307是阿姚班的孩子们。灯已熄,人还没睡,电视开着,屏幕的光足以让我看清每一个男孩的脸。我轻轻进去跟他们打了个招呼就退出来了,他们微笑着目送我。

隔壁的306是我今晚走访的重点,小赖在里面。灯熄了,里面黑魆魆的。我轻轻开门,打开灯,原以为有三个孩子在寝室,没承想阿姚班的那个孩子不在,只有小赖和斜对角那张床上的孩子。那个孩子蒙着头一动不动,估计是睡了,我轻轻过去帮他把蒙着的被子往下拽拽,那个孩子竟然醒了,冲我一笑。原来是他呀。毕竟来了半年,尽管有的孩子叫不上名字,但每个孩子的脸都是熟悉的。我嘱咐他别蒙着头睡,空气不好。他"嗯"了一声。

小赖看到我进来早就冲我打招呼了。他带来的那个装满了衣物的红色袋子竟然就放在被子上。我将袋子拿到枕边靠墙的位置,问他冷不冷。小赖说不冷。我又问:今晚没哭吧?他说没哭。我便冲他竖大拇指,并俯身在他侧过来的右脸上亲了一口。他笑着说"谢谢老师"。我将阿玲介绍给他,他就叫"阿玲老师"。

看完小赖,我给他关了灯,带上门,再跟教养员道别,心里这才放下。

回家。阿玲推着电动车,我们一起穿过学校后面的小树林中的小径,一边走,一边听她讲她和孩子们的故事——

男生发育到14岁,便开始有青春期的萌动了吧?阿壮就是。阿玲说起去年冬天发生在这个孩子身上的一件事。有一天,高年级的一个女生哭着来找阿玲告状,说阿壮摸她的胸。阿玲调查清楚后,拿起小棍准备敲那只不乖的手。素日嬉皮笑脸的阿壮一脸严肃地看着阿玲,说:"真敲啊?"阿玲说,"为了让你长点儿记性,必须真敲!"

可想而知,阿玲平日里多么爱孩子。我知道,她像一个慈祥的母亲,舍不得打一下,骂一句。可一旦孩子犯了错,她绝不姑息。那一次,她不仅打了阿壮的手心,还把此事告知了家长,请家长回家教育一下,若不认错以后就不用上学了——这一句,纯属吓唬。阿壮毕竟是个孩子,老师、家长两头一使劲儿,就乖乖地跟那个女生赔礼道歉了。为了让那个女生原谅阿壮并能来上学,阿玲还买了许多好吃的送给那个女生。毕竟还是孩子,见到好吃的,就把恼怒不悦什么的都放下了。

最喜欢听阿玲讲孩子们的故事,我听得入迷,便央求她抽时间多讲讲。阿玲笑起来说:"这是多普通的一件事呀,每个班主任手里都一抓一大把。"

不管,我就要听嘛。

不仅要听故事,我还约着她继续去做家访。阿玲说:"就崇拜你这一点,一说起工作,谈起孩子们的事,你怎么就不知道累呢?"

我笑着摇晃她的胳膊说:不许用"崇拜"这个词,用"喜欢"就好了!

## 2月28日　星期四　多云转晴

下午,项目组活动正常进行。这是开学第一周的项目组活动。第二节课后,我想起小赖,项目组活动中他还好吗?

前天我跟阿明说,看看小赖喜欢什么,如果他喜欢体育,就让他跟着阿明,或者跟着我去绘画与手工组。

如今教室里没有小赖,我往操场走去。

果然,他在那里,还有体育组的其他孩子们也在那里。活动应该结束了,十几个人在打篮球。走近了,果然,那个最疯的身影是阿明。他不是打半场,而是在两个篮球架间奔跑着,其间还要避开故意围上去亲近他的大大小小的孩子们。

阿鑫喜欢阿明,毫不掩饰。小赖喜欢阿明,朴素自然。

只要阿明在,无论室内还是室外,孩子们的视线总投向他,仿佛他是太阳,每一个孩子则是一棵蓬勃向上的向日葵,成长、茁壮、开花、结籽。

我突然意识到,就孩子们而言,和阿明争宠,我输了,但心里无比欢喜。倘若说这些是我的孩子,阿明则像一个保姆,不仅帮我照看着他们,而且照看得很健康。

我猜阿明大概不会明白我每每向他道谢的缘由吧？或者其实他是懂得的,要不,他不会在我每次感谢他待孩子们好时回复我:"你为他们做的比我多多了。"

阿明,不是这样的。我之所以感激你,不仅仅是因为在我忙到无法分身、疲惫到没有多余的精力照看孩子们时,你二话不说地接过去;也不仅仅是因为你默默地配合我留住小赖;感激你,还因为你像我一样有一颗爱孩子、待孩子好的真心——在这条爱的路上,有人懂我并愿与我同行,还有什么比这更让我温暖并坚守下去的呢？

我还不够好,我好得还不够彻底。至少我心底会有点儿介意那些脏乎乎的孩子那么咋咋呼呼地扑过来抱住我,至少我会躲着刚吃完饭满手是油就想要扯我胳膊的孩子。每当我嚷着躲闪他们的时候,会想到阿明你。浑身脏兮兮的他们纠缠你,往你身上扑时,你是不是很惬意呢？

上完课,我领着小赖去接水,回来的时候,遇见阿明带着孩子们去上体育课。阿航手里拿着一本旧的《快乐生活》,我让他把书先放到教室去。他听了后,看看手里的书,没吭声。我知道他不会乖乖地听话,便转身离开,还有很多工作等着我去忙呢。没想到,阿航突然从后面抱住我,我还没来得及反应,右脸便被他亲了一口,我甚至能感觉到他早晨喝粥后没擦过的嘴角上,已经干了的粥的残渣像胡子一般扎人。我禁不住嗔怪地惊呼一声,心里一边回味着被孩子"亲亲"的小幸福,一边想着:我被异性学生"骚扰"了啊,谁来管管啊？幸好阿航还是个孩子,哼！

是的,小赖。昨晚去三楼寝室看他的时候,门已经关了,不想老麻烦教养员阿姨,就打电话给阿明,幸好他在。一进306房间,我就看到小赖坐在自己的床边,鞋没脱。看到我,他马上眼泪汪汪地说想家。这才星期一啊,我忙半嗔怪半安慰他:"燕子老师明天下午在你们班有课,好好表现,老师有好吃的奖给你。"他还是有些委屈,我便转移话题问他洗脚、刷牙了没有,并弯腰去床底下找脸盆。我给他的脸盆包括脸盆里的毛巾都是干的,看样子一次都没用过。

"啊,你没洗脚吗?毛巾怎么没用过呢?这怎么行呢?"我连珠炮似的发问彻底转移了小赖的注意力,他跟着回答起我的问题来。紧接着,我拉过他的手。他的手黑黢黢的,手指很短,皮肤也很粗糙,让我想起了中学时学过的赵树理写的陈秉正的手:

"手掌好像四方的,指头粗而短,而且每一根指头都展不直,里外都是茧皮。圆圆的指头肚儿都像半个蚕茧上安了个指甲,整个看来真像用树枝做成的小耙子。"

我看着15岁的小赖的手,突然间有些心酸。这哪里是15岁孩子的手?他在家里"闲置",或者放羊,虽然也算帮着家里做了些事情,但又虚度了多少最好的学习时光?如今虽然他懂事了些,也重返校园来读书了,可和同龄的孩子相比,至少在识字量上是落下了些。我一定要认真地教他,好好地待他,无论多少时日,让他感受到我的深爱就好了。

握着小赖的手,我明显感到他的手是冰凉的,不由看向他的身上,竟然只穿了一件秋衣和一件薄外套。这怎么行?我赶紧着急地问他:

"你的厚衣服呢?带了没有?"

小赖说没带。我弯腰看看床下的红色手提袋,里面也只有裤子。关心则乱,我不由求助地看向坐在对面床铺的阿明,"你能否陪我回趟家?我拿一件自己穿小的棉袄给小赖。"

"行。不过小赖真的没带冬衣吗?"阿明说。

也是,还没出正月呢,春寒料峭的,家长怎么会让小赖穿着薄衣服就来上学了呢?要知道,这里一待就是一周啊。

这时候,教养员阿姨来了,听说了这件事,又转身离去。我想起什么来,忙追出去,她已经唤301的阿聪拿着一件冬衣走来了。我不由得对教养员阿姨和阿聪充满感激,我拉阿聪进来一起坐下。这是阿聪备用的冬衣,我给小赖披上,可别冻感冒了才好。什么是雪中送炭?阿聪,你真是个好孩子!我高兴地亲了亲阿聪的额头,阿聪也很高兴。

还是阿明心细。他不相信小赖的家长会不给他带冬衣,就让我从床底下拿出那个红色手提袋,他接过去翻检起来,很快从袋子底下翻检出两件冬衣来:一件绒衣,一件毛衣。

"啊!"我高兴地蹦起来,"阿明,你太棒了!"

这下,不用穿阿聪的冬衣了,自然更不用让阿明去我家取了。我赶紧让小赖换上自己的冬衣——这次探望也算该结束了,因为小赖想家的念头已被我"破坏"了,他只盼着周二在我的课上好好表现,赢得我的巧克力。我感激阿明在,因为小赖是那么喜欢他;也感激教养员阿姨,因为她是最熟悉小赖的;自然,也感激小赖同寝室、相邻寝室的高年级男生们,因为他们听了我的嘱咐,一直待小赖很友好。

为了让小赖养成洗脚的好习惯,今天一早,我把家里的一个塑料桶拿到了学校,教小赖晚上回宿舍前,用这个桶去饮水处装些热水,回寝室泡脚。

前后又忙了一天。晚餐时,我放下手头的工作去餐厅看小赖,去时不忘带上几个甜橘子。我不能总去寝室打扰他们,无论是教养员阿姨,还是孩子们,我去了,他们总是"人来疯",这样不好。

孩子们已经开始吃饭了。回应着孩子们的呼唤,我坐到了小赖餐桌的对面,让他的对桌帮我剥开橘子,然后一瓣一瓣地分给其他孩子们,包括小赖同寝室的两个男孩,小赖自然是得到最多的。我特意又嘱咐他回寝室前记得打热水洗脚,他应着。他应着,我便知道他会去做。毕竟他已经15岁了,不是小孩子了。临走前,小赖对我说,想打电话给爸爸。我说等他明天表现好了,就打电话给爸爸。没想到小赖说:

"星期四打电话给爸爸。"

我乐了:"明天是星期三,星期四是后天。你要后天打电话给爸爸吗?"

小赖点点头。我记下了。我绕过向我打招呼的热情的孩子们向餐厅外"撤离"。

"燕子老师,**别忘了**,星期四打电话!"小赖在身后喊我。

"知道了,**星期四打电话**!"我冲他挥挥手。

身后的喧嚣逐渐远了,我从餐厅回到办公室来。今天的作业还没完成,关于小赖,关于阿明,关于教养员阿姨,关于我自己。

此时,窗外已然漆黑。三楼是孩子们的寝室,18:36,孩子们洗漱完了吧?小赖呢?你有用那个桶去取热水吗?明天第一节是我的课,我该用什么方式来教你、夸你,让你进一步爱上学校、爱上同学和老师呢?而我,"强行"把你从自由自在的故乡请回到学校里来,你真的高兴吗?小赖,我是希望你高兴的,我是愿意你高兴的,我希望你来这里不仅能享受到国家对你们这些特殊的孩子的好政策,更能真的学点儿东西,除了家乡,除了放羊,除了一日三餐,活着,还有许多精彩的东西,知道了,了解了,才会有梦想,才会有向往,也才会为了这梦想、这向往去努力——大概,这就是活着的真正意义吧?

是的,小赖,不仅你,我希望你们每一个孩子,都能活得有意义、有价值。这是属于你们自己的活着的尊严。

## 3月4日　星期一　晴

我的手机一直关注着三个班的群,一个是阿芳班,一个是阿英班,一个是阿玲班。阿芳班和阿英班自不必说,因为我是她们班的任课老师。阿玲班在二楼,对于她班的了解,有一半是通过班级群——

比方她每个周末会在群里嘱咐家长:这周的作业是什么,要求家长配合着完成什么,并要求家长上传孩子们在家里完成作业情况的照片——或者是帮着做家务的,或者是孝敬老人的,或者是背古诗的。比方开学前,她也会在群里提醒家长,开学需要带什么来。这所有的叮嘱里,最多的还是关于孩子们的安全。而今天上午,她传到群里的是一张照片:一个男生正在给另一个男生系红领巾。这真是新鲜,因为我知道,之前包括我们三年级,所有的红领巾都是老师给孩子们系的。

我问阿玲传这张照片的原图。阿玲传给我后,还自豪地说,"今天都是我们班的阿鑫帮同学系的,我指挥就可以啦。"不一会儿,她又发来信息:"孩子大了,我轻松多了,可以偷懒啦!"我可以想象阿玲那灿烂如花的表情,由衷地为她感到高兴,为她班孩子的进步感到高兴。

我总是如此欣喜地看到老师们辛勤的付出,看到他们辛勤付出后孩子们取得的进步。要知道,他们可不像普通孩子那样一教就会。比如去年,我教阿浩写他的名字,一学期也没教会,至于阿冰那就更难了,他的名字好难写啊。不用说教会孩子写自己的名字,单是听他们发对了一个音,我们当老师的也能兴高采烈好几天呢。谁说特教老师没有成就感?有的,只是这成就感来得慢一点儿,像蜗牛一样慢,但正因为来之不易,所以,我们才倍加珍惜,才更加欢呼雀跃,以至于百感交集地涌出泪花。

我便是如此越来越了解、理解特教老师,他们全身心地期冀孩子们进步,哪怕一点儿也好。我爱所有特教的同事们!

## 3月6日 星期三 风

先生:

下班后,我便回了家,洗漱,收拾房间。窗外的风一阵紧似一阵,像是要吹碎玻璃破窗而入。这是下班后回家最早的一次吧?没去餐厅陪伴重返校园的小赖,没等他们晚餐散步后回寝室去看孩子们——下班铃响后,我兀自发了会儿呆,就收拾书包回家来了。不,我没有不开心的事,却又觉得心里沉甸甸的,想要在电脑上敲打,却又觉得无法开始。心里有点儿堵得慌,但绝对不是因为工作中或人际关系出现了问题,更不是孩子们不乖让我头疼——不是,都不是。

下午没课,我在教学楼二三楼间溜达,希望能看到什么让我感动的场景。上学期,我将主要精力放在一楼,一是熟悉环境,二是我教的两个班在一楼,三是一楼有我关注的孩子。这学期,我想把重点转移一下,看看四至九年级的老师和孩子们的日常生活。

二三楼有几个教室是空的,孩子们一定是去操场或者到楼下散步去了;三楼中间一间教室里传出一阵歌声,我透过后门玻璃往里看去,阿霞正在教室里站着,看站在讲台上的两三个孩子,其中有个女生手里似乎拿着话筒在唱歌。其他两个男生则站在一旁,侧身看着电脑上滚动的歌词。后门锁着,我从前门悄悄进去。

之前我曾不止一次走进这间教室,每次孩子们都看我一眼,然后继续做自己的事情。这次也一样,他们看我一眼,继续唱歌。我向阿霞点头示意,将镜头对准孩子们。这才发现,那个女孩手里拿着的并不是真的话筒,而是书写笔。她拿着"话筒"投入地唱着,右手不时来个抒情的动作,很有点儿明星范儿。

一曲终了,男孩退下归位,女孩继续下一首,竟是《踏浪》。她还没唱,我就先起了个头。女孩一脸讶异地看看我,笑笑,便又开始唱起来,声音不大。阿霞提醒她:"晴儿,大点儿声,让燕子老师听听!"她的声音便大了许多。

先生,如果说到此为止,就一定听不到后面的歌声了。我庆幸自己没有蜻蜓点水一般离开。女孩演唱的下一首歌曲是情歌对唱。俩男生重新站到了讲台上。我想他们一定合作过多次了,要不不可能默契到这种程度——女孩唱完了自己的歌词就冲俩男生一笑,俩男生便恰到好处地接唱下去,如此换来换去。尤其是那略显老成的男生,歌声甚是动听,外表也长得帅气。早听阿霞说过,这个男生22岁了,晴儿也是,另一个男生略小,是"00后"。

就这样,我站在阿霞身边,欣赏这三个孩子的情歌对唱,看着听着,蓦地觉得鼻子一酸,我转身抱住阿霞,拼命忍,还是没忍住,落下泪来:"阿霞,他们是多么好的孩子啊……"

我知道阿霞懂我的意思,她平日里对孩子们好得不得了。但她什么也没说,只是轻轻地拍着我的背,直到我松开她。怕她看到我泪流满面的样子,我直接扭头看向讲台上唱歌的孩子们,却不想被推门进来的阿敏撞了个正着。她一头雾水地杵在那里看着我,不知我这是唱的哪一出。我把泪水拭干,"仓皇"逃去。

先生,你也懂我的悲伤吧?或者不是悲伤,而是心疼。是的,那一刻,我的心莫名地疼:这么好的孩子,倘若正常的话,此时正是读大学的最好年华,然后大学毕业,做一个有勇气、有情怀、有担当的人。

这份心情从白天沉淀到傍晚,从学校沉淀回家里。我终于平静下来,思考不同的人生和活着的意义。先生,大概,这就是我执意要来这里的原因吧——让我心疼他们,深爱他们,为他们多做一些我力所能及的事,物质上的也好,精神上的也罢——甚至只是陪伴,陪伴是最长的告白!

把沉重的心情变成简单的文字,我便把自己治愈了一半。而先生在那端聆听我和我的同事、孩子们的故事,便是给予我另外一半的安慰了。感恩孩子们,他们朴素的歌声让我也如此本真,只想把自己变成更强大的人,为他们毕业后的人生,铺一条坦途。

### 3月7日　星期四　晴

阿霞来接学生了,我跟着她向教室走去。这段时间,我逐渐认识了她班上的孩子们:晴儿、阿雨、阿杰、阿越……还有上学期就认识的阿扬——我早已不怕他了。在阿霞面前,他温顺得像一只大绵羊。

早晨教室里的空气不是很好,我一边请阿霞介绍我还不熟悉的孩子给我认识,一边请他们开窗通风换气。阿雨坐着不动,仰头对阿扬说:"开窗去,阿扬,开窗去!"

我笑着问阿雨,"为什么你不去开,让阿扬去呢?"

阿雨说:"他长得高,不用踩凳子。"

阿霞也在一旁说:"是,我们班的窗都交给阿扬了呢。"

阿扬早已去开窗了,真的,他个子高,不用踩凳子,也不用踮脚,一抬胳膊就搞定了。

趁孩子们打扫卫生的空儿,我请阿雨到办公室聊一会儿。

看他走路,我才发现,阿雨竟然像阿德一样,腿脚并不很灵便。但他的脚步并不踉跄,只要没有外力推他,行走应该是安全的。

到办公室后,我请他坐在沙发上。

"你不介意我问你腿脚的问题吧?"

"没关系。"

"你这是儿时生病落下的吗?"

"不是,我出生就是这样。"

"出生就这样?这是娘胎里带的?不应该呀。"

戴眼镜的阿雨说:"是我五六个月的时候,奶奶发现的。奶奶拉着我的小手站起来时,发现我的两条腿粗细不同,去医院检查,确诊是脑瘫。"

我轻轻地笑起来:"你?脑瘫?怎么会?你看起来很聪明的样子。"

阿雨笑了,眼睛在眼镜后面眯成一条缝。

"我昨天听你唱歌了,你的声音很好听。有没有想过朝这方面发展呢?"

"嗯,我很喜欢唱歌,也想朝这方面走走看。"

"你是从什么时候开始喜欢唱歌的?"

"前年吧,跟我舅舅学的。"

"你舅舅?他是干什么的?"

"他是个农民。有一天,我听他唱歌,自己很喜欢,回家就下了'全民K歌',开始学着唱。"

"你唱得不错。你的声音特别好听。山东早先从《星光大道》出来的刘大成,就是农民歌手。"

"听说过。"

"那么你有偶像吗?"

"我比较喜欢能自己创作歌曲的人,比如我们山东的张师羽。"

我没听过这个人,以为是"张诗雨",上网一搜,原来是"张师羽"。我顺便听了几首他的歌,果然都是情歌,就像昨天三个孩子唱的那样。

其间,我出去洗抹布。怕他无聊,我指了指书橱:"里面有书,自己取了读。"等我回来,只见他安静地坐在那里,正读着。

"平素,你都喜欢看什么书?"

"课外阅读。"

我的眼前出现了普通学校随着教材一起下发的《课外阅读》,心里不由一声叹息。

"读过其他名著吗?"

问完我就后悔了。对于这些特殊的孩子而言,能读《课外阅读》已经不容易了。阿霞教会了她班上的孩子们汉语拼音,他们自己可以看拼音读物。但即便是这样,我还是觉得有点儿遗憾,这些九年级的大孩子,是可以有更广阔的阅读空间的。

我换了个话题。

"阿霞老师说你今年21岁了,那你是哪一年来特教中心读书的呢?"

"18岁。"

"18岁?"

我以为自己听错了。

"为什么18岁你才来呢?18岁之前你在哪里,做什么呢?"

"我在自己家乡的小学读书。"

"怎么个读法需要把小学读到18岁?"

"我也不知道。读读停停,读读停停,爸爸把我送到学校去,但我上课就是玩。"

"为什么?"

"老师讲的知识,我跟不上,听不懂,就只好玩儿。"

我懂了。正沉默着,阿雨主动跟我聊了下去。

"18岁前,我在家乡读书时有一个很好的玩伴。"

"啊?他几岁了?跟你一样大吗?"

"他比我小4岁,今年应该18岁了。"

"他如今在哪里呢?"

"应该工作了。"

"今年你就毕业了吧？想过毕业后做什么吗？"

"我今年还毕不了业。我的学籍现在是七年级。"

"嗯？"

"我来的时候学籍是五年级，所以，现在的学籍是七年级，还要在这里上两年才能毕业。"

"2020年国家就普及高中教育了。那个时候，你会继续读三年吗？"

他沉吟了一会儿——应该不会读了。

"也是，再过两年，你就23周岁了。如果再读三年，就26周岁了。你应该早一点儿毕业，早一点儿找份工作安定下来。"

"嗯，我也是这么想的。"

"你将来想从事什么工作呢？"

阿雨垂眉看看自己的腿，然后抬起头来继续说："我的腿脚行动不是很方便，所以希望做的工作可以多坐着，少活动。"

"我曾跟你们阿霞老师去就业指导中心看过，有几个已经毕业的同学在那里，就是坐着，把一张大的纸折叠成巴掌大小，装进一个塑料小袋子，发往各大酒店用。但我觉得，类似这种坐着的工作对于你太过简单了。我的意思是你可以从事更了不起的工作。"

阿雨笑了笑，没吭声。

"比方说电器维修？"

"我爸爸跟我说过，这个工作不好干。我家乡有一个表哥，他在镇上开了一家维修家电的铺子，但挣不到很多钱。"

"哦。"我不知该出什么主意了，原本就是请他上来闲聊。铃声响了，我该让他回去了。"今天先到这里吧，如果有时间，我们再聊，好吗？"

阿雨答应了。

"你能自己回到三楼教室去吗？"

"能。没问题。"

我目送他腿脚不便却又意气风发的背影，若有所思。对于这样的大孩子，我能为他们做点儿什么呢？

我习惯性地去餐厅看小赖。他出现得较晚,教养员阿姨说,中午他和阿超打架了。我见到他后,唤他到四楼,一边参观走廊两侧画着画的漂亮墙壁,一边问他中午吵架的事。小赖说是阿超先打他,所以他才还的手。小赖看着我说,五年级的孩子让他"滚"。我说,以后他们再这样说,就拉他们找老师或者校长去评理。我嘱咐小赖,"滚"这个词很不文明,不要说。小赖一边和我下楼,一边笑着看着我说:"嗯,我不滚。"

我忍俊不禁。

虽然小赖15岁,比五年级的那个同宿舍的14岁的孩子还要大,但谁规定心智一定要跟年龄成正比呢?比方我自己,无论年龄多大,不也依旧有颗孩子的心吗?

想起今天一早,小赖主动送我的那颗紫色的糖果,说是阿明老师给他的。这是他主动送好吃的东西给我,看他越来越适应学校生活,我很欣慰,也感念班主任阿英,感念阿明,甚至感念阿芳、阿荣和阿静。正是因为大家一起配合着安慰他、鼓励他、陪伴他,所以小赖才愿意留下来。就像阿明的那颗紫色的糖果,作为孩子,总是无法拒绝如此甜蜜的诱惑,这是爱的诱惑。

亲爱的小赖,还记得周二吗?周二我们在餐厅约定,周四给你爸爸打电话。周四第四节课,我去体育场找你,让你跟爸爸视频聊天,没人接。一连打了四遍,没人接。我很怕你会哭,想要安慰你,没承想你一转身跑开,继续玩球去了。后来,电话终于打通了,妈妈接的。我把电话给你听,你用方言和妈妈说了两三句便挂了。我如释重负,听你望着我说:"明天妈妈会来接我。"

小赖,阿明老师说我对于你,是"关心则乱"。是吧?但我嘴硬,说"一点儿不乱",因为我在见证你来学校后的点滴:比如听老师话,讲究个人卫生;比如上课积极举手发言;比方开始学着写字——真是遗憾你之前错过了两年学习时光。而我所能做的,不过是珍惜如今和你在一起的时光,也许很短,也许很长。陪伴是最长的告白——小赖,我的告白便是如此陪伴你,给你讲课,陪你散步,去寝室看你,让你和亲人通电话,奖励你好吃的食物。

但事情并没朝我期待的样子发展。

一切都很突然。我去找阿芳的时候,小赖的班主任阿英叫住我,说小赖在教室里大哭。我便走进教室去带小赖上资源教室来聊聊。上楼的时候,他一直哇哇地哭。到了办公室,坐在沙发上,他还是哭,一边哭一边说"要走"。问原因,他也不说什么,只是说"要走"。

这是小赖重返校园的第三个星期了。我一直相信他一定会待下去的,不为别的,因为我在这里。比如刚才,小赖哼哼唧唧地哭,不时双脚交替地跺着地板,发狠的样子。我剥了个橘子给他吃,不要?我自己吃起来。再给他,接过吃了,然后继续哭。

我便拿了一把小椅子放到空调旁边去,又备了抽纸和垃圾筐给他,让他坐在那里慢慢哭。他也不客气,哭几声,跺几下,抽几张纸擦鼻涕眼泪。见他没完了,我故意拿出抽屉里的擀面杖来——资源教室里东西还挺齐全的——站到他面前"吼"他:"你还没完没了了是吧?你还记得你自己几岁了吗?你15岁了好不好?你是男子汉了好不好?哭哭哭,也不嫌丢人!你要再哭我就敲你!"

大概小孩子都怕大人发"飙"吧?小赖不哭了,擦干眼泪,说要回去。我问他回哪里去,说是回教室。看来是想通了。

他站起来自己往门口走,我唤住他,叹口气:"小赖,你以后别哭了。你看看身边的同学,比你小的都不哭。你知道吗?你这么大了还哭,很丢人的。"

"不哭了。"小赖回答。

"要不要好吃的?"

他摇摇头。

"好吧,你回教室去,乖乖的,困了就在桌上趴会儿。但一定不要哭了。听到了吗?有什么事上来找我好了,我帮你。"

我拥抱了他一会儿,安慰地拍拍他的背,然后送他到楼梯口。他和我挥手道别,甚至还笑了笑。

我以为小赖这件事就这么平息下来了。但我送完小赖后刚回来坐下,小赖爸爸来电话了,说老师让他来学校接孩子。莫非小赖回教室又哭起来了?

我不知道,也不想知道了,只是告诉小赖爸爸,孩子是不能惯的,等他适应了就好了。最终,小赖爸爸并没有来接小赖。我不知道自己把小赖动员回来读书究竟是对还是错。假如小赖真的待不下去,便真的前功尽弃吗?无论如何,还是让我再坚持一下吧。

17:29,小赖还在校门内的甬道上哭。我第一次感到如此疲惫。其实我是心疼他的,但他好像不懂得我的心疼,或者因为知道我的心疼而故意恣肆放纵。天就要黑了。我在犹豫,是否非得请家长来接他?叹一口气,小赖,还是让我再去跟你沟通一次吧。

我失败了。

小赖爸爸说大约19点到。我把小赖再次带到了资源教室。他没吃晚饭,我拿了几个小蛋糕给他。阿荣来电话安慰我:"不要悲伤,尽力就好。"但怎能不悲伤呢?看我哭,小赖过来安慰我:"老师你别哭了。"这么个懂事的孩子,却待不住,我最担心的事,还是发生了。我问小赖为什么一定要回家去,再也不上学了。他说他要回家去帮妈妈干活。他说他很能干,能搬煤,扛一袋子一袋子的胡萝卜。

是的,煤。我又想起去小赖家家访时他们家那浓浓的煤烟味。小赖,别哄我,让我哭会儿……

小赖的爸爸到了。我和安全办主任阿钦一起送他们上了车,挥手说"再见",看着那辆小车的尾灯逐渐消失在视线中。40公里,他们回家,需要大约40分钟吧。40公里的夜路,让我有些担心他们。

我跟阿荣发信息说"小赖走了",她让我赶紧回家休息去。我该说什么呢?我回复道:让我再哭会儿。

你若安好,我便是晴天。再会,我的孩子。

**3月8日　星期五　晴**

　　无论如何,我都要把这向日葵般灿烂的日子记下来。

　　昨天,资源室的阿华主任就在"钉钉"群里发消息说,为庆祝三八妇女节,学校邀请了花艺大师来为大家讲花艺培训课,请大家记得带剪刀。下午两点,期待的花艺培训课终于要开始了。两辆轿车驶进校园,三位穿禅意茶服的姑娘从车上下来,开始往下搬装满鲜花的大箱子。早就等候在阿叶教室里的同事们出来了,有的抬,有的提,有的捧,有的抱。搬运的路上,阿静、阿荣、阿芳、小君、阿雯、阿敏等不忘在我的镜头里停下脚步,让我来个幸福的特写。

　　花泥、花篮、花箱们,很快就被"欢喜"地请进了教室。培训课开始前,校长走进来,他青色的羊绒外套的左侧醒目地戴着一枚金灿灿、红艳艳的党章。大家都知道他是来做什么的,都满脸笑意地望着他,听他说:"在这个特别的日子里,祝所有的女教师节日快乐,工作顺利,家庭幸福!"

　　掌声在弥漫着自然花香的教室里响起来。校长离去,阿华主任宣布培训课开始。这是我第一次参加花艺培训课,因而听得很认真。据同事们说,这样的花艺培训课,学校已组织过一次。每位老师面前的桌上都分发了一束鲜花,有太阳花,有扶郎花,有玫瑰花,有雏菊,有栀子叶……有红的,有黄的,有白的,有紫的,有绿的……搭配在一起,很是好看。盛着花泥的简易篮子也备好了。随着培训师的一步一步讲解,大家纷纷拿起剪刀,剪一枝,插一枝,先是太阳花、栀子叶,再是雏菊、玫瑰花,然后是扶郎花……林林总总,简易的花篮里逐渐五彩缤纷、活色生香起来。

　　一直自认为很懂艺术的我,突然间不知所措起来。坐在身旁的美术老师阿敏一边剪插着自己的花篮,一边指导着我。在她的"谆谆教导"下,我的胆子也大了起来,几经折腾,终于完成了所谓的层层叠叠、错落有致的花艺作业。

　　大家都在忙自己的"艺术品"。我拿着手机到处"采蜜",不时给某个同事和她的杰作来个特写。真是特殊的日子、特殊的心情下的"人面桃花相映红"。无论年纪稍大的老师,还是新毕业的年轻老师,每个人都那么专注,有的一边思索一边摆弄,有的侧脸去向身边的作品取经,已经完成作业的则在互相端详着彼此的作品,交流自己的心得。每个女人都是喜欢花的吧?因为每张脸都荡漾成了一朵春花。

培训课接近尾声的时候,镜头里,校长又出现了。我"怂恿"已经完成作品、正在挥动剩余的一枝紫色雏菊的阿静:"阿静,献花!"阿静多聪明啊!看了我一眼,又转头看看校长,顿时明白了我的"淘气"。她一边"叫嚣"着"可不能把我刚插的花献了",一边起身去讲台前,拿起花艺师带来的早已插好的花篮献给校长:"谢谢校长送我们这样美的花!"校长笑着说:"今天应该是我给你们献花才是!"

一段小插曲过后,校长接过花,和身后的阿华主任一起笑起来,然后把花篮放下,转身看着大家,再次表达了他对女教师及家人的祝福。鲜花自然流淌的芬芳里,掌声再次响起来。

阿静,你知道吗?我请你"献花",虽是演演,但里面包含着的,确是我发自内心的对于校长的感恩——他用如此好的一个创意,表达了对女教师的慰问,对女教师的鼓励,以及对女教师家人的感谢。大家都开心是他乐意看到的吧?大家都幸福是他希望看到的吧?所以,当大家各自提着、捧着自己用心插好的花篮来到教学楼外,来到阳光里,站成两排合影时——那么多的女教师、那么多的笑脸、那么多的鲜花簇拥着校长时,拍照的阿明不在,我自告奋勇:我来拍吧!

阿静,不,不是我不愿意和大家站在一起完成这三八妇女节最后的仪式,而是我更愿意与你们面对面,看着你们在我的镜头里,那幸福的、甜美的笑,像你们怀里的鲜花一样,美极了。

是的,我亲历了这特别的3月8日。镜头里,每一个人都笑得像太阳花一样灿烂,每一个花篮里都有一朵金灿灿的太阳花。记得培训课上,花艺师拿起的第一朵花就是太阳花。她告诉我们,太阳花的花语是爱、信念、忠诚。

阿静,我又想起了去年深冬,你和校长在多功能厅给建档立卡贫困户的孩子们发放棉服的情景。记得那天,你们左胸前的衣襟上,也戴着金灿灿、红艳艳的党章,像一朵盛开的太阳花。

我的眼前,一片光明。

我把插花时拍的照片分发给同事们。阿敏回复我:"谢谢,辛苦女神了!"我"嘚瑟"道:"你才女神,你们全家都女神!"我以为她会发一个笑到露出大牙的表情给我,没承想她回了一句押韵的话,让我笑翻了:"特教中心是我家,我家美女美如花。"

是啊,以校为家。在今天这个特殊的日子里,我们每一个人都是特教中心这个大家庭里如花的女神。

我把自己亲手插的花篮献给了辛勤操劳的妈妈。今年5月,她就满80岁了。

这是一篮不谢的花。

## 3月13日　星期三　晴

今天真是个好日子,连风也温柔了。

回到办公室,我打开阿姚发给我的文章,原来是一封信,一封写给她班上孩子的信。

小腾:

你好。你是一个来自星星的孩子,在第12个"世界自闭症日"到来之际,老师有一些话想对你说。

记得7年前的春天,缘分使你我相识;到了秋天,缘分又让我有幸成为你的班主任。那年你刚好10岁,和我的女儿一般大,那时我的女儿已经上五年级了。看到你那可爱的脸庞,我向你伸出双手,可你却不看我,怯怯地躲到了妈妈的身后,连一个眼神都没有给我。听你妈妈说,你到8岁还不会说话,为了让你开口,妈妈只好含着泪用木棍敲打你的双手,近两年你才会说简单的双音节词。

怎样才能让你接纳我、靠近我?我想了很多的办法:从家里拿来你喜欢的零食，买来漂亮的贴画，给你买漂亮的书包……我利用身边一切可以利用的资源。慢慢地，你和我有了眼神的交流，哪怕只有一两秒，我也无比欣喜。

时间在你和同学们的读书声和欢笑声中慢慢流淌着，你也在时间的流淌中成长着，你从简单的词语到会说完整的一句话了。虽然在别人的眼中，你说的语调、语速和其他同学有些不一样：例如老师教你们比较多少时，老师从家里带来了苹果和橘子，让同学们比较并学说完整的句子，你站起来说："苹果比橘子多。"你说前面的词语时声音都是轻轻的，最后一个"多"字突然提高了声音。虽然你没有别的同学说得流畅，但对于老师我来说那却是天籁，因为你终于能说一句完整的话了。

时间也在你和同学们"1，2，3……"的数数声中，在你和同学们皱紧眉头、认真思考数学题中，迈着欢快的脚步前进着。记得刚来的时候，一年级的你不认识数字，老师说："小腾，数一数老师手中有几块巧克力，数对了，老师就奖给你。"你的脸上露出了迫切的表情。老师知道你想吃巧克力，你用稚嫩的声音数着"1，2，3，4，5，一共3块……"而今，6年半的时间过去了，2300多个日子，在我们的共同努力下，你能熟练地口算20以内的进位加法、退位减法；笔算100以内的加减混合运算、100以内的小数加减混合运算；知道购物时怎样拿合适的人民币付款；知道要根据自己的经济情况购买合适的商品……妈妈说，你在家里也能用学到的知识帮妈妈解决生活的问题。

小腾，时间更在你帮同学叠被子，帮妈妈洗衣服、做饭中穿梭着。10岁的你不会扫地，不会系鞋带，身子时常前后晃动，上着课就自己笑起来。老师叫你时，你常常听不到。现在的你来教室的第一件事就是默默地拿起工具打扫卫生，把教室里的水桶打满水，把教室里要浇水的花浇上水。妈妈说，去年暑假她骑电动车时，被路过的汽车刮伤，两个月的时间，是你一直在家里帮妈妈做饭洗衣服，照顾年幼的弟弟。家里买来好吃的东西，你总是等弟弟吃完才吃。管理宿舍的老师说，看到有的同学不会套被套，你和小晨把整个男生宿舍的被套全部套好，将床铺整理好……

所以小腾，虽然你是一个折翼的天使，但是作为你的班主任，我很为你骄傲。希望在以后的日子里你能继续努力,老师把美好的祝愿送给你:希望五年后,当你毕业时,能找到适合你的工作,做一个自食其力的人。

加油,小腾!

我读着读着,眼睛慢慢湿润了,同时一股暖流开始从心底涌上来,在全身的血液里流淌。这真是一份意外的收获。阿姚,果然你比我想象中的还要美。你不仅有一颗爱心,更有耐心、责任心,还有优秀的文笔。这是人世间最美的情感,无私,无畏。它被诉诸笔端时,便成为读者眼里最动人的文字。

### 3月15日　星期五　晴　大风

课间操时间,孩子们要集体运动。在我看来,这也是集体开心的时间。

作为领操领舞的体育老师,阿明的动作是最标准的。孩子们有的排成一列纵队跟着做,个别孩子一高兴甚至跑到最前面去。至于阿鑫,他做着做着就做到心爱的阿明老师身边去了。最"潇洒"或者说最"懒惰"的那个,总是阿航——他从不肯站到队伍里去,每到课间操时间,他最爱的便是或蹲或跪或坐,待在那个大音箱跟前,研究个不停。那是他最快乐的时候。

终于解散了,孩子们在老师的带领下陆续离开操场。阳光妩媚,周边的楼群颜色很妩媚,配着操场妩媚的颜色,所有的妩媚变得生动起来。

就在我给阿霞班的师生拍集体照时,意外发生了。

一个孩子突然从背后抱住了我,两只手在我胸前摩挲,嘴里还念着:"燕子老师,我喜欢你。"是阿俊的声音。我的手还在调试手机镜头,来不及逃脱他的"魔掌",只好嘴里嚷着:"放开我!放开我!"几秒钟时间,等我空出手来准备"反击"时,阿俊已经跑开了。我低头一看,自己胸前的衣襟被阿俊的"猫爪"抹上了许多白色的东西,应该是牙膏吧?大红的衣服底色,那些白印子显得格外醒目。我嗔怪着去追他,恨不得踹他一脚,他则笑眯眯地躲闪开来,好似并不知道自己究竟怎么惹恼了我。

一起拍照的阿静和阿霞正领着学生散去,她们目睹了方才瞬间发生的插曲,看我"恼羞成怒"的样子,阿静"幸灾乐祸"地瞅着我乐。我"叫嚣"道:"不许笑不许笑不许笑!阿静!我被欺负了你还笑!"阿静笑得更欢了:"这就是我们的学生呀!"

好吧,我知道阿俊不是故意的。但是他"猫爪"上的牙膏是怎么来的呢?我哭笑不得。哼,总有一天,我要"报仇",拿水彩笔把他画成一张猫脸来"解恨"。

跟这些特殊的孩子们在一起,就是这样无拘无束,仿佛自己也变成了一个孩子。打雪仗是如此,他们不会因为我是老师而手下留情;吃东西是如此,他们不会因为我是老师而多分给我一口;做游戏也是如此,他们不会因为我是老师而不敢"捆绑"我。

我如此开心,因为他们和我在一起是开心的。

下午孩子们就要离校回家了。回办公室时,我路过孩子们的寝室,俩孩子站在一、二楼中间的平台上,地上一摊污物。

"怎么了这是?"

"阿俊吐了。"

我正疑惑着上楼,从上面下来我的俩宝贝疙瘩——阿凯和阿鑫。他们每人手里拿着一个拖把。

"先别拖,先去教室拿笤帚和簸箕去扫一下,然后再拖。"我对阿凯、阿鑫说道。

俩宝贝很乖,放下拖把去教室了。不久,他俩就一前一后地回来了,阿鑫手里拿着工具。

我从阿鑫手里接过笤帚和簸箕,便忙活起来,还不忘告诉他们:"看,要像燕子老师一样,先把脏东西扫起来倒掉,然后再拖地。"

阿凯和阿鑫听得很认真,然后俩宝贝自告奋勇地说:"让我来拖地吧。"

好吧,看着他们认真拖地的样子,我很欣慰。"阿凯,你在这里拖。阿鑫,我们去把脏东西倒掉。"说完,我拿起簸箕,阿鑫扛着笤帚,将污秽物倒进楼外的垃圾桶里。正当我要去洗手间把笤帚和簸箕冲刷干净时,阿凯急匆匆地跑来:"又吐了!"

我们赶紧拿着工具来到二楼寝室。我原以为又是阿俊,心里还在担心这个孩子怎么了?病了?他"偷袭"我,我虽然嗔怪他,嚷嚷着要踹他一脚,但那只是玩笑话,他是知道的,还冲我得意地笑呢!我跟着阿凯到了寝室才晓得,不是阿俊,是另一个高年级男生吐了,他正坐在床上,床下一摊污物,散发着又馊又酸的气味。

我的孩子们多棒啊!虽然不是自己班的同学,却完全没有嫌弃的意思,他们像我方才教的那样,先扫后拖,阿鑫扫,阿凯拖,配合默契。看着他俩,我禁不住地迭声赞叹:"阿鑫、阿凯,真棒!你们都是活雷锋!"

负责管理寝室的老师也冲他们竖起了大拇指。阿鑫笑了,阿凯也笑了,他们笑得真美。

又一周结束了。已是午后。窗外风很大,被四面教学楼、宿舍楼围在中间的五星红旗正在天井里、在西风中招展。盘点这一周,我收获了什么?是否漏掉了什么?

## 3月20日　星期三　微雨

第四节课的时候,我在办公室里忙着,阿凯在敞开的门口叫我:"燕子老师,你什么时候去我家?"

去年我就答应过他,有时间一定去他家家访。我扭头看着他,笑着问:"你都希望谁去你家呢?"

"阿明老师去。"

"那你问问阿明老师,他什么时候有空?"

阿凯转身就不见影儿了,声音却从走廊传来:"阿明老师阿明老师,你什么时候去我家?"

原来,他心爱的阿明老师就在隔壁上课。转眼,阿凯又出现在办公室门口,像个小乖乖一般,倚在门框上:"阿明老师说星期五就行。"

不知道我听清楚了没有,我感觉阿凯说的是星期五。我说:"知道了。"阿凯便很高兴,一再落实道:"燕子老师,说好了去我家哦。"我笑着点头。本以为他已经离开了,谁知他的声音又传来:"燕子老师,你跟阿芳老师说说!"

我逗他:"阿芳老师也去吗?"

"嗯!你跟她说说啊。"

"你自己说。"我一边逗他,一边心里想:傻孩子,去家访,怎么能少了你的班主任呢?自然是要喊她去的,她那么爱你们。

"不,你说!"阿凯跟我撒起娇来。

"好,我们俩一起说,好不好?我跟她说,你见了她也跟她说。"

"好!"

阿凯家所在的那个乡镇,班里有三个孩子:阿德、阿健和阿凯。既然要去,那就三家一起去。那是小城最偏远的乡镇了,我好像从来没有抵达过那里。但,多么幸福,我、阿芳和阿明,被孩子们喜欢着,喜欢到希望我们三个同时出现在他们家里。这于我们,真的是一种无上的荣耀,被孩子喜欢的荣耀,被孩子邀请的荣耀。我不禁又想起在北京工作的同学说的那句话:"不要以为是你来这里为孩子们做什么,而是这些孩子们在成全你。"是的,他们就是用他们的单纯、透明、可爱,净化着我们这些所谓成年人的内心和灵魂。

我把和阿凯的"交涉"用微信告诉阿芳,问她:你笑了吗?

她回复我:"没笑,只是觉得满心欢喜,为孩子们的喜欢感到幸福。"

是的,阿芳,这就是幸福的味道。一想起你,我就想起五颜六色的糖果,想起太阳花。

## 3月21日　星期四　晴　大风

没有比雨后的风更让人不讨厌的了。太阳出来,天空蔚蓝,空气湿润。这样的天气,即使刮大风,我也不再厌了。倘若风再婉约些,便疑似到了我喜欢的江南。

我再度去看三楼的墙壁绘画。经过计算机教室时,听到里面传来歌声,我不由好奇地轻轻打开门,原来是黑马先生在上课。在他的默许下,我悄悄走了进去,一下子就被孩子们发现了,阿通、阿涛等纷纷扭头看我,尤其是阿通,毫不掩饰他的快乐,张嘴唤着"燕子老师"。我便有些难为情了,冲孩子们"嘘"了一下,让他们继续操作自己的,眼睛却直直地看向阿壮。他正戴着大大的耳麦坐在椅子上,眼睛看着屏幕,嘴里唱着歌,双手不停地上下左右地舞蹈,只差站起来跳了。原来歌声是他发出来的。他唱得很投入,甚至没有发现慢慢靠近他的我。他终于发现我了,瞥了我一眼,然后继续全神贯注地唱歌。

我的阿亨自然也在。只是,我不晓得他正在打开什么网页,因为他正在耐心等待——他好像做什么都很有耐心,很安静。假如你不跟他说话,他便安静地站着或者坐着,眼睛看向地面或者某处,一动不动,像一块穿着绿色校服的石头。看着镜头里的他,我轻轻唤他:"阿亨!"一连唤了三五声,他才听到,抬头看了我一眼。我继续轻轻地对他说:"笑笑吧,阿亨,你笑起来很好看。"他便冲我咧开了嘴。

这是我第一次与阿玲班的孩子们一起上计算机课。黑马先生说他们很喜欢上计算机课。在课堂上,黑马先生除了教他们一些电脑知识,剩下的时间就让他们搜自己感兴趣的东西来看,所以他们有的唱歌,有的画画,有的则看动画片。

看着孩子们开心的样子,我也开心起来。

孩子们最喜欢的课间操时间到了。操场上虽然风很大,但依然洋溢着春的气息。音乐响起来了,老师和孩子们的身体动起来了——序曲中,我正站在低年级后面的绿地上，想着该跟哪位"小老师"学习动作，小君突然递眼色给我。我随着她眼神的暗示瞧去，只见她身边的一年级队伍中，一个小男生正在序曲中有节奏地舞动着，手臂在动，腿在动，其他孩子则安静地站着，等待序曲结束，真正的舞曲开始。

小君悄悄告诉我，这个孩子特别喜欢音乐，音乐一响，身体便随着动。我再一次被孩子的无邪击中。在这里，所有的行为都是合理的，没有谁笑话谁。你看六年级阿玲班的那个我还叫不上名字的男生，他站在队伍最后面，也正像阿壮计算机课上那般引吭高歌着，阿玲就在他身后，没有笑；同学就在他身前，也没有谁回头看他、笑他。你看我的孩子阿聪，回头看看我，笑笑，抬腿走到操场最北端去，和正在领操的阿明并排站着做动作，大家伙儿都没有笑他，也没有跑过去把他拉回来。

每一个特教中心的同事都告诉我，这就是这些孩子们最正常的状态。他们当中，有的可能上课的时候坐不住，总要离开座位溜达，嘴里还念念有词；有的可能你无论怎么启发都不开口说话，却在你不注意的时候突然间高兴到"啊"一声……我突然想起一个被我忽略掉的分不清年级、叫不上名字的男生——对于我，他最爱做的事情便是经过我身边时，一边嘴里咕哝着什么，一边动手把我敞开着的口袋拉链给拉上。就像阿玲班的阿壮，每次遇见我，都要将双手舒展成花瓣的样子，左右展开，捧着自己的脸冲我笑意盈盈；就像一年级的阿睿，每次遇见我，老远就先唤一声，然后张开双臂小鸟一般地猛扑进我的怀里，然后在我抱起她来旋转的时候又紧张地蜷起腿来，无论我怎么教，她都不肯伸开；甚至像阿聪，这学期开始，最喜欢冲我笑，最喜欢一起散步的时候，主动牵住我的手……

让我如何不爱？我亲爱的孩子们！圈圈，你是"唐氏儿"又如何？阿诚，你有多动症又如何？阿亨，你有自闭症又如何？阿德，你的腿不能完全正常行走又如何？阿鑫，你的舌头总是发出卷舌音又如何？阿浩，你总不会写自己的名字又如何？……

我爱你们，爱每一个自然的、本色的、如此完整的你们。

**3月22日　星期五　晴　万里无云**

　　第三节是阿芳班的体育课。课间操结束后,我也没回去,干脆和孩子们一起玩起来。他们几乎每人一个球,有的抱个篮球,有的抱个足球,并且都不肯给我玩一下。还是阿德最疼我,看我故意噘嘴的样子,就一瘸一拐地去球筐给我拿了一个足球,然后我们俩你来我往地踢起来。

　　我无疑就是他们的大玩具了。还记得刚开学那周的某节体育课,我去操场散步,被他们抓住了。他们企图用一根不知从哪里飘来的很细的线把我"五花大绑"。而今天,我真的希望他们那样押解着我走一走。孩子们"上当"了,他们在我的请求下,果然将我的手反剪到身后,有的说"押"给阿芳老师,有的说"押"给阿明老师,最终他们少数服从多数,把我"押"向正在操场边挖坑的阿明。

　　"阿明老师,孩子们把我押过来,你在这挖坑,这是要埋了我的节奏吗?"我故意开玩笑道。

　　"是啊。"阿明接腔。

　　孩子们便开心到不行。

　　"你这坑也太小了,连个篮球都埋不下呀!"

　　"等一会儿就好了。"阿明继续挖着。

　　我一使劲儿,就挣脱了孩子们的"押解",然后一起玩球去。阿健则在阿明的指令下跑着圈。阿浩像个小尾巴,我们玩儿什么,他就跟着在一旁起哄。

　　有快递电话来了,阿凯耳朵尖,听见了,执意要帮我去警卫室取快递。取回来,打开一看,是我买给他们玩的陀螺。这下好了,有了新玩具,球也不稀罕了,孩子们纷纷缠着阿明教他们玩陀螺。于是,一小簇人便从塑胶操场风一般地转移到了操场西端餐厅外面的水泥地上。阿明先让陀螺转起来,然后把鞭子依次递到孩子们手里,你抽几鞭,我抽几鞭,他抽几鞭。小陀螺在不同的抽打中转一会儿,停一会儿,停下了,阿明又让它转起来,继续抽打。

　　孩子们的欢叫声此起彼伏!

## 3月26日　星期二　晴

　　午餐时间到了,我去餐厅时,路过操场西端,看见一辆红色的电动汽车竟然停在塑胶跑道上面,紧挨着车左侧,趴着一个头点地、屁股朝天、体格健硕的女孩。宿舍楼代老师和女孩的妈妈正在劝她到车上去,但好像没什么用。我跟着劝了一会儿,忽然想起车上有橘子,就跑去取来一个,以为拿好吃的诱惑能让女孩上车,但我失败了。女孩想吃,但要趴着吃,坚决不上车。代老师和女孩的妈妈也曾尝试着把女孩扶到车上去,失败——那女孩实在太重了,又不配合,很难"搬"动。

　　看样子是没办法了。女孩的妈妈便打电话叫女孩的爸爸过来,我和代老师便去吃饭。餐后再出来时,女孩旁已经围了不少人,有老师,也有学生。学生很快就被教养员阿姨请回寝室了,剩下阿露、阿荣、阿苗、阿明、代老师和我。阿荣用棒棒糖哄女孩上车,失败;阿明拿来俩香蕉哄她上车,失败;阿露问她要吃什么,女孩说想吃苹果。阿露便去寻苹果来,但女孩又变卦了,不吃也不起来上车。

　　大家一筹莫展。女孩的爸爸终于来了。这个时候,饭点儿已经过了,阿荣心细,去餐厅要了俩馒头给女孩的妈妈,让她垫一下。她一顿客气。

　　既然孩子就是不动弹,喜欢以那个姿势趴着,大家也只能顺其自然了。阿明找来一张床垫,让女孩趴到垫子上去,然后让她父母陪着。老师们都各自散去,午休去了。

　　我眯了一会儿,终是有心事,索性再去操场看看。多希望操场上那辆红车已然不见,女孩已经跟着家人回去治疗了。但我显然想多了。红车依旧,女孩依旧,妈妈依旧,而且女孩已经离开垫子,又趴在了塑胶跑道上,紧挨着那辆红车。女孩的爸爸已经走了。

　　女孩的妈妈看到我,满脸歉意。我和她抬着垫子到阴凉处坐着,闲聊起来。

　　我确信自己早些下来看看是对的。对于这位母亲而言,一个人守着无法对话的女儿,无疑是种煎熬。我看到阿荣给她的两个馒头,她并没有吃,塑料袋里除了俩馒头,还有阿明带来的香蕉,以及阿露拿来的苹果。

她说,女儿今年15岁了,读四年级。刚才那个男人其实不是女孩的亲生父亲。女孩的心脏有问题,三年前第一次发病时,自己才知道。她还说,有一次女孩发病趴在地上不肯起来,当时怀孕三个月的她和丈夫(也就是女孩的继父)去拉时,把肚里的孩子丢了。有几次,女孩妈妈呜咽着,但她掩饰得极好,她用不说话来调整自己的情绪。她问我贵姓,我说了。过了一会儿,她又问我贵姓,并自嘲说让这个孩子弄得自己时常语无伦次。我安慰她说,我也常常这样记不住东西。她便苦笑了一下。

女孩叫她,说想吃苹果了。女孩的妈妈欲起身拿,我一把拦住了:不用,让她自己拿。我们俩看着女孩,看她继续趴在地上,看看苹果,就是不动弹,我们也不动弹。

这时,阿露来了。我知道善良如她也是无法睡安稳的。然后阿明也来了。我们几个陪着这位母亲,一起看护着她的孩子、我们的学生。

上课时间到了,我必须回去了。当我第二节课陪孩子们写完作业,带他们出来散步时,操场上的那辆红车和女孩都不见了。我不由松了一口气。

## 3月28日　星期四　晴　风

当北墙根儿的那棵迎春正在怒放,背阴处的这棵刚刚初绽。即使终生没有阳光爱慕,也无人能阻止它呐喊:我要成长,我要换装。

园子里的花不多,像失语的孩子努力发出的单音节。前天带阿聪、阿哲散步,他们蹲下小身子,惊喜地指给我看白色护栏内盛开的第一朵花。"相看两不厌",和着孩子们口齿不清的笑脸,我不敢眨眼,我不敢眨眼。

阿聪看看我,看看花,低下头去。

阿哲说:"老师,你怎么哭了?"

我说:"你们有一双发现美的眼睛。瞧,这朵花真好看!"

他便立正，向着花，举起右拳："我是人民子弟兵，我在国旗下宣誓，保卫祖国。"

他说得并不清楚，但我笑了，阿聪也笑了。我们知道他说的是什么。相同的一幕，相同的句子，早已被我在去年冬天"破译"。

这是我和我春天里的孩子。

我把我的春天送给你。

这件小事发生在上周末。写完作业后，我带他们出来散步。或者是我嗓子疼无法讲课了所以带他们出来散步；或者是原是阿明的体育课，我碰巧去操场散步，被孩子们发现了，他们便跟着我走了——我记不清了。

我们从操场沿着教学楼北面的甬道往西走。走到西头的花园时，阿聪首先惊喜地"啊"了一声。我和阿哲循声望去，他正一手指着花园里的一棵小小的连翘满脸欢喜。那真是一株极小的花，却努力盛开着满身的嫩黄。阿哲和阿聪便都蹲下身来，手扶着白色的护栏，欣喜地看着它。那一刻，我的鼻子一酸，泪就上来了。

这个春天，阿聪的进步真的很大。兴许是我去年用了半年时间努力靠近让他终于信赖了我。这学期一开始，他就对我放下了所有的戒备：我跟他说话时，他肯勇敢地抬头看着我了；课堂上也敢勇敢地发声了，虽然发出的只是一个并不完美的单音节；散步的时候，他甚至会主动挽住我的胳膊，生怕谁会抢了他的位置一般。

这个春天，阿哲比去年更活泼了。他最爱的有两件事。一件是扛着拖把扮演猪八戒，他说他有猪八戒的面具。一件是立正，举起右拳，把我当成美丽的五星红旗，认真宣誓：我是人民子弟兵，我在国旗下庄严宣誓……其实，开学第一天，阿哲说的第一句话是："爷爷走了，爷爷在天上看着我。"说这句话的时候，他的眼眶是红的。

无论阿聪、阿哲，还是阿凯、阿鑫、阿俊等孩子们，他们常常在最自然的表达中让我欢笑，也让我盈泪，让我的心更加沉静，更加纯粹，更加想对他们好。

陪伴是最长的告白。我便是来陪伴他们的吧？他们何尝不是也在陪伴着我,呼唤着我,注视着我,拥抱着我,邀请着我,也思念着我?

学校里除了迎春和连翘,下一朵开放的该是樱花了吧?我分明看到后勤主任阿军拖着水管,向花园里高高低低的植物们倾注爱心。那水花在阳光的映照下,那么亮丽、透明,我有些迫不及待想见到这些被浇灌的树开花的样子了。

见我又在愣神,大我几岁的阿军童心大发,拿着水管向我虚晃了一下。散步归来正经过的孩子们便"哗"的一声,继而嘻嘻哈哈起来。于我,这里不就是天堂吗?和这些纯净的大人和纯净的孩子在一起,我每天都生活在天堂里。

## 3月30日　星期六　晴

昨晚和小君一起去看电影《比悲伤更悲伤的故事》。开场前,我们坐着闲聊,小君说要给我讲个小故事,我洗耳恭听。

"今天早上,我和甜甜带着孩子们在大厅等候班主任来接孩子。有个高年级的女孩要自己上楼回教室去。因为班主任还没来,我不能让她自己在教室里待着,那不安全,对她的请求自然是不予批准。我没错吧,燕子老师?"小君看着我问。

"你自然是没错。然后呢?"我期待地看着小君。

"然后,"小君兀自先笑了笑,接着说,"然后,那女孩很认真地跟我说:'老师,我要做我自己!'"

"哇!"我忍不住轻叫出声,"这句话出自我们孩子之口,好了不起!"

"是吧?我也这样觉得。"

"她说出这么高大上的话,你怎么答她?"

小君又笑起来:"我听了她这句话,不由对她刮目相看。但是学校规定也不能违反呀,于是我也孩子气地像她那样很认真地说,老师也想做我自己,但是我们都要听校长的话才对。"

我忍不住笑起来:"你们俩孩子怼一起了。"

我突然想到,那个女孩会不会是我早晨上楼梯时跟我打招呼的那个呢?如果是她,那她的"反常"我似乎就理解了——她看到我上楼去,便也想上楼去,有可能是为了自由自在,甚至有可能是为了追上我,和我多说几句话。所以,她才很意外、很认真地说出让我们"刮目相看"的话来。

我把这个假设告诉小君,小君更是乐不可支,然后我们都禁不住感叹起来:我们的孩子,真的是很可爱、很纯粹、很透明。我说:"对,就像校长在下午的会议上所说的那样:我们要对得起自己的良心,要对得起——"小君接口和我一起道:"孩子那双清澈的眼睛。"

我们俩不由相视一笑。"燕子老师,你看,我们抓住了校长发言中共同的点!"

"所以,你该知道我为什么喜欢你了吧?"我欣赏地看着小君。她虽然只有24岁,身材娇小,长相像个瓷娃娃,思想却有着许多年轻人不具备的成熟与敏锐。就像我说的,无论说话还是做事,她都是个心里有数的姑娘。关键是,她有一颗爱孩子的善良的心,没有比这更重要的了。

我很想认识一下那个说"我想做我自己"的女孩,但小君"拒绝"告诉我她的名字。好吧,我尊重每个孩子的隐私,权且就唤她"小五"吧,因为昨天,她说出这句让我欢喜不已的话的日子,恰好是星期五。


就这样想起了同事阿莲。

每次周五例会,她总是和女儿坐在最后一排。台上领导"大讲",台下她女儿"小讲"。关于她和女儿的故事,我只是道听途说,从没有深入地去了解过。这个周末,她们娘俩却出其不意地进入我的脑海。看来,我得行动了。

阿莲,你愿意跟我谈谈吗?

4月1日  星期一  晴

　　下午第一节课,我终于和阿莲来了个面对面。见到我去她的办公室,她比我想象中还要热情。她把椅子给我坐,自己却搬来一条木凳,拿纸巾一擦便坐了下来。

　　我和她的距离连一米都不到。这是一间窗户向东门朝西的办公室,不大,一台落地式空调,一张办公桌,一个书架,占去了办公室一半的空间。但阿莲说,她已经很感谢学校领导对她娘俩的照顾了。

　　我和阿莲说话时,她的女儿阿彤一直坐在阿莲旁边,开始几分钟还伏在桌上休息,很快就转过来,依偎在阿莲怀里。她的手里拿着一块香皂大小的收音机还是 CD 机,或者是其他小巧的儿童播放机。音乐声不停,时而国歌,时而其他的歌曲。

　　我和阿莲说话的时候,阿彤不时把那小玩意儿放到阿莲手里,偶尔抬起左手,轻轻抚摸一下阿莲的脸。阿莲便应她道:"好,亲亲。"此外,阿彤不时地打自己一下,有时是脸,有时是胸口,有时是额头。我担心地问阿莲:"阿彤这样打自己,不会受伤吗?"

　　"会啊。"阿莲说着,让阿彤伸出手给我看。只见阿彤的手背上满是伤疤,就像冬天冻坏了刚刚恢复。阿莲又给我看她自己的手背,也是一道道新的旧的伤痕。

　　我一直不好意思问阿莲是什么原因才让阿彤这样的。难道是胎里带的吗?

　　现在,我终于鼓起勇气问她。

　　"不是。阿彤出生时很正常,过百日后第五天抽风导致的。"

　　"抽风?为什么会抽风呢?不能治吗?"

　　对于婴儿和医学,我一窍不通,好在阿莲不以为意。她说,孩子小时候总会生这样那样的病,据说是脱离母体后,外部环境让他们感到不适,所以才会出现问题。像阿彤,抽风导致大脑缺氧,最后便成了这个样子。

　　"阿彤打自己,并且前后晃动自己的身体,这是自闭症的症状吧?"

"对，典型的自闭症。"

"怎么会这样呢？"

"她从三岁开始自闭。这连医学都解释不了。"

为了防止阿彤打自己，阿莲两只手分别交叉握住阿彤的两只手，这样阿彤就只能靠在妈妈身上。她时而垂着头，时而抬起头来看我一眼，看妈妈一眼，再看向窗外一眼，然后复又垂下头去。

我迟疑了一下，还是开口问："你家先生对你好吗？"

"好啊！"

"对阿彤好吗？"

"好。我回家后，节假日，都是他带着、陪着阿彤。"

"你和阿彤是何时到这里来的？"

"她10岁那年来的。"

"10岁之前呢？"

"她奶奶带。后来阿彤大了，奶奶带不了了，便想着送到咱们学校来。但因为她的情况比较严重，来了后学校也无法正常教学，只好回家。这样反复几次，实在不行，我只好请校长和局里协调，请求调到这儿来，每天一边上班，一边照顾孩子。"阿莲说，她从之前的高中来到这里，最初一点儿都不适应，甚至有些抑郁，好在有阿芳、阿莹等老师的帮助，她逐渐适应调整过来了。

跟阿莲聊这些，以为她会如祥林嫂般诉苦，但是阿莲没有，她很开朗，也很乐观。原来，她和阿莹一样，也不是这座小城的"土著"，而是被我们小城的帅哥"抢"来的。

我问她，像阿彤这样的孩子，以后的出路在哪里？

阿莲说，很多像她这样的母亲也在思索、寻求答案。

我不知该说什么，只是担忧，但我相信在不久的将来，国家会制定出针对阿彤这样的重度自闭症患儿的政策，解决孩子，也解决父母的后顾之忧。

社会也能为这些孩子做些什么，也应该为这些孩子做些什么，让他们在父母之外还有依托。这一点，我们特教人责无旁贷。

一节课就在这样略显沉重的聊天中结束了。阿莲第二节有课，我得撤了。临走前,我看阿莲办公桌上摆放着一排书,有心理学的,有教育学的,有小说,有孤独症读物,有儿童读物,林林总总,可以看出她的阅读面很广。我借了一本毛姆的《面纱》。

### 4月3日　星期三　晴

人倦得很,索性去校园里看看。

路过阿聪和阿哲夸赞过的那株小小的连翘,大部分花早已凋谢,只剩两朵依旧,淡淡的黄,很像是阿哲和阿聪在枝头站立。

紫荆开得密密麻麻,从树底一路向上,开满整根枝条,每根有每根的别致——底下还是挨在一起的,到了上面则各自舒展开,整棵树像是一簇紫色的花葫芦。

樱花早就开了,阳光里的开到荼蘼,背阴里的则刚刚好,无须将鼻子凑上去嗅,淡淡的香气便萦绕过来,那粉嫩粉嫩的花瓣,像极了同事"蜗牛"女儿分分的小脸儿,那么好奇地瞅着我,逗一逗,就咧嘴笑一笑,露出几颗糯米牙。

楼后的丁香也都是紫色的,并没有发现白丁香。与楼东已经开放的不同,这里的丁香还是花骨朵呢。学校的丁香普遍没有大的,都是矮小的,大部分枝条上生出了嫩叶,含着花骨朵,个别的枝头却是干的,没有生命的迹象。我用手掐了掐,果然,那些干枝已经死去了,一掰就断。

西墙边有棵大的连翘,最长的枝条招摇着一直向上,向上,要冲破云霄一般,固执地擎着手臂,在风中轻轻晃着柔蔓,衬在滚龙式的钢丝网前,金黄色的柔媚与冷冰冰的刚强默默对峙,却相安无事。

我大概是喜欢铁栅栏墙外的那些黄的、酒红的小花吧,它们紧贴地面生长,在风中抖动着蝴蝶翅膀一般的花朵。

第三节生活语文课后,我信步在校园溜达。操场上很热闹,阿明已经带着三个孩子在做热身了。阿航看到我,慢慢靠过来,嘴里念叨着"封闭"

"不让出去"什么的。联想到他之前因为无故挠破了其他班的孩子导致两周没来上学,我猜他是被忙碌的爸爸妈妈锁在家里了。但我什么都没说,眼睁睁地看着他依然如故地脱离"大部队",在操场边上研究着自己感兴趣的东西,怎么唤都唤不动他。

最喜欢孩子们晚餐的时候,他们排成一队,餐厅的西门开着,透过西窗的阳光洒进来那么一缕,恰好洒在某个孩子的身上。于是,那个被沐浴的孩子变成了温暖的颜色,整个人亮堂堂的,带点儿黄,带点儿红。随着领饭队伍的前行,那光便变换着沐浴孩子,一会儿是高个子的,一会儿是矮个子的,一会儿是胖点儿的,一会儿是瘦点儿的。孩子们浑然不觉,我却欣喜地看着被沐浴的他们,嘴角忍不住上扬,在孩子们此起彼伏的"燕子老师"的呼唤声里,上扬,上扬,像一朵盛开的花。

男孩阿岩吃得快,吃完了就给教养员阿姨按摩肩膀。我"嫉妒"地说:"我也要!我也要!"他的小手便放在了我的肩上,象征性地来两下。

最"嘚瑟"的应该是阿聪了。他不时地用"啊"唤我一声,引起我的注意,然后冲我敬个礼,挥挥手,继续吃饭去。我知道他在通过这一系列行动向其他孩子们宣布"主权"——我是他的老师。无论我的目光看向谁,只要他一唤,我必定去寻他。我看穿了他的小把戏,却不想戳穿他。被我的孩子喜欢着,我也是幸福的。

今天我看到了之前从不知道的一幕——阿雪打了一份餐,阿远跟着他一起回到餐桌旁坐下来,开始吃阿雪放到他眼前的那份晚餐。然后阿雪返回队伍,继续买自己的那份。这是我第一次遇见阿雪给阿远打饭,阿雪高瘦,阿远矮胖,两人看上去很友好。

用完晚餐,孩子们互唤着,先后跟着教养员离开餐厅,有的在校门内的空地上游戏,有的去操场散步。我看到阿雪领着阿远往宿舍楼走,阳光洒在他们身上,他们背着光,背影很漂亮。我拦住他们俩,要给他们拍照。阿远先是不肯,在阿雪的劝说下才一起走到台阶上坐下来,阿凯、阿健也一并坐下来,随即又有几个大孩子加入了拍照的队伍。阿雪却走开了。

我跟阿远商量:"阿远,我们去散步好不好?"

他径直冲我的镜头走过来,走到很近很近。镜头里只有他的一双眼睛,他的皮肤真好。

"阿远,叫我燕子老师。"我这样请求他。

"燕子老师。"他竟真的唤我了!上一次,他是在爸爸的教导下喊的。

就这样,我牵住了阿远的手。这是我第一次牵他的手,小小的手。我们一起散步去。阿凯、阿健也跟着一起走。奇怪,阿远不牵阿凯的手,只用手拽着阿凯的口袋,无论怎么说,他都不改变这一动作。

操场上原来这么热闹啊!高年级的大男孩们正和阿明在一起,有的踢球,有的投篮,阿明在教个别孩子怎样运球。

阿焦今晚值班,她也从餐厅来到了操场上,一边散步,一边看着孩子们。阿远不知为何恼了,推倒了阿凯,然后竟然骑到了阿凯身上,大有不把阿凯的脸挠破不罢休的意思。我赶紧喊停。没人听我的。教养员和阿焦及时出现,才制止了一场"骚乱"。

面对阿焦和教养员阿姨,阿远还是比较听话的,他老老实实地听阿焦训话。阿焦把他的裤子往上提了提,遮住阿远露出的大肚皮。

身后有动静。我回首一看,阿健、阿凯、阿浩正趴在我身后的绿地上,也不知是谁教他们如此的。

"起来,跪着也没压岁钱!"我又好气又好笑地说,"赶紧起来,和阿雨、阿涛几个在一起,我给你们拍照。"

阿诚也在。真好!他的情况明显稳定下来了,只要他的情绪能够稳定下来,少动些,他便能适应学校的生活。只是很久没见阿航了。清明节有三天假,我去看看他吧。

夕阳西下,我该撤了。临行前,我看到阿焦正一脚踢起一个足球,足球飞向对面那个大男孩。

我和孩子们恋恋不舍地道别,他们一直送我到校门口。阿凯和阿健一边往回走,一边冲我挥手约定:燕子老师,明天第三节课见!

好的,明天第三节课见,亲爱的孩子们!

**4月9日　星期二　春雨淅沥**

比起春天的风,我更喜欢这淅淅沥沥、温温柔柔的雨。比起"一场秋雨一场寒",春雨则是"一场春雨一场暖"。

第一节是我的课。我早早到校,有些孩子甚至还没有吃完早餐。跟往常一样,孩子们见了我就开始呼唤,无论是大厅的还是走廊那端的。阿浩竟然从走廊那端跑到教室门口来唤我。

因为阿诺没来,两个班没有一个女生等在大厅。我径直走到走廊尽头,把两个班的孩子都领到了一班来,校长在清明前的会议上说,生活语文老师要教会孩子们一幅书法作品。我思来想去,只能写诗了。昨晚也已打好腹稿,就学盛唐诗人王维的《画》。

一到教室,我便先把这首诗抄在黑板上,所以,孩子们一坐定,课也就开始了,尽管预备铃还没响。

怎样才能让孩子们理解这幅作品呢?我开始利用白板画起画来:先画一座山,再画一条河,然后画几朵花,最后画几只鸟。好吧,请孩子们看,老师画的是什么呢?

孩子们看着我,不说话。我指着自己的"画",一边比画一边说:

"远远看去,山是有颜色的,走近了,听不到流水的声音。春天都过去了,可是花还在开放。人来了,鸟儿们却没有因受到惊吓而飞走。"

"这就是这幅画的意思,懂了吗?"

为了让孩子们更好地理解,我拿阿健和阿凯打比方:

"阿健画了一幅画,让好朋友阿凯来看看。阿凯看了这幅画后,提笔写了这首诗:远看山有色,近听水无声;春去花还在,人来鸟不惊。"

把他们熟悉的人联系进来说,大家都很高兴。

嗓子又疼起来。我搜出视频让孩子们看,有朗诵,有画面,有解释,真好!

下课了,许是在课堂上成了"主角",阿健和阿凯很主动地送我回办公室,一个拿伞,一个拿包。我乐得清闲,看他们叽叽喳喳在前面急行军,我则慢吞吞地跟在后面像一个老态龙钟的人。

值得一提的是，**当我**让孩子们**侧耳倾**听画中流水的声音时，阿聪跑到讲台上，真的**侧耳倾**听起来。我问他有没有声音，他应道："有。"我顿时心花怒放起来！不为他说错了，而为他竟然那么清楚地说出了一个字的音，要知道，他可是最不爱张口说话的了！

我让大家为他鼓掌，阿聪则笑着坐回座位上看我。想起他开学以来，每每见到我，就会主动上前来挽起我的胳膊一起走，我不由得看着他会心地笑了。

只要足够暖，没有融化不了的冰。

## 4月10日　星期三　晴

昨日下了一天的雨，从清晨到黄昏。雨后的空气又好又清凉，我把车泊好，孩子们还未开始早餐，信步操场，连阳光也透着清晨的温柔。没有薄雾，所有的楼房、树木，一览无余。

工作这么多年，我习惯了早到学校。为第一堂课早做准备，给孩子们呈现特别的视听盛宴，是我很开心的事。果然，第一节课，孩子们的表现没有辜负我的期待。

老习惯，代班主任签名，把两个班的孩子提前召集到一间教室，每人下发一本我网购的那套《跟着课本游中国》——开始早读。学的汉字越来越多，总希望孩子们能通过阅读来使用它们。孩子们捧着书，不知如何是好。我让他们从第一页开始，找出自己认识的汉字就大声读出来。于是，教室里便传来此起彼伏的声音："爸爸""大""一""少""妈妈""日""高"……我有些小开心，一边听着他们的声音，一边把手机里准备好的图片转发到白板上。准备好后，我的课便开始了。

是的，看他们读得那么认真，我灵机一动，随即增加了本堂课的教学内容——先给孩子们简单介绍一下他们手中的书上讲的内容在祖国的什么位置。

每一本书都不用打开,直接放到投影处,我们便开始"跟着课本游中国"了。

去的第一个地方是上周已经讲过的山东泰山。他们把"泰"读成了第三声,我纠正过来。泰山是我们山东的。

第二个地方是小兴安岭。我让孩子们自己读出这四个字中认识的那个。然后告诉他们小兴安岭在中国的东北。阿健说"黑龙江",我很高兴他说出了东北的黑龙江。对,小兴安岭就属于黑龙江省。

因为我让他们先自己认字,然后再教读,所以孩子们热情高涨。我出示一个地方,他们就自己开始认,会的就把不会的一起带动起来了。比方第三个地方"九寨沟",有的孩子认识"九"字;第四个地方"莫高窟",有人认出了"高"字。

随着地名越来越多,我怕单是用口语表达,孩子们想象不到它们在祖国的位置,干脆在黑板上画起中国地图来,一边画一边问:"我们中国的地图像什么来着?"又是阿健脱口而出:"大公鸡!"

是的,我画了一只大公鸡,然后开始在上面标注刚刚讲过的地名,从东北的小兴安岭到山东的泰山,从四川的九寨沟到西藏的布达拉宫,从河南的少林寺到台湾的日月潭,从甘肃的莫高窟到福建的鼓浪屿——尤其是讲到鼓浪屿时,我即兴给孩子们演唱了几句《鼓浪屿之波》……中国地图上,东西南北都被我标注上了这些美丽的地方。这些地方,我都去过。我对孩子们说:

"好好长大,以后可以带着自己的家人一起去这些美丽的地方。"

话音刚落,可爱的小男子汉们都笑了起来。阿哲在我的话后补充道:"带上爸爸妈妈!"我亲亲他的小脸,夸他孝顺。其他孩子也纷纷表示,还要带上"弟弟妹妹"。尤其是阿冰,平日里沉默寡言的他,竟然也举手说要带上"妹妹"一起去旅行。我好开心,因为孩子们好开心,好懂事。

真的,阿木,如果家长们同意,我愿意带着一两个孩子去旅行。

"旅游"了一场,该进入正题了。今天继续复习盛唐诗人王维的《画》。

阿德真棒，昨天是第一个背出来的，今天又是第一个流利地朗诵出来的。然后我依次检查每个小孩儿。阿健、阿鑫、阿哲没问题，阿洋需要一点儿提示……我沉吟着下一个该唤谁起来读时，阿聪竟然举手了！我晓得他并不能独立完成，便指着黑板，让他跟着我一个字一个字地念。他就这样跟着我读了下来，要知道，这可是我自从认识他以来，他第一次这么给我面子——肯抬头看着黑板，看着我，肯张开嘴，肯发出声音，一直把整首诗跟着我读下来！

如何都不能表达我的开心。同伴们的掌声在这一堂课上一次又一次为阿聪响起！

然后是阿浩。阿德做他的领读老师，我做那个指点汉字的人，像阿聪一样，一个字一个字地念，直到完成。同样的掌声送给阿浩。当我轻唤阿浩身旁的阿航时，他没应我——他已乖乖地睡着了。

教授生字"山水花鸟"是本课的重点，也是难点。好在我提前做了准备，四个汉字，无论从演变还是变形，还是在田字格中的位置，都有图片展示。孩子们最爱看的是汉字的演变：比方"水"，从过去的流淌一般的线条变成如今的"水"，让他们很开心；比方"鸟"，从过去一只小鸟的样子变成今天的"鸟"，让他们很惊奇。

因为汉字教授很直观，所以最后孩子们书写汉字的环节便变得相对容易了些。他们写一个便唤我过去瞧一瞧。真的，比起以前，他们这一次进步可真大，尤其是阿冰和阿浩。之前无论如何都不敢下笔的他俩，居然写出了"山""水"的模样来。我像一只辛勤的小蜜蜂，不停地在孩子们之间穿梭，指导一下这个，帮着另一个书写一个"范"字，再把某个写得好的拿到投影下去表扬，把写得不好的拿到投影下去集体纠正……

就这样，孩子们额头上顶着我奖励的五彩缤纷的"心"形小贴画开始了他们喜欢的阿静老师的数学之旅。我拖着疲惫的身子回办公室时，楼梯上遇见下楼的阿军主任。

他问我："那是孩子们给你贴的？"

我不解其意，脑子转了一圈，才恍然大悟，赶紧抬手，把额头上贴着的那颗"心"取了下来。我习惯了和孩子们"同甘共苦"，这样额头上顶着彩色贴画四处"招摇"到被"笑"已经多次了,从校内笑到校外。

但我很是欣慰,因为孩子们在我的陪伴、鼓励、赞美、引导下,正越来越好,快乐,健康,不断进步。

我愿意为你,千千万万遍。

## 4月11日　星期四　晴

今天淘到一篇宝贝!阿荣的《我的特教情怀》:

非常喜欢这样一句话:人生的精彩不在于如愿以偿,而在于阴差阳错。与特教结缘,就是我人生的一次次阴差阳错的结果。

29年前,中考成绩优异的我,面临着人生的第一次选择——填报中考志愿。那时候,教师这个行业的社会地位还不高,在亲朋好友的建议下,懵懂的我放弃了自己喜欢的师范学校,而报考了当时热门的计算机和粮食专业。

命运之舟从来不会按照你预定的轨迹前行,冥冥之中不知道在哪里就拐了一个弯儿。那是一个细雨蒙蒙的夏日午后,我收到了梦想中的录取通知书,打开厚厚的纸页,上面赫然印着的却是"山东省昌乐特殊教育师范学校"几个大字。

昌乐在哪里?特殊教育又是干什么的?问家长,家长不知道;去问我的班主任,连老师也一无所知。那个漫长的夏天,我的心情就如那天的天气,终日湿漉漉、雾蒙蒙的。

就这样带着对特教的好奇与对未来的迷茫,我走进了特师的大门,从此与特殊教育结下了不解之缘。

我是从什么时候开始对特教有感情的呢?是专业课上,手语老师夸奖我的手指修长,打的手语漂亮?还是毕业前夕,我代表毕业生在新建的大礼堂讲了一节汇报课,得到了老校长的肯定?还是实习结束时,看到学生拉着我的衣襟依依不舍的神情?

三年特师生活结束,正当我怀揣着梦想,踌躇满志地准备投身特教的时候,一纸毕业派令却把我们同年毕业的5个人分到了不同的乡镇。我到了一个偏远的学区小学,每周一骑一个小时自行车去上班,周六再骑一个小时回家。一个小时的路程,我能清晰地数出经过几个村,走过几座桥。得知我的同学有的进了聋校,有的进了盲校,有的去了培智学校。与特殊教育擦肩而过的我,只能在夜深人静的时候,躺在床上偷偷地打打手语,没有什么具体目标,只是不忍浪费了我三年青春习得的这项专业技能。

这种无奈而又煎熬的日子过了大概有三个月,冥冥中命运之舟又一次拐了个弯儿。当时刚刚起步的特殊教育,由于扩招急需专业老师,一个电话就把我们召回到了当年的聋哑学校。从此,我的特教生涯正式开始,我成为这个大家庭的一员。从1991年11月到今天,已经26个年头了。

在这26年里,我当了10年的班主任,曾经连续接了两届一年级新生。教过聋生的老师都知道,教聋生一年级是最累的,需要不厌其烦地一遍遍地训练发音,累得嗓子疼是常有的事。我也曾连续送过两个毕业班。高年级的聋生思想复杂,很难管理,做他们的思想工作需要细心再细心,耐心再耐心。

忘不了老领导严厉的要求和谆谆的教诲;忘不了老同事热情的帮助和真诚的关怀;忘不了和学生同吃同住的艰苦岁月;忘不了和学生下乡巡演时我们飞扬的青春;忘不了在新建成的校园里和学生一起栽下的一棵棵白杨树;忘不了夏天开学季,带领学生清理校园里比人还高的杂草时,手上磨出的血泡;也忘不了学生犯错时在我面前露出的那怯怯的眼神;更忘不了有个学生因家庭贫困想辍学,我和任课老师乘车去家访,承诺每月拿出10元钱补助她的生活费……

一桩桩、一件件,充盈着我的特教生涯,印证着我的特教之路,也让我从一个初出校门的黄毛丫头成长为一名所谓的"老特教"。没有惊天动地的壮举,没有辉煌瞩目的成就,青春就在这平凡的岗位上磨砺与消逝,同时也伴随着一茬茬学生的成长而闪光。

2001年,又是一个阴差阳错的机会——机制改革的大潮把30岁的我推上了中层领导的岗位,如今也已15年了。15年来,在一任任领导和所有老师的努力下，我们共同经历了Q城规范化学校、省规范化学校、Q城绿色学校、Q城现代化学校的创建；我们举办过全国随班就读培训会，为省、市级优质课比赛提供过现场；我们学生表演的节目登上过省、市、县不同的舞台，拿过各种各样的大奖；我们的刺绣课程在全市赫赫有名，我们的学生在省、市残疾人劳动技能大赛中拿过一等奖。我们的学校从N街的小破屋搬到Q路的新校区，再到W校旧址的5年过渡，再到美丽的河畔——如今这设施齐全的现代化校园。我们的招生对象从聋生到培智实验班，再到专门招收各种原因、各种类型不能到普通学校就读的残疾孩子。校名也从小城市聋校改为小城市特教中心。

　　回首来路，我们携手走来。特教，已深深地在我们身上打上了烙印，让我们每一个特教人身上都有着一种与别人不同的东西。我想，这种不一样的东西就叫——特教情怀。

　　所谓特教情怀，就是看到这些残缺的生命时，内心闪过的一丝柔软；就是和学生相处时那份率真与快乐；就是学生尿了裤子，老师到街上现买一条棉裤给他穿上；就是学生家里遭了火灾，大家纷纷慷慨解囊的豪迈。特教情怀还是一针一线为学生缝上撕裂的衣服，兜里永远装着纸，时时擦去学生流出的鼻涕；还是餐厅里，学生用油乎乎的手向你身上蹭的亲昵；还是家长因病接不了孩子时，把学生领回家同吃同住的温馨；还是千千万万遍训练后，那个不说话的孩子突然发出了声音时的喜悦……还有很多很多，每一名特教老师都能讲出一大串，这些已经成了我们工作的一部分。

　　我们常常会收到家长由衷的感谢。有的家长说：老师，我第一次来送孩子时，就是你接待的我，我印象非常深刻，谢谢你！有的家长给老师和教养员送来了锦旗。学生自然不会忘记我们：放假回来，那一张张笑脸向我们一声声问好；毕业生返校，还念念不忘去看看伙房的阿姨；学生结婚了，给老师送来喜糖；学生毕业聚会，深情地邀请老师参加……

　　所有的这些，就是对我们最好的回报与肯定。天下特教是一家，我们每一名特教人，因特教而结缘。因为特教，我们看淡了名利得失；因为特教，我们对成功有了不一样的理解；因为特教，我们对人生有了更深刻的体悟。所有这些，汇集到一起，我想这就是我们在座每一位特教人的特教情怀！

雄关漫道真如铁,而今迈步从头越。如今我们欣喜地看到,怀揣梦想与爱心的年轻人正不断地加入我们的特教队伍中来,他们有着系统的特教专业背景,他们带着对特教深深的热爱与激情。我们相信,特教,因为有你,因为有我,因为有我们每一位拥有特教情怀的特教人,未来的特教之路会更长、更远!

这是阿荣发来的一篇文章。她告诉我,这是她三年前写的。我一边阅读,一边泪眼婆娑。我被她这近三十年不变的特教情怀深深打动了。文字如行云流水,情感似水墨丹青,这样的阿荣禁不住让我眼前一亮,她究竟有多少不为人知的惊喜呀!

我把这篇文章发给了省、市教育刊物的编辑部,让更多的人来了解我的阿荣,了解这些从事特殊教育的老师们!

## 4月12日　星期五　晴

14时20分,我开车载阿玲、阿霞和阿雨出发了。这是早在一个月前就约好的一次"旅程"——去阿霞班的阿雨家家访,阿玲班"籍在人不在"的阿坤正好同村。

一路上,我们闲聊着两个班的事,跟着导航走。因走的是高速,40分钟左右就抵达了阿雨和阿坤的村子。春意并不厚此薄彼,一树桃花就盛开在村口的河岸,在一片尚且白白黄黄的杂草覆盖的河堤上,显得突兀而分外妖娆,衬着进村前必须经过的那段石头矮墙,有了几分江南的婉约。

进村往东拐50米左右是一家幼儿园。墙上的字让人感觉有教育的地方就有"爱",那是几个我喜欢的字:爱,责任,希望。

阿雨一路指点,三拐两拐,他的家就到了。车刚停,就有一只黄狗摇着尾巴出来迎阿雨,相见甚欢的样子。阿雨和阿霞先进去,"黄毛"没吭声,当我和落在后面的阿玲进院时,它却吠起来。我笑着往里走,阿玲却站在院门口寸步难行。我回去拽她:"别怕,它就是叫两声,不咬人的。"

屋里炕下靠近北墙的椅子上竟然有一个小伙子。看到我们到来,他坐着没动,也没说话,甚至连眼珠也转得慢吞吞的。他正盯着一台网络电视,好像在做一道选择题,屏幕上有那么多部电影,他依然在举棋不定。

"他是?"我问。

"阿雨的双胞胎哥哥。"阿霞跟我介绍道,"阿雨做了两次手术,他哥哥做了一次。"

两次手术和一次差别这么大吗?我沉吟着,却没说什么,继续听阿霞跟阿雨哥哥聊着。家里再无大人,无论炕上还是地下甚至客厅厨房,都是一片混乱。我跟着阿雨去他和哥哥休息的东间放包,里面也是一样的混乱。炕上的电热毯还通着电,我赶紧拔掉插头,嘱咐阿雨教会哥哥,人不在这屋,一定要先断电。阿雨点头。

阿雨是穿着校服回来的,那么鲜绿瓦蓝的校服,在这个混乱的家里显得格格不入。如果不是他熟门熟路的样子,倒像我们一样,不过是客人,下一秒就可能转身离去。

阿雨打电话给爸爸,说老师来了,让他从猪场回来。我和阿玲、阿霞商量后说,干脆我们去猪场吧,既可以节省时间,又不耽误阿雨爸爸干活。

和阿雨一起,我们四个重新上车向阿雨家的猪场驶去。阿雨嘴里不远的一段路,开车也需要三分钟左右。我故意"惊呼":"这么远你还说不远,还说要走过来!"阿雨在我身后的座位上笑:"没什么呀,权当锻炼身体了!"

最喜欢他的乐观了。就像我们三个老师讨论的那样,从阿雨和哥哥的外表来看,读书和不读书是不同的:阿雨满身的书卷气,谈吐优雅,有绅士风度,哥哥则……

猪场在村北,西侧是麦田,南侧是村后的一小片荒地。谁家的大白鹅被圈养着,看到我们来,扯着脖子叫两声,算是打招呼了。

一个男人从猪场南侧单独的屋里走出来招呼阿霞、阿玲,他就是阿雨的爸爸,满脸红彤彤的,带点儿酒气。屋里的矮桌上杯盘狼藉。阿坤竟然也在——原来是阿雨的爸爸刚才接到阿雨的电话,巧遇阿坤,把他一并带到猪场来了。

阿玲跟阿坤说话。我有些恍惚：他确定是21岁的阿坤吗？脸膛微黑中泛着红光，双臂在胸前交叉抱着，满不在乎的样子，看起来倒像是30岁左右。

一路上听阿玲和阿雨说，阿坤在家什么也不干，最喜欢做的事是村里谁家有了白事，他去帮忙敲敲锣。

阿霞和阿雨爸爸聊着，阿玲和阿坤聊着。屋里空间狭小，我到外面去看正在茁壮成长的麦苗。

正兀自微笑着，一阵摩托车的声音传来，竟是阿坤的妈妈来了。一个美丽的乡村女人，一条编在身后的辫子，那么婉约的模样，却骑着一辆男人的大型摩托车，完全是女侠范儿。

我们告别阿雨爸爸，重新上车来。阿坤无论如何都不上妈妈的车，执意要从西面绕回村里去，我们则跟在阿坤妈妈的摩托车后面东去。临别时，我摇下车窗玻璃，伸出手和阿雨相握道别。不知为何，我从他的脸上读到了些许落寞甚至忧伤。无暇多想，我跟着阿坤妈妈的侠影驶去。

和阿雨家相比，阿坤家整洁多了，从进院门开始，到客厅，到卧室，哪儿都整洁干净得一尘不染的样子。除了必要的东西放置在外，没有一丝杂物。连阿坤的卧室也是，两组白底暗花的衣橱，一张宽1.2米的单人床，一张凳子，再无其他。

阿坤的爸爸也回来了。

阿玲问：你不希望同学们来看你吗？阿坤赶紧摆手。

阿玲问：同学们都很想念你，你不想念他们吗？阿坤说不想。

阿玲问：那你想不想我？阿坤说想。

此时，阿霞和阿坤父亲在交谈着什么。因为自己的爸爸妈妈在，所以阿坤不好意思吗？阿玲索性拉着阿坤进了他的卧室，我便也跟进去，看阿玲如何劝说阿坤给同学们说几句话。

一次，阿坤摆手。

两次，阿坤摇头，做出他的招牌动作来——双手在胸前交叉抱臂。

我以为就这样失败了。但阿玲毫不气馁，继续商量着："阿坤，来，我说一句,你说一句。"

竟然成了!

阿坤坐端正,像学生一样。阿玲说一句,他说一句,虽然有的句子阿玲说的长,他说的短,但意思还是表达清楚了。

我心里不由为阿玲点赞:完美!

该返程了。临别前,阿坤说,老师等西瓜熟了的时候再来吧!阿坤爸爸妈妈也如是说。我们都笑了起来。阿玲嘱咐阿坤道:没事别在街上瞎溜达,你身体这么好,要多帮着爸爸妈妈干点儿活。阿玲提醒了他好几遍,阿坤好像并没有完全应承下来。

回程,阿玲依旧帮我拍着路旁的风景,绿杨嫩黄的叶子,如烟,如诗,偶尔闪进我的视线;还有羽扇一般的不知名的树,枝条只萌发出些许的绿芽,雄壮地直冲云霄;柳树已经绿成初夏的模样了……

**4月15日　星期一　晴**

清明过后,日子越来越明媚起来,太阳起得更早了,花和叶子比着赛地长。

又是周一。阿凯似乎在等我,一见我的影儿就开始呼唤:"燕子老师,我把你的鞋带来了!"

上周的一件小事瞬间浮现在眼前。

黄昏,我正准备散步回家,耳畔突然传来阿健唤我的声音。我以为他也是来凑热闹的,结果不是。阿凯也赶来了,两个人一个说,一个给我展示,我两下一对照就明白了他们来找我的意思——晚饭的时候,阿毅撒了阿凯一裤子的小米粥,右脚的鞋面上也全是。阿凯没有换洗的裤子,也没有换洗的鞋子,明天家长就来接了,这可怎么办?

我的脑子快速转动,自己的裤子有没有适合阿凯穿的?还真没有。鞋多大号的?37码的。我得回家找找有没有适合他的款式。

目前只能这么解决了。

我喊退跟着我的阿德、阿通、阿浩等孩子,只让阿健和阿凯跟我走。我领着他们先去教室拿脸盆和洗衣粉,然后转身到热水间去。一楼被女生占了,我们奔二楼,让阿凯把外裤脱了,只穿了秋裤。我把他的外裤用温水洗干净,然后接了半盆温水,又去二楼某班教室拖了一张椅子出来。如此,阿凯就可以坐着泡脚了,至于他的袜子,他的露着脚指头的袜子,臭烘烘的,一并洗了吧。

这个时候,阿通竟然来了,手里还拿着一个塑料矮凳。突然间,我不再烦他一直黏着我,我"有点儿烦"的心情消失了。这个六年级的男孩,关键时候真有眼力见儿,听到我让阿凯泡脚,竟然跑回班里拿小矮凳给阿凯坐。看我正要给阿凯洗袜子,阿通说他来洗。我问他会洗吗?会。谁教的?阿玲老师教的。哦,阿玲,你的好间接体现在这个黄昏。

我放心地把袜子交给阿通洗。这时阿健说:"燕子老师,阿俊有拖鞋。"

我才想起阿凯的脚一会儿还要穿鞋回寝室去,可他的运动鞋已经湿了,倒是阿健比我心细,提醒我可以去借阿俊的拖鞋。

我不由对阿健又是一通由衷的赞美。阿健一转身跑了,他去借阿俊的拖鞋了。阿凯像一个乖孩子,安静地坐在椅子上,洗好的裤子放在小矮凳上,阿通则在认真地洗着阿凯的袜子。看他洗得有板有眼,我不禁真心夸他。阿通却说:"没什么,他们小,三年级,我是六年级的,照顾他们是应该的。"

听阿通说出这一番有道理的话,那一瞬间,我对他真是敬仰得很!

一切尘埃落定——鞋面冲干净了,裤子、袜子都洗了,阿健拿来了阿俊的拖鞋穿在了阿凯的脚上,椅子和凳子都搬回教室去了。

我用阿通拿来的两个干净的黑色垃圾袋提着阿凯的鞋和裤子、袜子,准备回家用洗衣机给他"加工"一下,并答应明早一定早些送来,不耽误阿凯起床。

我正埋头走着,阿通在后面唤我,"燕子老师,我想起来,我们宿舍有空调,把裤子、袜子、鞋挂起来,就干了。"我一想也是,正准备移交,又一想还是不行,空调能开一宿吗?但我可不想拂了他的好意,便把鞋递给了他。

裤子和袜子还是跟我回家去吧,用洗衣机脱水,挂阳台上通风一宿,应该就干了吧?

晾了一宿,鞋子还没有完全干透。怎么办?想起我之前晨练时穿的板鞋,款式偏中性,就它了。

这不过是一件小事。我很高兴自己能给孩子们帮上点儿忙;很高兴孩子们有问题的时候能想到来找我,我安排他们的时候又那么配合甚至比我想得还要周全。尤其是阿健和阿通,他们俩急同学之所急,真心实意地帮助阿凯配合老师解决问题,实在是出乎我的意料。

阿凯带我去教室,从一个干净的白色塑料袋里取出我的板鞋。他一边递给我,一边说:"我洗过了。"

这真出乎我的意料。他记得捎回来,我有些意外;他把只穿了半天的鞋刷了,让我更意外。我想,这背后一定有他爸爸妈妈的功劳吧?

### 4月18日　星期四　晴

一早醒来,想起昨天没有记录什么有趣、有价值的事,我便有些恼自己。我是不是变了呢?我是不是迟钝了呢?我是不是开小差了呢?我不喜欢蹉跎岁月的自己。这样左思右想,我便想到了曾经的孩子"牛牛",想到为了他写的文章,想到把他的故事拿到一次演讲比赛中去讲……让我把它放在这里给你瞧吧。我想坦白的是,自己之所以最终下决心到特教中心来,正是因为这篇文章给了我勇气和决心——我能为这些特殊的孩子做些什么呢?趁自己还不是太老,还能做些什么的时候,没有比行动更能直接表达我的思想的了。

牛　牛

这是他的乳名。我并不确定这俩字是否正确,只是从认识他,到他成为我班里的学生,到我因病离开讲台,到他小学毕业,他就这样成为我生命中偶然出现的一段插曲。

直到这个午后。

午餐后去市内办完事,我把车停在单位附近小憩,然后听到有人说着话停在我的车附近,隐隐约约听到家长嘱咐孩子上学的话。我抬起头朝窗外看去:啊,牛牛。

窄窄的头,窄窄的脸,窄窄的身子,窄窄的声音。

那个是他爸爸吗?从来没见过的一个胖乎乎的中年男子。

关于牛牛的记忆就这样涌上来。如果没记错,那年,我教的班级刚升入四年级。学校将平行的三个班进行了重新分班,原来在一班的牛牛到了我班。所有任课老师都笑班主任手气好。

牛牛习惯性地被安排在第一排。起先,我并没有过分注意他,只是强调学生要保护他,别欺负他。不知道他在原来班如何,在我们班,他成了重点保护对象。

有一次大课间,他哭着跑进办公室找我,说有人打他。我一听恼了,拉着他去找那几个欺负他的学生,他们聚集在操场上还没散,让我好一顿凶:"反了你们了!人之初,性本善,你们善良的心呢?还敢欺负我的学生!告诉你们,他可是我们班的宝贝,道歉!"牛牛很大气,别人跟他说"对不起",他立马就说了句"没关系",尽管脸上的泪痕还没干。那是我为牛牛第一次出头,也是最后一次,因为那天我说得很重:"这是我的孩子,以后只许保护他,不许欺负他,否则我跟你们没完!"

兴许是大家都给我面子吧,或者觉得自己欺负一个跟大家不一样的孩子是错的吧?从此,牛牛再没哭着找我去"护犊子"。

牛牛是一个不计成绩的孩子,但据我观察,他非常喜欢音乐。每当我在语文课上插入音乐时,他总在座位上快乐地踮屁股。倘若大家起立唱歌,他会伴随着音乐手舞足蹈,前所未有地亢奋。

电影《音乐之声》中玛利亚·冯·特拉普夫人有句话:"上帝为你关一扇门,定会为你开一扇窗。"我猜牛牛是有音乐天赋的,就像音乐指挥舟舟。因此,我曾想找他的家长谈谈,把牛牛转到特教中心去,学点儿音乐。好心的同事劝我:"省省吧,他的家长脾气不是一般的差,尤其是老人家,就想让自己的孩子像正常的孩子一样接受普通教育。你若是让他转到特教中心去,他家长得跟你拼命!"

好吧,我投降。

在我跟牛牛关系最好的时候,他上学、放学经过我身边时,会突然喊一声"老师好",然后奔跑而去;他也喜欢拿小手碰我的手,只那么轻轻地抚摸一下,再像一条小蛇一样滑走了。他每次"喜欢"我,都是在我出乎意料的时候,所以,每每都会吓我一跳。我曾看过一部电影,叫《外星人 E.T.》,总觉得牛牛是带有外星人气质的,让人禁不住带点儿好奇,带点儿戒备,带点儿说不清道不明的自觉——想要帮助他找到他的飞船回到属于他的星球去。

我只教了牛牛半年,因为失声便离开了。从此,他再也没有"喜欢"过我。我成了他眼里的陌生人。

很快,牛牛小学毕业了。关于他的消息也戛然而止。有时候想起他,我会猜测他去了哪所学校读书。普通中学吗?私立中学吗?还是特教中心?我没有问谁,也没有谁主动告诉我他的近况,直到这个午后。

我没有下车去,甚至担心会被他们父子俩发现,只悄悄地透过车窗望着他和他的父亲,一个窄窄的,一个胖胖的。时间一分一秒地过去,父子俩终于站起来,父亲抖开牛牛的校服,牛牛伸展开双臂穿上,然后两人先后上了电动车,向南而去。

那是普通中学的方向。

啊,牛牛。

## 4月19日　星期五　晴

兔子:

昨晚几乎没睡。不是因为生病,而是因为突然间什么都不想做,不想看书,不想写东西,不想说话——自然,话是说不了的,嗓子一坏,就得疗养一段时日才能恢复,连同我的心情。

我们小城的河又开始美起来了,虽然不能和我们少年时候相比。毕竟春天了,在去年冬天枯萎的芦苇中,新生发的苇芽雨后春笋般往上冒,很快就可以与原来的苇花比肩了。这样新旧更迭,让寂寞了一个冬天的河更有了一番韵致。蛙鸣从上周开始,只是这个星期我还没有听过,许是走得太晚的缘故。清晨的第一声歌唱已经被第一个晨练的人听了去。

和小河媲美呼应的还有河堤。绿杨、柳花早已开罢,叶子的颜色也逐渐老了起来,倒是绿杨,名副其实的绿"扬"起来了,叶子从青涩的暗灰微紫,变得越来越绿,越来越亮;与它的天空相呼应,纷纷落到地上的杨絮,先是安静地绿着,然后在春风中盛开起来,从一粒一粒小米一般的绿点儿变成一点儿一点儿的白花,然后绿点儿慢慢盛开,全身的白花慢慢盛开,最后变成一只白白胖胖的"毛毛虫"了!

兔子,这还是我第一次看到杨絮在地面上盛开变成春蚕一般的"毛毛虫"!隔着一段距离望去,不会马上想到它们是杨絮,还以为是谁不文明扔下的纸团,点缀在已经返青的草地上,又像一朵朵小白花——它们可不就是一朵朵小白花吗?每天在这一片风景中来来去去,每每我总是很感恩。校门外的樱花正值盛期,衬在高大的绿杨旁,绿的绿,粉的粉,红的红,正是"岁月静好,现世安稳"的美好模样。很想给予我恩典的人能经过这里,经过我的小树林——赐予我的春天有多美,我的感恩就有多浓郁。

心有灵犀。兔子,课间操时间,阿芳约我和孩子们一起去拍花。

从校园里那丛小黄花开始拍起。大家都乖乖地听从阿芳和我的"摆弄",只有阿俊颇有思想,转首之间,再见他时,头顶上多了几瓣小黄花,冲镜头自顾自地乐。阿芳忍不住笑出声来,其他孩子便也效仿阿俊,摘两朵花,一手一朵簪在耳边,虽不伦不类却憨态可掬。一丛黄,一丛蓝,待校门口的那簇蓝花拍过,我们便大手牵小手,来到了校门外的那片樱花林——主题公园到了!

孩子们撒欢了,小动物一般各自寻找着有眼缘的那棵樱花树,摆一个造型就开始喊我和阿芳。阿芳忙着招呼孩子,我忙着"捕捉"他们瞬间的动作和笑容,东呼西应,南蹲北靠,那叫一个欢畅!每一棵树因为有了我们的

亲近而变得生动旖旎起来,连被路人甲看护的小朋友也加入我们欢畅的队伍,不时跑进镜头里给我们的快乐做点缀。待我真要拍他时,他又害羞地笑着跑开了。

不过20分钟时间,每一棵树似乎都被我们抱过了,每一朵花似乎都被我们闻过了,每一片树下的草地似乎都被我们亲吻过了,每一个快乐的表情也都被我拍下了。虽意犹未尽但终有结时,这是一次和花的约会。

想起去年秋天那次,我们几个老师带孩子们一起出来看金黄的银杏林,路过这片樱花树时,阿荣问孩子们,还记得春天的时候吗?老师带着你们一起出来看樱花?那个时候我在想,这片樱花林在春天是何等模样呢?如今我晓得了:就是孩子们东奔西跑、左冲右突、笑到露出牙齿的模样,是树林间此起彼伏或站立花前或隐身树后的身影,是老师声声唤着不让每一个孩子走散的声音。陶醉的,是花一样灵动的孩子们,是花一样美的阿芳,是花和树之间镜头这边的我。

## 4月22日　星期一　多云

在这里做老师,有时候,跟孩子们根本没有道理可讲,许多时候,也没有为什么。他们的行为无法解释,这就逼迫着我不断阅读、学习相关书目,只有了解了他们这些行为产生的原因,才能了解他们自身,在以后的工作中才可以更好地为他们服务。

是的,服务,教育即服务。如今,在我面对这些特殊孩子时,我懂了,我就是在"服务",我就是要手把手、不厌其烦地教——一个字母一个字母地教,纠正嘴型、舌位;一根鞋带一根鞋带地教,怎样穿插系紧;一个字一个字地教,如何横平竖直、先撇后捺。这时,我充分体会到《追风筝的人》里小仆人哈桑对少爷阿米尔的那种善良与忠诚:"为你,千千万万遍!"我也体会到了最后阿米尔对哈桑的儿子索拉博的"为你,千千万万遍"。

第四节课结束了,我送一班的孩子去餐厅时,在餐厅外遇见了阿霖和阿哲。阿霖冲我求救,原来矮个子的阿哲把高个子的阿霖的手抱在了怀里。那场面有点儿好笑。我递了个嗔怪的眼神给阿哲,他便松开了,然后跟着我走,说"我会武术",紧接着就给我比画起来。我冲他竖起了大拇指。他比画完了,一边走一边唤我"燕子老师"。他唤一声,我就冲他笑笑,摸摸他的头;他再唤一声,我就再冲他笑笑,摸摸他的头。他矮胖的身子依偎过来,把小手放在我身后。我打手势让他别跟着我了,去餐厅等候吃饭吧。阿哲说:"我送送你。"

我心一顿,立时荡起一股暖流。

阿哲说送送我。他说送送我!

我再次冲他笑笑,再次摸摸他的头。餐厅后面的北门到了,我挥手跟阿哲道别,他满脸的笑容,我满眼的深情。我心最柔软的地方,再一次被这个可爱的孩子击中,不亚于第一次遇见他把拖把扛在肩上,像猪八戒一样;把脸盆顶在头上,像朝鲜妇女一样。

阿哲啊,你如此可爱,让我怎能不心生欢喜?为这份欢喜,我怎能不感恩你?!

下午第二节是二班的课。但我突然就失声了。嗓子很疼,但我坚持着教会孩子们写"花",一遍,两遍,三遍,四遍,五遍。好,现在开始写作业。个别指导开始。

阿霖,草字头下的"化"太靠左了,这个字写偏了,重新写。后面的写得都很好。

阿哲,草字头的两道"小竖"靠近一点儿才好看,擦掉,重新写。不行,还是离得太远,看老师给你写一个。

阿聪,"竖弯钩"的钩不能朝里"钩",朝上"钩"就行了;最后一笔"撇"不能靠近左边的那一笔"竖"。不对,还是不对,你上黑板来,看老师写给你看。会了吗?回去重新写。不对,钩朝上,不能朝里,这样,这样。

"老师,不会写。"阿诚在后面叫我。

"没关系,老师写,你描。你慢点儿,别急,草字头的第一笔'横'要长一点儿。对,就这样,很好!"

我指导了一圈。阿霖写完了,写得很漂亮。来,奖一个"优秀"贴额头上。阿聪写完了,第二名,贴一个"加油"。阿哲,好吧,也是第二名,贴一个"加油"。阿诚,过来,你进步很大哟,贴一个"进步"!

好了,孩子们,走,跟燕子老师出去散步吧!

左手一只鸡,右手一只鸭——我被阿哲和阿聪挽住了。

今天"散养"好不好? 我"哀求"道:"老师嗓子疼,你们拿个球玩去好不好?"

拿了球的孩子又汇集到我身边来。好吧,我们一起散步吧。

走到跷跷板处,孩子们就不动了,拉着我去看跷跷板。

好吧,我们一起玩跷跷板吧。

好吧,我也上去,阿聪在另一面。

好吧,阿哲,老师太重了,你和阿聪都上去吧。

阿诚,你过来帮我啊! 他们俩太重了,我一个人不行啦!

我顾不得嗓子疼,在跷跷板上叫唤起来。

这节课在我们的笑声里结束了。


## 4月24日　星期三　雨

终于有人愿意娶我了。说"娶"我的,不是别人,是阿哲。

大课间,我在走廊遇到两个班的孩子们,他们正在阿芳老师的带领下准备到录播教室录课。看到我出现,阿哲很兴奋,迭声唤着我,张开手臂就扑了上来。我早已习惯了这样的阿哲,抱圆球似的拥他入怀。他抬起眼睛看着我说:"我喜欢你!"我微笑着回他:"我也喜欢阿哲呀。"阿芳唤着孩子们站队,上楼,阿哲说:"燕子老师,我娶你!"

"什么?"我没听懂阿哲的话,问道。

"等我长大了,我娶你!"

我不敢接话，只看着他傻乐。他们上楼去录课了，我跟在他们身后，反思着阿哲的话，不知是喜是忧。刚来这儿时，我就听过某个孩子喜欢某个女老师并扬言说长大了要娶她为妻的话。当时，我为那个老师点赞——至少，她一定是为那个孩子付出了爱心、耐心、责任心，所以才会赢得孩子的信任和喜欢呀。如今，我竟也有这样的待遇了！但是，想到文件上提过的，禁止单独和异性学生相处的要求，我又警醒自己：阿哲发育了吗？他对于我的喜欢是一个孩子对于老师的信赖还是一个男孩进入青春期对于异性懵懂的渴望？还有阿俊，那个这个春天总愿意黏着我说喜欢我的阿俊，那个趁我不备从背后抱住我"吃我豆腐"的阿俊。今后，我该如何跟他们相处呢？相处时又该注意什么分寸？

感谢阿荣，她给了我答案：

"你提出的问题在患唐氏综合征的孩子身上特别突出，他们特别会表达，善于模仿，特别会讨异性的喜欢，这是这类孩子身上普遍的特点。但在医学上好像有个论断，他们的性发育并不完全。他们说娶你，你一笑了之就好。阿哲以前经常说爱甜甜，要给甜甜买戒指，买楼，要娶她。我理解他们这是在模仿成人的行为，或者是从电视里学的。不过尽量减少与他们的身体接触吧。"

原来如此。我就知道她一定会给我答案的。自从读了她的激情昂扬的美文《我的特教情怀》，我心里便时常想：她文笔如此好，情感如此丰富，真该好好整理，做本书出来飨予世人。

## 4月25日　星期四　雨

好雨知时节，当春乃发生。随风潜入夜，润物细无声。
野径云俱黑，江船火独明。晓看红湿处，花重锦官城。
终于在现实世界重温了杜老的这首《春夜喜雨》。
它是从夜里什么时候开始下的呢？当我醒来，左耳听着零星叮咚的雨声,右耳听着婉转歌唱的鸟鸣——雨真的极小,小到连鸟儿都懒得躲闪,即使打湿了翎毛又如何?像邻家女孩湿漉漉的睫毛,正是迷人的模样。

上班。手执一把伞站在天幕下,地面都被浸润得透彻了,却没有一星半点儿的雨落下来,原来雨停了。偶尔有水洼,也没不了鞋底,真是刚刚好,空气也刚刚好,夜里的咳嗽亦不见了踪影。河边的小树林自然也是好时候了,每一片树叶都被洗过,旁逸斜出着,映着透明的天光,在风中轻轻摇晃。

至于花,我春天里最爱的还是校门外的那个土坡。"夜来风雨声,花落知多少。"从河边仰脸望去,左边樱花,右边绿杨,"花红柳绿",相得益彰。待我上得堤坝,遍坡的落英,似乎比树上的还要多,像昨天说过的,落在草地上,如果不仔细看,会以为那就是生长在草丛里的诸多小花,落得多的地方浓些,落得少的地方淡些,却"淡妆浓抹总相宜"。

"落红不是无情物,化作春泥更护花""零落成泥碾作尘,只有香如故"。当我猫着腰钻进树林,当我蹲下身子拍遍地的落花,这样的句子便从舌尖涌上来。我自知学识浅薄到无法与古人比肩,相似的景况下想起他们的句子却也能体味他们曾经的心境了。

我便在这樱花林里徜徉不去,远的、近的、高的、低的、横的、竖的、方的、特写的,无论怎么拍,我的心里都是满满的欢喜,连在医院的姐姐、家里不能自理的老人也暂时被遗忘了。请原谅我这片刻的幸福的"背叛"好了。

校门外执勤的警卫真是善解人意,在我"花痴"犯了的时候,配合我在坡下用口哨扮起了鸟鸣,那惟妙惟肖的哨音,如果不是我晓得是他,一定会误以为真的是鸟儿在歌唱了。

拍够了,我便下坡去,站到他身旁。我刚要说口哨的事,他便指着地面惊呼起来。我一看,天哪,我的一只大脚印——不是泥巴,是花!它就从路对面开始,从下土坡开始,零星散落着几个花瓣,一直延伸到校门口来,然后整个脱落,变成一个粉红色的花脚印。我惊喜得不得了!再看自己的双脚,鞋底、鞋侧依旧是花瓣贴护。不用说,连我的鞋都带着香气了。

这是我此生第一次遇到这样的好事。敲打至此,办公室里突然亮了起来,歪头看窗外,竟是太阳出来了。

邂逅这一场雨后的花事啊。阿木,谢谢你!

**5月2日　星期四　晴**

阿雨：

　　这一个清晨突然想起你。窗外，小鸟被我早起的灯光唤醒了，开始了第一声呢喃。紧接着，树上开始热闹起来，像极了童年的记忆里，故乡的某个夜深人静的晚上或者凌晨，因为一点儿动静，某家的狗吠了起来，继而，全村的狗都吠了起来。

　　我在距离故乡千里之外想起你。这该是一天里最凉的时候。好久不见，阿雨。记得上次见你，是在你们寝室外的楼梯上，你正穿戴停当，背着包，预备下午的离校告别。同时，另一幕情景不经商量地钻进我的脑海，那就是和阿霞去你家家访结束后，我们挥手道别的情景——你在车窗外，穿着天蓝色的校服，那么眉清目秀地点缀在周遭灰色的猪场、守屋，让你像一个天外来客，总有些初来乍到这个世界的格格不入。

　　我知道我是杞人忧天了，阿雨。你们无法选择自己的出身，但应感恩父母带你们来到这个世界。尽管你们是特殊的那个，但他们从没有放弃你们，你们所能做的，就是尽量地好，尽量地努力，尽量地活得精彩和幸福。

　　阿霞老师说，到七月，你们班有几个同学就毕业了，包括阿扬，你还有两年才毕业。到那时候，你就23岁了。我很高兴你还能在特教中心待两年，这样我们就可以有无数次的遇见，可以多几次家访，了解你身边的家人、朋友。为着你的梦想，也为着我的梦想，我们各自努力啊，阿雨！

　　我总是欣赏真正做事的人，为了他人和工作不怕失败，无惧世俗和偏见，将满怀热忱付诸行动的人。就像你，阿雨，几乎每次我去三楼看你或者其他孩子时，你都在捧读一本书，尽管那本书是注音版的儿童读物。我突发奇想，注音版本的图书不仅适合儿童阅读，也适合培智学校的学过汉语拼音的孩子们阅读，适合所有学过汉语拼音的智力发育缓慢的大人们阅读——我从没了解过智力发育迟缓的人到几岁智力发育就终结了。于我，这是一个新的课题。

　　你应该认识学校的教导主任阿荣并对其印象深刻吧？一个从容、安

详、博学、智慧、热爱生活又精彩纷呈的女子。一次和她聊天时，我们曾就如下一个观点达成共识：有的人自私，看到眼前的利益就想据为己有，得不到就难受，就愤恨；而我们其实也是自私的，只是我们的自私是"大自私"——看似放弃了眼前的蝇头小利，却把目光放得远，做事，做好事，做大事，当把工作做漂亮了，当自己期待的事情实现的时候，收获的快乐和幸福便是我们的大自私了。

这一刻，我想说什么呢？阿雨？昨日"学习强国"读到习主席的一段话，觉得真好："一个领导干部，在位的时间是有限的，在一个地方工作的时间更有限。我们每一个领导干部都要以'只争朝夕'的精神，倍加珍惜在位的时间，充分利用这有限的时间，多为群众办实事、办好事。"

阿雨，我很高兴，我们学校的领导干部就是这样做的。我在远方，默默祝愿学校的改革顺利进行，也祝愿你的未来有梦可依，尽情施展——活着，总得折腾一番，才不枉活过。

## 5月7日　星期二　晴

今天我不快乐。

阿蕊生病了。阿蕊住院了。

其实昨天下午，我去体育场散步时就看到坐在阴凉处的阿蕊，那个无论我怎么逗都不肯站起来与我一起玩耍的阿蕊，那个得知我要找长一点儿的跳绳和另一个女孩比赛，便默不作声地从球框里找出一根系得完好的跳绳，默不作声地为我拆开来的阿蕊——我不晓得她病了。

今天课间操结束后，遇见阿静、阿荣急匆匆地，说是阿蕊病了，晕过去了，打120了。我紧张得心跳开始加速，眼前全是阿蕊昨天下午低着头不声不响的样子，是她不声不响为我拆解跳绳的样子，是她终于在我的逗弄下露出那么一丝笑意的样子。

120急救车的警报声已经传来。我跟着阿静、阿荣向三楼阿蕊的教室赶去。正巧校长也赶来了——阿静向他汇报过了。当我走进阿岩班,教室里没有其他孩子,只有三四个教师围着中间的阿蕊,有的呼唤,有的为她掐人中,有的为她按摩,其中一个是班主任阿岩,还有阿珍、阿莹。我发现阿岩原本白皙的脸如今泛着潮红,阿静、阿荣上前去照看阿蕊时候,阿岩在一旁打电话,不停地打,她的声音那么着急,眼睛也泛了红。

赶来的人越来越多。急救中心的人到了,担架到了。老师们闪开,把救护任务交给医生护士们,量血压,问病情。校长叫来安全办主任和阿明,等不及半小时后才能赶来的阿蕊家长了,无论男女,大家一起上前,把体重超标的阿蕊转移到担架上,阿本、阿明、阿钦、医生,四个男人抬起了担架向教室外转移,女同事们紧跟其后——这个时候,我看到教室外正对着的电梯门开了!

当我和其他老师从楼梯走下来,他们也正巧抬着担架走出电梯,急匆匆地向教学楼外走去,救护车已经在楼外等着了。大家七手八脚地把担架抬上车去,校长吩咐阿静、阿岩和阿明跟着去医院。然后,大家目送着救护车开出了校门。

阿蕊啊,你不会有事的吧?你不会有事的!

终于挨到午后上班,我发信息问阿静:阿蕊怎么样了?阿静告诉我,医院各项检查没问题,家长正陪她在医院吸氧观察。

后来阿静又告诉我,阿蕊出院回家了。

我的心终于放下来了。

## 5月8日　星期三　晴

为了迎接助残日,各班教室里的忙碌逐渐抵达了高潮,走在每一层走廊,我们总能听到从教室内传来的诵读声或者歌声;课间散步、餐厅吃饭,大家谈得最多的,也是关于助残日的事情,阿芹、阿玲等人甚至已经把教室内外的看板都布置得漂漂亮亮的了。这让我更加期待。

我在资源室试穿参加运动会的衣服时,阿芳来电话跟我要照片,说要布置看板用。我说我不是都发给你了吗?你不会又没保存吧?后来我才知道,原来我误解了她的意思,她要的不是她的,是我的。当我明白过来时,内心不由再一次因为她泛起暖潮:虽然她年纪小,做事却很周到,那份周到常常让我深觉自愧不如。

无论怎样,阿芳要照片,我还是去电脑上扒拉着看看,一个一个文件夹打开,一张一张地浏览,这样看来看去,便发现了去年冬天去阿哲家家访时拍的一组照片——我、阿明、阿哲和他爸爸的照片就不说了,倒是阿哲家猪圈里的几头猪引起了我的兴趣。家访回来后,这个文件夹就从没整理过。此时,我的眼前被阿哲家的猪吸引住了:照片上,七八只小猪崽分明受到了我这个不速之客的惊吓,拼命往角落里挤去,只有一只很特别,从中探出头来,它的一只耳朵被挤上去了,另一只耳朵则耷拉下来,它使劲儿抬头看我,好像在跟我打招呼:"嗨,你好,你是谁呀?"

那小模样让我忍俊不禁,自个儿"扑哧"一声笑了:"嗨,你好!我是阿哲的燕子老师,你也可以这样唤我。"

它"哼哼"了两声,好吧,我接受了它特殊的问候。

这一笑一发不可收拾,从第二张照片开始,我就故意往搞笑的路上想了。躲闪我的镜头的这群猪崽,终于有勇敢回应我的,其中最干净也是最勇敢的是并排站在一起的两只,其他猪崽一律朝向猪圈里面的围墙,只有这两只朝向我,并且不约而同地抬头看我,好像在说:"来吧,妞儿,给我们拍个特写!"

我向它们喊口令道:"预备——向阿芳看齐!"

第三张照片是猪崽们适应了我的凝视,不再紧张,分散开来,兀自玩着,其中有两只一左一右,长鼻子,小眼睛,脏兮兮地站在猪圈的中心位置,仰脸看着我。正好阿芳来消息了,说照片的事,我便淘气地把这两头猪截屏发给阿芳,并配文道:"阿芳,我们俩这么丑,你能看上我们吗?不用爱上我们,赏脸多看一眼,俺就心满意足了,上屠宰场也就没遗憾了!"

阿芳回复了一个龇牙咧嘴地笑的表情。

不知道阿静、阿荣在忙什么,我索性改改称呼转发给她们俩,让她们也放松一下:"亲,我们兄弟俩是阿哲家的猪,我们这么丑,您能看上我们吗?不用爱上我们,赏脸多看一眼,俺就心满意足了,上屠宰场也就没遗憾了!"

然后大家笑作一团。

阿静说什么了呢?

"这是我下辈子的目标,下辈子我就托生变头猪。"

我笑出声来,拍着桌子兀自地笑着回复:"你都没看明白俺的话!你是女神,俺才是猪!"

"我和它们一样笨。"

"我自己创造的,笑了吧?它们真的是阿哲家的猪,我去家访时拍的。"

"哈哈。"

尤其是阿荣,更蹦出了神句:"它们长得多干净啊,喜欢可爱的猪猪!我就是猪猪。"

我这才想起来,阿荣就是属猪的,赶紧回复:"都忽略了你属相这条了。等我再改编一下,我们四个上台表演节目吧?"

"(小猪鼓掌的表情图)三句半。"

"(躺在枕头上大笑的小兔子表情图)要不我们助残日真的上?开会研究研究吧。"

"助残日怕选不上。"

我笑痴了。

## 5月9日　星期四　晴

第三节是我的课。课间操后回到教室有些晚,孩子们雷打不动地吃香蕉。讲台上有两个,不知是哪个有"眼力见儿"的孩子放的,给我?给阿芳?我们教导过孩子,吃东西要学会分享,包括分给老师。孩子们这是学会了吧?我拿起一个,像他们一样吃起来,然后把另一个递给阿健:"去,给你们阿芳老师送办公室去。"

阿健有点儿犹豫，接了香蕉走了，很快就回来了。

"给阿芳老师了？"

他摇摇头。

"香蕉呢？"

他不说话看着我。你这孩子。

这几天阿健有点儿不太受待见。周一，他把别的班的一个孩子的脸挠破了；周二体育课，他把阿洋的鞋子扔了，一只扔在草丛里，另一只扔得有点儿远，干脆扔到了围墙那面的N校去了。周一那件事是阿芳说给我听的，阿洋的鞋被扔是我亲历的——

昨天第四节课，我在教室里准备上课，阿洋哭哭啼啼地走进来，双脚没有穿鞋。其他孩子纷纷进来告状，说阿洋的鞋子被阿健扔了。我赶紧安慰阿洋："别难过，老师一会儿就帮你找回来啊。"然后，我让孩子们看动画片，自己跑去操场。只见阿健正从东边走来，手里提着一只鞋子。"那只呢？"阿健有些麻木地摇摇头。操场东端，阿明老师正在低头逡巡着什么。

正是上课时间，阿哲、阿聪、阿霖、阿诚几个孩子却汇集到操场来，我估计这节是他们班的体育课，便跟阿哲说："你快去跟阿明老师说，鞋子一定被扔墙那面去了，这节课你们都到三（一）班教室来，让阿明老师去N校找鞋子！"

后来，另一只鞋子果然在N校找到了。但阿健糟糕了，不受人待见——阿明见了假装要"揍他"，作为班主任的阿芳更是看到他就"气不打一处来"。他们都扮白脸，我自然要扮红脸了。我刚读完《孤独症孩子的情绪调整训练指南》一书，书中说对待这些特殊的孩子要努力宽容，寻找最好的情绪切入点。我相信，这样阿健才不会感到受欺负。

继续说那根香蕉。

我跟着阿健去寻找那个没有送给阿芳的香蕉。当阿健把香蕉给我的时候，我乐了！他竟然没进办公室，直接把香蕉放在办公室门口的角落，就回了教室。

我笑到不行，拉着阿健去找正在办公桌旁忙的阿芳——下周五就是助残日主题活动了,校领导和老师们忙得连轴转!结果还没等我给她讲这个关于香蕉的笑话,阿芳一扭头看到阿健,就"训"上了:"你来干什么?回教室好好反省去!"

又轮到我扮红脸了。我赶紧打圆场:"阿芳,看你把阿健教训到啥程度了?人家有心想送根香蕉'孝敬'你,还不敢进来,干脆把香蕉放在办公室门口就回去了!"

阿芳本来还假装摆谱,一听我说,终于憋不住,"扑哧"一声笑了。

我跟阿健挥挥手说:"你先回去吃你自己的香蕉去吧,阿健,没事了啊。谢谢你!"

大概我是阿健这周最喜欢的人吧?我虽嗔怪过他但没凶他,所以,他每次见了我都像见了最亲的人一般,伸开双臂就飞来了,嘴上还快乐地唤着我。嗯,像阿哲。

下午是雷打不动的项目组活动。预备铃响后,我带着外套,端着茶杯,拿着《阿勒泰的角落》一书来到三楼九年级阿莹班的教室,这里是我们"绘画与手工组"的场所。满教室都是阿莹班的孩子,我的三个孩子阿聪、阿俊和阿浩不见踪影。

"阿毅,麻烦你去三年级把他们喊上来好吗?"

不一会儿,阿毅从西边楼梯回来了,我的三个宝贝从中间楼梯上来了,只有阿聪手里拿着彩笔。

"你们俩回去拿彩笔!上战场不带武器怎么行呢?"

不一会儿,阿俊自己回来了,手里拿着两盒蜡笔。

"阿浩呢?"

阿俊摇摇头。

其他"小画家"们陆续都到了,各自找位子坐好。我给他们分发上周没有画完的作业,开始"工作"。等了一会儿,还不见阿浩上来,我便跟阿莹、阿玲打了个招呼,到一楼教室寻去。

教室外全是男生,几年级的都有。阿瑜、阿壮、阿暖、阿健、阿德、阿凯、阿哲……见到我就开始叽叽喳喳地聒噪,我听不懂他们说什么。他们甚至想要簇拥过来,大有合力将我扔上天的感觉——我终于知道他们为什么如此兴奋了,所有"唱游律动组"的男生们都被赶出教室,女孩子们在教室里试穿"助残日"的演出服。

我进去找阿芳,问她阿浩到哪里去了,阿芳不知。

我出来问孩子们。阿哲手指楼上,好像先知在预言什么却又不明着告诉我。阿健说:"阿浩是不是在操场上呢? 燕子老师,我去帮你看看吧!"

我点了点,阿健转身就跑。阿凯也跟我说了同样的话,转身就跑。

阿哲唤我,指着走廊北窗外说,阿浩在那里。

我忙让其他孩子把阿健、阿凯唤回来,自己向"天井"走去。只见阿浩坐在宿舍楼外的台阶上,小小的,无辜又无助的样子。我担心他又受了委屈,在呜呜地哭,还好,没哭。我故意装出凶样问他:

"你在这里干什么呀?"

"找不到你了。三楼。"

我心里有点儿难过,原来他迷路了,自己一个人下来拿彩笔,找不到去三楼项目组活动教室的路了。

我拉起他的小手走进南教学区,一边走,一边教他认路:从自己教室出来后右拐,走到大厅,从中间楼梯上三楼。对,三楼楼梯口有个"3F"的字样,见到后右拐,对着的门就是我们活动小组的教室。记住了吗?

阿浩笑逐颜开。

绘画与手工小组很安静,孩子们都在认真地涂抹自己手中的作品。我安置好阿浩,溜达一圈,看孩子们不需要我,便也坐下来,打开《阿勒泰的角落》。

亲爱的孩子们,我该如何才能让你们更快地学会很多很多的汉字? 多到可以自己捧读类似《阿勒泰的角落》这类好书,读出自己的心酸和幸福……

## 5月16日　星期四　晴

　　终于在操场上看到了排练的孩子们——阿玲、阿芹和阿白班上的孩子们在一起排练《大海航行靠舵手》。孩子们穿上了迷彩服，显得整齐了许多。我看到阿涛一手持五星红旗，一手持太阳花，帽子戴在头上并没戴正，可他的手里又分明拿着那么美好的道具。这份不协调，让我忍不住笑了起来。我一边笑，一边手指着阿涛，嘴里喊着阿玲。阿玲走过去给阿涛戴正帽子，不忘念叨他两句。

　　是的，太阳花，阿芳为校演出队准备的道具被借用在这个节目里。鲜艳的五星红旗，金灿灿的太阳花，搭配在一起很是惹眼。在舞台——操场中央的绿地上，孩子们有的四人一组分别簇拥在舞台两边，有的七八个站立在舞台最后一列，有的分两队在舞台一侧候场。只见阿明把平时做操时用的大音箱一开，阿玲、阿芹和阿白的指挥声便此起彼伏了，各人指挥着各人的宝贝，只求动作尽量协调一致。

　　真好看！我由衷地赞美着。听阿芹说，这次排练节目，阿玲是最辛苦的一个。我晓得，一开春她就开始构思了，甚至在周四下午的项目组活动中，还捣鼓着几个动作给我们看，当时我还笑她：这是你们最新的广场舞吗？原来，她在为助残日构思孩子们的舞蹈动作。

　　阿玲是个有心的老师。

　　除了阿玲、阿芹和阿白，阿芳和阿英也在彩排。阿健、阿凯和阿聪等孩子们按照演出的布局，把塑料小板凳搬到绿地上摆好，坐在上面。阿荣和阿静也来"参观"了，一边看一边和阿芳讨论着舞台的设计，因为阿芳不仅是三年级节目的导演，还是学校舞蹈的导演。这段时间真是辛苦她了。

　　我曾问过阿静、阿荣、阿芳她们，我们过"助残日"，那六一儿童节呢？她们说，这边更重视"助残日"。

　　下午彩排。全校孩子们在老师的陪伴下，拿着塑料小凳子在绿地上集合。阿明把音箱准备好了，听说他不仅是全部音乐的播放者，还是主持

人——全校一共四个年轻教师,阿明、甜甜、阿欣、小君,都是主持人。另外还有两个学生主持人,是阿霞班的,一个是阿杰,另一个是阿雨。

彩排前,阿静作为助残日活动的分管领导,来了个开场白。然后,彩排开始了,一年级到九年级,一个班一个班的孩子们在老师的带领下陆续开始展演。观众是最热情的观众:台上演员们在演,台下孩子们跟着演;老师是参与度百分百的老师:孩子们在台上演,老师们有的在孩子们面前指挥,有的在侧面指挥,有的干脆站在某个孩子身后,双手扶着孩子的双臂,左右挥动,前后变换。

我的眼睛总是忽然就湿润了,然后又被风吹干,过一会儿又湿润了,然后又被风吹干了——我从来没有连续地看许多残疾人专场表演的节目,也从来不晓得每一个节目都需要老师站在表演队伍里作为孩子们的"领航员",从阿雯、小君和阿叶,到阿芳和阿英,到阿兰,到阿玲、阿芹、阿白,到阿欣、阿香、阿岩,到阿艳、苗苗和阿莹……

助残日和六一儿童节有什么区别呢?没什么区别呀,甚至比普通学校的六一儿童节还要热闹许多!孩子们是真的快乐,他们快乐地呼唤、歌唱,甚至离开座位坐到绿地上、躺到草地上,兴奋地拍着巴掌喊着亲爱的老师的名字。

让我怎能不爱他们呢?让我怎能不爱他们!我所有复杂一丁点儿的心思,和他们相比都是可鄙的。我真想也像他们一样变得如此简单,如此透明,如此真实。生命便像这五月的天空湛蓝,像这五月的阳光灿烂,像宠辱不惊的花开花落,像去留无意的云卷云舒,那么恬淡、安详、知足、愉悦。

所有的节目终于彩排结束了。夕阳西下,临近放学。其他孩子们在老师的带领下都回去了,操场上只剩阿静、阿芳、阿艳和阿明,他们依旧在彩排。他们彩排的是校队的《我和我的祖国》:

我和我的祖国,一刻也不能分割

无论我走到哪里,都流出一首赞歌

我歌唱每一座高山,我歌唱每一条河

袅袅炊烟,小小村落,路上一道辙

…………

歌声中,我一边倒退着离开,一边看着镜头里的几位老师和参演的孩子们。他们在歌声中挥动一朵又一朵的太阳花,那么美,那么庄严,那么神圣。西下的阳光沐浴在他们身上,颜色温暖又吉祥。

我把明天"助残日"演出的消息发布给每一个远的近的朋友,欢迎他们前来观礼,为我可爱的孩子们,为全部特教中心的孩子们,为全国的残疾人,送上掌声和祝福。

## 5月20日　星期一　晴　大风

算算日子,距离放暑假还有不足50天。亲爱的孩子们,这不足50天的日子里,我该用尽怎样的心力,为你们做些什么呢?

汉语拼音。汉字:组词,造句,反义词。《三字经》。

我曾不止一次地和远方的朋友说起自己对于教给你们什么感到困惑的事。朋友每每鼓励我说,多教一些他们生活需要的实用的知识和能力。之前的我,明明把"让你们快乐"放在了首位。一边快乐一边学习,虽然我做得并不完美,但我一直在努力。亲爱的孩子们,你们一定懂得我的努力是不是?

夕阳西下,这是一天里最好的时辰。

我下楼,准备回家,在教学楼外遇见餐后倒垃圾的阿凯,阿健、阿鑫陪着他。阿健站在宣传标语前,念着上面的字。我突发奇想,大声唤着他们的名字就飞了过去,站在阿健旁边,指着上面的字教他们念:自尊、自信、自强、自立。他们的"自"发音舌位不对,总是发不对。我便纠正着,真好,发对了。但我明显看出,阿健并不热衷于餐后的"加班加点",我便作罢,和他们玩儿起来。

"来,站到阳光里,我给你们拍张照片。"他们便站到了北侧宣传牌子前,还是阿健眼尖,一下子就看到了滚动的大屏幕上的文字,高兴地叫起来。我抬眼一看,竟然就是我方才教他们念的那八个字:自尊、自信、自强、自立。我们便又一起念了一遍。

之后,我给他们三个拍照。然后,阿芹班的阿鹏也进入了镜头。我变换着姿势拍,舞动起来拍。阿凯最逗了,竟然做出"阿弥陀佛"的动作来——金鸡独立,一边双手合十——笑得那个欢!我干脆给他来了个特写。

该回家了,我挥手向孩子们告别。他们恋恋不舍,跟我说明天语文课见。我走出校门,他们在我身后喊。我上了校门外的土坡,他们还在大门内侧的水泥路上喊:燕子老师,再见!

夕阳照亮了他们身后的教学楼,照亮了他们的小身影和他们挥动的手臂。我心里突然一热,也挥动手臂回应他们:再见!明天见!

路上人来车往,他们是否注意到我们"里应外和"的呼喊?

注意到又有什么呢?是我和我亲爱的孩子们啊!

夕阳西下,这是一天里最好的时辰。

## 5月24日　星期五　晴

上午第四节课,合堂。复习"北京天安门"的时候,我写出:"我是中国人,我爱中国。""我爱五星红旗。"

我告诉孩子们,我最喜欢他们在升旗仪式上对五星红旗立正敬礼的认真。我告诉孩子们,五星红旗代表中国,有五星红旗飘扬的地方就有中国力量。

并不是每个孩子都配合我"爱国"的活动,比如阿诚,我说五星红旗代表中国的时候,他说"爷爷奶奶"。我说我们是中国人,我们爱中国的时候,他说他爱爷爷奶奶。我说对的,阿诚,爱亲人也是爱国的一部分。

就要下课了,阿健跟我说下午就可以回家了。什么?我问阿健,今天星期几了?阿健说星期五。

是吗?这么快就星期五了。我做出委屈的样子,半自言自语半和孩子们说:"谁可以不回家,**留下来陪燕子老师过周末**?"

阿健举手,阿凯举手,阿德举手,阿鑫举手。

我笑成一朵花:"什么?你们竟然不回去和爸爸、妈妈、爷爷、奶奶团聚吗?"

孩子们笑了。

我继续逗那些没举手的孩子:"谁愿意不回去留下来陪燕子老师过周末呀?我带他去吃好吃的,带他去看电影,带他去买漂亮的衣服……"

孩子们都举起手来了,甚至离开座位簇拥到了我跟前。我笑得不行了,赶紧跟"成熟"点儿的阿德求救:"阿德,赶紧带他们排队去餐厅!"

阿德像我的保镖,雄赳赳气昂昂地过来"救驾"。

当我去警卫室取快递回来,阿洋和阿俊还站在教室门口。

"赶紧吃饭去呀。"

阿洋这节课很兴奋,上课回答对了问题被我表扬后,笑得震天响。他待在门口等我有事?

然后,我意想不到的事情发生了。

只见他嘴里叫着我,说着"你看",一只手伸进裤裆里去。我还没来得及制止,他已经掏出了他的"小鸡"。我忙一只手捂住眼睛,一只手挥动着,催促他"赶紧放进去"。

真是太难堪了。他的智商是几岁呢?不知小孩子几岁才会开始有玩弄自己生殖器的习惯,不对,说"习惯"不恰当,可这是因为什么呢?

上学期就听老特教同事们说过,男生到了一定的时候,喜欢玩弄自己的生殖器。我虽没有概念,但也猜想过,我们班上哪个男生会首先这样做呢?到时候我该如何制止他、教导他呢?我还没想明白,今天就被阿洋"吓"着了,怎么会是阿洋呢?他才多大啊?当我这样想的时候,同时有个声音在反驳我:怎么就不能是阿洋呢?任何一个孩子都可能成为我的第一次"遇见"。

天气越来越热了,5月中旬就到了36摄氏度,孩子们身上开始散发出难闻的味道。想起穿了棉服、春装就喜欢亲近我、拥抱我的孩子们,夏天来了,我知道,对我真正的考验开始了。

**6月2日　星期日　晴**

　　按照计划，今天是特教中心招生的日子。7点，我来到学校，发现教学楼一楼入口处、大厅已经布置好了。一个黑色的身影在忙碌着，原来是阿明。但凡学校有什么重要活动，都少不了住校的他。人家说"近水楼台先得月"，他得的是高高的参与度和辛勤的劳动。

　　大门还没有开，校门外的树荫下已经有几个家长和孩子了。不到8点，一辆白色的SUV开进来，然后从车上下来三个穿白大褂的人。招生竟然还需要医生在场？

　　我去办公室放包，当我重新返回报名处，发现校门内的小广场上已经有许多人了，大人带着孩子。有的家长聚集在一起，小声地交谈着；有的家长单独领着孩子站在某处，教着什么。阿荣正被几个家长围在中间咨询着什么。

　　阿荣是这次报名工作的负责人。只见她把阿明、小君和医生们召集到一处，简单地介绍了一下工作要点，大家就各自去自己的岗位了。

　　报名工作开始了。素日只开半扇的楼门全部打开了，小君坐在教学楼门口的桌前，开始接待家长和孩子们。其他家长在后面有序地排着队。

　　我仔细阅读过招生简章：第一步是报名登记；第二步是小组评估。实际的工作比简章中要求的多了两个步骤：第一步，家长先在小君这里填写报名登记表；第二步，报名的孩子们到黑马先生那里拍一张单人照——黑马先生在一块小黑板上书写孩子的名字，然后让孩子把小黑板放在胸前拍照；第三步，由三位医生分别给孩子量身高、称体重、检测视力、听诊、量血压。阿明作为体育老师，自然分担了其中的称体重、量身高的工作。第四步则是由特教中心的老师对孩子进行评估。人多力量大，一切有条不紊地进行着。

　　阿荣呢？她在忙什么呢？我去教导处找她，看她正在整理一大摞登记表——这都是近一年来她接待的应该今天来进行评估的孩子们的登记表。

　　大厅传来说话声，我过去一看，发现了"新大陆"！12张桌子拼成了一个评估台,阿姚和甜甜正在和俩孩子聊着,周围围着几个家长和孩子。这就是我从来没有见识过的特殊孩子入学前的评估工作啊!

这时,阿荣抱着那一大摞资料坐下来,身边还有甜甜和阿姚。她们靠墙坐在评估台里边,三个孩子坐在评估台外边,她们的身旁站着挤着一个或者几个家长。阿姚正将四个扣子的评估道具放在孩子手中,让孩子系扣子;甜甜正在让一个孩子数木板上的小鸟,然后把对应的数字拼插在一起;阿荣刚坐下来,身边立刻围了人……我从没见过笑得如此灿烂的阿姚,那是如孩子的邻家婶娘一般的笑容,那是发自内心的笑容;我从来没见过如此工作状态下的甜甜,声音温柔似水,夸赞孩子的大拇指不时竖起来;还有资深大姐大般的阿荣,无论家长、孩子如何,她的脸上始终带着微笑,启发着孩子回答问题,咨询着孩子在家里的情况,然后给出这个孩子属于哪种类型、应该留下还是就近随班就读或者只能在家里等待送教的结论。

我看得目不暇接,禁不住重新阅读起特教中心的简介:特教办学、随班就读和送教上门三位一体的服务体系。我充分理解着阿荣所说的这三种情况。

孩子们之间的差距还是很大的:有的孩子上下左右不知,颜色不识,数字一个不认,生活中的常用物品也不知道是什么,评估过程中只知道黏着家长;有的孩子识字,会做简单的算术题,会系扣子,会背简单的诗歌。

看来报名登记工作和体检完成得差不多了,大厅等待评估的孩子和大人越聚越多,到最后,我都看不到三个同事的身影了。这次按照计划只收8个孩子,而之前咨询登记的有50多个,今天报名的有30多个,其他孩子怎么办呢?阿荣告诉我,囿于校舍、师资的问题,我们只能收8个孩子。其他的孩子,一些是在他们家乡就近随班就读,另一些严重的,只能等着我们送教上门。

若以为被评估的只是孩子那就错了。无论医生还是老师,问孩子问题时,若孩子回答不上来,一旁的家长可着急了,恨不得自己替孩子说出答案来。我充分理解他们的着急,毕竟,如果孩子对答如流,自理能力强,被筛选上的可能性就大些,倘若一问三不知,什么都不会,那就悬了。按照我来这里这么久的体验,随班就读还好些,万一孩子既不适合在特教中心上学,

又不适合就近随班就读,只能待在家里等待送教上门,那家长们的压力就大了,那说明孩子的病情较重且需要时有人在身边照顾。

我在心里暗自为这样的孩子和这样的家庭无奈地担忧着。

11点,上午的招生工作近尾声了。报名的家长都已离去等待消息,医生也撤了。教学楼大厅里,阿荣领着阿姚、甜甜、阿明和小君聚集在一起,一边整理着评估的各种资料,一边讨论着这一次的报名情况。黑马先生不在,我郑重地给他们五人拍了一组照片。背景还是那面墙,墙顶还是"仁爱、启迪、化育"六个大字,下面还是那颗红心,红心里还是"爱心、耐心、精心"和大大小小五颜六色的星星,右侧还是竖写着的那句话:"让每一个孩子都闪光。"

### 6月4日　星期二　晴　继续高温

天气太热了,隐隐传来了雷声。

第二节课,我给二班的孩子们上《快乐的游艺宫》。完成教学任务后,我带着阿哲、阿聪、阿霖、阿诚、阿航五个孩子去操场玩"接球"的游戏。这是课文中出现的活动,我决定进行现场教学。

操场南边自西往东有一根水管正在浇南侧靠近篱笆墙的绿植,黑色的水管一定是被人为地扎了好多细细的眼儿,水线纷纷从水管上喷出来。阿聪过去洗手,我也过去洗手,不小心就被喷了一身,一阵欢笑便荡漾开来,像那些喷出来的水花。

阿玲班的阿通、阿涛,还有九年级的阿瑜看到我都靠拢过来。正好,我分配任务给他们,让他们分别当我的孩子们的教练,带孩子们练习接球的游戏。阿哲自然又缠住我了,他把球用双脚"夹"着滚过来,我把球捡起来扔到他怀里去。有两次他双手接球时,球碰到了鼻尖,逗得他自己笑了起来。

我一边和阿哲玩着,一边观察着阿聪、阿诚他们。阿聪没事,阿诚好像害怕球似的,阿通扔给他,他就躲。我索性把阿哲交给阿通,自己抱着球扔向阿诚,嘴里唤着:"阿诚,接球!"阿诚被我"逼迫"得"节节败退",就是不去接,即使手指碰到球了,也马上松开。难道他对飞来的物体有一种恐惧?要不怎么会连球都接不住呢?

这是个问题,以后我要慢慢训练他。

下课铃响了,我该带孩子们回去了。离开操场前,我把阿哲、阿聪、阿通、阿涛、阿瑜等孩子唤到那条喷水花的水管旁,让他们从西往东站成一排。孩子们不知我要他们做什么,我喊道:"都准备好了吗?跟着燕子老师跑过去!"

然后,我第一个猫着腰跑起来,一边跑一边哈哈笑。

孩子们也紧跟着跑起来,一边跑一边哈哈笑。

那是一条不过四五米长的水花带,我们从头到脚并没有被打湿多少,但快乐是发自内心地洋溢在脸上。我领着自己班的宝贝们走,大孩子们也跟着我走,我"驱赶"他们:"找你们自己的老师去!"无可奈何,他们宁愿跟着我走,也不回操场集合了。谁的课呢?不会嗔怪我吧?——燕子,你把我的孩子们领哪里去了?

17:11。还不到放学的时间,天阴得不像话。雨早就紧一声慢一声地开始了。我听到了孩子们的声音,那是欢呼声吗?走,瞧瞧去。他们该去餐厅用餐了。

餐厅外的走廊上,和教养员阿姨站在一起的有两三个孩子,包括阿涛。他们都面向西窗站着,看着外面的雨。餐厅里更热闹,孩子们仿佛就是为了等那一道闪电和闪电后隆隆的雷声。每次它们降临,孩子们就是一片尖叫,也不知道他们是害怕,还是欢快。

阿航看到我进去,上来就拉着我的左臂来到东侧落地玻璃前,指着外面问:"燕子老师怕不怕?"

"怕!"我一边说,一边有点儿夸张地抱紧了双臂。

阿航便很开心。

雨似乎小了点儿。看大家都没事,我该走了。我在餐厅门口的一张餐桌旁看见阿扬和阿杰,阿杰站起来跟我打招呼,然后击掌。我故意去和阿扬击掌,他也学着阿杰的样子做,脸上满是安详恬静。

阿扬,从刚接触你时"怵"你,到如今的坦然、主动与你招呼,我是不是也算完成了一次"蜕变"?就像阿荣说的那样。

## 6月5日  星期三  晴

一天两次给阿诚喷药。上午一次,下午一次,几天下来,感觉他的食指起皮的问题有所好转了。

第一节是我的课。我带领孩子们复习《快乐的游艺宫》,十几个孩子参差不齐地念着,有的已经能背诵了,有的还需单个字、单个词地教。临下课前六七分钟,每个孩子终于读了两遍。好吧,我决定带大家继续去操场练习接球。社会各界真是捐赠了好多的球,孩子们从球篮里接连拿出来的球,都是崭新的,橘色的,温暖的。他们一人一个,看我接球。阿哲、阿聪已经是"小老师"了,帮着我教其他的孩子们。玩了一会儿,我便开始寻找阿诚,必须教会他接球才行。

阿诚还是躲着。其他孩子看我不是"接球",而是"抛球",也都开始抛起来。阿德先将球抛向我,我接住了再抛回去。其他孩子们一看,也都纷纷靠拢过来,有的近,有的远,好吧,完全是长枪短炮的站位,陆续向我发起"总攻",我都有些应接不暇了。为了解困,我接住一个就使劲儿扔回去,扔得比孩子的身高高许多,然后让他尖叫着跳起来,欢快地去追赶。追去吧,追去吧,晚些回来才好!也有的孩子扔得劲儿大了,我闪身一躲,那球便钻进了南侧的树丛中去了。哼,使那么大劲儿,想"谋害"我呀?谁扔的谁捡去!也有个别的孩子,我扔回去的球他不敢接,转身就跑,结果球落到了他的背上,逗得孩子们哈哈大笑。尤其是阿聪,笑得简直太"不良"了,脖子直接向后仰去,好一会儿脑袋才摆正。

阿航呢?自然还是不跟我们大家一起玩儿。我寻找他的下落,发现他就蹲在球篮附近,不知从哪里寻来一根皮筋,套在了两只耳朵上,中间正经过两颊和鼻子,那模样,你能想象到吗?两颊的肉被勒进去了,鼻子被吊起来了,好吧,阿航,有猪八戒的感觉了。看他自得其乐的样子,我没想打扰他,但万一皮筋断了伤到他就不好了,我还是请他将皮筋取了下来。

阿洋依然看起来很深沉。他没有加入我们玩球的活动,也没有留心旁边的阿航,而是安静地坐在海绵垫子上,微皱着眉头,看向远处。他方才上课的时候,就一直是侧趴着浅睡的,我唤他坐好了一起读课文,他也一动不动。

下课了。我和孩子们恋恋不舍。他们目送我领着阿诚回办公室喷药,就像昨天和之前的许多个傍晚目送我走出校门与我挥手道别一样。那样的目送,沉甸甸的,那样的挥手,沉甸甸的,让我禁不住回眸再回眸,挥手再挥手,直到看不到彼此。

## 6月10日　星期一　晴

这儿的升旗仪式,总是安排在上午第二节课后。那个时候,即使离得远的孩子们也都到齐了。

6月的太阳,虽然不过9点半,已经开始像火一般。全校师生整装集合,心怀崇敬目送五星红旗升至天空,迎风飘扬。

今天是九(二)班的阿杰演讲。辅导员阿静邀请的话音刚落,阿杰就跑上升旗台。我满怀期待地赶紧打开视频录像。他今天讲的主题是"爱在父亲节"。不愧是阿杰,口齿清楚,声音洪亮,演讲内容也满是深情。

尊敬的各位领导、老师们,亲爱的同学们:

大家好,我是九年级二班的学生。大家一定还记得,在母亲节期间,同学们有的给妈妈献上一束美丽的鲜花,有的为妈妈制作一张精美的感恩卡,有的默默地帮妈妈做力所能及的家务活。大家都在用自己的实际行动为母亲祝贺节日。在庆祝母亲节之余,我们一定不要忽视我们的父亲。今天,我在国旗下讲话的题目就是——爱在父亲节。

　　生活中,我们更多的是在赞美母亲,赞扬母爱,很少谈及父爱。如果说,母亲给了我们无微不至的关心和呵护,那么父亲就给了我们更多的坚强和勇敢。相对于温柔亲切的母爱,父爱是深沉的。如果说母爱是清冽的甘泉,那父爱就是巍峨的高山。父亲用坚实的臂膀挑起了一个男人的尊严的同时,也把沉甸甸的父爱挑了起来。

　　父亲给了我们一片蓝天,给了我们一方沃土,父亲是我们生命里永远的太阳。在此,让我们祝父亲节日快乐!祝天下所有的父亲节日快乐!

　　掌声雷动。

　　我被阿杰惊到了!他讲得多好哇,抑扬顿挫、轻重缓急拿捏得恰到好处,一点儿都听不出来是一个智力发育迟缓的孩子做的国旗下的讲话。这是我来这里近一年听到的国旗下的讲话里最精彩的一次!因为他的讲话内容,我想起了可能被忽略的父亲节,我甚至相信,不仅我,连同我的同事们、我的孩子们,他们一定也被阿杰这一次演讲所震撼,然后开始反思,开始规划:这个周末的父亲节,该如何为父亲庆祝呢?

　　升旗仪式结束后,各班的孩子们在班主任的陪伴下纷纷回教室去。我拦住准备离开的阿静,跟她讨取阿杰的演讲稿一看。原来,演讲稿是阿杰的班主任阿霞准备的。啊,阿霞,我看到了什么呢?这张简单的演讲稿上,有几个字的上面用铅笔标注了汉语拼音,就像助残日你们班朗诵的爱国长诗。我相信,这次阿杰的演讲也是你一个字一个字、一个词一个词、一句话一句话地陪着阿杰练就的。台上一分钟,台下十年功,阿霞,你用责任心、耐心、恒心教育着、关爱着你的孩子们,每一个都不放弃,甚至带到如此令人刮目相看啊!

　　经阿静批准,我收藏了阿杰的这份演讲稿。我的孩子们啊,看到国旗下讲话的阿杰,面对你们,燕子老师更有信心了。来吧,让我们继续加油吧!

　　午餐后绕校园溜达半圈,阿浩的呼唤让我停了下来。

　　"中午吃的什么呢?"

"辣椒。"

阿浩的"辣"字发音不准,我纠正他,没用,他不会发声母"l"这个音。其他孩子们都从餐厅出来了,阿通看到我和阿浩,张嘴就说:"燕子老师,阿浩中午不睡觉,总是大声吆喝。"

我一听,盯着阿浩:"是吗?"阿浩不好意思地笑。

"阿通,以后阿浩中午再不午休,记得告诉我啊。"

大家一起往楼上走去。阿通一边走一边说:"燕子老师,我送你一辆车吧。"

"好啊。什么车?"

"电动车。"

"不要,我要一百万的车。"阿通捂脸,我笑了起来。

"燕子老师,我送你的是四个轮子的电动车。"

"那得多少钱呢?"

他摊开两只手。

"十万?"

"五万。"

我笑了:"阿通,五万你举两只手干吗?"

他也笑。

就这样到了二楼,他们的寝室到了。阿通大声跟我道别。我竖起一只手指放在嘴唇上,轻轻地说"午安"。

"燕子老师,什么是午安?"

"就是乖,好好睡觉,别吵。"

"午安,燕子老师。"

下午了。自从进入高温天气,我已经很久没去操场活动了。

果然,无论老师还是孩子们,都聚集在操场西端的阴凉地里活动,阳光晒着东面的大半个操场,只有两个人在投篮。

阿通和阿涛见到我,直接迎了上来,还有抱着一个篮球的阿雪,满面笑容。肚子突然痛起来,我赶紧走进阳光里,让脊背热起来。三个孩子紧随

其后,一边和我并肩走,一边问我怎么了。额头开始冒汗,我挥挥手让他们别跟着我,可是他们哪那么好打发?我不得不用计。

"阿涛,你跟阿通比赛,看谁跑得快。"我指着阿通。

俩孩子便嘻嘻哈哈地追赶着跑一边儿去了。阿雪继续跟着我走。我故意对他说:"把你的球藏好,燕子老师要抢你的球了。"好吧,用计成功。阿雪抱着球跑远了。

操场东北端是一簇银杏树,不知什么时候已经长得如此葱茏了,像我的小树林里的那片银杏林,一样一样的。然后我发现了什么呢?

艾蒿!

端午都缺席的艾蒿,竟然在校园里簇拥着,散生着,真够让我惊喜的了。

怕自己认错了,我特意嗅了嗅,果然是艾蒿的味道。

它于我是有用的,采一点吧,一棵,一簇。肚子好像不痛了,难道是艾蒿味熏的?

阿涛和阿通追赶着跑来了,嘴里嚷着:"燕子老师!燕子老师你在拔什么呀?"

"艾蒿!"我扬起手中的一簇艾蒿,满脸的欢喜。

阿通是最爱劳动的,他弯下腰就帮我拔。

"等等!"我制止他,"那不是艾蒿,艾蒿是长这样的。"我指点给他看。应该没错吧?味道对的呀。

阿通在我的指点下认得了,蹲下身子就去拔,一棵又一棵,一棵又一棵。阿涛一直在一旁笑嘻嘻地看着。我把手里的塞给他,继续寻找下一棵蓬勃的艾蒿。好多艾蒿呀,阿通我们去把根儿洗干净吧,然后放在你们寝室里熏蚊子。

肚子真的不痛了。我们嬉闹着往回走,原来已经下课了,阿明就坐在阴凉处的垫子上看着我们微笑着。阿明,艾蒿你要不要?一会儿洗了给你一些放寝室吧!

我心情好的时候,总是喜欢把自己认为好的东西分享给别人。阿通真乖,陪我一起在洗手间洗呀洗,阿通几棵,阿涛几棵,阿玲老师几棵,阿芹老师几棵,阿通你赶紧分了去。

阿通开开心心地抱着艾蒿走了。我开开心心地继续洗,然后给阿英、阿芳发信息,喜欢艾蒿就来操场东面找。

遇到阿宏老师,我傻傻地问他:"这是野生的吧?不是特意栽种的吧?"

阿宏好坏,吓我道:"你就好好反思吧!"

我反思,我反思,我反思,我把艾蒿左一把右一把地分享,开心到几乎唱起来。

等这周上完课,再带着孩子们寻去,每个寝室都放一把,蚊虫就不敢咬我的宝贝们了,嘿嘿嘿嘿。

妈妈,我也给您采一些啊!

## 6月13日　星期四　晴

今天让我跟你讲一个"跳芭蕾舞"的女孩吧。

其实早就认识她了。第一次认识她是在去年阿莲的公开课上,其中一个环节是孩子们过"独木桥",其他孩子阿莲都放手让他们独立完成,只有到了这个女孩时,阿莲一直在一旁搀扶着她。记得课后我还悄悄问阿莲:为什么不松开手让她自己走呢?阿莲摆摆手,轻轻说女孩做不到。

我一直疑惑的是,为什么她的脚后跟不肯落地呢?踮着脚尖走路,每时每刻都像是在跳芭蕾舞,多累啊。

后来我知道,这个"跳芭蕾舞"的女孩叫阿暖。她是阿蕊的好朋友,也是个乐观的孩子,至少我从来没有瞧见她忧伤过,每次见到,她总是那么开心,永远不会"少年不识愁滋味,为赋新词强说愁",永远像四月的桃花,淡淡的红,淡淡的香。

她无处不在:在餐厅遇见她,她笑呵呵地唤我;在走廊遇见她,她坐在地上系着鞋带唤我;清晨遇见她,她刚倒完垃圾唤我;课间遇见她,她一边跟着阿明跳舞一边唤我。

每次遇到她,总让我想起阿蕊。这个大姑娘自从上次晕了之后,助残日回来过,然后再没见过她。她们俩曾形影不离。阿暖,阿蕊不在,你想不想她呢?我是想她的,阿暖。就像想你,我想知道的是,你的脚是怎么回事呢?

我留心过阿暖。她是一个多么坚强的姑娘啊。即使每天都用脚尖走路,也能走得那么平稳。她的脚有什么问题吗?那她的鞋子是怎么穿上的呢?我见过她的鞋子,因为踮着脚尖走路,鞋面全是明显的折痕。

阿暖,让我进一步走近你吧,也走近阿蕊。

## 6月17日 星期一 晴

亲爱的秋,我刚拭干盈着泪花的眼睛,敲打一瞬,又湿润了。而此时,你寄自荷兰的明信片就在我的电脑前靠着,让我想起你可人的面庞。

亲爱的老师:

您最近过得怎样?好久没有用手写的方式和您交流了,想以此漂洋过海的明信片向您传达我的思念。

愿您一切都好!

秋<br>2019.4.8

亲爱的秋,当我拿起同事放在我办公桌上的明信片时,当我一个人站在大厅里、靠在教学楼的门上时,当我就那样让阳光晒着读你的文字时,正像你明信片上的"漂洋过海",我想起了那首《漂洋过海来看你》。秋,你用漂洋过海的明信片传达来的思念啊,瞬间让我幸福到泪奔了。

课间的铃响了,升旗仪式马上就要开始了。孩子们陆续从教室走出来,经过我的身边、眼前,有礼貌地跟我打招呼,甚至习惯性地伸出手掌要和我击掌。我盈泪的眼含笑看着他们,越看着他们越觉得泪花止不住地往上涌,好像你就在其中并迎面向我走来。我的泪眼一定吓着阿通了吧?吓着阿岩了吧？他们没再像平常那样"纠缠"我,而是很乖地走到各自的队伍里去,远远地看着我,脸上带着他们善意的笑。

孩子们并不在乎我手里的明信片,他们甚至不认识它。升旗仪式结束后,不时有同事问我:你怎么一直拿着一张明信片啊？我说,是来自荷兰的孩子寄给我的。秋,我猜没有人懂得并理解我此时的感受,我平静的表情下面激荡的澎湃的心潮啊,它们轻描淡写着,像莫名其妙的风吹过不明所以的发梢。

看看你书写的日期,秋,这一份漂洋过海的思念走了70天吗？从你异乡四月的郁金香花开,到你故乡的六月:麦子熟了然后被收割了,杏子熟了然后被收获,桑葚熟了然后兀自落了。一切顺其自然,像你我之间多年未曾断过的师生情谊。

一遍遍播放娃娃的《漂洋过海来看你》,而我望着窗外,想着你。秋,这个时刻,荷兰是白天还是黑夜呢？明信片正面的大风车啊,多像一架亟待起飞的飞机,沐浴在早晨或者傍晚的霞光里,一片静谧,一片静谧。而我,何时才能启程,去那么遥远的国度看你？和你说好的那个春天的约定能实现吗？

你在那么远的地方等我,秋。因此,我思念的时间、空间无限延长,延伸到了世界的另一端、地球的另一面。6月17日,这一天便以你的名字命名吧,秋,你来自荷兰的漂洋过海的抵达,正被我亲吻,然后收藏。

像你牵挂我的那样,我也牵挂着你,并愿你一切都好,我的姑娘。

你那里是我的几时？当你醒来:早晨,七点

我的泪痕已干。就当是首诗送你吧

我在你的中国,你是我的荷兰

你是我周游列国的孩子,我是你祖国的万水千山

请你喝的那杯咖啡,是否像王朔的小说

一半海水,一半火焰

## 6月20日　星期四　先雨后晴

　　窗外的路面是湿润的,凌晨又下雨了。这两日天气预报很准,说几点下,就几点下,一点儿都不用担心是否要带雨具。

　　正在办公室忙着,阿扬的大嗓门又在走廊里开始"歌唱"了。我继续敲打,没去理会他。即使他站在我的门外,我也故意不看他。但我还是输了,他安静地靠在门口一言不发让我很不自在,终是扭头看他——你好,阿扬。他趁势要进来,被我制止了。他转身离去,一边走一边"高歌",一边伸出右手挨个门把手都去转动试试。他走到楼的尽头,逡巡一遍,再返回来,没理我,继续前进,拐弯离开了。

　　课间操过后,阿通说,他又为我采了一些艾蒿,放在操场上了。这是他喜欢我的表达方式吗?我说,阿通不要再采了,燕子老师不要了。以为这件事就这样过去了。没承想午餐后,我正在洗手间刷牙,阿通抱着一些艾蒿来找我了,鼻尖上全是汗珠。这是多么贵重的礼物啊!我不知所措,总不能再让他抱回去吧?我索性打开水闸,冲洗起来。阿通是个干活的小能手,他蹲下身子帮我冲洗,一边洗,一边笑,很快乐的样子。我让他赶紧回去午休,他偏不,直到全部冲洗完了才离开。我冲着他的背影叮嘱他千万别再采了,也不知道他听懂了没有。

　　我抱着湿淋淋的艾蒿回到办公室,刚关上门,就又传来了敲门声,还是阿通。他说宿舍楼的楼门锁了,他进不去了。我的脑子快速转动起来,阿通聪明,直接让我打电话给教养员阿姨。他的寝室教养员是谁呢?我一边想着,一边翻看手机通讯录。还好,去年为了去寝室看孩子们方便,我保存了教养员的手机号。电话通了,我送阿通回到寝室,在门外再次轻声叮嘱他,以后不要再采艾蒿了!以后午餐后什么也别干,赶紧回寝室午休!阿通在门口跟我挥挥手。

　　阿通,我叮嘱你的话,你记住了吗?

　　阿通,谢谢你帮我采这么多艾蒿,这个夏天,我不怕蚊虫叮咬了。

　　阿通,不要再提给我买车的事了,燕子老师有车。

阿通，你可不可以不要这样喜欢我啊？要不，让燕子老师再失忆一次，装作忘记了你是谁可好？那样你就不会再"黏着"我了吧？

阿通……

## 6月21日　星期五　晴

课间操时间，是孩子们的狂欢时间。

大家都喜欢的阿明前天外出培训了，没有人领操领舞。课间操安静到大人孩子都很不适应，大家徘徊在楼西的阴凉处无所事事又不肯离去。阿明，你知道自己在这里，在大家尤其是孩子们心里、眼里有多重要吗？虽说地球离了谁照样转，但就像阿荣是这里的资深特教，你们所在的岗位都是这里重要的岗位，阿荣管教学，你管运动，课堂内外，离不开你们。

阿洋在洗手间外面逗留。我双手湿淋淋的，靠墙角站着，准备偷袭他——甩几滴小水珠逗他一下。他好不容易进入我的"圈套"，彼此一阵惊喜和尖叫。

阿睿在教室里看到我，欢叫着跑出来，我早准备好了双臂，等她出现在我面前，一把抱起来转两圈。

孩子们开始集结了。看各班到齐了，阿明的哨音一响，整队，音乐起——校园又沸腾了。

我跟着挥舞了两拍，看看手中的钥匙和手机，忽然想起，车钥匙呢？

我的车钥匙不见了。教室没有，办公桌上没有——我分明记得自己把车钥匙放在办公桌上了。

我捋着记忆，重新从教室到办公室到活动场地走一遍，没有收获。

等课间律动结束，我问回来的阿芳、阿英。阿芳提醒我，去问问咱的孩子们。我疑惑着，透过玻璃屏看着三(一)班的孩子们。问他们作甚？我方才在三(二)班上课，三(一)班根本就没进去。但说不定我想错了，我是拿在手里出去的？兴许被他们捡到了？我这样想着去教室里问他们，他们好像听不懂我的话一般,没有接腔的。正和阿明说着这奇怪的事,阿浩从身后递过来——我的车钥匙!

"你从哪里找到的呀?"我很高兴找到钥匙了,但阿浩怎么帮我找到的呢?而且车钥匙还湿淋淋的。

他不会讲超过两个音节的词,直接领我去看。当他指着办公室门内侧一个塑料水桶时,我有些茫然。难道我的车钥匙就躺在这个水桶里?幸好里面没多少水,不然就真的"泡汤"了。

这是谁干的呢?阿芳站起来问阿浩:谁扔在这里的?阿浩说是阿健。

兴许是他想跟我开个玩笑吧?我不得其解,跟着阿芳去教室求证。阿健"敢做敢当",立马就承认了。我们都疼爱这些孩子,但我们知道在这个时候,如果一味地溺爱,反而害了他,至少得让他知道自己的行为是不可取的。"阿健,你错了,快跟燕子老师道歉。"阿芳俯下身子,握着阿健的手说。

阿健,你怎么就会想到去办公室拿了我的车钥匙扔进水桶呢?就像你拿起阿俊的水彩笔扔进下水道,就像你上课时总不经意就伸出右手去捏一捏阿俊的脸,就像你抢了我奖给阿凯的燕麦巧克力跑去洗手间吃完了再出来……你真是我的一个谜。

但燕子老师不会真的跟你生气的。你自己都无法解释自己的行为,燕子老师怎么会生你的气呢?孩子都有可爱的一面和淘气的一面,燕子老师不会介意的。

阿健,我来自外星球的孩子啊,我解读你和地球人相交集的部分,另一部分,我何时才能破译呢?

## 6月24日　星期一　晴

学期末,特教工作的记录接近尾声。敲打越多、越深入,我往往越困惑:记录的人和事,会被当事人接受吗?

我想起早晨遇见甜甜,不由发信息请她给我"打打气",可劲儿打,打爆了也没关系。我正在闭目养神,想让困惑的心放松一下,孰料甜甜竟然来找我了!看到她担心的样子,我把我的困惑简单地向她一提,她鼓励我坚持本真记录。甜甜说:"燕子老师,虽然我比您年轻很多,也没您那么有经验,但我觉得这是您一年来的心血,您应该把它们公之于众,让更多的人了解我们的特教工作,了解我们特教中心的孩子们。"

听到她如此鼓励,我不由想起市委宣传部的女部长,她去年冬天不就点名推荐了我们的大合唱加手语《和你一样》去参加全市的比赛吗?她的本心不就是让更多的人、更多的教育系统之外的人来了解我们特教中心的老师和孩子们吗?当我把这件事讲给甜甜听时,她也顿时眉飞色舞起来:"是啊是啊,就是这样!"

我们交流了一些孩子们的事。甜甜笑着,却又撇了一下嘴,好像很痛苦的样子。

"你怎么了?"我问她。

她伸出舌头给我看——舌尖上有一处溃疡。

"怎么了这是?"

"叫孩子气的。"

"咦?你们不是成天劝我不要生气吗?不是教我要牵着蜗牛去散步吗?怎么自己倒真气上了?"我和她开起了玩笑。

"上周的一节数学课上,我教他们数五根小棒,一节课都没教会,就着急上火了。"

"是不是觉得那会儿特无助,觉得自己特没有成就感?甜甜,你写下这个教育故事来给我用吧。"

"别拿我开涮了。其实后来想想就想开了……就是当时突然一下子就着急了……"

是啊,我们都不是圣人,面对这些特殊的孩子,有时候全身心地投入也不会有一丁点儿产出。谁说我们就不能着急上火呢?作为老师,我们有着急上火的权利,就像吴非在《致青年教师》一书中首篇《就让你的眼泪流出来》所说的那样——

"这有什么呢？让学生看到，老师和自己的母亲、父亲一样，和普通人一样，也有悲伤，甚至会感到绝望无助。"

下午第一节无课，甜甜又来了。我给她递了个眼色，目标：红色的水桶。她便去看里面的东西——深红色的大樱桃。

甜甜吃了几颗，然后口齿不清地嘱我忙我的，不用管她。那怎么行呢？看来她舌头上的溃疡面还挺大，一定疼得不行。我拉开抽屉找药，无论怎样也要给她抹上。

最终甜甜拗不过我，接过药去，自己照着小镜子抹上了。然后，她很高兴地告诉我：不疼了！我嗔她道："傻样儿，上午就让你抹，不听话！"然后我继续备课，她继续静坐。我晓得，她一定是身心感到疲惫了，所以才来找清净的，难得她这么信任我。

不一会儿，她发来一张图片给我瞧。原来是她的微博截屏，文字如下：
好高兴哦！
我有一个超级超级超级超级好滴
燕！子！老！师！
（此刻我是开心狗，耶）

文字下面配了一张可爱的小狗嘴含前爪眯眯笑的图片。

看她高兴成一只萌萌哒的开心狗，我忍俊不禁。

甜甜问我：燕子老师，您为什么这么好呢？

伸出舌头凉快的她，真像一只萌萌的小狗。我微笑着，但满是深情地说："因为我把你们这几个年轻的老师当成孩子来疼啊，我总是喜欢看到你们开心的样子。"

## 6月25日　星期二　晴

　　第一节是我的课。我到教室去安排学生开电脑,唤着孩子们赶紧回位子上坐好。我正准备着,阿荣、阿霞等人带着九年级的孩子们进来了。阿荣说,九年级要拍毕业照啦,借我们的椅子用用。

　　一阵忙乱过后,我跟有些不知所措的孩子们说:"赶紧的,我们要上课了!"阿健和阿凯问我:"书包放哪里。"

　　"放后面的橱子上去呀,快!"

　　"坐什么呀?"

　　"坐小板凳啊!"

　　"小板凳也被他们拿走了。"

　　啊?我一看,果然,小板凳也被"征用"了。我赶紧去找阿英,她班的小板凳应该在吧?跟阿英申请后,刚安排阿凯过来搬小板凳,阿霞就带着一个孩子又来了,说椅子和凳子还是不够,要借阿英班的用。

　　我看看时间,上课时间早过了。索性这一节课就带着孩子们去看大哥哥大姐姐们拍毕业照吧。

　　到户外上课可把孩子们高兴坏了。我以不妨碍拍毕业照为前提,安排八个小男子汉坐在台阶上。阿洋一如既往地独自行动,他才不愿意安安静静地坐着呢,一旁的轮椅通道护栏成了他的玩具,他像一只猴子,吊在上面。确定了他没有任何危险后,我就随他去了。

　　毕业生正在安排座位。两个班的孩子一起拍,这才略有"规模"。学校领导、任课老师依次坐好,两位摄影师互相配合,一个调试镜头,一个过来安排孩子们的站位。好不容易安排妥当了,就要开拍了。怎么才能让这么多特殊的孩子们一起看镜头呢?那位安排座位的姑娘站在摄像师身旁,不停地拍着手,嘴里喊着:

　　"孩子们,看我,看我!我说一二三,你们……"

　　"一二三——"她话音未落,孩子们已经开始数了。那个姑娘笑起来,重新来一遍。还是不行。姑娘便问道:

"西瓜甜不甜?"

"甜!"

如此重复了好几次。我不晓得那个负责拍照的姑娘一共拍了多少张,那么多张应该能挑出比较好的毕业照来吧?因为就在这期间,阿欣还不停地回头来提醒身后站着的一个男生:"站好了啊,别动!"

为了保证毕业照的完美,等大家都散了,摄像师还单独留下那个拍照时动来动去的男生,单独给他重新拍了几张。我猜,那是备用的——万一前面拍的那些都不好,至少可以利用电脑技术进行合成。

拍完了两个班的合影,就拍各个班的合影,阿莹被孩子们簇拥着!

阿霞有自己的想法,她带着四个要毕业的孩子站在花园前,请摄影师帮拍。阿扬也是今年的毕业生之一,他才不看镜头呢。比阿霞还高半头的他,不知被什么吸引了目光,侧着头,认真地看着,听着。大家唤了好几遍才把他的注意力唤回来。

阿荣说:"阿扬终于要毕业了,阿霞可以放心了。这些年,幸亏有她一直陪着他长大。"

我看到拍照的四人中竟然还有阿杰,禁不住问阿荣:"阿杰也毕业呀?"

"是的。他是从普通中学转过来的,一开始根本不适应,三天打鱼两天晒网的,幸好有阿霞,让他慢慢转变,适应了这里的生活。"

"他很优秀啊,有点儿舍不得他呢。"看着镜头里的阿杰,我说。

阿荣,你知道的好多啊。是不是这所学校的每个孩子的情况,你都了如指掌呢?也对,哪一个孩子不是经过你的咨询、登记、测评进来的呢?哪一个孩子的转变是你不知道的呢?正因为你知道他们最初的样子,所以,他们转变成今天的样子才让你如此感慨啊。

我的课就这样在拍毕业照的欣慰和惆怅里结束了。我的八个小男子汉呢?等哥哥姐姐们一拍完,他们就赶紧搬着椅子凳子回教室去了。记得刚开始我就告诉过他们:好好看啊,等你们毕业的时候,也要这样站这样拍哦。

再过几年,亲爱的孩子们,你们会给我、给阿荣、给所有了解你们过去的样子的老师和家长什么样的惊喜呢?

**6月26日　星期三　晴**

放学时间到了。我正在研究课题的选题,听到阿扬的声音又从走廊传来——他又上来"巡视"了。想到他再过十天左右就要毕业了,我忍不住想多看看他。我站起来走到开着的门口迎他,正巧他也走到了门外。我故意夸张地装出被惊吓的样子,发出一声"啊——",以为他会被我的叫声吓一跳,没想到这家伙一点儿事没有,伸手给我把门关上了,然后继续"吆喝"着往前走。

我看到脸盆里的水,突然有了主意,开门赶紧唤他:"阿扬,你愿意帮我把水倒掉吗?"他转身点了点头,然后往回走。

我赶紧拿起抹布,重新放在盆里洗了洗,然后把半盆水递给他:"倒洗手间里去,再打点儿凉的回来。谢谢!"

他接过脸盆,往洗手间方向走去。有谁在后面追他吗?没有啊,只有我欣喜的目光追着他的背影,他怎么走着走着就跑了起来呢?那半盆水不会溅他身上吗?

他倒完脏水,又接凉水。听着哗啦哗啦的声音响个没完,我赶紧隔着30米的距离喊"够了够了",他又单手端回半盆水来。大力士啊!

我接过脸盆,他转身就走。我忙唤住他:"等一等,阿扬,老师拿好吃的给你!"他便乖乖地等在门外。我拿一根洗好的嫩黄瓜递给他,他接过去就是一口,然后也不跟我说"再见",一边走一边吃。直到他的身影消失在走廊尽头的拐弯处,我才将视线收回。

阿扬啊,是你进步了还是我勇敢了?还是——其实你一直这么好,只是我才刚刚发现?阿扬啊,毕业后的你,又去哪里快乐自由地生活着呢?

我突然发现自己开始喜欢他了。在剩下不多的日子,让我好好喜欢你吧,阿扬,就当弥补近一年来对你的"惧怕"和误解。

### 6月29日　星期六　晴

今天是周六,我约阿英去小赖家家访。

走高速,我们一路聊着班里的孩子们。我指给阿英看左侧车窗外收割完麦子的金色的原野中那棵孤独的树,指给她看右侧冬天时掩映在芦苇丛中的有鸭子或者鹅的歌声传来的河流,甚至经昨夜一场雨清洗得干净发白的墓碑群。阿英谈兴也浓,不时发出"这里真够远的呀"以及这样那样的感叹。

当车子驶入村里那条水泥路,我指着路尽头那个大院子对阿英说,那就是小赖家了。多么巧啊,当我把车泊稳,下车来取礼物时,见小赖正从前面自西往东走着。

"小赖!"我叫他。每次来都这么幸运,小赖总是在他家院子周围,好像就是为了迎接我一般。

他笑着走过来,和我们打着招呼,从后备厢搬起我们带来的牛奶、作业本等物品,领着我们向他家大门走去。阿英和小赖聊着,有久别重逢的欢喜。

小赖去开门,我则小声地问他:"牧羊犬呢?牧羊犬呢?你管管它们,别吓着我呀!"

门开了。小赖进去了,根本不等我和阿英。院子里,三只牧羊犬慵懒地或蹲或趴着,没有冲上前来。我犹豫不前。"小赖,你妈妈呢?"

房门开了,小赖妈妈出来迎接我们。经过其中一只牧羊犬身边时,我问她:"咦,它们今天怎么不站起来对我虎视眈眈了?"

"昨天牧羊累着了。"

哈哈,它们也会累啊。我忍不住多看了它们一眼,它们竟然懒得起身,甚至懒得看我一眼。好吧,我进屋去。

一进屋,我又忍不住"大呼小叫"起来——原来空旷的散乱地摆放着各种物品的客厅,如今被隔成了两个房间,一个放杂物,一个成了卧室,里面放了张双人床。

阿英已经和小赖和小赖妈妈到原来的卧室去了,除了那里,没有其他地方可以待,进卧室一米就是炕,炕下放着两条凳子。小赖一进卧室就上炕去了,阿英和小赖妈妈则坐了下来,聊关于小赖的话题。看得出来,对于我们的到来,小赖很高兴,小赖妈妈则有些拘谨。

　　正聊着,院门响了。一个魁梧的男子走进来。我们走出去,小赖一下子抱住了来人,喊"大大",然后把我们介绍给他,然后竟然仰起脸来,对着阿英说"我要去上学"。阿英说:"想去就去呀,只要你能住下,随时欢迎你回学校去。"我开玩笑地说:"小赖,你还欠我一根擀面杖哦。上次你不开心,就把学校的擀面杖给扔了。"不知道他还记得不?上次因为执意要回家,他哭得天翻地覆,把教鞭弄断了,把擀面杖也扔到其他院子去了。但看他在家一切都好,我便放心了。就像阿英说的,他家离市区实在是太远了,如果小赖走读,家长每天接送他根本就不可能实现。

　　我们站在院子里聊着的时候,那三只牧羊犬依旧懒洋洋、慢吞吞的,只不过站起来换了个地方,其中一只竟然蹭到阿英和小赖中间,继而又转到小赖妈妈身前,仰头望着他们,好温柔。

　　牧羊犬好乖啊,我去抚摸它竟然也不躲,大概是因为小赖在身边吧?或者它认出了我就是去年冬天一起陪它牧羊的那个?

　　我突然理解了牧羊犬的辛劳——小赖妈妈说,去年150只羊,如今繁殖到近200只了!

　　告别小赖一家。我的脑海里浮现出小赖妹妹的身影。阿英问我开车累不累?我说不累。怎么会累呢?多么朴实的一家人啊!每次来,我总是满怀期待,满足而归。无论是这一路迷人的风景,还是看到小赖欢乐的场景,或是小赖家人甚至邻居的友好。活着的方式很多,我相信一切都是最好的安排。

　　阿英,谢谢你,"烛光红遍",这一程有你同行。

## 7月5日　星期五　晴

到学校的时候,起床号还没响。去签到时,耳畔突然传来阿凯唤我的惊喜的声音,在清晨安静的校园里那么清脆。我笑着向他挥手——虽然我不确定他住在哪间寝室,只是冲着宿舍楼二楼挥手,冲着所有的寝室窗口挥手,在他持续不断的惊喜的呼唤声里。

今天是这学期的最后一天,上午召开家长会。我觉得这最后一周自己变得不安了些。我开始收拾日常的琐碎,比方抽屉里的小物件:各种药,风油精,按摩槌,为鼓励孩子们买的许多小贴画,甚至去年教师节学校领导献给我的那束已经干瘪成标本的花。我忙忙碌碌的,但好像又什么都没干,在办公室进来出去,一脸肃然。

孩子们可不管,无论在走廊还是玻璃屏那边,只要看到我的影子就开心地喊"燕子老师"。阿洋最逗了。他一边喊我,一边用两只手指在一只眼睛上比画,像一只小猫在"喵喵叫"。阿哲最暖心,无论是否上课下课,看到我就扬起干干净净、清清爽爽的两只大眼睛,小嘴巴甜甜地冲我笑。到了夏天,可能因为天热,他常去洗脸,发梢都是湿漉漉的。

阿凯是最热情的。昨天清洁工彻底清扫教室地面卫生时,因为地面潮湿,我的课是在外面上的。我们背古诗,我们跳阿芳教他们的《春晓》,我们跳阿明教他们的《奔跑吧,兄弟》。阿凯说:"燕子老师,我要给你西瓜吃。"我说:"我要三个啊,我喜欢三。"阿凯说:"好,给你三个。"我说:"我不要红瓤的,要白瓤的。"阿凯说好。我说:"我不要白瓤的,要黑瓤的。"阿凯说好。

嘻嘻,有黑瓤的西瓜吗?和孩子们在一起,我总是如此淘气,仿佛他们是家长,我才是他们的孩子。我的孩子多好啊,无论我要什么,他们都随口答应着,满足我的心愿。

是的,昨天那节课上最黏人的是阿俊。其他孩子都跟着我跳舞的时候,只有他一边跳一边往我身边凑。我故意躲着他,在其他孩子跳舞的队伍里穿梭,他便也跟着我穿梭,像一只胖乎乎的蝴蝶。我笑到不行了,干脆向阿健、阿凯求助:"拦住他!"大家便像之前"绑架"我那样"绑架"了阿俊。

工作倦了，听到有孩子在楼下喊着什么，我站起来望向楼下时，没看到孩子，却看到了让我怦然心动的图景——升旗台周围的绿植啊，并不是随意地生长，东侧"书写"的竟然是"仁爱"两个大字！左侧是"簇拥"成的一颗心，右侧是两道彩虹。这一发现，彻底震撼了我。来两个学期了，我在四楼办公也近半年了，望向窗外的目光也不止百次，却在这放暑假前的最后一天蓦然发现它们，翩若惊鸿！

仁爱，宽仁慈爱，爱护、同情的感情。语出《淮南子·修务训》："尧立孝慈仁爱，使民如子弟。"伴随着孩子们早餐完毕的絮语，我的心里满满的慈悲。

不到 8 点，校门外已经陆续停了不少的车。按照通知要求说的 8 点集合召开家长会，一楼的一至三年级，数阿芳班的家长到得齐，她正在给孩子们颁发奖状和奖品。二楼阿兰正在指导家长们签字，阿芹和阿玲正在召开家长会，她们指着电子白板上的暑假要求一条条解说着，态度认真端正。阿姚也是。最让我意外的是三楼的九年级。先进去的是阿霞班，家长和孩子们正在看防溺水警示片。课桌都集中在一起，上面摆放了一些水果和零食。我心想，阿霞真有心，放暑假还开茶话会。

阿莹班将桌子围成了一圈，上面同样摆放着许多水果和零食。家长和孩子们挨着坐在一起，有的闲谈，有的在翻看厚厚的相册。阿莹坐在讲桌前的课桌椅后和家长们聊着，她身后的电子白板上，是她和孩子们放大的毕业照，上面写着"我们毕业啦"。我这才明白过来，这不是茶话会，而是毕业前的聚会。

阿莹终是个有心的人，她为展示的照片配了一首好听的歌——《相逢是首歌》。教室里流淌着这醉人的歌声，美丽的阿莹和家长孩子们絮说着，嘱咐着，做着毕业前最后的话别。看到这情景，我的视线逐渐模糊起来，泪花由初浅到满溢。阿莹多细心啊，她看到了我盈泪的双眼，起身拿一个桃子安慰我。我接过桃子，无论如何不敢张口，只怕一张口泪就会决堤而出，

我转身逃了。

　　是啊,九年级的孩子们毕业了。这是他们在学校的最后一刻,这是他们最后一刻以学生的身份和亲爱的老师围坐在一起。他们没有如我一般善感,他们都笑嘻嘻的,吃着桃子或其他零食,依偎在爸爸或妈妈身边。辛勤培育了他们九年的老师啊,一个一个地嘱咐着,一个一个地嘱咐着……毕业了的这些孩子,将去向何方呢?莹姐姐,即使毕业了,你也一定牵挂着他们吧?要不,怎么有这让我闻之就湿漉漉的《相逢是首歌》呢?要不,你的眼睛怎么也同样是湿漉漉的呢?那么美丽的一双湿漉漉的眼睛啊!

为你千千万万遍

## 阿蕊来了

又是新学期的开始。

今天是孩子们报到的日子。习惯了早到,当我穿过校门口站着的三个警卫时,一个胖姑娘在我眼前行走着,背着双肩包,左手还提着俩包。看其身形,很像是我想念的阿蕊。我尝试着唤她,一声、两声,可能是因为我声音不够亮,或者是她在家里病休三个多月淡忘了我的声音,总之,直到我唤第三声时,她才转过身来,果然是阿蕊!她的表情有些木木的,好像我不是那个喜欢她也被她喜欢着的"燕子老师"。我不以为意,接过她的包跨在肩上,伸出左手去牵住她的右手,一起往教学楼走去。阿蕊这才逐渐活泛起来。

其他孩子们也陆续抵达了,我们又可以一起学习,一起玩耍,一起哭,一起笑,一起说那句"我是中国人,我爱中国"的誓言了。

新学期开始,学校来了新校长。课间的升旗仪式很快就要开始了。校长阿和正站在"天井"里,在太阳底下,和总务处的各位老师们一道,悬挂起美丽的祝福——

新学期,新梦想,新起点,新希望

特教老师,无限荣光

每天都要努力,每天都在成长

永远地向前奔跑

……

旗杆顶上，之前那面褪了色的五星红旗早已换了面新的，迎风招展着，像孩子们纯粹的笑脸。校门外，大理石横向镌刻的"特教中心"校名下方，摆放着三层长长的花架，那漫上去的金黄像成熟的向日葵，每一颗籽都十分饱满，期待10月1日那天，向祖国深情地诉说……

**2019年9月12日　星期四　晴**

开学第二周。因为右胳膊网球肘疼得厉害，我一直任由自己"散漫"着，不强迫自己去敲打。但昨日下午，阿聪却唤醒了我的"散漫"。

这学期我不再教阿聪、阿哲那个班了，每次经过他们的教室，孩子们依旧很开心地在里面唤我。这一声声唤里，阿聪的声音最特别，因为，他还是那一声"啊！"

昨天下午我在一班上课结束时，又听见他特殊的呼唤。扭头看他，见他正端着脸盆去洗手间，我便又开始淘气，赶上他，用手蘸一下脸盆里的水朝他脸上轻轻一弹。他笑着，双手被占用着，想躲又躲不开，很无奈地冲我乐。等他去洗手间把盆里的水倒掉时，我藏在隔壁女洗手间，然后悄悄向外偷窥，发现阿聪竟然也用同样的方法偷窥我，看到我之后又赶紧缩回去。这样来了两三个回合，直到他再次端着半盆干净的水往回走，我又往他脸上弹了些水逗他，他依然无法招架。

孩子们已经习惯了我的"恶作剧"，每次他们都很开心，有时候他们也联合起来"报复"我，比方下雪后，雪弹一致投向我——那个时候我只能"抱头鼠窜"，他们则在身后哈哈大笑。

我喜欢和他们这样玩，因为我知道他们也喜欢。

今天早晨上班的路上，我看到小区某栋楼前架上的丝瓜花，嫩黄嫩黄的，禁不住想起阿聪的笑脸，便拿出手机认真拍下来，寻思着等遇见阿聪给他看。这件事的缘起是春天的时候，我领阿聪和阿哲一起散步时，阿聪指着花园里的一棵连翘开心地"啊"起来,然后我们三个人就认真地看那枝头的一朵嫩黄色的小花。

教了阿聪他们一年,虽然他从未像其他孩子那样唤过我一声"燕子老师",但他每每的那一声"啊"里,却满是喜欢我的情谊。我珍惜着这一份喜欢,很单纯,没有杂质。

就像昨天下午放学回家的路上,阿明老师给我传来一段语音,我很意外。打开一听竟是阿哲的声音:"我要娶燕子老师,我为她买了一套房子,一辆车,一个戒指。"

我忍不住笑起来,心里说不出的温暖和酸楚。

新学期开始后,再没见过阿亨,他毕业了。

但阿亨无处不在。屡屡提起他的,是阿壮。

阿壮是唯一对我提起阿亨的孩子,并且每次见到我都提,提的方式很不一般,简洁到只有我俩能懂:燕子老师,阿亨。

在这静夜,子时,醒来捻灯,我想起了阿亨,也被阿壮的深情触动。他该有多么想念阿亨,他该有多么好的记忆,才会记得我在过去的一年里无比疼爱阿亨啊。

不过隔了一个暑假,阿通竟有些疏远我了,他不再老远就喊着我跑来,只是笑着,矜持地笑笑,不再黏我。还有阿涛也是如此。

想起他们的笑容,我的心兀自疼起来。

阿亨,你在故乡还好吗?

阿通、阿涛、阿壮,可不可以,让我继续疼你们?勤劳的你们,好学的你们,懂事的你们!

天亮后再见,孩子们。

**9月17日　星期二　晴**

每当说起"我和我的祖国"
我就会想起阿哲和他的眼泪
看着大屏幕上：天安门、五星红旗
英雄纪念碑,和放飞的鸽子
他啜泣着应我：我想毛主席了

每当哼起"我和我的祖国"
眼前常浮现阿壮的舞姿
音乐一起
他就吹一横笛跳跃而出
满脸都是幸福

每一天,我都觉得
这些来自星星的孩子
是和祖国最亲近的
他们在校园里上课、奔跑、歌唱
像田垄里自由奔放的玉米、小麦、高粱
哭就哭得肝肠寸断
笑就笑得花枝招展

因为他们
我和我的祖国一刻也不能分割
因为他们
我永远贴着祖国的心窝
九月十七日,越来越临近

那个崇敬的神圣的日子

从今天起

我横写的文字

为他们分行

## 10月8日　星期二　雨

这个清晨我才知道,原来他叫阿南。

不过是一场秋雨,天却骤然凉了下来。假后上班赶了个早,我又遇见了那个扭着两条腿倒垃圾的小男孩。我泊车取快递,顺便向他打招呼:"你好!"他已倒完垃圾,回头也含混不清地回我"老师好",然后扭着两条腿向教学楼内走去。校园里静悄悄的,除了警卫,好似只有这一个小孩。泊好车,按指纹签到,正待我要上楼时,那个小男孩恰好从教室里走出来,伴随着并不很响的哭声,向洗手间方向过去。

"你怎么了?"

他看我一眼,没应,继续抽泣着,像一只发不出声音的小猫。我也似乎听出来了,他一边哭,一边唤着的,应是"妈妈"。

我的脚步迟疑了,跟着他的背影走过去。很快,他就从洗手间出来了。"洗洗手再出来。"我嘱咐他。他很乖,转身又回去洗手了,然后冲我晃了晃湿淋淋的双手,继续一边扭着两条腿走着,一边抽泣着。

走廊里静悄悄的,他的哭便显得孤单,仿佛一只失去母爱的小狼在旷野的风里无助地号叫。我于心不忍,索性和他说着话,陪他走进教室。总得转移他的注意力才好。我征求着他的意见——

"打开电视看好吗?"

他摇头。

我很意外,又似乎在意料之中。因为根据我对他的了解,他不是个贪玩的孩子。

讲台上放着孩子们的教科书。我拿了一本放在他桌上。此时,他已经在自己的位子上坐下来,两只胳膊交叠,脸伏在胳膊上,依旧抽泣着唤"妈妈",但声音比之前小了些。看到我拿书给他,他一边抽泣着,一边看了两眼。

"你看会儿书好吗?"我心疼地看着他,临走又补了一句,"你先看会儿书吧,一会儿老师同学们也该到了啊。"

教室里静悄悄的,阳光还没有进来,他小小的身影伏在桌上,连抽泣也小小的。我一边离开,关于他的一次次印象却瞬间汇聚,扑面而来。

那一定是他。一年级入学第一天午餐的时候,有一位奶奶就坐在他身边给他喂饭。记得我走上前去说:"别喂他,让他自己锻炼着吃。"奶奶讪讪地放下了碗筷。

那一定是他。每当我去餐厅看望自己班的孩子,遇见正在吃虾的他:两只手加一张嘴,依旧不能把虾皮完全剥掉,虾头被扯下来了,虾尾的皮无论如何剥不下来,连同一截虾肉一起放弃了。

那一定是他。每天早晨第一件事就是倒垃圾,扭着两条腿,走出教学楼,扭到垃圾桶前。他个子好矮,还没有垃圾桶高,但他依然踮着脚尖,努力地一手掀开垃圾桶盖,一手往桶里倒垃圾。即使这样,垃圾还是会洒出来一些,他便蹲下身子去,将垃圾捡拾起来继续倾倒。

那一定是他。拍球比赛时,他使劲儿地拍打篮球,球拍跑了,便扭着两条腿追上,继续使劲儿地拍打。

那一定是他。看动画片时,看得很投入;写作业时,写得很认真。

是的,这就是他,无论做什么都执着、拼了命一般的他,很少说话的他。而在这个清晨,我却第一次听到他一个人抽泣。我想,等其他同学来了,他便会安静下来,仿佛什么事都没发生过吧,像一个小小的哲学家。

孩子,我可以忽略你的大名,直接唤你阿南吗?燕子老师想就这样看着你,看着你每天付出比旁人多许多倍的努力,然后慢慢长大。我知道,你一定会成为一个了不起的阿南!

**10月9日　星期三　阴**

　　小程程是这学期刚转学来的孩子。初次见他,我以为他是个姑娘:齐齐的刘海,大大的眼睛,长长的睫毛。我不声不响地看着他,他很乖,很安静。

　　后来,我才看出,他走路跟阿德一样,一瘸一拐的。这么好的孩子,竟然……我的泪花又涌上来了。

　　再后来,我发现他喜欢画画,即使在上课的时候,他的桌面上也总是放着一张尚未"完工"的作品。我一直以为他是画着玩儿的,我一直以为他的画是杂乱无章、没有主题的,我一直以为……直到他来半个月后,我赫然发现那张成天被他放在桌面上没完没了地画下去的画,终于从那张方格纸的中间画到了边缘,乍一看不过是一个一个涂了不同颜色的圆圈,仔细一瞧,却又深感不同,每个圆圈涂的颜色都不尽相同,整个画面以紫色为主,其间插有红、黄、蓝、绿,而那些在不同的圆圈中被涂上不同颜色的地方,在以紫色为主的背景上,却显现出是童话王国里的城堡。

　　我被这奇思妙想吸引住了,也被这画作吸引住了。小程程是患自闭症的孩子吗? 那天,我收藏了小程程的第一幅画,并且告诉他,以后画了都不要乱扔,画好了就给燕子老师,老师用零食买你的画。

　　在这个早晨,我又遇见了小程程。我将一包零食塞给他,同时又给他一摞A4纸:"小程程,以后就在这上面画。"

　　小程程,我总觉得你是个天才呢,你的画老师全买了,等到合适的机会,老师给你举办个画展吧!

### 10月15日　星期二　晴

　　胳膊依旧痛。到学校后,我寻思着找个人帮我把一个纸箱子放车上去。同事们大多还没来上班,我刚想着喊谁搭把手时,那个每天早晨在教室打扫卫生的男生就读懂了我的心思,主动抱起了箱子。我们一起下楼,把箱子放在车上,然后从南门返回教学楼内。

　　一进大厅,我就被几个孩子吸引住了——他们站在西侧墙壁前,仰头指点着。原来那面空空落落的墙壁,如今已贴满了孩子们的照片。我看出来了,正是今年学校组织的各项活动的剪影。有助残日孩子们的精彩演出的,有全国教书育人楷模吕文强老师前来做报告的,有国庆节"祖国妈妈,我爱你"经典诵读的……在这些照片间,还穿插着"爱心""耐心""精心"三个词,与左侧原有的一颗大大的红色心形上的"爱心·耐心·精心"相呼应,也与墙壁上方的"仁爱·启迪·化育"相得益彰。

　　正当我感叹这面墙壁会说话时,阿静出现在我身侧。"好看吧?"她自信地问我。我转首看着她含笑的脸,才恍然,这原来是她布置的。"咱校长让我设计做的。别说,这家广告公司真给力。"

　　还没等我接话,她便走上前去,和孩子们一起去看这面会说话的墙。对于这处新"景点",孩子们走了一拨又来了一拨,他们一边看,一边交谈,一边在里面寻找着自己的身影,找到了就喊一声,满脸灿烂。高高的雪儿上三年级了,他和比他矮许多的同班同学站在一起,鹤立鸡群一般,但在看到自己的照片时,他依然会高兴地跳起来并指给其他矮小的孩子们看。这情形让我在他们身后忍俊不禁。

　　然后是我的阿哲。他看到我在墙壁前拍照,便亲热地过来唤我。

　　"阿哲,你在哪里呢?"我问他。

　　他便踮着脚,一面使劲儿用手指着上方的某一张照片,一面回头看我,一张脸笑成菊花。

　　我走上前去,顺着他手指的方向,果然看到了。像去年的国庆节一样,

他还站在前面靠右侧的地方,脸上贴着一面小小的鲜艳的五星红旗。

看着阿哲笑得有些"扭曲"的脸,再看看墙上右侧那行竖写的句子——"让每一个孩子都闪光",我内心深处的某个开关再次被触动,世界也再次亮了起来。

阿琴也带着孩子们来看这面照片墙了,我悄悄按下了快门。

## 10月17日　星期四　多云

天一天天凉下来了。

泊车,签到。一楼大厅有个新转来的女孩迎面呼唤着:"老师我喜欢你!"

像其他孩子一样,这情感的表达直接且中间不掺任何表示停顿的标点符号。

我有点儿发愣,继而是抑制不住的欣喜。这个逢人只说一句"周五俺妈来接我"的女孩,这一瞬竟然跟我说了不同的句子且这句子直抵我心中最柔软处。

"我也喜欢你!"我忙应她,"你叫什么名字?"

"周五俺妈来接我!"她又开始了。

"对,明天妈妈就来接你了。"

"周五俺妈来接我!"她重复道。

我跟她道别,转身之际,听她唤着另一个孩子的名字说:"阳阳,我喜欢这个老师。"

温暖又在我心底开始荡漾了。我不晓得她为什么喜欢我。从开学后见到她,每一次的对话只有一句"周五俺妈来接我"。除了笑着安慰她,我好像没有做过什么让她喜欢我的事情。或者,她是听了身边其他孩子对我的喜欢而跟着喜欢的吗?

我想到了阿佳和阿月。她俩这周都没有来。阿佳腿脚不便,在类似这样的演练中,又是被老师和同学护佑着下楼的吧?阿佳、阿月,你们在家还好吗?病好了就快回来吧,教室里没有你们俩,显得空荡荡的呢。

午餐时间,我下楼晚了点儿,遇见校长阿和和总务处的阿冷、阿峰一起去往餐厅。我餐后从电信公司回来,又在走廊上遇见了他们。

"不午休?"我问。

"有根水管漏水了,去看看。"阿和应道。

"你们辛苦了!"我由衷地为他们点赞。阿冷冲我挥了挥手里的工具,三个人便消失在走廊的尽头。我赶紧跟上去。

他们去了寝室二楼,确切地说,去的是二楼的洗浴间。二楼是男生宿舍。洗浴间在二楼最里面。我从没到过这里,只见地面铺着雪白的瓷砖,湿漉漉的,很干净。负责管理寝室的阿代也在现场,还有二楼的宿管员。我不懂维修,只见他们用工具扳扳这里,扭扭那里,寻找着漏水的地方,查看着漏水的原因。一会儿工夫后,他们离开洗浴间,又向一楼走去。

我没有再跟着去。路过阿浩寝室的时候,门开着,阿浩很精神地坐在床边。我走进去让他睡觉,顺手把被子盖在他身上,然后回自己的办公室。

倦意袭来,我知道,这个中午,阿和和总务处的老师们是不用休息了。

## 10 月 18 日　星期五　晴

我原本就喜欢阿暖。自从前段时间得知她是我曾经一要好的同事的侄女,感觉更加亲近起来。

记得上学期阿蕊回家养病的那段日子,阿暖一直恹恹的。大概时间久了,阿暖逐渐恢复了她原本爱笑的爽朗的风格。

之前说过,阿暖因为腿脚不便,走路就像跳芭蕾舞。这个学期,当我们俩每每遇见,她唤我一声"燕子老师",我回她一声"阿暖"时,突然想起了海子的《面朝大海,春暖花开》,我便开始唤她"春暖花开"。她唤我一声"燕子老师",我回她一句"春暖花开",阿暖便高兴极了,带着害羞的神情"跑"了。我多希望她能健健康康地跑,面朝大海春暖花开地跑,让海风卷起她的头发,掀起她的衣摆。

还是说说阿岩吧。

一上班,办公室的阿莹就对我说:"你们班的阿岩让我转告你一句话。"

我一边擦桌子一边问:"什么话呀?"

"他说他爱你。"

阿芳也正巧在,听了后一起笑了起来。

倘若我第一次听到这样的话,说不定我会脸红。如今我已算是习以为常了。这些孩子们说爱我、喜欢我的,应该不在少数吧。我喜欢他们这样简单直白的表达。甚至阿哲说要娶我,也是情理之中的事。只有当他们喜欢我到了极致,才会"口出狂言"。在这个前提下,他们才会聆听我的教诲,才能学得更好,进步得更快。所以,我不拒绝孩子们说爱我、喜欢我。

阿岩是个小胖子,典型的"唐氏儿"。忘记了与他初识是什么时候,但这学期,我被安排教他班的绘画与手工课,接触自然就多起来。看得出,阿岩很喜欢我。无论在走廊还是在操场遇见,更不用说去每次去教室上课,他总是那么兴高采烈,让人禁不住也展开笑颜回应他。

阿岩喜欢给人按摩。第一次看到他按摩是在餐厅里。其他孩子要么在排队领饭,要么已经开吃,阿岩呢?正在给某位就餐的老师捏肩,还不时瞅我一眼。没想到,不久我也享受到了这种待遇。下课了,一个孩子还没有画完,我坐在一旁等着她。突然,我感到双肩被人轻轻捏动,回首一看,正是阿岩。"燕子老师,我来给你捏捏肩。"他说。我的肩颈正僵硬得厉害,恭敬不如从命:"要捏就大点儿劲儿啊,你这太温柔了。"他便加大力度来了几下。其实他的"大力度"也和挠痒痒似的,但我还是很开心,为他的这份心。

阿岩喜欢拍照。无论在哪里,只要看到我拿着手机在拍,他一定会赶过来,想方设法地成为镜头里的主角。有一次课间,我在指导某个孩子做作业,便让阿岩帮我拿着手机。我指导完起身时,看到阿岩正对着手机挤眉弄眼。"你在干吗?"我问他。"我在自拍。"我拿过手机一看,忍不住笑起来,他已经拍了两张了,每一张都像大头贴一般,一张嘴巴噘着,一张嘴唇收着,表情很夸张。"阿岩,这张好像猪八戒呀!"他冲我咧嘴笑着。

阿岩喜欢把衣服塞进裤腰里。其实这不是他的"专利",但他这样做的次数最多。如果恰逢穿了新衣服,他一定会歪着脑袋唤我,脸上喜滋滋的,手指着自己的新衣服让我看。然后,转眼间,他就把衣服的下摆塞进裤腰里去了。兴许是校服的裤腰太肥了?他把裤子提到腰部还不算,继续往上提,继续往上提,甚至提到胸口。我给他放下来点儿,他冲我嘿嘿一乐就忙自己的去了。好吧,只要你高兴。

阿岩很善良。一次上课的时候,我发现阿俊不舒服,就让他趴一会儿。阿岩起身,从后面柜子上拿自己的衣服过来,轻轻地披在阿俊的身上,让我很意外。此时,阿霞也说不舒服,也趴在了桌面上,顺便将自己的衣服披在了身上。阿岩照顾完阿俊,又走到阿霞那儿,帮她把衣服整理了一下。无论阿俊还是阿霞,都安静地趴着,无言地接受着阿岩的"服务"。我完全被阿岩惊呆了,禁不住冲他竖起大拇指来。

阿岩也有任性的时候。他和班里的几个孩子一样,一有时间就喜欢抄写文字。那天我去上课,发现他们的桌面上还摊开着语文书和练习本,便让他们收起来,拿出彩笔来。其他孩子很乖地收起来,唯有阿岩还在埋头抄写,说了也不执行。我便过去把他的书和本子轻轻收起来放在讲台上,嘱咐他下课再拿回去,然后开始讲课。阿岩便赌气趴着不理我了。我发作业纸让孩子们画画时,阿岩还是趴着不理我。这是第四节课了,当我把其他孩子的作业本收起来,召集他们排队吃饭时,阿岩还是趴着不动弹。"阿岩,吃饭了呀,你不饿吗?"我逗他,他不动弹。其他孩子去唤他,他也不动弹。"好吧,阿岩,你先趴着吧,我们先去吃饭喽!"然后我给其他孩子递眼色:不用理他,赶紧吃饭去。孩子们都走了,走廊里静下来,我悄悄站在门外,透过玻璃窗往里瞧:趴着的阿岩终于"醒来"了,收拾桌面,准备起身。我赶紧撤离,嘴里哼着小调下楼去。我知道,下次见了我,阿岩依旧会那么兴高采烈地唤我。

这就是阿岩。他还有很多有趣的地方,等我慢慢发现。

### 10月29日　星期二　晴

阿佳和阿岩是一个班的孩子。和早就认识的阿岩不同,我是给七年级上课才认识阿佳的。

最初,她给我的印象很是奇怪:懒懒的,爱趴着,不喜欢写作业。所以上课时,每每在我的鼓励下,她拿起笔来绘画或者涂色,总是很让我惊喜,觉得她真给我面子。

阿佳腿脚不便,这是我后来才知晓的,然后我才明白阿佳为什么总是懒懒的,不爱动弹。周三上午第四节是我的课,之前的第三节是阿明的体育课。每到这节课,孩子们总是让我在教室里等几分钟才能回来。至于阿佳更是"有面儿"——进出教室、上下楼梯总是前呼后拥、左右搀扶,很是气派。我也是"护驾"队伍的一员,为了她的每一步呼着"加油",喊着口号。看她开开心心,大家便都跟着高兴。

今天去操场散步。偌大的操场除了几个施工的,没有别人,静悄悄的。然后我意外地看到了阿佳和阿月,阿佳坐在草地上,阿月正去搀扶她。

眼瞅着上课时间到了。"你们怎么还在那里?"我问道,"阿佳,快起来呀! 阿月,赶紧把她搀起来。"

怕阿月的劲儿不够,我赶紧过去:"来吧,阿佳,老师把你扶起来。"

我很担心她又像上次那样宁肯坐在台阶上"垂头丧气"也不要我的帮助,所以只能"智取":"阿佳你试试将手交到燕子老师手里,燕子老师一发功,你就能起来了。"果然,阿佳很配合地伸出了手,被我和阿月搀了起来。

她一边随我们走,一边看着她翘着的食指说"疼"——她的食指上贴了创可贴。我试了试她的手,真凉。看她大拇指和食指同时翘着的样子,我忍不住逗她:"阿佳,你这是什么手势啊?八字吗?"

阿佳笑起来。

"或者,你这是手枪的样子吧?不许动,举起手来!"

阿佳笑的声音更大了。我侧首去看阿月,这一看不要紧,原来不是阿月,是阿俊。想来也是,阿月能照顾自己就不错了,怎么会搀扶阿佳呢?我的眼花得真够厉害的。

目送阿俊搀扶着阿佳走进教学楼去了,我没有继续陪送,因为我相信善良的阿俊,每每都是他搀扶阿佳,去上电脑课,去餐厅,去上体育课,总少不了阿俊的影子,甚至有一次在阿佳累了不想再给作业涂色的时候,阿俊也会拿过阿佳的作业本,帮着涂起来。

我不知道阿佳腿脚不便的原因是什么,但大抵该和阿德、阿鑫、阿雨差不多吧。听说,这种后遗症将来是不影响结婚生子的。作为一个人,他们可以拥有完整的人生。

接下来我要说的是阿月。

此刻,她的模样就在我脑海里浮现:短发,白白净净、胖乎乎的脸,身子朝向窗子的方向,垂着头沉默着。

阿雅向我汇报:"老师,阿月哭了。"

"阿月,你为什么哭?哪里不舒服吗?"我问她。

她不应我。我蹲下身子,方能看到她头发下露出的一小块脸来,眼睑下的睫毛上,有晶莹的泪珠。

阿雅继续向我汇报:"老师,阿月来月经了,肚子痛。"

她直截了当,口无遮拦,令我吃了一惊。我快速扫视了后面几个正在绘画涂色的男生,好吧,他们都没有什么特别的反应。我便也轻描淡写地点点头,轻声说:"好,知道了。"然后,我转身看阿月。咦,人呢?

阿月不见了。她的座位上空空的。我吃了一惊,她去了哪里?

我弯下腰去,她竟然缩在桌子底下,很坦然地坐在地板上。

"阿月,赶紧起来,地上凉,肚子会更痛的。起来,老师找点儿热水给你喝。"

好不容易把她从桌子底下劝到座位上,她却不看我,依旧侧坐着,面向窗子。我去办公室倒杯水来给她,看她慢吞吞地喝下。下课铃声也响了。

从洗手间出来,迎面看到阿月右手拿着一方卫生巾匆匆而来。好吧,对于这些孩子,无论男女,"月经"是很坦然的一个词,无须避讳。我突然觉得他们比正常孩子美好得多,这多像《圣经》里没有偷食禁果的亚当和夏娃,无忧无虑,自然芬芳。

## 11月1日　星期五　多云

昨天下午第二节课,我给孩子们讲就餐时的礼仪,不由引出孔子的"食不语,寝不言"。这六个字,我是分上下句来教的。我先把"食不语"写在白板上,然后教他们读几遍,最后我请他们自己读。

阿健反应最快,声音最大,他读的是"食不欲"。其他孩子便跟着读"食不欲"。我唤阿德来读,素来接受能力强的他也被阿健带沟里去了,读成了"食不欲"。再教,再检查,无论齐读还是分读,还是"食不欲"。好吧,"食不欲"就"食不欲"吧,面对这些来自星星的孩子,相信孔圣人也会理解他的名言被稍加"篡改"吧。反正经过我的一番耐心地讲解,他们应该都知道了这句话的意思是"吃饭别说话",这就够了。

课间回到办公室和同事们说起这件趣事,阿芳和阿莹早在玻璃屏那边看到了我的窘态,哈哈笑着说:"刚才你处理得不错,遇到这种事,千万别上火。"

哼,还取笑我。甜甜上次教不会孩子们数五根小棒,着急上火到舌头都生疮了。想到这里,我又同情起甜甜来。

第一节是我的课。我一抵达学校，就在教学楼外遇见阿德和阿健。我问他们昨天下午上课时怎么了，为什么平日里两个接受能力最强的孩子"屡教不改"。阿德说："我正要跟您说这个呢，昨天我状态不好。"阿健则直接向我道歉："燕子老师对不起。"

　　"跟我读。"我重新教他俩念"食不语"。他俩仰头看着我，张开了嘴巴。看来还真是昨天状态不好，他俩都读对了。

　　从教学楼外一路走到二楼的教室，我领着孩子们重温"食不语"。阿健的声音最大了，将"食不语"念得字正腔圆，其他孩子的"魔怔"也统一治愈了。

## 11月4日　星期一　晴

　　早晨是静谧的，除了风声。风声也很微弱，只是当墙外路上的大货车呼啸而过时，我感到了冷。

　　操场周围的灌木和荒草已被转移、清除干净，只剩下笔挺的银杏，举着黄的、绿的叶子。若有风来，它就掉几片金子，落在红色的塑胶跑道上。阳光正好，借助南面的一栋楼影，把操场分成一半暖，一半凉。北面的银杏便沾了太阳的光，那黄更黄，那绿更绿。其中一棵那么与众不同，走近了看去，竟是铁栅栏墙外栽种的扁豆爬进墙来，复又缠绕在银杏树上，一路上下左右温柔地缠绕，最终和银杏融为一体。从低到高，藤上竟吊着许多扁豆，白中透绿，籽实饱满。

　　欣欣然回眸，操场中间的绿地上，竟然静卧着一大一小两个球，一个足球，一个篮球。迎着光，并不能看真切它们的花纹颜色，只是衬着旁边的足球网，静谧中隐隐透出它们曾经如何在孩子们手中、脚下跃跃欲试。

　　孩子们陆续被家长们送进校门。教学楼里一改往常的轻声慢语。老

师、家长、孩子、"白大褂"、仪器,陆续进入视线。仿佛从方才的无人区瞬时进入一个人烟密集的村落,我从天上回到人间。

阿明站在走廊里,向每一个家长分发体检表。他说这场体检从 7 点就开始了。血压、心肺、视力、身高、耳鼻喉……像往常一样,一楼的教室几乎都成了诊室,有的"白大褂"排成一排,孩子们依次在其前面排成一队;有的"白大褂"和仪器被屏风隔开了,这边检查一个项目,那边检查一个项目;有的则分布在某间教室的各个角落,每个"白大褂"前都簇拥着几对孩子和家长。

阿睿在妈妈的陪伴下站在队列里,看到我有些害羞,一手挽着妈妈,一手去拽妈妈手里的体检表。我赶紧去拦,生怕她把体检表撕碎了。我想多了,阿睿松手后,抱着妈妈的腿顺势蹲了下去,羞答答地瞟我一眼。果然是进步了,我的阿睿。七年级的阿杰正坐在视力检测处,根据"白大褂"的提示,小手一会儿指向左,一会儿指向右,一会儿指向上,一会儿指向下,满脸笑嘻嘻的。我忍不住弯腰去亲一下他的左颊。阿浩在爸爸的帮助下爬上了体检床,电脑屏幕上很快显示出他身体的信息。阿壮排在测量血压的队伍里,看到我跟我亲热地打招呼。只一会儿工夫,我又在另一个地方看到了他——一辆标有"康正"字样的医疗车停在"天井"里,孩子们在家长的陪伴下排着长长的队伍。透过车前的玻璃,可以看到写有"胸透"二字的牌子。

有爸爸妈妈陪伴的孩子,很安静,很乖。这次,我没有听到一个孩子的哭声。长了一岁,他们变勇敢了吧? 即使是新来的,即使其中有害怕的,也在这安静的氛围里,安静地盈泪,然后冲我扬起两弯月牙眼。

深秋的校园,一切有条不紊。我的心也平静下来,把自己交给阳光,安静地暖着。

午后的阳光分外耀眼。为赶一篇稿子,午餐后我从妈妈家匆匆赶往学校。

正是午休时间,校园里静悄悄的。一个穿玫红色衣服的女孩背着书包在大门内徜徉。当我泊好车,准备回办公室时,那个女孩竟然站在我眼前。我认得她,她是这个学期刚转来的。

"你怎么没午休啊?"我问她。仔细看,能看出她的眼睛有些潮湿,哭过的样子,估计是想家了。

"我想妈妈。"她啜嚅着。

"今天刚来,上午不是和妈妈一起体检了吗?快回寝室去睡觉吧,星期五妈妈就来接你。"

我准备绕过她,继续进教学楼。她却拦着我说了句什么。我没听清,重新问她。如此重复了几次,我终于听懂了:"老师,我想妈妈。你送我回家吧。"

"那可不行,我不能送你回家。"

"老师,你送我回家吧。"

"你家在哪里?"

"昌里。"

嗯,是够远的。

"我不能送你回家。你要回家必须经过班主任的同意。"

"班主任知道,她给妈妈打电话了。"

"那你妈妈来接你吗?"

她摇摇头。

"那我更不能送你了。"

"你这不是有车吗?你送我回家,我让妈妈请你吃饭。"她继续央求我。嘿,小家伙儿还知道贿赂我。

"那也不行,我不能送你回家。我没有送你回家的权利,你还是回寝室吧,等上班时间找班主任。"

我向教学楼走去。她还在我身后继续央求着,让我心里一阵阵疼。邀她去我办公室,她摇头。有什么办法呢?我真的不能答应她。

好在学校四周都设有滚龙式的铁丝网,否则,这个小女孩有可能爬墙出去呢。据说,之前没有铁丝网,有孩子爬出去过。如今,无论哪个孩子,

即使很想家,即使哭闹,也没有尝试再爬墙出去过。

我问过她的名字,小女孩叫阿晓。此刻,我刚下课回到办公室,看时间,快下午4点钟了。阿晓,你妈妈把你领回去了吗?

## 11月7日　星期四　晴

午休过后,我正在办公室看书,只听虚掩的门被推开了,一个人影出现在门口。我抬头看去,阿远?我忍不住笑了:"你也迷路了吗?"

如果不算已经毕业的阿扬,阿远是第二个午休后迷路走到四楼来的孩子。

听到我跟他说话,阿远并不应我,眯眯瞪瞪的,在门口站了一会儿,径直朝着屋子中央的蓝色"滑梯"走去。小屁股刚坐下,看到眼前的大盆,他又起身到它跟前,在旁边的小椅子上坐下来,拿起里面的勺子开始玩咖啡豆。

"阿远,在盆里玩儿,别撒出来呀!"但已经晚了,他根本不听我的话,大盆外面的地板上已经撒了不少。好吧。我拿起手机拨打他班主任的电话,没人接。我想起阿远的数学老师甜甜,遂又拨了过去。不一会儿,甜甜来了,阿远正玩得不亦乐乎。甜甜拿过一根塑料管当教鞭用,在阿远屁股上轻轻敲了一下:"叫你去感统教室,你怎么跑这里来了?"

阿远嘟起了嘴。

我说:"他不是睡迷糊了才上来的吗?"

"不是,燕子老师,他就是爱爬楼,一不看着他,自己就溜了。"

我又看着嘟嘴的阿远笑起来,然后看他被甜甜领走了。我送他们到走廊去,跟阿远说再见。他才不理我呢,还是在甜甜的"强制"下才勉强地扭过脸来,不情愿地冲我说了一声"再见"。

四楼静悄悄的。我感恩这些无意或故意迷路的孩子,不多不少刚刚好,让我寂静的办公时间充满了故事性。

昨天我就和阿芳、阿荣、阿静约了下午去小程程家家访。眼看着出发的时间到了,车窗外突然出现小程程的身影,身后还背着书包。哦,聪明的阿芳,她是要顺便带小程程回家去,这样第二天他的家长就不用跑那么远的路来接他了。

从特教中心到小程程的家需要一个小时的车程。那是我从没有去过的乡镇。一路颠簸,终于到了小程程的家。他的爸爸妈妈算准了时间似的,车刚一停稳,就迎了出来,牵着小程程在前面带路。我一进小程程的房间,就奔着此次来的另一个目的而去——据他爸爸说,他的画作都贴在墙上。我转了一圈,并没有看到。

床上铺着的床单像极了他的作品:五颜六色。几个布娃娃安静地待在角落。枕头的图案是一头小猪。床侧是一套学习桌椅。

橱子上摆着两张照片。小程程简直是太好找了,大脑袋,西瓜皮的发型,整齐的刘海:一张是幼儿园小小班的,小程程谦卑地坐在第一排的角落里;一张是幼儿园大班的,小程程自信满满地坐在第二排。

把他的房间看了个遍,我仍惦记着他的画作:"小程程,你的画呢?"

小程程带我来到父母的房间,满足了我的愿望。墙上的画应该都是他早期的作品,有小猪,有手掌,有马,有蜗牛,有彩虹。

深秋的乡村很凉爽。小程程的家里很空旷,大客厅,两侧各一个卧室。大家都没有坐下,就这样站在空荡荡的客厅里聊。从聊天中,我了解了这家的情况:

小程程的爸爸在 24 岁那年肺部长了肿瘤,不得不切除了一部分肺。这么多年,他就怕感冒,一感冒就咳。

小程程的异样是在出生百天后发现的,去医院检查,发现是脑积水。小程程进行了手术,医生从脑部植入一根管子通到胸腔,把积水引导到胸腔里去消化吸收。

除了小程程,他爸爸妈妈没有其他孩子。原因是夫妻二人结合的胎儿

总是缺少一条染色体,如果坚持生产,诞下的孩子会像小程程那样脑积水。

小程程家是困难户。院子里、平房的墙角已经备好了过冬的煤。

我们就这样站着聊,聊了很久,聊到天色暗下来。在这个过程中,小程程自己啃完了一个苹果。像在学校一样,他在家里也是那么乖巧,乖巧到让人心疼。听他爸爸妈妈说,从幼儿园开始,老师就对小程程特殊照顾,老师不让大家靠近他,生怕碰到他让他受到什么伤害。读小学时,也是如此,小程程的一举一动,都有班里安排的两个同学看着。小程程爸爸说,他很感激普通学校的老师的细心呵护,但其实儿子很羡慕能在外面奔跑嬉戏的同学们。

想起在来时的车上,我曾问小程程:和过去的学校相比,这里怎么样啊?他说好,学校好,老师好,同学好。是啊,在这里,这些孩子不用再被"重点关照",每个孩子都能生活、学习、玩耍得坦然。

道别。阿荣看着有裂缝的外墙,感慨道:看着小程程穿戴挺整洁的,还以为他家境不错呢……那一刻,大家谁都没再说话,车子安静地行驶在乡间的小路上,一辆大鼻子校车迎面而来,在前面拐弯后向东驶去。

## 11月12日　星期二　阴

韩姐:

这个清晨想起你,舌尖便涌起你的名字。但我并没有喊出声来,仿佛它会搅了你的清梦。在你为了我和孩子们四处奔波的时候,我正和孩子们在一起,那个时候想到你,眼前总会浮现出那天沐浴在阳光下的你的倩影。如今我相信有些人是自带光芒的,正如你。

但这个清晨想起你的时候,我的脑海里浮现的却是另一个人——特蕾莎修女。应该是你昨晚的那句话让我印象深刻吧,你说:"我认准的事无论如何都要办下去。"亲爱的你,原来,我萌生的生怕连累你的担忧都是多余的。

你总问我写这本书稿的初衷。而今,读懂了我的初心的你也让我好奇了。在别人都不愿意接"这烫手的山芋"时,是什么打动了你让你如此义无反顾地一定要做成这件事呢?"感动"一词已不足以表达我对你的敬意了。这个清晨想起你,我想到了特蕾莎修女。

她说:即使你是友善的,人们可能还是会说你自私和动机不良。不管怎样,你还是要友善。

她说:即使你把最好的东西给了这个世界,这些东西也远远不够。不管怎样,你还是要把你最好的东西给这个世界。

她说:你今天做的善事,人们往往明天就会忘记。不管怎样,你还是要做善事。

我读过她的传记。没有无缘无故的爱,读了她的传记的我变得不那么愤世嫉俗了。"假如你爱至成伤,你会发现,伤没有了,却有更多的爱。"是的,尽管爱至成伤,我依然没有消弭爱的能力,反而更加心怀慈悲。

还是让我跟你讲讲昨天发生的事吧。

昨天是阿鑫的生日。上午课间时,班主任阿芳就悄悄告诉我:这次是真的。我们俩不约而同地笑起来,因为我们想起了去年这个时候,阿鑫告诉我说某日是他的生日,然后我转告了阿芳,然后那日来到时,我们一起为他搞了隆重的生日庆祝会。结果,他妈妈告诉我们,阿鑫的生日早过了。

阿芳说,这一次是真的,因为阿鑫妈妈会送蛋糕来,让我下午没课的时候过去一起为阿鑫庆生。我答应了。

下午第二节课后,我应邀来到四(一)班。除了我,这个班的其他任课老师都到了:班主任阿芳、数学老师阿荣、语文老师阿莹、帮包老师阿静。

这是一次特别的庆生,俨然就是一堂生日课——生日歌唱过之后,从认识蛋糕上的东西开始:这是什么水果?这是什么颜色?数一数插了几根蜡烛?上面的美元能吃吗?

开心的除了阿鑫还有其他孩子。阿芳拿起一张"美元",不知什么材质的,阿鑫一尝,巧克力的!孩子们都疯起来了,把"美元"撕了往嘴里塞。

蛋糕很快分完了,每个孩子一大块,每个老师一小块。阿芳说:"阿鑫,送一块给二班的老师!"

等他回来,阿芳、阿荣、我,一边吃一边往阿鑫的脸上抹鲜奶。他的额头、鼻尖、脸颊、下巴上都是白色的斑点,好看极了。阿洋高兴地走上前去看花猫脸的阿鑫,笑得那个开心!我起哄道:"阿洋,吃阿鑫脸上的蛋糕去!"大家都跟着起哄,阿洋转了几个圈,果真作势去舔阿鑫脸上的蛋糕,阿鑫连忙躲闪。我们都疯成了孩子一般。

大家正一起分享着阿鑫的生日蛋糕时,二班的阿航进来了。他径直走到阿鑫身边,弯下腰去,吃了一口蛋糕。我们都笑起来,欢迎这个不速之客。阿航吃了一口蛋糕后,双手比了一颗心给阿鑫看,然后转身走到窗前,自己拿了一个小凳子坐在了阿鑫身旁,继续吃起来,像极了一只可爱的熊。没有一个孩子目瞪口呆,我们大人则更是被可爱的阿航笑得脸抽筋。这个时候,阿航的班主任阿英走了进来,看着正吃得欢的阿航说:"刚才那块大蛋糕我分给我们班孩子们吃了,他可能没吃够,闻着味儿就来了。"

毋庸置疑,因为阿航,阿鑫的生日会达到了高潮。

韩姐,当同事和孩子们簇拥着阿鑫的时候,我踩着凳子上了桌子——为了拍到最完美的照片。我总不像个稳重的女子,倒像个记者,即使在这样的时候,你信吗?我一边拍一边想到了你,想到为了我的孩子们而思考最佳方案、四处奔波的你!在我和孩子们如此开心欢呼的时候,你又在哪里忙碌着呢?

是的,今儿个早晨想起你的时候,我想起了特蕾莎修女。亲爱的,"如果你找到了平静和幸福,他们可能会嫉妒你。不管怎样,你还是要快乐"。此时,窗外的天阴沉沉的。胳膊肘又开始疼了。第二节是我的课,我要带着阳光里的你,照亮孩子们去。

**11月14日　星期四　晴**

今天我要说的是阿杰。

他是个腿脚不便的孩子,但不妨碍他快速地移动双脚。

他高高瘦瘦的,只要他高兴,他就爱笑。他不笑的时候,怎么都哄不笑,一个人木着脸,安静地写字、画画。

自9月以来,他的额头上生了许多小疙瘩。一开始我问他是否去医院看过,他拿出一管软膏给我看,我顺手给他抹了些上去。那些小疙瘩很顽固,眼见着进入11月了,一点儿好的迹象都没有,大约这就是所谓的"青春期"吧。但每每阿杰总跟经过他身边的我说"痒",看着他撒娇的样子,我忍不住心生怜爱。而他满足的,也就是我的怜爱吧?因为每每我心疼地看着他、轻轻碰碰他那满是小疙瘩的额头时,他就呈现出心满意足的表情。

昨天的那堂课,他有了新的玩法。当我讲完了让他们自己开始画画时,阿杰站起来说话了,一边说一边拿起一件衣服,比画着开线的口袋给我瞧。我说:"阿杰,燕子老师没有针线,等下课让你们班主任阿雯老师给你缝好不好?"他摇摇头。我问:"那你现在就去找阿雯老师缝吗?"我以为他会立刻就去办公室,但他坐了下来。刚想歇口气,阿杰复又站起来,手里举着他开线的衣服冲我"嚷嚷"。我笑了。好吧,阿杰。我走上前去,弯腰告诉他,燕子老师这就找针线去。

作为班主任,阿雯的抽屉里自然不缺这些东西。很快,我便拿着针线回到教室,拿过阿杰手里的衣服坐到讲台旁开始缝起来。好多年不做女红,真是生疏得很,何况,我本来就不太会……孩子们有的低头画画,有的抬头看着我,我朝那些看着我的眼睛瞪回去,示意他们赶紧画。孩子们好乖,不好意思地笑笑,继续埋头画画。当我终于如释重负地扯断线头,把衣服披到阿杰的背上,准备去办公室还给阿雯针线的时候,阿岩唤住了我,手里扬起一件衣服,嘴里嚷着"碎了"。

这也要攀比?我嗔怪地看了他一眼,复又转身坐下来。阿杰早抢过阿

岩手里的衣服,翻来覆去好一番摸索,果真在衣服口袋的边角处发现了一个长两厘米左右的口子。还好,还好,我暗自庆幸,还好开线的地方不长,给阿杰缝衣服所剩的线的长度足够了。缝阿杰的衣服在先,我给阿岩缝衣服便顺畅多了,针脚也好看了些。我一边把衣服披在阿岩背上,一边问其他孩子是否还有要缝的衣服,结果这次没人"争宠"了。

开头,我要说的是阿杰,但又岂止是阿杰?

当我去一旁的办公室还针线回来,我发现阿岩的外套披在了阿雅的背上,阿雅伏在桌面上。她画完了,我让她趴一会儿,好好聆听班得瑞的钢琴曲。大概阿岩以为她睡着了吧?总是这样,发现谁趴着了,他就会帮谁盖上点儿什么,有时候是那位同学自己的衣服,有时候贡献他自己的。

我喜欢极了这样的小温暖,就像窗外的阳光透过玻璃照亮教室一样,我喜欢荡漾在孩子们脸上的那些可爱的笑容。我从家里带了剥好的葡萄来,早就让阿岩洗好了,下课前让他每人三颗分发下去,并奖给他自己五颗。阿岩嘴里应着,摊开掌心数着:1,2,3,4,5。我看他的掌心分明不止五颗,便让他重数,这次数出了六颗。我笑了:"阿岩,这是七颗呀,你再数数看。"他笑了,将多余的两颗放回桶里,然后将五颗葡萄全部送进了嘴里。我并不担心他会呛到,因为这葡萄是原单位的同事送给我的,无籽,特甜。

## 11月19日　星期二　晴

阿木,好久不见。呵呵,其实我们又何曾见过呢?你这个陪伴了我一年半的角色不过是我虚构出来聆听我的故事的。无论怎样,陪伴是最长的告白,感谢你。

方才上班的路上,经过那片已被改造成另一番天地的小树林,还好,那些高大粗壮的白杨树因其"高大粗壮"未被移栽。这很像弱肉强食的现实社会,强大者自然不会被欺凌,被欺凌的往往是那些没有话语权的,人类如此,动物如此,植物更是如此,而动植物的不幸便在于它们是动植物,它们的生杀大权掌握在人类手里。

放下这些执念,让我告诉你这个早晨的美好吧。

上班路上,我经过高大粗壮的白杨树下,只听见不间断的簌簌的叶落声,一片叶子晃晃悠悠地飘下来,又一片叶子晃晃悠悠地飘下来,那么掷地有声,小径上已经散落着许多金黄的"钱币"。我仰头看去,啊,金黄色的树冠!我赶紧拿出背包里的手机,为这静谧的瞬间录像。只见那些不堪冷清的"金币"从树冠上脱离,在树枝之间跌跌撞撞,然后晃晃悠悠地落下来。手机屏幕里,左一片,右一片,还有只听声音不见叶子的,一定是旁边的杨树的杰作了。

我被这美丽的瞬间迷住了。头上的帽子掉了也懒得去捡,只怕错过了一片,又错过了一片。旁边有人走过,我也并不觉得难堪。阿木,我好怀念小树林被改造前的样子啊:那时候,秋色浓郁,满眼都是银杏、白杨、柳树、洋槐、芙蓉,还有其他不知名的树,婀娜多姿也好,旁逸斜出也罢,各自把秋色点染到极致,让人目不暇接。而今,却只有这未被改造的白杨了。

上班时间快到了,我不得不离开。惋惜之际,我小心翼翼地从金黄的"钱币"缝隙间踮脚经过。阿木,我想起了我的孩子们,闪过捡拾起金黄的"钱币"送给他们的念头,但最终还是放弃了。转念间,我想到了什么呢?阿木,让我说说昨天和他们在一起的快乐吧。

昨天下午第二节是我的课,我去教室领他们到资源教室来。这是我第一次邀请他们上来参观我的"第二战壕"。在我的安排下,他们每人拿着一块抹布,很快投入战斗。"拱桥"被搬出去了,绿色的小椅子被搬出去了,阿雅、阿佳、阿刚、阿杰四个在外面擦拭它们。阿鹏被安排擦拭精细训练用的小玩意儿,阿岩擦拭滑板车,阿予擦拭椅子架子暖气片。我从没想过阿佳和阿刚会干活。喊他们一起过来不过是担心他们自己在教室不安全,他们的投入让我意外。尤其是阿刚,他和阿杰一组,擦完一个小椅子就唤我一声,擦完一个小椅子就唤我一声,让我不由向他竖起大拇指来。阿杰干得最快,等我冲洗拖把回来,遇见他去洗手间洗抹布,他用手指比画着告诉我,他擦了七个小椅子了!

最让我开心的是阿岩。他像一个上了发条的风车,不停地转着,时而东,时而西,时而圈外,时而圈里。尤其让我感动的是,他擦完之后,悄无声息地拿起空桶消失了,等他再回来,肩膀上扛着一大桶干净的水。我赶紧去帮忙。阿木,这怎能不让我感到温暖呢?

卫生大扫除终于结束了。抹布都洗干净了。小手也干净了。我请他们坐下来,坐成一排,切苹果给他们吃。分瓜子给他们吃。我横切的苹果啊,里面有一个五角星的形状。阿木,这便是这堂课我送给他们的礼物——苹果里,藏着一颗五角星。

## 11月22日　星期五　晴

天气真好。一点儿都不像冬天,太阳暖洋洋的,午后的阳光在校园"天井"西北侧的墙壁上透出可爱的影子来。这真的是学校最漂亮的一面墙了。我眼睁睁地看着它怎样在两位工人手里从一片白茫茫变成一片孔雀蓝,然后又穿上了绘有美丽的图案、贴上了恰当的文字的衣裳。那两天,两位工人一个站在梯子高处,一个站在地面平台,一个递,一个贴。当他们配合着把"同一个世界,同一个梦想"布置妥当,一面最漂亮的墙出现了。

我很喜欢这面墙。

除了"同一个世界,同一个梦想",还有"倾心奉献""精心呵护""爱心理解""耐心培育",还有"文明""诚实""谦让""团结""互助""友爱",还有"让每一个生命同样精彩""让每一个特殊学生学会生存""让每一个特殊学生学会珍爱生命"的主题。

像我一样喜欢这面墙的自然还有孩子们。他们经常站在这面墙下仰起头来。有时候孩子们和我一起看,有时候某个孩子看,有时候几个孩子看。等大家都熟悉了这面墙,好吧,他们开始在墙前的平台上绽放了。有时候一个人绽放,有时候两个人绽放,然后吸引更多的孩子前来一起绽放——这样的情景,往往发生在我经过此处为某个正在高高兴兴地手舞足蹈的孩子拍照时,其他孩子若看到了,也会冲过来摆造型抢镜头。这面墙于是变成了最生动的背景。

今天午休后,当我从寝室楼门出来,就看到阿玲班的阿业正在这面墙前自娱自乐:双臂舒展,两腿交叉,脸朝着校门口的方向,笑容那叫一个灿烂。校门外,正聚集着前来接孩子的家长。我赶紧让阿业站好别动,打开手机给他拍照。他见是我,竟然主动配合着我做起了不同的动作来:他一会儿双手叉腰看自己在地上的影子——这是他的招牌动作;一会儿两手握成拳头,从上往下一顿,双膝同时一蹲,好一个"耶"的动作;一会儿又一只手垂下,另一只手握拳摆出雕塑《思考者》的造型。我简直乐疯了,手机抢拍个不停。

正在这时,阿哲跑上来了,和阿业一起摆出了"心"的形状;然后阿洋也冲了上去,一边看着校门口的方向,一边摆出了剪刀手……

让我怎能不爱他们呢?

这是阿和校长来后,唤醒的新的墙壁。由于它正斜对着校门口,由于它一天内可以经历好几次太阳光的关照,由于它恰好在孩子们寝室的入口处,这面墙便有了不一样的意义。

像我的孩子们越来越懂事一般,学校也越来越像一个会说话的有灵性的人了。冬天冷又如何呢?瞧,警卫室南侧的那棵柿子树上,像去年一样挂着许多红彤彤的柿子呢。今年我没去"偷吃",就留给在北方过冬的鸟儿吧,相信我的孩子们也是如此希望的。

**12月4日　星期三　晴**

下午第二节是四(一)班的生活适应课,我带孩子们去操场做游戏。9个小男子汉,其中的阿德已进入青春期。进入青春期的阿德跟之前有了明显的不同,与过去的懂事、安静比起来,如今的他张扬多了,几乎可以用"凶"来形容。瞧,一到操场,他的"凶"相就又露出来了:

"阿凯,过来,我们一起抓燕子老师!"

我无辜极了,蹙着眉问他:"为什么要抓我?"

"不为什么!阿凯,我们扮演警察,让燕子老师当小偷,我们抓她!""可恨"的是阿凯竟然点头答应,嘴里连连说:"好!"

他们看着我无辜、无助、无奈的样子,笑得那个欢。"好吧,你们当警察,我当小偷……"我一边答应着一边讨价还价,"我当小偷可以,但你们必须允许我先跑十秒钟!"

阿德认真地想了想,豪爽地答应了。计时开始了,我开始奔跑,他们开始追赶。我听出来了,追赶我的不仅仅是阿德和阿凯,还有其他几个小家伙儿,并且他们没有遵守十秒的约定。我实在憋不住,一边跑一边笑起来,直到他们把我团团围住,押解回"派出所"。

这就是他们喜欢玩的第一个游戏,以我的讨饶告终。第二个游戏随即拉开帷幕——老鹰捉小鸡。

我和阿凯商量好了,我当老鹰,他当鸡妈妈。刚开始玩的时候还是好好的,没多久阿德又出幺蛾子了:"不行,我和阿凯当老鹰,燕子老师当鸡妈妈!"

"哪有俩老鹰的?"我立刻反对,"一共就三四个小鸡,你们俩大老鹰,我的孩子们怎么活?"

阿德说不过我:"好吧,阿凯你去后面吧,我在前面当老鹰。"

我以为他认可了我的话,便让阿浩、阿鑫、阿俊、阿冰几只"小鸡"在我身后扯好衣襟,游戏开始了。阿德扮演的老鹰张牙舞爪,我则左挡右拦,不让他靠近我的"鸡宝宝们"。只听阿德一声大叫"阿凯,快点儿",紧接着身后传来一阵推搡,原本扯着我后衣襟的孩子扑在了我身上。我转身看去,腿脚不灵便的阿鑫已经倒在了地上,阿凯正手忙脚乱地抓着阿浩。我连忙去搀扶阿鑫,一边搀扶一边嚷着:"阿德、阿凯,你看你们,说了不能俩老鹰,我的宝宝们都摔坏了!"

阿德、阿凯连忙跟我道歉。尤其是阿德,胖乎乎的手挠着头,若有所思的样子。

"老鹰捉小鸡"的游戏就这样流产了。接下来,我们玩"打老虎"的游戏:阿德和阿凯站中间,我和阿俊从两边用篮球打他们这两只"老虎"。这个游戏玩的时间不长,又变成了"警察抓小偷"。阿德又在发号施令了,他分配给我的依然是小偷的角色,阿俊则扮演警察。我不干了,跟阿俊商量道:"你当小偷,我来当警察好不好?"阿俊摇摇头。我继续哀求道:"一会儿我们再换回来,你当警察,我当小偷,好不好?"我眼巴巴地看着阿俊。他想了想,笑眯眯地回我道:"成交!"

哇,阿俊会说"成交"这个词呢!我开心得不得了,禁不住摸摸他的脑袋:"好棒啊,阿俊!"然后,我让他赶紧跑,自己在后面追。其他孩子也你追我赶起来。

下课铃响了,孩子们意犹未尽地将球放回篮内回教室,而我的耳畔回响着孩子们的欢声笑语,印象最深的,便是阿俊的"成交"了。想起教室里他努力绘画的情景,他笑眯眯的眼、胖乎乎的脸就又浮现在眼前了。

成交,阿俊,我越来越喜欢你这个学生了!

## 12月11日　星期三　晴　风

阿明去南村送教了,我成了代课老师。这种彼此帮助在特教中心习以为常。更重要的是,大家都是孩子们喜欢的老师,上什么他们都是欢喜的。

第三节又是七（一）班的课。孩子们在教室里坐久了也觉得不好玩，既然我给阿明代课，他的体育课就该让孩子们去操场上奔跑。孩子们自然高兴，九个孩子除了三个生病没来的，还有六个，说好了上课时全部到操场上集合。但当我来到操场上时，只有三个大宝贝：阿岩和阿腾在操场东头投篮，阿罡自己在操场西头守着两三个球，一副不知所措的样子。我赶紧一边招呼阿罡把球集中到操场中心位置，一边去看阿腾和阿岩投篮。他俩投得那个准，让我禁不住大呼小叫地夸赞起来。临了，让班长阿腾回去给我找人：还有仨去哪儿了？

操场上暂时只剩我、阿岩和阿罡了。阿岩指着西侧的足球网告诉我，他能从这边的足球门前把球踢进那边的球门里去。我摇头表示不信，阿岩便弯腰放置好一个足球，抬脚射门，球果然进了。我也跃跃欲试，把篮球一放，抬脚射门，偏了。好吧，我对阿岩竖起大拇指：你真厉害！

正玩着，阿腾回来了，后面姗姗来迟的是班里今天唯一的小姑娘阿雅。还有俩呢？阿雅指指翠竹后面，果然，阿予和阿杰勾肩搭背地来了。我刚要装出生气的样子责备他们，阿予机灵、无辜地说："燕子老师，我们去找你了！"小坏蛋，说好了操场集合的！但我不去戳穿他们，因为我相信他们是真的去找我了。

操场因为他们的加入逐渐嗨了起来。阿岩、阿予一伙，在东面球门那儿，我和阿雅、阿腾一伙，在西面球门这儿，大家彼此踢来踢去，奔跑着，叫喊着。阿雅像块小木头，站在球门前不动，我让她跑起来，还是不动，我便把球传给她，她便温柔地用脚轻轻一踢，球骨碌几下就停下了，阿腾上去再补上一脚。阿杰呢？干脆站到离球门远点儿但不到中线的位置，想提前拦截我们的球，自然是拦不住的。

我的目光随时关注着孩子们，阿罡也不例外。我一直担心他像四（一）班的阿洋那样一个人游离到别的犄角旮旯去，但显然我的担心是多余的：我们在踢球，阿罡在传球——他站在放球的篮子旁边，将一个个足球、篮球扔出来，踢过来，让球依次滚入我们的视线。我和孩子们玩疯了，我们见球就踢，管它篮球、足球、大球、小球。

我简直乐坏了,冲着他"阿罡真棒,阿罡真棒"地喊。等球篮里的球全部变成了我们脚下的足球,阿罡又开始忙碌地为我们捡球,那些被我们踢到边缘去的球,都被他一一捡了回来。我突然间好感动,阿罡虽然不能说清楚一句话,但他真的是个有心的好孩子啊。

我索性停下来指导孩子们踢球,跑到奔忙着的阿罡身边,一边唤着他的名字,一边举起双手,希望和他击掌。阿罡不会,自己兀自拍起手来。我拿起他的双手,和我巴掌对巴掌,一边表扬他,一边击掌,成功。很显然,他也开心得不得,连鼻涕流出来也顾不上擦。

近黄昏了。风逐渐大起来了,我们一点儿都不冷。我集合孩子们回去了。这个时候,阿岩出了点儿状况,他给我看他的外套,原来是拉链坏了。我给他试了试,不行。阿岩噘着小嘴说:"阿杰会修。"

"阿杰会修拉链?"我表示怀疑。

"嗯。"

"阿杰,快过来,看看阿岩的拉链!"我扬声招呼不远处站着的阿杰。他听到后一瘸一拐地过来了。我很抱歉用上了"一瘸一拐"这个词,虽然我很想避免使用这样的词汇,他那么可爱的笑脸,那么高挑的身材,那么努力地行走甚至奔跑,都不能掩饰他肢体的残障,那是脑瘫的后遗症。他走到我们身边,开始埋头整理那个对于我们而言一筹莫展的拉链。他的表情多么专注啊,没有了方才的嬉皮笑脸——也就一分钟的时间吧,他把衣服递给阿岩。

"修好了?"我有些不相信自己的眼睛。

"好了。"阿杰并不看我,雄赳赳气昂昂地离开了。阿岩一下子把衣服的拉链拉到了顶,真的修好了!

我高兴极了,大声唤着阿杰的名字,一把拉住行走中的他,一股脑儿地说出了许多赞美他的词汇。阿杰会修拉链,这真是太意外了!"阿杰阿杰!你可以办一个拉链维修公司了!阿杰阿杰!你就是这个公司的董事长!"阿杰展颜一笑。

阿岩在身后插了一句:"我也要当!"

"你当阿杰公司的总经理吧!"

我正开心着,阿予和阿腾哥俩儿出现在我的镜头里。阿予两手托住足球,与阿腾勾肩搭背地站定,就像在等我给他俩拍特写。我连忙一边录像一边摁下手机的拍照功能。这个时候怎么能缺了阿岩呢?他三步并作两步地蹿了过去,好,哥仨!这个时候,阿杰又变回了"张牙舞爪"的样子,一个人从头到脚快速无规律地扭动着,一张脸笑成了一朵那么好看的花。

"阿杰你也过去,我给你们拍张合影!"

夕阳西下,操场上响起一片快乐的笑声。这是今天最好的时辰了。

# 附 录

## 我眼中的燕子老师

我与她的相识要追溯到十五六年前,那时候我们都很年轻,我刚刚走上中层管理岗位。因为特教环境的闭塞,我认识的人不多。外出开会,我也总喜欢坐在角落里。

有一次,我参加一个德育工作会议,邻座是一个美丽清纯的女子,随意的装束,却掩饰不住她身上的清新脱俗。她身上散发出来的气息,让我想起学生时代那些生长在大院里的孩子,他们身上有着与生俱来的阳光与自信,又透露出一种说不清的高贵与冷傲,让我们农村出来的孩子既羡慕又仰望。

她向我主动介绍自己,高冷感一下子消失,彼此的距离拉近了。会议间隙,她低着头在本子上写着什么,然后拿给我看。几个信手写的句子,文笔细腻,内容空灵。透过文字,我感受到她内心世界的丰盈,我对眼前这个美丽的女子更加地仰望起来。

这个人,就是陈海燕。

后来因为工作,我们联系过几次,再后来慢慢失联了,但断断续续听到过关于她的传说,譬如她去贵州支教了两次,譬如她出版了两本诗集……在我心里,她就是一个和我不在同一维度的传奇女子。

光阴荏苒,不知不觉,我在特教战线耕耘了近三十年。去年夏天,听说新借调来了一个女教师,当时我并没在意。后来安排下学期工作的时候,领导说了一个名字,但我仍然没有同传说中的陈海燕对上号。直到她来学校报到,我才想起多年前那段短暂的交集——

她依然那么清爽、清纯,让我真正相信了那句:出走半生,归来仍是少年。

她成了特教中心的一名教师,她任教三年级两个班的语文课。她说自己是一名特教中心的小学生,总追随着我问各种各样的问题,从教学内容,到教学方法,到教具,到与孩子们相处。她小心翼翼,态度很虔诚,很虚心。这群特殊的孩子,在她眼里是天使,是精灵,容不得半点儿亵渎与怠慢。她看待孩子们的眼神单纯而又神圣。

有一天我去三年级上课,见黑板上写着一首唐诗,字体刚劲大气、飘逸潇洒,我将学校的教师快速地在脑子里过了一遍,却一个也对不上号,便好奇地问学生:这是谁写的?

学生们异常兴奋,争先恐后地跑过来告诉我:燕子老师!燕子老师!

嗯?哪个燕子老师?

在孩子们叽叽喳喳、手忙脚乱的解释中,我终于听明白了,燕子老师就是刚来的陈海燕。

从此,"燕子老师"在学生中叫响开来,她也成了特教校园里的一道亮丽的风景。她常常衣袂飘飘地穿梭在校园、教室、宿舍、食堂,用手机随时记录下孩子们的一颦一笑、校园里的一草一木;她和孩子们拉着手、勾着肩做游戏;她带来不同的水果、零食和孩子们分享;她亲切地称呼孩子们阿健、阿哲、阿鑫、阿诚、阿德、阿凯、阿睿……有时候遇到他们淘气,她也称呼他们"小坏蛋"……她教过的和没教过的学生,都喜欢围着她不停地叫"燕子老师,燕子老师"。

燕子是一个不按套路出牌的人。春暖花开时候,她领孩子们到校园里观察小草、小花;秋天,校园门口的银杏叶子黄了,她带领孩子们去看黄色的银杏叶;下雪的日子,她带领孩子们堆雪人,打雪仗,背诵有关雪的诗词……校园里到处留下她和孩子们快乐的身影。

她的语文课总是挥洒自如,妙趣横生。比如她关注每一个孩子,不让每一个孩子掉队——她将平日的学校生活做成视频,发给在家休学的学生小赖,并在学校公开课上,根据学生的生活实际对课文做了改编,并现场连线小赖,让小赖参与课堂互动;比如她善于现场生成,出其不意地设计出祝班主任阿芳老师生日快乐的环节,让每一位听课的老师都感受到了学生浓浓的真情;比如她把教室转移到餐厅,只为教孩子们学习《西红柿的吃法》一课中的如何制作"糖拌西红柿";比如六一儿童节,她结合课文内容,亲自制作贺卡,分发给每个孩子,不仅祝他们节日快乐,还教会他们如何制作贺卡送给自己的家长和老师……当她发上课的图片问我:"阿荣,给这些特殊的孩子们如此上课,可以吗?"我禁不住为她鼓掌道:"燕子,你这就是最典型的特教课!"

她善于发现美并记录美。在她的眼里,一切都是美的——一个个特殊的孩子,在她笔下,都可爱到令人心疼;一个个平凡的特教人,在她的眼中,都充满着爱的光辉。她曾给身边的同事送上精心准备的"情书贺卡",认真为每个人拟制出犹如颁奖典礼上的颁奖词。其实她不知道,放学后,她办公室依然亮着灯,她趴在电脑前敲敲打打的身影,在我们心目中,很美,很美!

燕子有着深入骨髓的悲悯情怀。她常利用周末时间,驱车三四十公里,城南城北城西城东地去家访,了解孩子背后的成长环境,拍下孩子们率真烂漫的笑脸,也记录着家长们的心酸和艰辛。她说,只有真正走进孩子的家庭,才能了解更多的情况——她根本不是特教工作的门外汉,已经是一名真真正正颇有经验的特教人。

她敏感通透,总让人忍不住卸下伪装,回归单纯与美好。有一段时间,我曾陷入迷茫杂乱,虽极力掩饰,但燕子却敏锐地捕捉到了我内心的变化,并精确地把住了我杂乱的脉象。那天下午,在"钉钉"上,我们俩闲聊,天马行空,聊着聊着,我竟顿悟,心里一下子亮堂起来。她送给我八个字:向内仰望,寻找安详。如果心情也会感冒的话,我知道,那一刻,我痊愈了。

特立独行的燕子,也有她的脆弱,有不被世俗认可的忧伤。我特别地心疼她,也曾"好心"地劝过她:不要做有争议的事,不要做有争议的人。但在她的清澈善良面前,我的规劝竟显得如此狭隘甚至猥琐。燕子的高度,岂是我等俗子所能达到的?我曾引用杨绛先生的话向燕子检讨:"我的问题就是读书太少而又想得太多。"

至性至情,无忧无惧;爱我所爱,无问西东。这就是燕子老师。

崔桂荣<br>2019年6月29日

(崔桂荣,平度市特教中心教导主任)

## 永远年轻,永远热泪盈眶

### ——致燕子姐姐

2018年暑假的尾声,突然听闻你调去特教中心的消息,我并不感到吃惊。

我印象中的燕子姐姐,原本就是自由的,漂泊的。在20余年的从教生涯里,你总在漂泊,从乡村小学到城市小学,从家乡到异地。甚至在遥远而贫困的贵州山区,都有你往返支教的足迹与汗水,以及更多的,你为那片土地洒下的关于教育与爱的热泪。

所以,当你毫无计划、毫无征兆,甚至连一个提前的通知都没有给我这个忘年交,就去了特教中心时,我也心无波澜。我甚至觉得那里或许更适合你,那里的孩子更需要你,因为那些被天使吻过的孩子,他们的稚嫩与天真需要更多的笑容与关爱来守护。

无疑,你一直是一个用全部的真心来爱孩子的好老师。无论在你笔下真实的故事里,还是在校园里,孩子们的一句没有距离的"燕子老师"大概就是他们能给你的最好的爱了,那是师生间亲密与自然的证明。一句"燕子老师",写满了孩子对你的信赖。

读你的文字,读你在特教中心一年的所见所思所感,我在夕阳的颜色与初秋的蔚蓝中追寻着你的泪水与欢笑,追寻着你聆听孩童的脚步——

一个发音有困难的孩子在你一次又一次的鼓励与指导下,终于可以朗诵王维的《画》了。我从此更爱这首小诗:"远看山有色,近听水无声。春去花还在,人来鸟不惊。"想象着你的课堂上孩子读诗的画面:他可能战战兢兢,读错了好几次,羞赧地低头,不安地揉搓着手指。你不厌其烦地鼓励着,用夸张的嘴型一次又一次地示范——他终于可以将诗完整地读完了,或许仍然是断断续续的,但也足够让他骄傲地笑出来,因为他终于完整地读出了他人生中的第一首诗!而你,为孩子的进步满心喜悦,迫不及待地要给他掌声,急切地要奔走相告,与所有人分享。你就是如此可爱的老师,始终把热情与热爱奉献给课堂,给孩子。

翻看你家访的照片,难忘金灿灿的玉米堆上,你与学生席"苞米"而坐,笑容与景色一般,金黄而明媚。你仍然会去家访,总在闲暇时踏上家访之路,不为功名,不为任务,不为填满某个空洞的表格,只是想去看看自己的学生,看看他的家人,了解学生成长的环境,记挂着他们未来是否有所依,如此纯粹。你走遍了小城的东西南北,我也分享过你结束家访后沿路带回的地方小吃,感受着你留在每一片土地上的善意。

这些年,你饱含着对教育的真诚,对写作的真诚,留下了许多有趣而可贵的文字。我相信手边的这本教育笔记,这些你走进特教中心,融入特教中心之后记录的一个个平凡而温暖的画面、一次次沉思会成为一段段旋律,流水般挥洒在作为记录者的你、读者以及你笔下的孩子们的心中。这些文字会成为我们共同的经历以及回忆。是的,回忆,她会一直留在我们的生命里,直到成为无法割舍的感动和生活的恩典。

此刻,我想到我们的初遇:工作集会开始前,许久不见的同事三五成群地畅聊,而你手捧一本书独坐,安静得自带光环。我知道,许多人都会给你贴上一个"特立独行"的标签,质疑你的生活,茶余饭后聊他们设想中的你。庆幸的是,我从未通过别人的谈论来认识你,我的燕子姐姐。我庆幸成为你的朋友,在你身边,看到你的真诚、你的热泪,看到你永远年轻,为文字、为学生、为生活所绽放出的无限光彩与热情。

愿你永远年轻,永远热泪盈眶。愿读你故事的人,也可以饱含热泪,心怀对尘世的喜悦与感恩,如同你对你所有正常的或特殊的孩子们。

是的,和你在一起,燕子姐姐,我为你鼓掌。

蜗 牛

2019 年 9 月 27 日

(蜗牛,平度市广州路小学老师)

# 后 记

　　从小到大，对于身旁的残疾人，我总是心怀恐惧，不敢与之接触。我有勇气下决心来到这群特殊的天使们中间，其实有一个小小的引子。

　　在我原来执教的那所普通学校，我执教的班上有一个随班就读的"特殊"男孩。我们学校特地派了一个善良的孩子来照顾他，和他同桌，上下课都在一起，尤其是上厕所。这个"特殊"的男孩对音乐很有天赋，一听到音乐就手舞足蹈。后来他小学毕业了，又进了普通中学。2018年春天，我曾在校外隔着车窗见过他一次。就这一次不期而遇，让我多了一些思考，继而萌生了走进这些特殊孩子的念头——半生过去，我在普通学校已经为孩子们写过无数的文字了，为什么我不能为这些特殊的孩子写点儿什么呢？这种醒悟让我觉得靠近他们是件刻不容缓的事。于是，我向局里提交了到特教学校来工作的申请。感激局领导的大度和信任，给了我靠近这群特殊孩子的机会，唯有靠近才会了解，唯有了解才会尊重，唯有尊重才会热爱，唯有热爱，才会愿意和他们永远在一起，不离不弃。

　　从初来乍到的担心、害怕——担心自己因为不会教而误人子弟，害怕其中有些孩子行为乖张、言辞无状——到如今和孩子们相互信赖，打成一片。一年半的时间，我经历了这些孩子三个学期的生活，从课堂到课间，从餐厅到寝室，从学校到家庭，从城里到乡下。我马不停蹄，一边上课，一边记录，常常觉得时间不够用，不足以让我把这些孩子的日常生活和行为记录完整。跟这些特殊的孩子接触得越深，我就会越心疼，就会想方设法地保护他们，想方设法地让更多的人像我一样靠近他们、了解他们、尊重并热爱他们。而要实现这一目的，我唯有将敲打的书稿付诸出版并通过多种渠道让此书抵达更多的人手中，让更多的人通过阅读他们来唤醒自己原本对此麻木无知的善良，像之前的我那样。

　　在每天不停地调研、敲打之余，我开始寻求帮助。这份帮助，不仅仅是资金方面的,更是此书出版后的出路。新学期开始,我跟校长阿和说了自己的想法,然后在去报社领取发表文章的奖品时,又跟报社的张泉水先生说了自己的苦衷。什么叫豁然开朗?我怎么也没想到,他们不约而同地帮我联系到了市残联党组书记王锡清。更让我意外的是,这件事最终通过残联嫁接到了了不起的"狮子会"。

若不是这本书的波折,我并不知晓世间还有"狮子会"这样一个组织。当我拿着校长给我的又一村大酒店的联系电话拨通韩总的手机,当我在电话打通后十分钟赶到瀚月轩,当我把样稿递给韩总时,她一边翻看,我一边倾诉那重复了很多遍的为孩子们出书的初衷——那么明媚的阳光下,那么明媚婉约的女子抬起头来,那么果断地跟我说:"你放心,我这就联系狮子会的狮友们。"那一瞬,我泪眼婆娑了,不是为自己一年多的辛苦而感慨,而是为终于有人愿意来了解、来心疼我的这群乃至所有的特殊孩子喜极而泣,也为了突然生病的母亲不再挂念我这本书稿而心怀感恩。

在韩总的努力下,满是爱心的许许多多我并不认识的人纷纷映入眼帘,相伴而出的,是捐助的数字不断地叠加。韩总不断地把好消息分享给我:

"在刘队长的组织下,队长团队的狮友们立即召开了专门的讨论会,下决心一定要让这本书面世,同时实现火牛的助残梦想:感召更多的人一起关爱这些特殊的孩子。没有参加讨论会的狮友在工作群里收到捐书倡议书时,毫不犹豫地接龙捐款,2000、1000、600……这种默契和信任让我更加坚定信念,坚定不移地把这支公益慈善队伍健康传承下去。

"更让我感动的是外地狮友、民革领导以及社会爱心人士的支持。临沂狮友谢江众狮兄,在我们一起学习的培训班里听到这个消息,结束培训后回到临沂半夜一点多马不停蹄地策划'千人99,为爱捐书'活动方案,并个人捐助1099.99元。还有我们母队三分区主席高振强狮兄,收到信息后,他毫不迟疑地表示支持三分区,并在三分区掀起了捐助的热潮。其他友队的狮友得知消息也毫不犹豫地伸出援助之手,狮友的公益热情让我们信心倍增。

"作为民革党员,我最有力的后盾是我们的主委刘明娟主席,她毫不犹豫地捐了1000元,并号召我们民革总支捐助1000元。民革领导孙连英局长不仅捐款,还亲自为此书写了《静水流深》一文。

"还有我身边的朋友崔进光、杨文政、张福财等各位老总,建设局的万晓主任,人大代表王克广等,他们一听到这个计划,就火速捐款,善款秒到账户!

"就这样,在火牛狮友们共同的努力下,在火牛服务队队长和五位组长的带领下,在服务委初德芝狮姐和财务委石春萍狮姐的忙碌中,我们仅仅用了两周就顺利完成了书款的筹集工作……"

我被前前后后浓郁的慈悲温暖着,感动着,也激励着。所以,就像我的孩子们最简单、最直白的表达:我喜欢你燕子老师;我爱你燕子老师;我要娶你燕子老师……我也想像他们一样,对所有为此书的顺利出版而奔波的相识的、陌生的、富有大爱的人们致以最简单、最直白的表达:我喜欢你们,我爱你们,我相信你们。像诗人食指的那首《相信未来》一样,因为你们,我相信这本《和你在一起》的未来;因为你们,我相信我的孩子们的未来一定像我们的祖国一样,美好,安详,无忧无虑!

从没想过,一场疫情让我和孩子们、同事们近在咫尺却无法相见。城封了,村封了,社区封了;街道、超市、广场,人稀车疏;微信群里,朋友们相互打气:"宅在家里,就是爱国!"

因为突如其来的疫情,这本承载着万千深爱与期待的《和你在一起》的出版也从2019年的冬天搁置到了2020年的现在。春寒料峭的时候,我的眉眼里却并不寂寞,内心更是暖如春花绽放。往常应该开学上班,如今却"深宅"的日子里,身边依然有那么多可爱的同事在安静地守护和工作着。

镜头一:党员教师志愿服务队。

在攻坚克难战疫情的关键时刻,学校成立了"社区疫情防控党员教师志愿服务队",阿军、阿峰、阿宏、阿铁、阿敏、阿全、阿钦七位男老师,轮班在某社区门口站岗、值勤,为社区疫情防控尽心尽责,贡献一份力量。

镜头二:一直在上班的班子成员。

按说,2月16日是正常开学的日子。我一直以为疫情期间,所有人都宅在家里,所有工作都通过"钉钉"上传下达,直到去单位取快递,看到整齐如上班时候的很多车;去办公室浇花,遇见散会后戴了口罩的领导班子成员,我才知道他们一直在奋战。

阿和说:"我们一直在上班。"

阿荣说:"上班比在家里充实多了,整理各种迎检材料,做好随时开学的准备,工作之余背背读书时期的古诗词,对于其中的用典理解得更深刻了。"

当我问阿钦怎么周末都能遇到他在学校时,他说:"在家也没什么事,过来看看,心里踏实。"

就在3月中旬,阿荣通过"钉钉"下发通知,向宅在家里的老师们征集"教育故事""教育反思",一场宏伟的与"德行"有关的教育教学画卷正徐徐展开。

镜头三:网上作业动起来。

我曾被邀请进不同班级的家校联系群,如阿玲班和阿雯班。她们就像一对姐妹花,家校联系群的活动内容也极其相似。比方阿雯的七(一)班,按照正常开学的节奏,每周布置一次活动作业,从背古诗到抄写词语,到帮助家长做家务,不一而足。有布置就有落实,孩子们抄写古诗和词语的作业纷纷发到群里,阿雯一一批改后,再发回群里。那红红的钩和问号打在孩子们的作业纸上,那么醒目动人。数学老师、副校长阿焦,体育老师阿明,绘画与手工老师的我也纷纷入场,孩子们的居家生活变得有意思起来,每天背古诗、抄词语、做算术、做运动、画画……尤其值得一提的是,阿雯为了激励孩子们的兴趣和热情,实施了积分制,参与的孩子们,无论是学习、锻炼身体,还是帮着家长做家务,只要呈现在群里的,都会适当加分。阿雯承诺,所有积分等到开学那一天,会被兑现成真正的奖品。我开始像孩子们一般期待,阿雯会奖励什么给孩子们呢?作为任课老师,我也该给孩子们准备些礼物吧?

镜头四:编写校本教材。

听阿荣说,阿芳向她主动请缨了:除了天天通过家校联系群关注班里的孩子们,陪儿子在家上网课之余,她想再做点儿什么——为孩子们编写

校本教材。正能量的思路总有人愿意追随吧？听说甜甜已经跟进了，我不禁也举起了申请加入的手臂……

　　瞧，宅着宅着，春花陆续开了——寂静的校园里，先是连翘迎春，再是玉兰杏梅，然后是紫荆、丁香……没有孩子们喧闹的校园啊，当我信步走到他们最爱的操场，以前那些闲置的、杂乱堆放的体育健身器材都变戏法一般地"活"在操场北边的空地上了：双杠、单杠，还有孩子们爱不释手的跷跷板，下面则铺了厚厚的青草。我仿佛又看到阿睿、阿聪、阿哲、阿洋、阿通坐在跷跷板上，你高我低、大呼小叫的情景。

　　宅着宅着，母亲也在这逐渐明媚起来的春光里几次进出医院。我和姐姐们带她去三合山公园看花海。在姐姐的搀扶下，她站在烂漫的油菜花田里，冲着我的镜头笑笑，有些虚弱，但一如既往的慈祥。

　　一切都是最好的安排。想起4月7日下午给母亲办理出院手续时出版社传来的消息：《和你在一起》的选题通过了。真巧，和武汉8日0时"解封"竟是同一个日子。今天是高三开学的日子。我们什么时候开学呢？开学吧，开学吧，我积攒的那么多的思念，那么多的拥抱，那么多的礼物，那么多的深爱，想全部送给你们，我亲爱的孩子们……

作　者<br>2020年4月15日